大学入学共通テスト

河合塾講師
山村由美子

古文 講義の実況中継

語学春秋社

はじめに

みなさん、こんにちは。

「大学入学共通テスト」と聞いて、みなさんは今どんなことを思っていますか？ **「共通テストのために、何をすればいいんだろう？」「どれぐらいやったらいいのかな？」「センター試験と何が違うの？」**など、たくさんの疑問と不安が胸に広がっているんじゃないかなと思います。この本は、そんな**みなさんの不安を取り除いて、「大学入学共通テスト」で高得点を取ってもらうため**の参考書兼問題集です。

さて、「大学入学共通テスト」に先立って発表された**「試行調査テスト」**を見ますと、**「大学入学共通テスト」では、2つ以上の文章を並べ、それらを絡めて考えさせる問題がいくつか含まれている**のがわかります。新傾向ですね。複数の文章があると、それぞれの文章を理解するための頭の切り替えが必要になりますし、それぞれがどう関係しているのかを読み取る必要も出てきます。その分、特別な練習が必要になります。でも、その一方で、「試行調査テスト」には、**「センター試験」と同じように、解釈や文法、和歌や説明問題も顔をそろえています。**つまり、**「センター試験」の際に必要だった力は変わらず必要で、それに「複数文章」対策がプラスオンされた形**です。

では、どうやって勉強を進めればいいでしょう？

やっぱり、まずは**一つ一つを正確に読み取る力をつけていくこと**です！　一つの事柄を正確に理解できないのに、二つ以上の情報を絡めた問題に対応できるとは思えません。だから、まずは一つの本文を正しく確実に。揺るぎない土台を万全に作っていきましょう。というのも、新しいテストが定着するまでは、テストを作る側だっていろいろと試行錯誤もあるでしょうから、「試行調査テスト」にも出てなかった新傾向がこの先でないとも限りません。そういう意味でも、どんなものにも対応できる確かな力をつけることをめざしてほしいのです。

あせらず手順をふまえて一歩ずつ学習をしていけば、確実に力がついていきますし、手応えを感じつつ勉強を進めていけば、不安も吹き飛んでいきますよ！

実は、この本は、「古文の勉強法」がわからない人や「どうしたら着実に力がつくのか」がわからないと悩む受験生のみなさんに、「古文の〝総合力〟を養う方法を伝えたい！」という思いもこめて書きました。「がんばって暗記したはずなのに、並んだ選択肢の中から正解が見抜けない……」、そんな声もよく耳にします。単語や文法の知識を仕入れても、それを使えるようにならないと、得点にはつながらないのです。だから、その**「身につけた力を得点に結びつける練習」を、一緒にしていきましょう。**

この本は、**「大学入学共通テスト」対策用**です。でも、それと同時に、**確かな古文の総合力を養成するための本**でもあります。

さあ、一緒に始めましょう！

山村由美子

講義の内容

本書の特徴と使い方

本書は「本編」第一～五章と「巻末付録」で構成されています。

- 第一章「単語」→第二章「文法」→第三章「和歌」→第四章「総合問題演習」→第五章「共通テスト型問題演習」と、順番に学習することで高得点獲得の力が自然と身に付きます。
- 「巻末付録」には「試行調査テスト」を2題収録。本番を意識した対策もバッチリです。その他、「用言活用表」「助動詞・助詞一覧表」「主な敬語動詞・文法識別一覧表」「主な和歌修辞」も掲載。

第一章

戦う単語力を身につけよう

「覚えた」単語を「使える」単語へ！

「単語力」といえば、「重要単語の暗記から！」ということで、みなさんも単語帳などを活用して、日々がんばっていることと思います。ところで、重要単語って、暗記するだけでいいのでしょうか？　答えはＮＯ！　覚えた単語をちゃんと本文で使える単語にするために、そしてテストで得点するためには、単語力を本文読解に生かす練習が必要です。

その章で勉強することのガイダンスです。目的をもって取り組むことが得点力アップの近道です。

第一～四章では、無理なく力をつけるために、いくつかのテーマに分けて学習します。テーマごとに的を絞った問題・解説講義で実戦力をスムーズに習得しましょう。

テーマ1

覚えるだけで正解がわかる単語「古文特有語」を攻略しよう♪

長い日本語の歴史の中で、**古文の時代にはあったけど、現代ではもう用いられなくなってしまった語があります。**そんな「古文特有語」は、たいてい一～二つの意味しか持たない語。楽に暗記ができるだけでなく、入試では、覚えた訳がそのまま選択肢にあらわれることが多いので、得点しやすい語でもあります。逆に、暗記していないと、完全に〝お手あげ〟になってしまうので、要注意！　では、まずは覚えれば覚えた分だけ、確実な手応えも得られる「古文特有語」からスタートです！

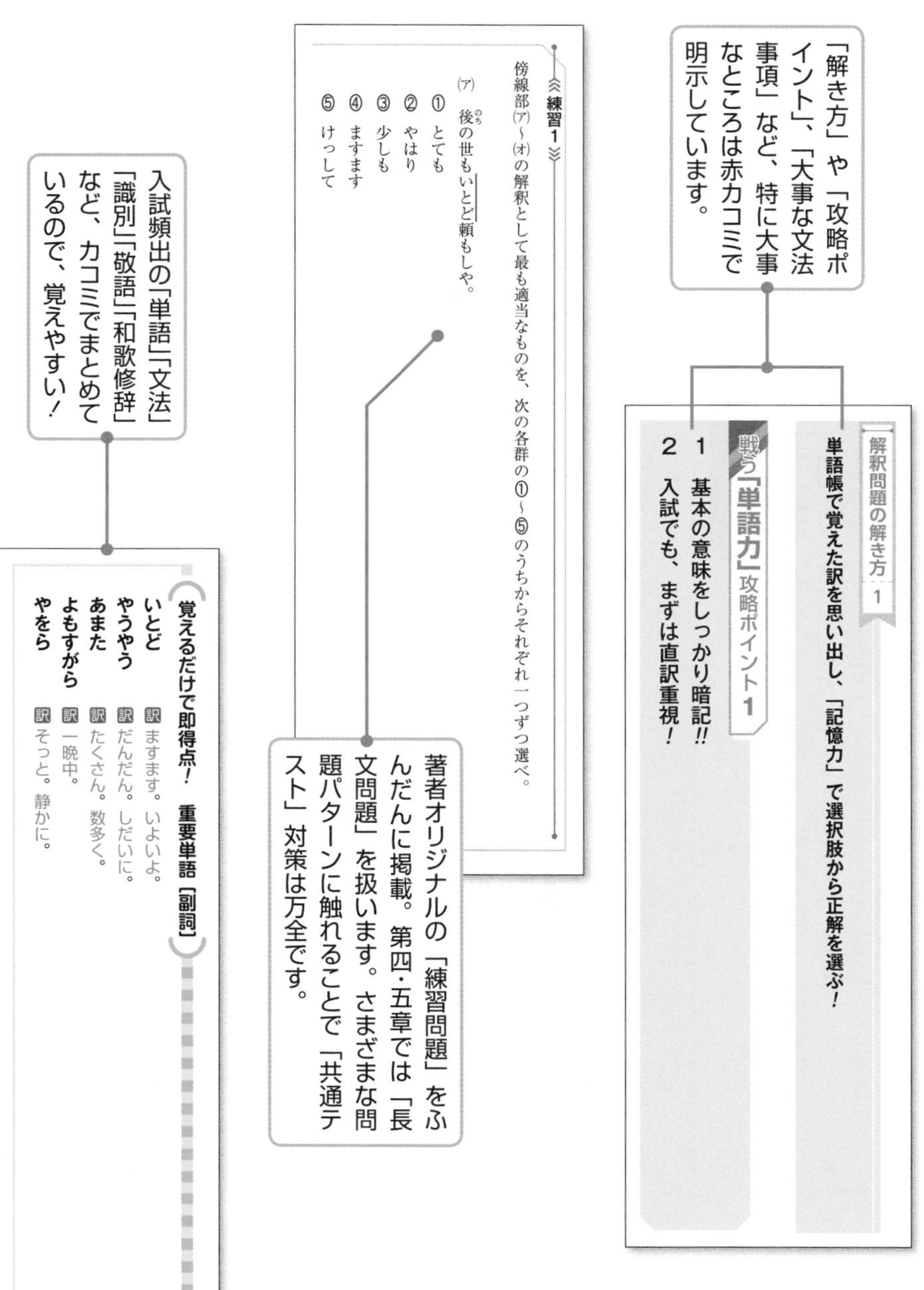

「解き方」や「攻略ポイント」、「大事な文法事項」など、特に大事なところは赤カコミで明示しています。
解釈問題の解き方 1
単語帳で覚えた訳を思い出し、「記憶力」で選択肢から正解を選ぶ！
戦う「単語力」攻略ポイント1
1 基本の意味をしっかり暗記!!
2 入試でも、まずは直訳重視！
≪練習1≫
傍線部(ア)〜(オ)の解釈として最も適当なものを、次の各群の①〜⑤のうちからそれぞれ一つずつ選べ。
(ア) 後(のち)の世もいとど頼もしや。
① とても
② やはり
③ 少しも
④ ますます
⑤ けっして
著者オリジナルの「練習問題」をふんだんに掲載。第四・五章では「長文問題」を扱います。さまざまな問題パターンに触れることで「共通テスト」対策は万全です。
入試頻出の「単語」「文法」「識別」「敬語」「和歌修辞」など、カコミでまとめているので、覚えやすい！
覚えるだけで即得点！ 重要単語【副詞】
いとど 訳 ますます。いよいよ。
やうやう 訳 だんだん。しだいに。
あまた 訳 たくさん。数多く。
よもすがら 訳 一晩中。
やをら 訳 そっと。静かに。

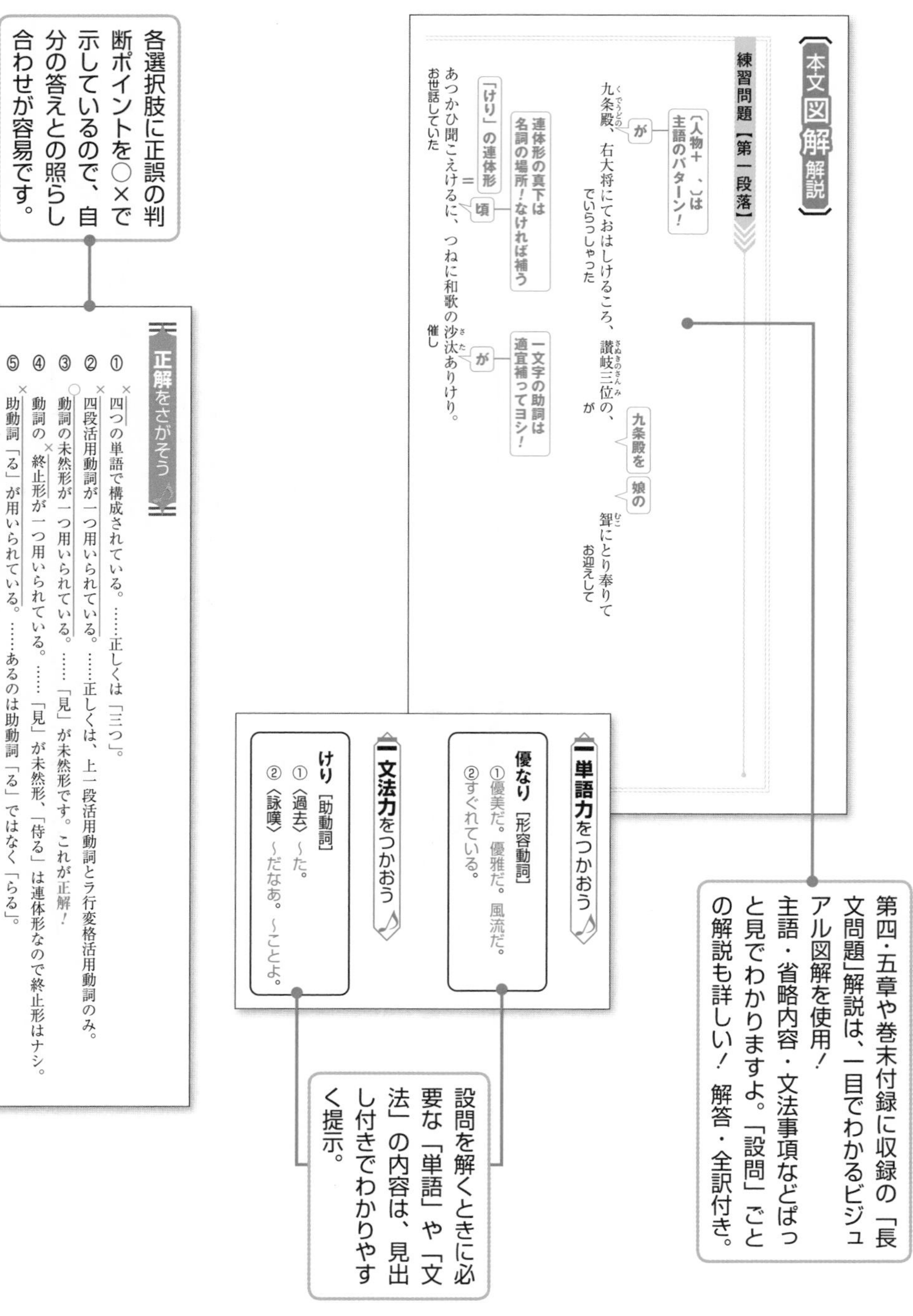

本文図解 解説
練習問題【第一段落】
〈人物＋、〉は主語のパターン！
が
九条殿、右大将にておはしけるころ、讃岐三位の、
でいらっしゃった
が
九条殿を
娘の
聟にとり奉りて
お迎えして
連体形の真下は名詞の場所！なければ補う
「けり」の連体形
＝頃
一文字の助詞は適宜補ってヨシ！
が
あつかひ聞こえけるに、つねに和歌の沙汰ありけり。
お世話していた
催し
第四・五章や巻末付録に収録の「長文問題」解説は、一目でわかるビジュアル図解を使用！主語・省略内容・文法事項などぱっと見でわかりますよ。「設問」ごとの解説も詳しい！解答・全訳付き。
単語力をつかおう
優なり［形容動詞］
①優美だ。優雅だ。風流だ。
②すぐれている。
文法力をつかおう
けり［助動詞］
①〈過去〉～た。
②〈詠嘆〉～だなあ。～ことよ。
設問を解くときに必要な「単語」や「文法」の内容は、見出し付きでわかりやすく提示。

正解をさがそう
① 四つの単語で構成されている。……正しくは「三つ」。
② 四段活用動詞が一つ用いられている。……正しくは、上一段活用動詞とラ行変格活用動詞のみ。
③ 動詞の未然形が一つ用いられている。……「見」が未然形です。これが正解！
④ 動詞の終止形が一つ用いられている。……「見」が未然形、「侍る」は連体形なので終止形はナシ。
⑤ 助動詞「る」が用いられている。……あるのは助動詞「る」ではなく「らる」。
各選択肢に正誤の判断ポイントを○×で示しているので、自分の答えとの照らし合わせが容易です。

選択肢問題の〝コツ〟

「知識」だけで解けない箇所は、無理せず後まわし！

第四章には、選択肢問題を解くためのコツが随所に登場します！

「解き方」を学び→練習問題に挑戦→設問解説・図解で正しく理解したうえで、重要ポイントを身につける、これが基本の勉強の流れです。

一度に全部覚えるのは難しいでしょうから、何度も繰り返し読んで、覚えて、身につけてくださいね。

第一章 戦う単語力を身につけよう

「覚えた」単語を「使える」単語へ！

「単語力」といえば、「重要単語の暗記から！」ということで、みなさんも単語帳などを活用して、日々がんばっていることと思います。ところで、重要単語って、暗記するだけでいいのでしょうか？　答えはＮＯ！　覚えた単語をちゃんと本文で使える単語にするために、そしてテストで得点するためには、**単語力を本文読解に生かす練習が必要です。**

たしかに、単語の訳を覚えるだけでも、本文に書いてあることが、少しずつ見えてきます。ところが、単語の意味問題としてきめ細やかな訳を求められると、どうですか？　ビミョーな選択肢を前に迷うケースも多くないですか？

選択肢に、暗記した訳がそのままあらわれれば、正解はわかりますよね？　でも、暗記した訳そのものではなく、文脈に合わせてアレンジされた訳があらわれた場合はどうでしょう……？？　多義語として覚えた訳がいくつも選択肢に並んだ場合は……？？

テストで得点するための「単語力」って、暗記するだけじゃなく、その知識を本文の中でいかすところまでレベルを上げていく必要があります。**「覚えた」知識を「使える」知識へ。**第一章では、その練習をしましょう♪

テーマ1

覚えるだけで正解がわかる単語「古文特有語」を攻略しよう♪

長い日本語の歴史の中で、**古文の時代にはあったけど、現代ではもう用いられなくなってしまった語があります。**そんな「古文特有語」は、たいてい一〜二つの意味しか持たない語。楽に暗記ができるだけでなく、入試では、覚えた訳がそのまま選択肢にあらわれ

ることが多いので、得点しやすい語でもあります。逆に、暗記していないと、完全に〝お手あげ〟になってしまうので、要注意！ では、まずは覚えれば覚えた分だけ、確実な手応えも得られる「古文特有語」からスタートです！

解釈問題の解き方 1

単語帳で覚えた訳を思い出し、「記憶力」で選択肢から正解を選ぶ！

雰囲気で解かないようにね。

練習1

傍線部(ア)〜(オ)の解釈として最も適当なものを、次の各群の①〜⑤のうちからそれぞれ一つずつ選べ。

(ア) 後(のち)の世もいとど頼もしや。

① とても
② やはり
③ 少しも
④ ますます
⑤ けっして

(イ) 翁(おきな)、やうやうゆたかになりゆく。

① しだいに
② わずかに
③ 自然と
④ さっぱり
⑤ いきなり

(ウ) 豊後国(ぶんごのくに)速見(はやみ)の郡(こほり)に温泉あまたあり。

① 以前から

② 多少は
③ 数多く
④ 遅れて
⑤ もっと

(エ) よもすがら雨ぞいみじく降る。

① そこらじゅう
② 一晩中
③ 一日中
④ 激しく
⑤ 急に

(オ) やをら立ち退きたまふ。

① きちんと
② 強引に
③ だし抜けに
④ 泣く泣く
⑤ 静かに

練習3

傍線部(ア)〜(オ)の解釈として最も適当なものを、次の各群の①〜⑤のうちからそれぞれ一つずつ選べ。

(ア) 月のさし入りたるもくちをし。

① うれしい
② 悲しい
③ うつくしい
④ 風流だ
⑤ 残念だ

(イ) 乳母(めのと)のもの言ひ、なめし。

① なめらかだ
② 失礼だ
③ うるさい
④ しつこい
⑤ 筋が通っている

(ウ) 御大遊びはじまりて、いといまめかし。

① 騒々しい

② にぎやかだ
③ 楽しい
④ おごそかだ
⑤ 現代風だ

(エ) 雨いたう降りて、つれづれなり。
① 退屈だ
② うっとうしい
③ いやだ
④ 悲しくなる
⑤ 静かだ

(オ) 人違(たが)へてはをこならむ。
① どうしよう
② 愚かだろう
③ 怒られるだろう
④ 恥ずかしいだろう
⑤ おもしろいだろう

覚えるだけで即得点！　重要単語【形容詞・形容動詞】

くちをし　訳 残念だ。くやしい。
なめし　訳 失礼だ。無作法だ。
いまめかし　訳 現代風だ。当世風ではなやかだ。
つれづれなり　訳 退屈だ。所在ない。
をこなり　訳 愚かだ。馬鹿げている。

(ア)「月の光が差し込んで……」に続くと思うと、③④あたりを選びたくなりますが、**文脈よりも、まずは単語の知識！**　辞書に載っている意味、すなわち、単語が本来持っている意味でなければ、いくら文脈にぴったりでも×ですからね。

(イ)　これも、「乳母のものの言い方」からのつながりから答えを選ぼうとすると、乳母のキャラクター次第でどれでもつながっちゃいますね。雰囲気ではなく、「なめし」の訳として覚えたもので選んでくださいね。

(ウ)「いまめかし」は、**漢字化すると**「今めかし」。「古めかし」の反対語**だから「今風」って感じだな**、と覚えるといいですよ。

(エ)　形容動詞「つれづれなり」は、**名詞**「つれづれ」、**副詞**「つれづれと」でも、ほぼ同じ意味で出てきますよ。

(オ)　形容動詞「をこなり」の〝姉妹品〟には、**形容詞**「をこがまし（訳 愚かだ。さしでがましい）」、**動詞**「をこめく（訳 馬鹿げて見える）」などもあります。ついでに覚えちゃいましょう！

練習3の答え・解釈例

(ア) ⑤ 月の光が差し込んでしまうのも残念だ。

(イ) ② 乳母のものの言い方は、失礼だ。

(ウ) ⑤ 詩歌管弦の御遊びが始まって、（その様子は）とても現代風だ。

(エ) ① 雨がひどく降って、退屈だ。

(オ) ② 人違いをしては愚かだろう。

実は、敬語だって、正確に訳を暗記さえすれば、正解がわかりますよ！

練習4

傍線部(ア)〜(オ)の解釈として最も適当なものを、次の各群の①〜⑤のうちからそれぞれ一つずつ選べ。

(ア) まことに神もめでたしとおぼすらむかし。

① 思っているだろう

② 思っているでしょう

③ 思われているでしょう
④ 思いなさっているだろう
⑤ 思い申し上げているだろう

(イ) 宮もかたはらに大殿籠(おほとのご)もりたまへり。
① お休みになっていた
② 横たわり申し上げた
③ 座っていらっしゃった
④ ご覧になっていた
⑤ 寝させていただいた

(ウ) 急ぎおはしましてなむ御覧(ごらん)じける。
① 見た
② 拝見した
③ ご覧になった
④ 拝謁(はいえつ)した
⑤ 見ました

(エ) ありしやうを詳しく奏(そう)す。
① 天皇がおっしゃる

② 天皇におっしゃる
③ 天皇が申し上げる
④ 天皇に申し上げる
⑤ 東宮に奏上する

(オ) 「帰り来な」と、のたまはせけり。
① 言った
② 申し上げた
③ おっしゃった
④ 言わせた
⑤ おっしゃらせた

覚えるだけで即得点！ 重要単語【敬語】

おぼす 訳 お思いになる。思いなさる。〈「思ふ」の尊敬語〉
大殿籠もる 訳 お休みになる。〈「寝」の尊敬語〉
御覧ず 訳 ご覧になる。〈「見る」の尊敬語〉
奏す 訳（天皇に）申し上げる。〈「言ふ」の謙譲語〉
のたまはす 訳 おっしゃる。〈「言ふ」の尊敬語〉

(ア)「おぼす」は、「**思ふ」の尊敬語**。敬語の訳は、「敬語で訳してあるか、敬語で訳していないか」というレベルではなく、「**敬語の中でも、尊敬語で訳してあるか、謙譲語で訳してあるか、丁寧語で訳してあるか**」まで、**厳密に見分けるところまで必要**です。①〜⑤の選択肢はすべて、「思う」という動作は正しくとらえています。でも、それを尊敬語として訳しているのは、④以外にはありませんね。

(イ)「**大殿籠もり／たまへ／り**」と品詞分解されます。「大殿籠もり」は、「**寝る」意の尊敬語**で、「たまへ」も**尊敬の補助動詞**です。古文の場合、一つの尊敬語だけでは足りないなと思う相手には、尊敬語をダブルで用いる「**二重尊敬」「最高敬語**」と呼ばれる用法があります。ここもそれですね。ダブルで用いていても、訳すときには、**一つの尊敬語にまとめて訳せばOK**ですよ。「お休みになりなさる」ではなくて、「お休みになる」でよいのです。

(ウ)「**御覧じ／ける**」と品詞分解されます。「御覧じ」は「**見る」の尊敬語**なので、尊敬語として訳しているものを選びます。「拝見」「拝謁」などの「**拝〜」は、謙譲語**の訳に用いる表現、「**〜です・ます」は丁寧語**の訳なので、尊敬語で訳していることにはならないんですよ。

(エ)「奏す」は、「**天皇に申し上げる**」ことをあらわす「**言ふ」の謙譲語**です。申し上げる相手が限定される語なので、要注意！ ついでに「**中宮(=后)・東宮(=皇太子)に申し上げる**」ことをあらわす「**啓す**」も覚えておきましょう。

(オ)「**のたまはせ／けり**」と品詞分解します。「のたまは／せ／けり」と間違った分け方をして、助動詞「す」の訳が必要だぞと誤解しないようにしましょう。たしかに、「のたまふ」という「言ふ」の尊敬語もありますが、これとは別に「のたまはす」という語もあります。敬語の下に、助動詞「す・さす」がついているように見える語がほかにもありますが、品詞分解せずに、**上の敬語と一単語扱いにするのが原則**です。「**のたまふ＝のたまはす**」と考えて、どちらも「おっしゃる」と訳せばOKです。

練習4の答え・解釈例

(ア) ④ 本当に神もすばらしいと思いなさっているだろうよ。

(イ) ① 宮も横でお休みになっていた。

(ウ) ③ 急いでいらっしゃってご覧になった。

(エ) ④ 以前の様子を詳しく天皇に申し上げる。

(オ) ③ 「帰って来るな」と、おっしゃった。

長いフレーズでも、暗記だけで正解が見抜けちゃうものが多数あるんですよ。

練習5

傍線部(ア)～(オ)の解釈として最も適当なものを、次の各群の①～⑤のうちからそれぞれ一つずつ選べ。

(ア) あるいは心も起こらで世を背く。

① 恋愛する
② 結婚する
③ 逃亡する

④ 喧嘩する
⑤ 出家する

(イ) 汗もしとどになりて、われかのけしきなり。
① 自信満々な様子である
② 自信のなさそうな様子である
③ 物思いに沈んだ様子である
④ 前後不覚の様子である
⑤ 困り果てた様子である

(ウ) 親のよろこび、いへばさらなり。
① 言えばよかった
② 言うまでもない
③ 言うことができない
④ 言えるはずがない
⑤ 言わなければよかった

(エ) けしうはあらず生ほし立てたりかし。
① 誰にも負けないように
② 身の程もわきまえず

③ そう悪くはなく
④ もったいなくも
⑤ 人に知られないように

(オ) われ、さるべきにやありけむ。
① 宿命だったのだろうか
② 予想通りだったのだろうか
③ 行かなければならないのか
④ 前世からの縁などあるまい
⑤ 不満などあるはずがない

覚えるだけで即得点！ 重要単語【慣用表現】

世を背く 訳 出家する。
われかのけしき 訳 前後不覚の状態だ。
いへばさらなり 訳 言うまでもない。
けしうはあらず 訳 そう悪くはない。
さるべきにやありけむ 訳 そうなるはずの前世からの運命だったのだろうか。

(ア)「世を背く」は、「出家する」**意の慣用表現**。ほかに、「世を捨つ」「かしらおろす」「御髪(みぐし)おろす」なども同じ意味の慣用表現です。あわせて覚えましょう。

(イ)「われかのけしき」は、「前後不覚の様子」「茫(ぼう)然(ぜん)自(じ)失(しつ)の状態」**をあらわす慣用表現**。「あれかのけしき」「われにもあらず」も同じ意味ですよ。

(ウ)「いへばさらなり」は、「言うまでもない」「もちろんだ」**の意の慣用表現**。「いふもさらなり」と言ったり「さらなり」とだけ言う場合もあります。

(エ)「けしうはあらず」は、**形容詞**「けし」**から生まれた慣用表現**で、「**そう悪くはない**」「**それ相当だ**」という意味です。

(オ)「さるべきにやありけむ」は、直訳だと「そうなるはずであったのだろうか」。「そうなるはず」と判断する根拠を「前世」に求めて、「そうなるはずの前世からの運命だったのだろうか」と言葉を足して訳します。省略して、「さるべきにや」だけのときもありますよ。

《練習5》の答え・解釈例

(ア) ⑤ ある人は信仰心も起こさずに出家する。

(イ) ④ 汗もぐっしょりかいて、前後不覚の様子である。

(ウ) ② 親の喜びは、言うまでもない。

(エ) ③ そう悪くはなく育てていたよ。

(オ) ① 私は、(そうなる)宿命だったのだろうか。

ね? どうですか? 前後の文意がどうとかこうとか言うまでもなく、正解はこれしかない!って感じでしょ? このテの語句は、確実に得点するだけでなく、瞬時に正解を見抜いて時間短縮にもつなげたいところです。暗記しておけば、楽勝ですよね。ただし、「知っていれば楽勝、知らなければお手上げ」なので、頻出の慣用表現は、しっかり覚えておきましょう。

ほかにも、次のような単語を暗記して、得点率アップと時間短縮をめざしましょう！

覚えるだけで即得点！ 重要単語

[動詞]

具（ぐ）す 訳 ①連れる。②伴う。

おこなふ 訳 仏道修行をする。

めづ 訳 ①ほめる。②賞美する。

[形容詞]

あし 訳 悪い。

とし 訳 早い。

めやすし 訳 見ていて感じがよい。

[形容動詞]

あてなり 訳 ①高貴だ。尊い。②上品だ。

あだなり 訳 不誠実だ。浮気だ。

[慣用句]

さらぬ別れ 訳 死別。

えもいはず　訳 何とも表現できないほど～だ。

音をなく　訳 声をあげて泣く。

[副詞]

げに　訳 なるほど。本当に。

[名詞]

本意（ほい）　訳 本来の意志。かねてからの望み。

才（ざえ）　訳 学識。学才。特に漢才。

戦う「単語力」攻略ポイント1

1　基本の意味をしっかり暗記!!

2　入試でも、まずは直訳重視！

テーマ2 だまされないよう要注意な単語「古今異義語」を攻略しよう♪

古文の時代から現代までには、本当に長い年月が流れています。すると、現代語と同じ単語に見えても、**意味が変わってしまっているものが数多くあります。**見た目が現代語と同じだから、意味まで現代語と同じだと思ってしまうと、たいてい間違いなので、要注意！

重要古語の暗記をしていない人は、どうしても知っている現代語の意味で訳しがちです。また、重要古語を暗記していても、それでもついうっかり間違えてしまいがちです。そして、入試はこういう単語をよーく出題して、みなさんをだまそうとしてくるんですよ。

「古文」の入試は、言うまでもなく、みなさんの「古文」の知識の有無を試すものです。「現代語」の単語の知識を聞くものではありません。ということは、古今異義語を出題している以上、「古語」としての意味を知っているかどうかを試しているということです。そのことを忘れずに、テストでは、まずは真っ先に古語の意味として覚えたものを正解候補に考えてみます。そして前後の文脈をみてそれでおかしくなかったら、それで決定！といった手順でとりくんでいきましょう。

解釈問題の解き方 2

1 暗記した重要単語の訳を思い出す。

2 暗記した訳から、意味が大きくはずれている選択肢を消去。

3 現代語と同じ意味で訳しているものは、「ひっかけ」選択肢の可能性が高いので、まずは正解候補からはずすこと！

4 暗記した意味にも合って、文脈にも合うものが、正解！

練習1

傍線部(ア)～(オ)の解釈として最も適当なものを、次の各群の①～⑤のうちからそれぞれ一つずつ選べ。

(ア) 船人も、みな子たかりてののしる。

① 罵倒（ばとう）する
② 馬鹿にする
③ 大騒ぎをする
④ 騒動を起こす
⑤ 喜び合う

(イ) 今に心地わづらひて、起き臥しなやむ者もあり。

① 苦悩する
② 苦しむ
③ まよう

④ 躊躇する
⑤ 手助けする

(ウ) 乱り心地おこたるまでも、本意遂げ侍りなんとし侍り。
① 愚かな
② 怠惰な
③ よくなる
④ 悪くなる
⑤ やりとげる

(エ) 恋し悲しともながむるひまもなし。
① 見つめ合う
② 会って話す
③ 打ち明ける
④ 二人で過ごす
⑤ 物思いにふける

(オ) こよなくやつれてこそ詣づと知りたれ。
① 精魂疲れはてて
② 地味な格好になって

③ 正装に着替えて
④ 真心を尽くして
⑤ 緊張した面持ちで

だまされないよう要注意な重要単語【動詞】

ののしる 訳 大騒ぎをする。大声を立てる。
なやむ 訳 病気で苦しむ。
おこたる 訳 病気がよくなる。快方に向かう。
ながむ 訳 物思いにふける。
やつる 訳 地味で目立たない格好になる。粗末な服装になる。

(ア) 「ののしる」は、現代語の「**罵る。罵倒する**」**の意だと**決めつけないこと。特に今回は、直前に「たかり」なんて言葉があるから、「子どもが寄ってたかって罵っている」なんて誤解しがち。気をつけて！

(イ) 「なやむ」のほか、名詞「なやみ」、形容詞「なやまし」も、基本的に、**心の苦しみではなく**身体の苦しみのこと。

(ウ) 「おこたる」は、現代語と同じ「なまける」という意がありますが、古文のテストで現代語と同じ意味をわざわざ聞くのは少数です。

(エ) 「ながむ」は、「～をながむ」と「見る」対象がはっきり書いてあるときなどは、現代語と同じ「見つめる」の意味でつかいます。でもテストで聞きたいのは、**古文特有の**「**物思いにふける**」**の意味**を覚えているかどうか、です。まずは古文特有の意味を考えましょう。

(オ)「やつる」は、終止形で問われるより、今回のように「やつれて」という形のほうが、より一層だまされやすくなりますよ。現代語の「やつれる」の意味でとらないように気をつけましょう。

どうでしたか？　すぐに正解がわかりましたか？

今回の問題を正解するために必要だったのは、**古語としての意味**と、**現代語の意味にまどわされない注意力**ですよ。

≪練習1≫の答え・解釈例

(ア) ③ 船員も、みんな子どもが寄り集まって**大騒ぎする**。

(イ) ② すぐに気分が悪くなって、寝たり起きたり**苦しむ**者もいる。

(ウ) ③ 体調不良が**よくなる**までに、本望を遂げてしまいましょうと思います。

(エ) ⑤ 恋しいとも悲しいとも**物思いにふける**暇もない。

(オ) ② これ以上なく**地味な格好に**なって物詣ではするものだと分かっている。

練習2

傍線部(ア)〜(オ)の解釈として最も適当なものを、次の各群の①〜⑤のうちからそれぞれ一つずつ選べ。

(ア) 平家の嫡々（ちゃくちゃく）なる上、年もおとなしうましますなり。

① 温和で
② 従順で
③ 年長で
④ 若く見えて
⑤ 大人になって

(イ) 「今宵（こよひ）は宮も出でたまはぬ。さうざうし」

① 騒がしい
② 窮屈だ
③ 気が詰まる
④ 物足りない
⑤ いやだ

(ウ) 川音いとすごし。

① すごい音だ
② 物寂しい
③ 趣がある
④ 勢いがある
⑤ 耳障りだ

(エ) かたちまさりて、いとめでたし。

① すばらしい
② 祝福したい
③ うれしい
④ 珍しい
⑤ めでたい

(オ) 見棄てて死なむは、うしろめたし。

① 申し訳ない
② 気がかりだ
③ 恥ずかしい
④ 仕方がない
⑤ 後ろめたい

だまされないよう要注意な重要単語【形容詞】

おとなし 訳 ①大人びている。②年長だ。年配だ。③思慮分別に富む。
さうざうし 訳 物足りなくて寂しい。
すごし 訳 おそろしい。ぞっとする。物寂しい。
めでたし 訳 すばらしい。
うしろめたし 訳 気がかりだ。心配だ。

(ア)「おとなし」は、漢字で書くと「**大人し**」。子どもじゃなくて「大人」らしいことをあらわす語。

(イ)「さうざうし」は、普通「ソーゾーシ」と発音するので、つい現代語の「騒々しい」を連想してしまいますが、別語です。一説によると「寂々し(さくさく)」から変化したものだと言われています。そう考えると、「物足りなくて寂しい」という訳とうまく結びつきますね。

(ウ)「すごし」は、そのまま「すごい!」という感じで訳さないでね。

(エ)「めでたし」も、そのまま「めでたい!お祝いだ!」という感じで訳しちゃダメですよ。

(オ)「うしろめたし」は「後ろ見たし」から生まれたと言われます。「**後ろ側が気になって、見て確認したい**」**ニュアンス**から「**気がかりだ**」と訳す語で、現代語の「後ろめたい」とは違います。

練習2の答え・解釈例

(ア) ③ 平家の嫡男であるうえに、年齢も**年長**でいらっしゃるそうだ。

(イ) ④ 「今夜は宮もお出にならない。**物足りない**」

(ウ) ② 川音がとても**物寂しい**。

(エ) ① 容姿がすぐれていて、とてもすばらしい。

(オ) ② 見棄てて死ぬようなことは、**気がかり**だ。

どうですか？　形容詞も、見た目は現代語と同じでも、意味が違うものがずいぶんたくさんあるんですよ。要注意ですね。

じゃあ、もう少しやってみましょう！

練習3

傍線部(ア)〜(オ)の解釈として最も適当なものを、次の各群の①〜⑤のうちからそれぞれ一つずつ選べ。

(ア) 木の葉、木の皮、苔を衣として、年ごろになり侍りぬ。

① ある年

② 数年
③ 適した年
④ 老年
⑤ 新しい年

(イ) 一日(ひとひ)の風は、いかにとも、例の人はとひてまし。

① 先日
② 一月一日
③ 日々
④ 一日置き
⑤ 数日間

(ウ) 世にうつくしく、この世にはためし少なきとこそ見え給ひしか。

① 言葉
② 後見
③ 前例
④ 試し
⑤ 人数

(エ) おほやけに相撲のころなり。

① 一般的に
② 世間では
③ 朝廷では
④ 特別に
⑤ 時期的に

(オ) 御顔のにほひ、似るものなく見ゆ。

① 香り
② 雰囲気
③ 様子
④ 美しさ
⑤ 表情

だまされないよう要注意な重要単語【名詞】

年ごろ 訳 数年間。数年来。長年。

一日 訳 ①先日。ある日。②一日中。

ためし 訳 前例。先例。

おほやけ 訳 朝廷。天皇。
にほひ 訳 輝くような美しさ。

(ア)「年ごろ」は、「お年頃」「適齢期」の意味で取らないように。「日ごろ(訳 数日間。数日来)」「月ごろ(訳 数か月間。数か月来)」「年ごろ」と三つセットで覚えておくと、間違い防止にもなりますよ。

(イ)「一日」には、現代語と同じ月の初めの「ついたち」の意味もありますが、そのときは何月の一日なのかがどこかからわかるはず。「一年」「一夜」など「一○○」の形で「**ある○○**」とか「**○○じゅう**」の意になります。

(ウ)「ためし」は、「ためしにやってみる?」とか「お試し価格!」とかの現代語「ためし」と混乱しないようにね。

(エ)「おほやけ」は、漢字化すると「公」。古語では「公共。パブリック」の意味でつかうのは少数なので要注意!

(オ)「にほひ」のほか、動詞「にほふ」、形容動詞「にほひやかなり」など、古語の「にほひ」系統の語は、**基本的には見た目の美しさを表します**。現代語と同じ「香り」の意味もありますが、お香など、明らかに香りの話題でない限りは、見た目の美しさの方で理解するといいでしょう。

《練習3》の答え・解釈例

(ア) ② 木の葉や、木の皮や、苔を衣服にして、数年になりました。
(イ) ① 先日の風は、どうでしたかとでも、普通の人なら見舞ってくれただろうに。
(ウ) ③ 実にかわいらしく、この世では前例が少ない(かわいらしさだ)と思われなさった。
(エ) ③ 朝廷では相撲の儀式の頃である。
(オ) ④ 御顔の美しさは、ほかに似るものがなく見える。

現代語っぽい訳の選択肢は、ちゃんと警戒できるようになってきたかな？

「ひっかけ選択肢」を警戒できるようになったその先は、残りの選択肢から正解を見抜ける、たしかな単語力の出番。古語としての意味をしっかり暗記してね。

練習4

傍線部(ア)～(オ)の解釈として最も適当なものを、次の各群の①～⑤のうちからそれぞれ一つずつ選べ。

(ア) 薬も食はず、やがて起きもあがらで、病み臥せり。
① そのまま
② 少しも
③ まったく
④ やがて
⑤ 徐々に

(イ) なかなかいとよしとぞおぼゆる。
① ますます
② それなりに
③ なかなか
④ かえって
⑤ たしかに

(ウ) さすがにいと恋しうおぼえけり。

① どうしようもなく
② そうはいっても
③ あまりのことに
④ さすがにこれでは
⑤ 知らず知らずに

(エ) 淵瀬(ふちせ)さらに変はらざりけり。

① これ以上は
② けっして
③ まさか
④ めったに
⑤ さらに

(オ) わざとうるはしくしたりけるものどもかな。

① 故意に
② あいにく
③ ことさら
④ たいそう
⑤ 意地悪で

だまされないよう要注意な重要単語［副詞］

やがて 訳 そのまま。すぐに。
なかなか 訳 かえって。
さすがに 訳 そうはいってもやはり。
さらに（～打消表現） 訳 まったく（～ない）。けっして（～ない）。
わざと 訳 わざわざ。ことさら。格別に。

(ア)「やがて」は、現代語でもよく使う語ですよね。でも、意味が違うので要注意。

(イ)「なかなか」も、現代語とは意味が違います。形容動詞「なかなかなり（訳 かえって～しない方がましだ）」もあわせて覚えておきましょう。

(ウ)「さすがに」は「さすが」**だけのときもあります**。いずれにせよ、現代語の「さすが！」とは違いますよ｜。

(エ)「さらに」は、現代語のように肯定文で、「その上」「重ねて」の意味で用いることもありますが、**入試頻出は、打消表現とセットで「まったく（～ない）」と訳す**方ですよ。

(オ)現代語の「わざと」は、たいてい悪意のこもった意味ですが、古語の「わざと」は違いますからね。

《練習4》の答え・解釈例

(ア) ① 薬も飲まず、そのまま起き上がりもしないで、病に臥せってしまった。
(イ) ④ かえってとてもよいと思われる。
(ウ) ② そうはいってもとても恋しく思われた。
(エ) ② 淵と瀬はけっして変わらなかった。
(オ) ③ ことさらきちんとしていた者達だなあ。

どうですか？　もうだまされませんよね？
せっかく重要語の意味を覚えたのに、「ひっかけ選択肢」にひっかかるなんてもったいない！
次の単語も気をつけてね。入試で問われるのは、現代語ではなく古文特有の意味ですよー！

だまされないよう要注意な重要単語

［動詞］

居直る（ゐなほ）　訳 座り直す。

ことわる　訳 ①判断する。②事情を説明する。

あきらむ　訳 明らかにする。

くどく　訳 くどくど言う。繰り返し言う。

さはる　訳 さしさわりがある。支障がある。

［形容詞］

ありがたし　訳 めったにない。

なまめかし　訳 ①みずみずしくて美しい。若々しくて美しい。②優美だ。落ち着いた趣がある。

いとほし　訳 かわいそうだ。気の毒だ。

なつかし　訳 親しみやすい。

［形容動詞］
あからさまなり 訳 ついちょっと。ほんのしばらく。
［名詞］
こころざし 訳 ①愛情。②贈り物。
つとめて 訳 翌朝。早朝。

戦う「単語力」攻略ポイント2

1 入試は、古文の知識を試すものと心得よ!!
2 現代語の意味にひきずられず、古語としての意味を優先せよ!

テーマ3 意味の厳選が必要な単語「多義語」を攻略しよう♪

一つの単語に複数の意味があるものは、暗記をするのも大変ですよね。しかも、入試の選択肢では、①も②も「あれ？　どっちも単語帳に載ってた意味だぞ？」などと困った事態に陥りがち。重要語の訳を暗記していれば、選択肢は半分ぐらいには絞れる。でも、その後は、暗記だけではなんともならず、**文脈を丁寧**

に読み取って、前後の文脈に合った意味を厳選しなくてはなりません。ここで、**読解力がからんでくる**わけです。最後の2択までは絞れるんだけど、そこで間違えちゃうんだよなあ……という人は、ここをしっかり特訓しましょう。

解釈問題の解き方 3

1 多義語の場合は、複数の意味すべてを思い出し、覚えた訳と合致するものは、すべて正解候補とする。

＊一つだけじゃなくて、主要な訳は全部覚えておいて！「覚えてなかったから正解候補からはずしちゃった」なんてことがないようにね。

2 意味の絞り込み方をおさえておき、絞り込む目印を本文中から探して、そこでの意味を判断する。

練習1

傍線部(ア)〜(ウ)の解釈として最も適当なものを、次の各群の①〜⑤のうちからそれぞれ一つずつ選べ。

(ア) 迎へ給ふ人、参りたり。

① お迎え致します
② お迎えする
③ お迎え申し上げる

④　お迎えになる
⑤　お迎えに来ます

(イ)　かの頼め給ひしこと、この頃のほどにとなむ思ふ。
①　頼りに思いなさったこと
②　お願いなさったこと
③　あてになさったこと
④　期待させなさったこと
⑤　依頼なさったこと

(ウ)　御衣（おんぞ）ぬぎて、かづけ給うつ。
①　お出かけになった
②　お出かけになるようにさせた
③　ほうびとしてお与えになった
④　ほうびとしていただいた
⑤　頭からかぶりなさった

まずは、多義語というほど多義語ではないものからスタートです。実はこれらは、活用の種類と訳とを連動させて覚えておくと、正解がわかるんですよ。一つの動詞でありながら、［四段］と［下二段］の活用をつかいわけて、ビミョーな意味の違いをあらわしています。［活用の種類］が、意味の見分けの目印です！

意味の厳選が必要な重要単語

頼む
［四段］訳 頼みに思う。期待する。あてにする。
［下二段］訳 頼みに思わせる。期待させる。あてにさせる。

かづく
［四段］訳 ①かぶる。②ほうびとしていただく。
［下二段］訳 ①かぶせる。②ほうびとして与える。

給ふ
［四段］訳 ①〈「与ふ」の尊敬語・本動詞〉お与えになる。
訳 ②〈尊敬の補助動詞〉～なさる。お～になる。
［下二段］訳 〈謙譲の補助動詞〉～（しており）ます。

(ア) ここの「給ふ」は、**動詞「迎へ」の真下にある**ので、**補助動詞の「給ふ」**です。また、名詞「人」の真上にあるので、**連体形**です。ということは、〔**給＝は―ひ―ふ―ふ―へ―へ**〕と活用する**四段活用**だと判断できますね。四段活用をしているときの「給ふ」は〈尊敬〉！ つまり、**尊敬の補助動詞**で訳しているものが正解です。

(イ) ここの「頼め」は、動詞「給ひ」の真上にあります。**用言（＝動詞・形容詞・形容動詞）の真上に活用語がある場合は、原則、連用形になる**ので、この「頼め」も連用形だということになりますね。ということは、〔**頼＝め―め―む―むる―むれ―めよ**〕と**下二段で活用**している方！ 下二段活用の「頼む」は、四段活用の「頼む」の訳の末尾を「**～せる**」にして、「**頼**

みに思わせる」などと訳します。

(ウ)　ここの「かづけ」も、動詞「給う」（「給ひ」の ウ音便形）の真上なので、**連用形**です。ということは、〔**かづ＝け｜け｜く｜くる｜くれ｜けよ**〕と活用している**下二段活用**の「かづく」です。下二段活用の「かづく」で訳している選択肢を選びましょう。

練習1 の答え・解釈例

(ア)　④　お迎えになる人が、参上した。

(イ)　④　あの期待させなさったことを、この頃のうちにと思う。

(ウ)　③　御着物を脱いで、ほうびとしてお与えになった。

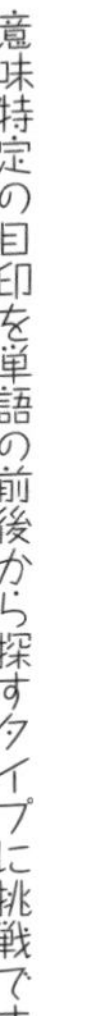

次は、意味特定の目印を単語の前後から探すタイプに挑戦です。

練習2

傍線部(ア)～(オ)の解釈として最も適当なものを、次の各群の①～⑤のうちからそれぞれ一つずつ選べ。

(ア)　思ひしもしるく、ただひとり臥し起きす。

①　予想していたこととは違って
②　考えていたわけではないが
③　思っていたとおり
④　思いもよらないことに
⑤　意識ははっきりとしながら

(イ) 恐ろしなんどもおろかなり。

① 怖がっていては始まらない
② 怖がるなんて愚かだ
③ 恐ろしいとまでは言えない
④ 恐ろしいなどという言葉では不十分だ
⑤ 怖いかどうかは問題ではない

(ウ) うしろめたう思ひつつ寝ければ、ふとおどろきぬ。

① 目が覚めてしまった
② はっと気づいた
③ 眠れなかった
④ 眠りが浅かった
⑤ びっくりしてしまう

(エ) いつしか、かやうにて見たてまつらばや。

① 早く
② いつかは
③ 早くももう
④ いつのまにか
⑤ いつでも

(オ) 御帳（みちやう）の前に、女房いと多く候（さぶら）ふ。

① 並ぶ
② 座る
③ います
④ いらっしゃる
⑤ お控えする

意味の厳選が必要な重要単語

しるし　［形容詞］　訳 ①はっきりしている。目立っている。
②「〜もしるく」で
〜も予想通りで。〜もそのとおりで。

おろかなり　［形容動詞］　訳 ①いいかげんだ。粗略だ。②愚かだ。
③「〜といふもおろかなり」「〜などもおろかなり」などで
〜（など）という言葉では不十分である。

おどろく　［動詞］　訳 ①はっと気がつく。②目が覚める。起きる。

いつしか　［慣用句］　訳 ①いつのまにか。早くももう。
②「いつしか（〜願望・意志）」で
早く（〜したい・してほしい・しよう）

候ふ

［動詞］

訳 ①〈「あり」の丁寧語〉あります。います。
②〈丁寧の補助動詞〉
「用言または断定の助動詞『なり』＋候ふ」で
～です。～ます。
③〈「あり」「をり」の謙譲語〉
「〔人物〕が〔身分の高い人がいる場所〕に＋候ふ」で
お控えする。お仕えする。

(ア)「**～もしるく**」の形になっていることに気づくことが意味を特定するカギですよ。

(イ)「なんど」は副助詞で、「リンゴなどを食べた」の「など」と同じ。ということは、ここは、「恐ろしなどもおろかなり」**と同じ**ということですね。

(ウ)「おどろく」**の前後の本文に、寝ている人が登場しているときは、**「目が覚める。起きる」**の意味だ**と判断しましょう。

(エ)「**いつしか（～願望・意志）」という形のときは、**「早く（～したい・してほしい・しよう）」**という**早期実現を望む意味になります。今回は「ばや」が、「～したい」という意味の願望の終助詞です。

(オ)「**〔人物〕が〔身分の高い人がいる場所〕に＋候ふ」の形の「候ふ」は、謙譲語で**「お控えする。お仕えする」**などと訳します。**「御帳」は「御帳台」のことで、身分の高い人がお休みになる所。〔女房〕が〔御帳の前〕に「候ふ」のだから、「候ふ」は「お控えする」などと訳すのが正解。現代人感覚だと、「別に『います』って訳でもよくない？」って思えてしまうんですけど、身分の上下がはっきりしている古文の時代ですから、身分の高い人の前で、ただ、ぽけーっと「います」というのは、やっぱり×。

《練習2》の答え・解釈例

(ア) ③ 思っていたとおり、たったひとりで寝起きしている。

(イ) ④ 恐ろしいなどという言葉では不十分だ。

(ウ) ① 気がかりに思いながら寝たので、ふと目が覚めてしまった。

(エ) ① 早く、このように拝見したい。

(オ) ⑤ 御帳台の前に、女房がとても数多くお控えする。

最後は、意味がかなりたくさんある語で挑戦!

《練習3》

傍線部(ア)〜(ウ)の解釈として最も適当なものを、次の各群の①〜⑤のうちからそれぞれ一つずつ選べ。

(ア) 女、すすきに文(ふみ)をつけてやりたりければ……。

① 漢詩
② 和歌
③ 絵
④ 手紙
⑤ 楽譜

(イ) これ、むかし名高く聞こえたるところなり。

① 聞いていた
② 理解された
③ 噂された
④ 申し上げた
⑤ おっしゃった

(ウ) 「久しう参らで、帝の御顔もゆかしうぞある」

① 見たい
② 知りたい
③ 聞きたい
④ 寂しい
⑤ 懐かしい

意味の厳選が必要な重要単語

文（ふみ）［名詞］ 訳 ①漢詩。漢文。②書物。特に漢籍。③学問。特に漢学。④手紙。

聞こゆ［動詞］ 訳 ①聞こえる。②噂される。③聞いて理解される。④〈「言ふ」の謙譲語〉申し上げる。⑤〈謙譲の補助動詞〉〜申し上げる。お〜する。

ゆかし［形容詞］ 訳 見たい。聞きたい。知りたい。心がひかれる。

(ア)「女が、ススキに『文』をつけて……」と、「女」が主語となる文です。「文」は、主として漢詩・漢文系の意味ですが、当時、女性は漢字を読み書きしないのが普通だったので、今回のように女性が主語のときは、**漢文系以外の意味＝手紙の意味**になります。たくさん意味があったけど、主語に注目したら、カンタンに特定できちゃいましたね♪

(イ)「聞こゆ」は敬語になったりならなかったりする珍しい語。特に「噂される」と「申し上げる」はどちらも誰かがしゃべっているので、意味の特定に迷いがちですよね。

でも、普通、謙譲語を用いるときは、相手に対して「敬語使わなきゃ！」と意識しているんだから、誰に話しているのかはっきりしています。一方、「噂」の場合は、現代でもそうですけど、誰が噂しているんだか誰に噂しているんだか、そこのところが特定しづらく曖昧（あいまい）です。つまり、「噂される」と「申し上げる」の意味の見分けは、人物に注目して、話す主体や話す相手がはっきりしないのなら「噂される」**の可能性大、**

話す主体や相手がはっきりしているのなら「申し上げる」の可能性大、と考えるといいでしょう。

今回は「むかし」の誰が誰に「名（＝評判）高く」言ったのか明確ではないので、「噂される」の意味。

(ウ)「ゆかし」は、**自分の心が興味関心のある方に「行く」状態や心情をあらわす形容詞**。「〜したい」系だったら、意味として幅広く認められます。ここは「帝の御顔」を「ゆかし」なのだから、「見たい」。「知りたい」でも良さそうですが、前から面識があることは、「久しう参らで（＝長い間参上しないで）」からわかるので、ここでは×です。

《練習3》の答え・解釈例

(ア) ④ 女は、すすきに手紙をつけて送ったところ……。

(イ) ③ これは、むかし評判高く噂された場所である。

(ウ) ① 「長い間参上しないで（帝にお会いしていないので）、帝の御顔も見たい」

次のような語にも要注意！

意味の厳選が必要な重要単語

[動詞]

見る 訳 ①見る。②わかる。理解する。③会う。④結婚する。交際する。

もてなす 訳 ①処置する。②ふるまう。③もてなす。

［形容詞］

ところせし 訳 ①場所が狭い。②(物が) たくさんだ。③窮屈だ。気詰まりだ。④おおげさだ。仰々しい。⑤堂々としている。

心もとなし 訳 ①はっきりしない。②気がかりだ。③待ち遠しい。じれったい。

はかばかし 訳 ①てきぱきはかどっている。②はっきりしている。目立っている。③しっかりしている。

［形容動詞］

ねむごろなり 訳 ①親切だ。丁寧だ。熱心だ。②男女の仲が良い。親密だ。

［名詞］

世 訳 ①男女の仲。夫婦仲。②社会。この世。③俗世。④御代。治世。⑤人生。

しるし 訳 ①前兆。予兆。②効果。霊験。③目印。④証拠。

手 訳 ①手。②文字。筆跡。③芸能の所作。手ぶり。④演奏法。曲。⑤技量。腕前。⑥手段。方法。⑦傷。⑧手下。部下。

たより 訳 ①頼みになるもの。②縁。③ついで。機会。④手がかり。便宜。⑤出来具合。⑥手紙。

［副詞］

おのづから 訳 ①自然と。②偶然。たまたま。③万が一。ひょっとして。

戦う「単語力」攻略ポイント3

1 多義語の意味の絞りこみは、「単語の知識」＋「文脈チェック」！

2 「文脈チェック」は、訳をあてはめるだけではなくて、意味を決定づける「根拠」を探せ！

テーマ4
アレンジ対応力が必要な単語
「曖昧な意味の単語」を攻略しよう♪

古語の中には、曖昧な内容をあらわす語があります。それらが入試で問われる場合、曖昧なままではわかりにくいですから、多くの場合、適宜**文脈に合わせて具体化されます**。具体的な内容は、単語の基本的な訳にプラスされる形で表現されることが多いのですが、そのプラスされた内容は、文脈に応じて実にさまざま。この○×判断に、**読解の力が必要になる**わけです。

また、曖昧でわかりにくい訳語を、文脈に即して丸ごと言い換えた選択肢が並ぶケースもあります。「言い方」が違うだけで、言っている意味は同じなのか、それとも、訳の誤りと判断するべきなのか……ここの見定めも難しいところ。

さあ、第一章の最後のテーマに挑戦です。

解釈問題の解き方 4

1 選択肢の表現を、単語の直訳部分と、プラスαの部分とに分ける。

2 まずは直訳部分に着目し、暗記した意味から大きくはずれた選択肢を消去。

＊単語帳に載っていた訳語そのままじゃなくても、意味が同じなら、広めに残しておく。

3 2で答えが一つに絞れなかったら、プラスαの部分に注目して、傍線部前後の文脈に合うものを選ぶ。

＊チェックポイント：主語は誰？
何に関して言った言葉？など

では、まずは簡単なところから。
覚えた訳そのものではなく、アレンジされた訳の練習をしてみましょう。

練習1

傍線部(ア)〜(ウ)の解釈として最も適当なものを、次の各群の①〜⑤のうちからそれぞれ一つずつ選べ。

(ア)「しかじかなむ」と申しけるに、けしき悪しうなりぬ。(あ)

① 雰囲気
② 景色

③ 眺望
④ 機嫌
⑤ 意識

(イ) 「子どもなど入り来て、(植物を) 抜きもぞする。よくまもりてあれ」

① 眺めて
② 見張って
③ かばって
④ 迷って
⑤ 子守して

(ウ) 「命を助けながら、なほ僻事(ひがこと)になりて、よこさまに損ぜられん事こそ、術(ずち)なき次第にて侍れ」とことうるはしくかきつくろひて言ひければ……。

① 美辞麗句(びじれいく)で
② 理路整然と
③ 虎視眈々(こしたんたん)と
④ 支離滅裂に
⑤ 意気揚々(いきようよう)と

アレンジ対応力が必要な重要単語

けしき　［名詞］　訳 様子。
まもる　［動詞］　訳 ①じっと見つめる。②守護する。
うるはし　［形容詞］　訳 ①きちんと整っている。端正だ。②美しい。

(ア)　「けしき」は漢字では「**気色**」と書いて、**目で見てわかる様子をあらわす語**です。定番の訳が「様子」なのですが、「顔の様子→表情」「振る舞いの様子→態度」など、アレンジ自在です。ここは、誰かの発言を受けて、「けしき」が悪くなっているところ。「心の様子→機嫌」と具体化した④が、前後のつながりもよいので、正解。「景色」「眺望」は、ひっかけ選択肢の定番。「雰囲気」や「意識」は、「目で見てわかる様子」という「けしき」の根本的な意味からはずれるので×です。

(イ)　「まもる」は「**まぼる**」とも言います。安易に、現代語と同じ「守る」の意味でとらないように注意を要する単語でもあるのですが、古文特有の意味「じっと見つめる」もまた、アレンジされることもあって要注意です。ここは植物を抜かれないように「見つめていろ」というのだから、これは「見張っていろ」ってことですよね。「かばって」「迷って」は「まもる」の意味から大きくはずれているので最初に消去。「子守して」は、ひっかけ選択肢ですね。「眺めて」がビミョーですが、「じっと見つめる」のニュアンスは、「眺める」＝ぼーっと見ている、にはちょっと足りません。

(ウ)　「うるはし」は「**きちんと整っている**」**ことをあらわす語**です。「顔立ちがきちんと整っている→端正だ」「儀式がきちんと整っている→本格的だ・正式だ」などと訳がアレンジされることがあります。ここは、頭に「こと」をつけた「ことうるはし」で「**言い方がきちんと整っている**」**ことを言うので、**「**理路整然と**」**と訳す**のがぴったりですね。もちろん、場合によっては、「うるはし」のもう一つの意味「美しい」をアレンジして「美辞麗句で言った」も成り立ちますが、今回の発言内容は、美辞麗句とは言えないので、×です。

覚えた訳語そのままじゃないのを、○×判断するのは、なかなか大変ですよね。現代語としての語彙力も必要です。

《練習1》の答え・解釈例

(ア) ④「これこれこういう」と申し上げたところ、**機嫌**が悪くなった。

(イ) ②「子どもなどが入ってきて、(植物を)抜いたりすると困る。よく**見張っていろ**」

(ウ) ②「(一旦は)命を助けておきながら、やはり間違いだということになって、非道にも命を奪われるなら、その事も、どうしようもないことです」と**理路整然と**威儀を正して言ったところ……。

次に、覚えた単語そのものではなく派生した語で、覚えた訳を応用するパターンに挑戦してみましょう。

練習2

傍線部(ア)～(ウ)の解釈として最も適当なものを、次の各群の①～⑤のうちからそれぞれ一つずつ選べ。

(ア) 姫君、世のうさに聞きも入れたまはず。

① 噂
② つらさ
③ 評判
④ うれしさ
⑤ 悪事

(イ) 「さても世のいたづら者なり。にくし」

① いたずらっ子
② 甘えん坊
③ 浮気者
④ 嘘つき
⑤ 役立たず

(ウ) 「あやし。ひが耳にや」

① 地獄耳

② 福耳
③ 聞き間違い
④ 聞きづらさ
⑤ 聞き上手

アレンジ対応力が必要な重要単語

うし 〔形容詞〕 訳 つらい。いやだ。
↓うさ 〔名詞〕 訳 つらさ。いやなこと。
いたづらなり 〔形容動詞〕 訳 ①無駄だ。役に立たない。②むなしい。何もない。
↓いたづら者 〔名詞〕 訳 役に立たない者。悪人。
ひが〜 〔接頭語〕 訳 間違った〜。
↓ひが耳 〔名詞〕 訳 聞き間違い。

(ア) 「うさ」は、**形容詞「うし」が名詞になったもの**。「暑し」→「暑さ」、「やさし」→「やさしさ」など、現代語と同様に、「さ」は、名詞を作る接尾語。名詞で覚えていなくても、覚えている形容詞の意味を名詞化すれば、対応できますね♪

(イ) 「いたづら者」も、**形容動詞「いたづらなり」が名詞に発展したもの**です。覚えている古語「いたづらなり」に立ち戻って、正しい訳を考えてね。

(ウ) 接頭語「ひが」は「**ひがこと**」「**ひが覚え**」など、いろいろな語を作ります。「ひがこと」で覚えている人が多いかな？ いろんな語を生み出すパーツは、単語という単位ではなく、**接頭語とか接尾語という小さなパーツで覚えて**おくと、いろんな語に応用できますよ。

練習2の答え・解釈例

(ア) ② 姫君は、世の**つらさ**のせいで（話を）聞き入れなさらない。

(イ) ⑤「それにしても世の**役立たず**だ。憎らしい」

(ウ) ③「へんだ。**聞き間違い**だろうか」

練習3

傍線部(ア)〜(ウ)の解釈として最も適当なものを、次の各群の①〜⑤のうちからそれぞれ一つずつ選べ。

(ア) 世を貪（むさぼ）る心のみ深く、もののあはれも知らずなりゆくなん<u>あさましき</u>。

① 嘆かわしい
② 喜ばしい
③ すばらしい
④ 恨みがましい
⑤ かわいらしい

(イ)「御酒(みき)とく参り給へ。ただ今地震(なゐ)の振り候はんずるぞ」と言ひけり。その言葉たがはず、やがて振りければ、酒、がぶと来てこぼれにけり。ゆゆしくぞかねて言ひける。

① 縁起が悪く
② 気味悪くも
③ みごとに
④ 並々でなく
⑤ 不思議なことに

(ウ) 京より叔母などおぼしき人ものしたり。

① いた
② 来た
③ した
④ 見た
⑤ 似た

基本の意味を暗記しておくことは、もちろん大事ですが、それだけでは、正解を一つに絞りきれない難問に挑戦してもらいました。それどころか、覚えた訳がカケラもないので、超難問！　どうでしたか？

このタイプの単語の問題は、まずは、覚えた単語の意味から選択肢をできるだけ絞り込み、傍線部前後にあるわずかなヒントを拾い集めて、文脈に合わせて正解を見抜いていきましょう。

アレンジ対応力が必要な重要単語

あさまし　［形容詞］　訳 驚きあきれるほど～だ。

ゆゆし　［形容詞］　訳 ①不吉だ。縁起が悪い。②とても～だ。

ものす　［動詞］　訳 ※様々な動詞の代用として用いる。

(ア)「あさまし」は、「驚きあきれるほど～だ」という意で、良い意味にも悪い意味にも使用します。「驚くぐらいだ」「あきれるほどに」などと直訳調の選択肢が並ぶケースもよくあるのですが、「驚きあきれるほど～だ」の「～」の補いの箇所だけが選択肢に並ぶケースもあります。今回もそのケースです。ここは、**「貪る心」ばかりが増殖し、「もののあはれ」がわからなくなっていく**と言うのだから、「(驚きあきれるほど)嘆かわしい・悲しい・いやだ」などマイナスの心情表現だと判断できますね。

(イ)「ゆゆし」は、「**不吉だ**」といった意味のほか、良くも悪くも「とても～だ」という意味を持つ形容詞。「とても」どうなのかの補いが必要なケースや、補いの箇所のみが選択肢に並ぶケースが多いですから、前後の文脈をよく見てね。ここは、「お酒を早くのみなさい。地震が来るよ」という発言の直後に揺れたというのですから、「**予想的中！おみごと！**」という意味で「ゆゆし」が使われているわけですね。

(ウ)動詞「ものす」は、様々な動詞の代用品として使用できるので、これ以上ないほど、たくさんの意味をもつ動詞といえます。ここは「**京より**」「**叔母**」が「**ものしたり**」なんだから、「来る」**の意味**で用いられていることがわかりますね。

練習3の答え・解釈例

(ア) ① 俗世（の名誉や利益）をほしがる心ばかりが深く、ものの情趣も理解しないようになって行くことが嘆かわしい。

(イ) ③「お酒を早く召し上がりなさい。すぐに地震が来るでしょう」と言った。その言葉どおりに、すぐに揺れたので、酒が、がぶっと寄ってこぼれてしまった。みごとに事前に言ったものだ。

(ウ) ② 京から叔母などと思われる人が来た。

古語の解釈は、ニュアンスも含めてその語が本来もつ、基本的な意味をしっかりととらえたものが正解です。でも、根本的な意味を踏まえつつも、文脈にあわせてアレンジされることもあります。アレンジされた訳は、どこまでがセーフで、どこからがアウトなのかがわかりにくく、受験生泣かせの箇所ですよね。「要するにこういうことでしょ」と外国語の和訳みたいに割り切っちゃうと、単語がもつニュアンスを無視していたり、敬語や助動詞の訳が欠けた、間違い選択肢に手を伸ばす危険性大。本来の意味を踏まえたうえで、その場に合ったアレンジをした選択肢を見抜けるように、練習を重ねていきましょう。

その他、次のような語にも要注意。

アレンジ対応力が必要な重要単語

［動詞］

あり 訳 ①ある。いる。②生きている。③（言葉が）ある。（行動が）ある。

す 訳 ①する。②※様々な動詞の代わりに用いる。

つかうまつる 訳 ①お仕えする。②致す。③※様々な謙譲語の代わりに用いる。

［形容詞］

いみじ 訳 とても〜だ。

をかし 訳 ①風流だ。趣がある。②素敵だ。すばらしい。③滑稽だ。おかしい。

［形容動詞］

あはれなり 訳 しみじみと〜だ。

［名詞］

ほど 訳 ①程度。②時間。③広さ。長さ。④身分。年齢。

戦う「単語力」攻略ポイント4

1 単語の基本的な意味から大きくはずれた選択肢を消去する。
＊基本的な意味は、辞書の「語義」「類義語パネル」「学習コーナー」などを活用して覚えておこう。

2 「定番の訳」だけを見て飛びつかず、アレンジした言い方や具体化した言い方になっているものも含めて、選択肢の中から広めに正解候補を選ぶ。

3 2のなかから前後の文脈に合う選択肢を選ぶ。
＊文脈に合わせることばかりに気を取られ、単語の基本的な意味や、直訳を無視した選択肢は選ばないこと！

いきなり、第一章から、ハードなトレーニングでしたね！　よく頑張りました。

でもこれで、単語は、「覚えた」だけじゃなくて「使える」ところまでパワーアップしましたよ。では、今度は、**文法力もパワーアップ**させましょう。

第二章　戦う文法力を身につけよう

「覚えた」文法知識を得点源に！

「文法って、そんなにたくさん出題されないのに、やらなきゃいけないの？」「あってもなくてもあんまり違いがない助詞・助動詞の訳を、そこまで正確にする必要あるの？」など、覚えなくてはいけない活用表や一覧表を目にすると、ついそんな言葉が出てきますよね。たしかに、活用形がわからなくても、助詞・助動詞の訳をそれほど正確にしなくても、おおまかな内容程度ならわかることが多いかもしれません。でも、それでは、**入試で点数になりません。**

単語でも文法でも、古文の**入試で問われるのは、「古文特有」のところ。**古文として特徴的なところって、「お勉強」をしたかどうかがわかりやすくて、入試頻出なんです。古文の文法は、現代語の文法とは異なりますし、助動詞も古語にあって現代語にないものが数多くあります。つまり、**文法って、「古文特有」の宝庫！**　ストレートな文法問題だけでなく、解釈問題にも、説明問題の傍線部や着眼箇所の中にも、文法は関係しています。

では、頻出箇所を中心に、覚えた文法の知識でしっかり得点できるよう、練習していきましょう♪

テーマ1

品詞分解型

基本の解き方

1　活用表を思い出し、どこからどこまでが一単語かを正確に判断する。

2　活用形は、次のどれかから判断する。

a　活用表

b　直下の語の〈接続〉

c　係り結びや疑問の副詞との関係

練習1

傍線部の文法的説明として正しいものを、次の①～⑤のうちから一つ選べ。

かならず出でゐてなむ見られ侍る。

①　四つの単語で構成されている。

②　四段活用動詞が一つ用いられている。
③　動詞の未然形が一つ用いられている。
④　動詞の終止形が一つ用いられている。
⑤　助動詞「る」が用いられている。

まず、傍線部「見られ侍る」を品詞分解してみると、「**見**／**られ**／**侍る**」となります。「え？『見ら／れ／侍る』じゃないの？」「『見られ／侍る』だと思った……」なんて人もいるかもしれませんね。単語の切れ目を正しくつかむためには、**用言の活用の種類を正しく判断したり、活用表を正確に暗記しておく**ことが必要です。

「**見る**」は、**マ行上一段活用動詞**。9種類ある動詞の活用の種類のうち、カ行変格活用・サ行変格活用・ナ行変格活用・ラ行変格活用・上一段活用・下一段活用の6種類の動詞は、ふだんから覚えておいて、手っ取り早く記憶力で活用の種類を答えられるようにしておきます。それぞれその活用をするのはごく少数の動詞なので、「ナ行変格活用は、『死ぬ』と『往ぬ』！」などと暗記をしておくことで、問われた瞬間に活用の種類を即答できるように備えておくのです。それでは、次のページの動詞を暗記！

重要文法ポイント

●**上一段動詞＝**干る・射る・鋳る・着る・似る・煮る・見る・居る・率る

＊頭文字をつなげて「ひいきにみゐ＋る」と覚えるといいですよ♪

●**下一段動詞＝**蹴る

●**カ行変格活用動詞＝**来

＊「帰り来」「参り来」などの複合カ変動詞もあり。

●**サ行変格活用動詞＝す**

＊「具す」「奏す」などの複合サ変動詞も多数あり。

●**ナ行変格活用動詞＝**死ぬ・往ぬ

●**ラ行変格活用動詞＝**あり・をり・侍り・いまそがり

さて、傍線部にあった「見る」は、上一段活用動詞。上一段活用動詞は、暗記しておく動詞の中では、ちょっと数が多めで、しかも、カ行上一段とかナ行上一段などと、いろんな行の上一段活用動詞があります。そこで、いろんな行に応用しやすいようにどんな行でも絶対的に変わらない部分を抽出した活用表で覚えておくのがオススメ。次のページに示した活用表では、活用の行によって変わる子音はカットして、変わらない母音をアルファベットで示してあります。〝る〟〝れ〟〝よ〟の部分は、何行であっても変わらないので、そのままひらがな表記です。こうして覚えておけば、活用の行によって、アルファベットの部分をかえるだけですから、応用しやすいですよ。

語幹	+	未然形	連用形	終止形	連体形	已然形	命令形
		i	i	iる	iる	iれ	iよ

「見る」は、マ行上一段活用ですから、**アルファベットで記した母音の前に、マ行の**「m」**をつけて、**〔mi—mi—miる—miる—miれ—miよ〕とすれば、「見る」の活用表のできあがりです。しあがりは、こんな感じです。

（見）	+	未然形	連用形	終止形	連体形	已然形	命令形
		み	み	みる	みる	みれ	みよ

ふつう、単語は〔**語幹**〕**と**〔**各活用形の活用語尾**〕をドッキングした形で一単語ですが、「見る」は、**語幹と活用語尾との区別がありません**。見方をかえれば、語幹がないともいえます。ということで、「見る」は、各活用形の欄にかいてある部分のみで一単語です。

活用表にある形が「見る」の変化形（＝活用形）のすべてですから、「みら（見ら）」とか「みられ（見られ）」で一語ってことはないなってわかりますね。でも、「み（見）」という活用形はありますから、「見」**だけで一単語、「られ」は別の単語、と分けるのが正解です**。

では、切り離された「られ」って何でしょう？

次の、**助動詞の**「らる」の活用表を見てください。

受身・自発・可能・尊敬の助動詞「らる」

四段・ナ変・ラ変以外の未然形 ＋

未然形	連用形	終止形	連体形	已然形	命令形
られ	られ	らる	らるる	らるれ	られよ

「られ」という活用形がありますから、「見／られ」の「られ」はこの助動詞の可能性大。確認してみましょう。傍線部の「られ」は、**動詞「はべる」の真上**なので、連用形です。動詞・形容詞・形容動詞の真上に活用語があるときは、**原則〈連用形〉ですからね。**動詞の真上は連用形、連用形のカタチが活用表どおり「られ」なので、「られ＋はべる」のつながりは問題なしです。

また、「られ」の真上の「見る」は上一段活用ですから、**「四段・ナ変・ラ変以外」という「らる」の接続条件**に合いますし、「見る」の未然形は「見」という形だったので、**「見＋られ」のつながりも、問題なし！**これで、決定です。

ちなみに、助動詞の中には「る」という語も存在しますが、「る」は、「四段・ナ変・ラ変の未然形」に接続するので、上一段動詞「見る」には接続できません。

受身・自発・可能・尊敬の助動詞「る」

四段・ナ変・ラ変の未然形 ＋

未然形	連用形	終止形	連体形	已然形	命令形
れ	れ	る	るる	るれ	れよ

この箇所が「る」じゃなくて「らる」が用いられている！と判断するには、動詞「見る」**に関する文法知識と助動詞「る・らる」の接続の知識が大切**だったんですね。

また、「見」の部分の活用形は、カタチだけだと未然形か連用形か区別がつきませんが、**「られ」の接続**から、**未然形**だと判断できますね。

さあ、最後のチェックポイントです。

「**侍る**」は、先ほどの覚える動詞6種類のなかにありましたよ。**ラ変動詞**ですね。同じラ変動詞であれば、単語によって〈語幹〉は変わりますが、活用語尾は同じです。

	未然形	連用形	終止形	連体形	已然形	命令形
侍 +	ら	り	り	る	れ	れ

「侍る」は連体形のカタチですね。「文末だから終止形だ！」と思い込んだかもしれませんが、ここは、傍線部直前にある、**強意の係助詞**「なむ」と**係り結びが成立していて、連体形**なのです（→係り結びは74ページ参照）。

《まとめ》

覚える動詞 ↓上一段 ＝ 見 ←「られ」の上だから **未然形**

られ

覚える動詞 ↓ラ変 ＝ 侍（はべ）る ←「侍る」の上だから **連用形** ← 活用表から **連体形**

正解をさがそう

① 四つの単語で構成されている。……正しくは「三つ」。
② 四段活用動詞が一つ用いられている。……正しくは、上一段活用動詞とラ行変格活用動詞のみ。
③ 動詞の未然形が一つ用いられている。……「見」が未然形です。これが正解！
④ 動詞の終止形が一つ用いられている。……「見」が未然形、「侍る」は連体形なので終止形はナシ。
⑤ 助動詞「る」が用いられている。……あるのは助動詞「る」ではなく「らる」。

正解選択肢は、③です。問題文全体で、「必ず（部屋から）出て座ってつい（雪を）見ています」などと訳します。今回は、所属動詞を覚えたうえで対処する動詞が中心でしたが、ほかの活用の種類の動詞や、形容詞・形容動詞も見なおしておきましょう。

戦う「文法力」攻略ポイント1

1　用言（動詞・形容詞・形容動詞）と助動詞の活用表
2　用言の活用の種類とその見分け方
3　助動詞の接続

を暗記！

テーマ2

まぎらわしい意味の判別型

基本の解き方

1 問われている助詞・助動詞の意味用法を思い出す。

2 特にまぎらわしいものは、「意味の判別ポイント」を頭にいれておき、本文の中からそのポイントを見定めて意味を特定する。

3 選択肢もヒントにする。

練習2

傍線部の文法的説明として正しいものを、次の①～⑤のうちから一つ選べ。

いふかたなう心憂(こころう)しと思へども、何わざをかはせむ。

① 「か」は反語の係助詞で、「む」は意志の助動詞の連体形である。

② 「か」は疑問の係助詞で、「む」は意志の助動詞の連体形である。

③「か」は反語の係助詞で、「む」は勧誘の助動詞の終止形である。
④「か」は疑問の係助詞で、「む」は仮定婉曲の助動詞の終止形である。
⑤「か」は反語の係助詞で、「む」は仮定婉曲の助動詞の連体形である。

傍線部「何わざをかはせむ」は、「**何わざ／を／か／は／せ／む**」と品詞分解されます。**係り結びと助動詞の「む」がポイント**となる問題です。では、まずは文末の「む」から検討してみましょう。

重要文法ポイント

む［助動詞］
①〈推量〉～だろう。
②〈意志〉～しよう。
③〈適当・勧誘〉～のがよい。～しませんか。
④〈仮定・婉曲〉～たら、その。～ような。
★「……む＋名詞」のときや、名詞が省略された「……む（＋名詞）＋助詞」のとき。

「む」はたくさんの意味があるので、特定するのは大変そうですよね。でも、見た目の特徴に注目して、意味を特定できる場合もあるんですよ。特に〈仮定・婉曲〉**の特徴がわかりやすい♪**　前ページ「重要文法ポイント」の★にご注目！

〈仮定・婉曲〉のときの「**む**」**は、**名詞の直前にあるなど、かならず「文の途中で連体形」になっている「む」なんです！　裏を返せば、文末にある「む」は、〈仮定・婉曲〉以外の意味ということになりますね。

じゃあ、今回の「む」も、**文末にある**んですから、**〈仮定・婉曲〉以外の意味になる**ということです。これだけで、選択肢④⑤は間違いだとわかりました。

〈仮定・婉曲〉じゃないなら、どの意味なのか？？

〈仮定・婉曲〉以外の意味のときは、**主語との関係に注目して、**〈意志〉**は一人称主語、**〈適当・勧誘〉**は二人称主語、**〈推量〉**は一人称でも二人称でもない主語の場合が多い、**という傾向がありますが、文脈チェックも必要です。傍線部のほかの部分の訳を決定してから、検討しましょう。

重要文法ポイント

●係り結びの法則

文中にあらわれる係助詞	文末の語の活用形
ぞ〈強意〉 なむ〈強意〉 や〈疑問・反語〉 か〈疑問・反語〉	～連体形。
こそ〈強意〉	～已然形。

「む」は、ぱっと見で「終止形だ！」と思ったかもしれませんね。でも、「む」は〔○―○―む―む―め―○〕と活用するので、終止形の可能性も連体形の可能性もあるんです！　ということは、どちらの活用形か慎重に考える必要が出てきます。

ここで、傍線部の中にある「か」と「む」が**係り結び**であることに気づいてほしい！　係り結びは、**文の途中に係助詞の**「**ぞ**」「**なむ**」「**や**」「**か**」のどれかがあらわれると、**文末の単語が**連体形に、**係助詞**

「**こそ**」があらわれると、**文末の単語が**已然形になる、という古文独特のルールです。古典文法のなかで最も有名なもので、もちろん入試でも頻出です。**係り結びが成立している**以上、傍線部の「**む**」**は**連体形**だと判断して**くださいね。

ところで、**係助詞**「**か**」には、「**〜か？**」**と問いかける**〈**疑問**〉**の意と、**「**〜か？　いや、そうではない**」**と自らの疑問に自ら答える形の**〈**反語**〉**の意**があります。〈疑問〉か〈反語〉かは、文脈から判断するのが原則ですが、見た目がヒントになるケースもあります。

実は、今回がそうなんです！　**係助詞**「**や**」**と**「**か**」**は、助詞**「**は**」**を伴って**「やは」「かは」**となっているときは、**〈反語〉になりやすいという傾向があるんです。100％じゃないから決めつけちゃダメですけど、どっちの意味と考えるべきか、優先順位がはっきりしますよね。「やは」「かは」となっているときはまずは反語で訳してみて、それでヘンじゃなければ、それでヨシ！という感じで決定していきましょう。

では、傍線部を訳してみましょう。「何わざ」は「**どんなこと**」の意味です。「を」**は格助詞**、「かは」は〈**反語**〉、「せ」は**サ変動詞**「**す**」で、「む」は〈**意志**〉で訳してみます。

ちなみに、「む」は、〈仮定・婉曲〉以外で選択肢にあるのは〈意志〉か〈勧誘〉ですが、「かは」を〈反語〉で訳す以上、〈勧誘〉ではあわないので、〈意志〉で訳します。すると、「どんなことをしようか、いや、するつもりはない」となります。

傍線部直前もあわせると、「言ってもかいがないほどつらいと思うけれども、どんなことをしようか、いや、何もするつもりはない」となり、特におかしな点はありませんね。ということで、これでヨシ！です。

《まとめ》

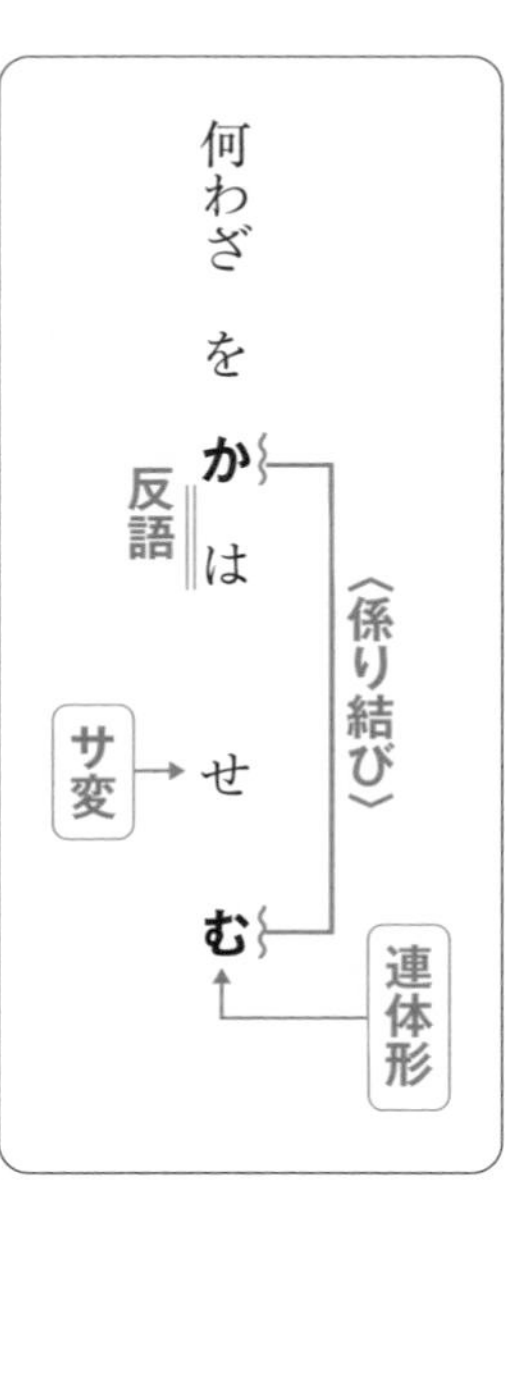

正解をさがそう♪

① 「か」は○反語の係助詞で、「む」は○意志の助動詞の○連体形である。……正解！
② 「か」は×疑問の係助詞で、「む」は○意志の助動詞の○連体形である。
③ 「か」は○反語の係助詞で、「む」は×勧誘の助動詞の×終止形である。
④ 「か」は×疑問の係助詞で、「む」は×仮定婉曲の助動詞の×終止形である。
⑤ 「か」は○反語の係助詞で、「む」は×仮定婉曲の助動詞の○連体形である。

正解選択肢は、①です。

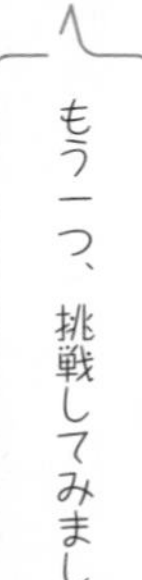

練習3

傍線部a「れ」・b「せ」の文法的説明として正しい組合せのものを、次の①〜⑤のうちから一つ選べ。

「上には、『身の宿世(すくせ)の思ひ知らaれはべりて、聞こえさせず』と、申さbせたまへ」

① aは自発の助動詞「る」、bは尊敬の助動詞「す」
② aは受身の助動詞「る」、bは使役の助動詞「す」
③ aは可能の助動詞「る」、bは尊敬の助動詞「さす」の一部
④ aは尊敬の助動詞「る」、bは使役の助動詞「さす」の一部
⑤ aは自発の助動詞「る」、bは使役の助動詞「す」

傍線部a「れ」の前後を単語に分けると、「**思ひ知ら／れ／はべり／て**」。「れ」は、**四段・ナ変・ラ変の未然形**に接続する**助動詞**「る」で、〈**自発・受身・可能・尊敬**〉**の四つ**の**意味**があります。確認しましょう（↓活用表は69ページ参照）。

重要文法ポイント

る［助動詞］＊四段・ナ変・ラ変の未然形に接続

①〈自発〉自然と〜れる。

★「思ふ」やその関連語、心情語につくことが多い。

②〈受身〉〜される。

★「〔人物〕に〜『る』」の形が多い。

③〈可能〉〜できる。

★否定文のなかで用いられることが多い。

④〈尊敬〉〜なさる。

★①〜③にあてはまらないとき〈尊敬〉のことが多い。

ここの「れ（＝「る」の連用形）」は、「**思ふ**」**の関連語**「**思ひ知ら**」**に続いているので、**〈自発〉！「（我が身の宿命が）自然と思い知られまして」などと訳します。

次に、傍線部b「せ」を検討しましょう。傍線部bの前後を単語に分けると、「**申さ**／**せ**／**たまへ**」。「『せ』で一語じゃなくて、『させ』で一語じゃないの？」と思った人は、真上の「申す」の活用表を確認しましょう。

		未然形	連用形	終止形	連体形	已然形	命令形
申	+	さ	し	す	す	せ	せ

「**申す**」は**サ行四段活用動詞**。動詞は、語幹のみで用いられることはなくて、必ず〔**語幹＋活用語尾**〕で用いられます。つまり、「申す」は「申」だけで一単語になることはなく、必ず「**申さ**」「**申し**」「**申す**」「**申せ**」のいずれかの形で本文中にあらわれます。だから、「申／させ」ではなくて「**申さ／せ**」**なのですよ**。

では、「申さ」に続く「せ」は何モノなんでしょう？

重要文法ポイント

す〔助動詞〕　＊四段・ナ変・ラ変の未然形に接続

① 〈使役〉～させる。

★真下に〔尊敬語〕がついていないときや、真下に〔尊敬語〕がついていても、「させる相手」が確認できるとき。

② 〈尊敬〉～なさる。

★真下に「たまふ」「おはす」「おはします」といった〔尊敬語〕がついているとき。

（※ただし、「させる相手」が確認できるときは〔尊敬語〕がついていても、〈使役〉）

助動詞「す」には〈使役〉と〈尊敬〉の意味があるので、ここではどちらかを厳選する必要があります。

今回は、「上には、『……』と、申させたまへ」という文で、尊敬語の「たまへ」が真下についています。

また、「**させる相手**」**も確認できないので**、「**せ**」**は**〈**尊敬**〉だとわかります。訳すときは、真下の尊敬語「たまへ」とまとめて、「上には、『……』と、申し上げなさい」などと訳します。

《まとめ》

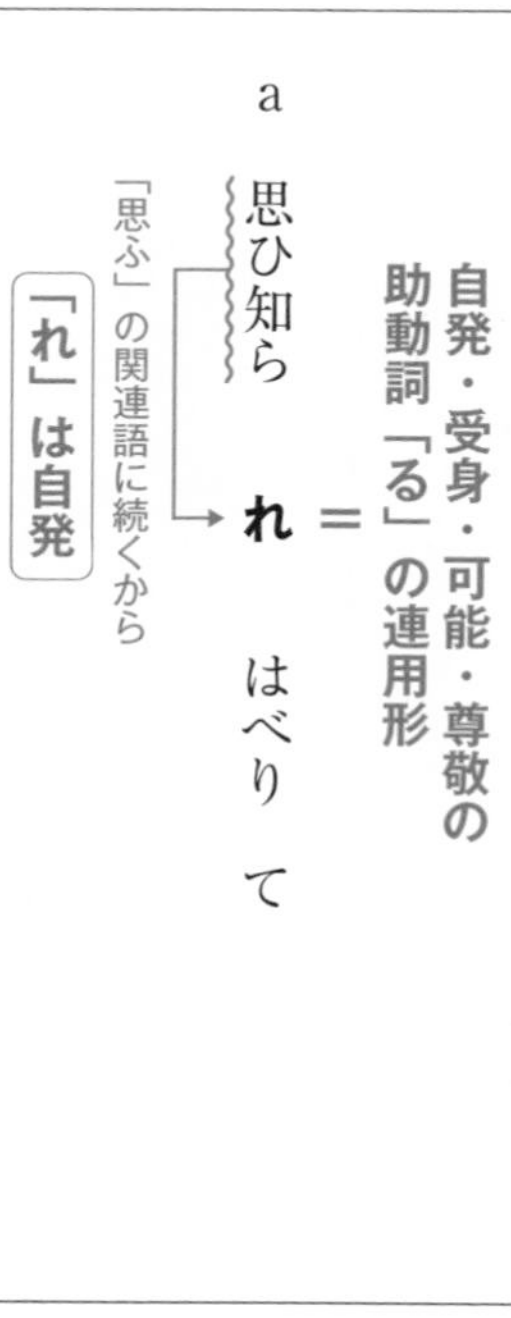

自発・受身・可能・尊敬の
助動詞「る」の連用形
a
思ひ知ら
れ
はべり
て
「思ふ」の関連語に続くから
「れ」は自発

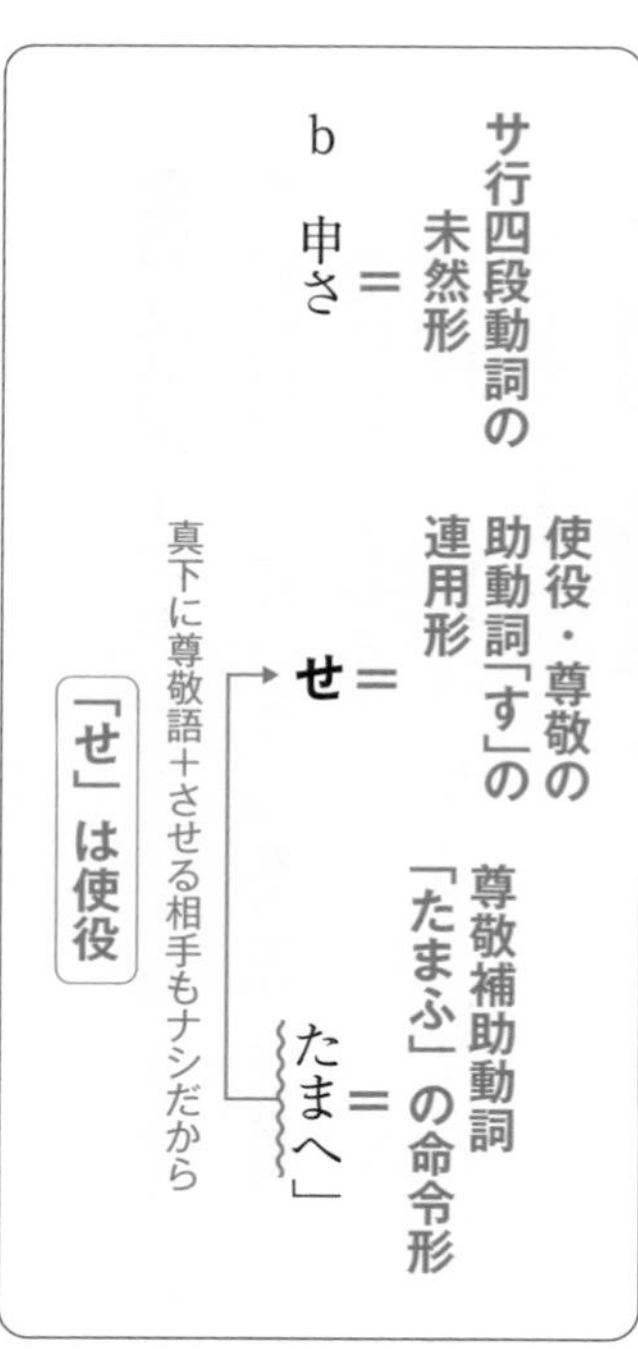

使役・尊敬の
助動詞「す」の
連用形
尊敬補助動詞
「たまふ」の命令形
サ行四段動詞の
未然形
b
申さ
せ
たまへ」
真下に尊敬語＋させる相手もナシだから
「せ」は使役

正解をさがそう♪

① aは○自発の助動詞「る」、bは○尊敬の助動詞○「す」……正解！
② aは×受身の助動詞「る」、bは×使役の助動詞○「す」
③ aは×可能の助動詞「る」、bは○尊敬の助動詞×「さす」の一部
④ aは×尊敬の助動詞「る」、bは×使役の助動詞×「さす」の一部
⑤ aは○自発の助動詞「る」、bは×使役の助動詞○「す」

正解選択肢は、①ですね。問題文全体の訳は、「母上には、『我が身の宿命が自然と思い知られまして、（何も）申し上げることはない』と、申し上げなさい」となります。

戦う「文法力」攻略ポイント2

1 まぎらわしい助詞・助動詞の文法的な意味と、意味を見分ける目印を暗記する。
2 特に「る・らる」「す・さす」「む」は、念入りに！

次は、単語の正体ごとわかりにくいものを見破っていきますよ♪

テーマ3

まぎらわしい語の識別型

基本の解き方

1 覚えておいた活用表や、助詞・助動詞の接続をヒントに、まぎらわしい語の正体を見破る。

＊「訳から、何となく」は避けて！

2 特にまぎらわしい語については、活用表や接続以外にもある「識別ポイント」をヒントに見破る。

練習4

傍線部の文法的説明として正しいものを、次の①～⑤のうちから一つ選べ。

子(ね)の時などいふほどにもなりぬらんかし。

① 断定の助動詞「なり」＋完了の助動詞「ぬ」＋推量の助動詞「らん」

② 動詞「なる」＋完了の助動詞「ぬ」＋現在推量の助動詞「らん」

③ 推定の助動詞「なり」＋打消の助動詞「ず」＋現在推量の助動詞「らん」

④ 動詞「なる」＋完了の助動詞「ぬ」＋推量の助動詞「らん」

⑤ 断定の助動詞「なり」＋打消の助動詞「ず」＋現在推量の助動詞「らん」

「なり」の識別ポイント

★ラ変型以外の終止形
　ラ変型の連体形 ＋ なり ＝ 伝聞・推定の助動詞「なり」
（訳～そうだ。～ようだ）

★活用語の連体形
　非活用語 ＋ なり ＝ 断定・存在の助動詞「なり」
（訳～である。～にある）

★に
　と
　く
　ず ＋ なり ＝ ラ行四段活用動詞「なる」
（訳なる）

※に：格助詞か形容動詞の末尾、と：格助詞、く：形容詞末尾、ず：助動詞

まずは、「なり」から。

ここは、「……ほどにもなり」となっていることに注目！

識別ポイントの、「に・と・く・ず＋なり」のパターンに、係助詞「も」が割り込んでいるカタチですね。

実は、このパターンは、**「に・と・く・ず」と「なる」の間に、係助詞が一つぐらい入っていてもOK**なんです。だから、ここの「なり」は、**ラ行四段活用動詞の「なる」**で決定です！

次に「なりぬらん」の「ぬ」を識別しましょう。

「ぬ」の識別ポイント

〈解き方1〉

★ 未然形 ＋ ぬ ＝ 打消の助動詞「ず」
（訳～ない）

★ 連用形 ＋ ぬ ＝ 完了の助動詞「ぬ」
（訳～しまう。～しまった）

〈解き方2〉

★「ぬ」自体が連体形 ＝ 打消の助動詞「ず」

★「ぬ」自体が終止形 ＝ 完了の助動詞「ぬ」

「なりぬらん」の「なり」は、さきほどラ行四段活用動詞「なる」だと判明しましたよね。ということは、「なり」は、その**カタチから**連用形**だとわかります。**その**連用形に接続**している「ぬ」なんですから、**〈解き方1〉**を用いて、完了の助動詞「ぬ」**だと識別できますね。**

〈解き方2〉を用いて、**終止形接続の助動詞「らん」の真上**だから、**終止形の「ぬ」＝**完了の助動詞「ぬ」**だ！**と判断しても、もちろんOK！

最後の「らん」は、〈現在推量〉の助動詞「らん」の終止形。「らむ」と書いても「らん」と書いても同じで、「（今ごろ）～しているだろう」と訳します。「～だろう」と訳す〈推量〉とはちゃんと区別してくださいね。問題文全体の訳は、「今ごろ子の時（＝午前0時頃）という時刻にもなってしまっているだろうよ」などとなります。

《まとめ》

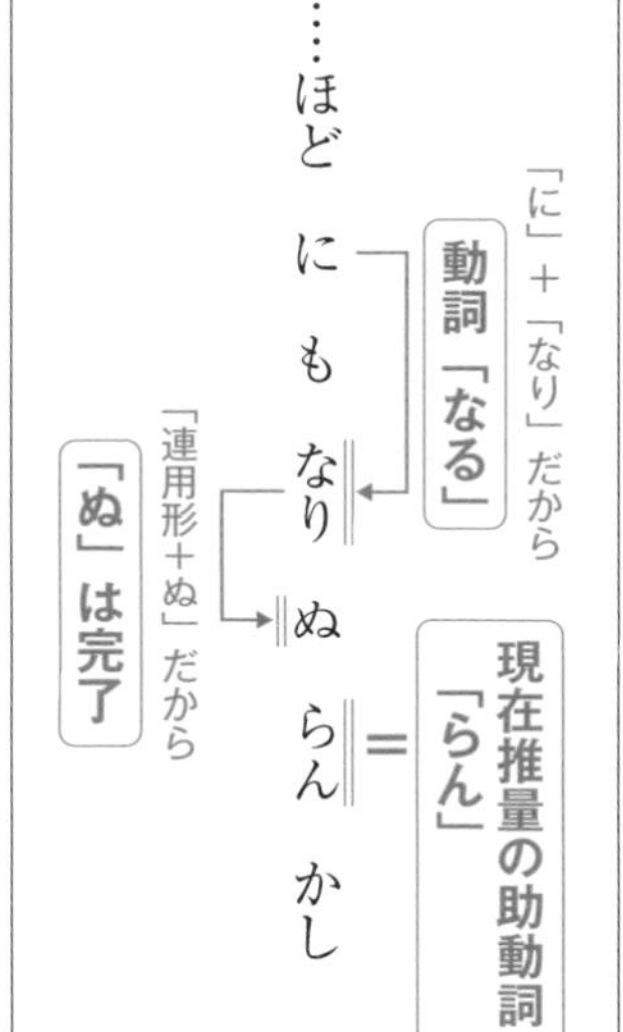

正解をさがそう

① ×断定の助動詞「なり」＋○完了の助動詞「ぬ」＋×推量の助動詞「らん」

② ○動詞「なる」＋○完了の助動詞「ぬ」＋○現在推量の助動詞「らん」……正解！

③ ×推定の助動詞「なり」＋×打消の助動詞「ず」＋○現在推量の助動詞「らん」

④ ○動詞「なる」＋○完了の助動詞「ぬ」＋×推量の助動詞「らん」

⑤ ×断定の助動詞「なり」＋×打消の助動詞「ず」＋○現在推量の助動詞「らん」

正解選択肢は、②です。

もう一つ、やってみましょう。

練習5

傍線部a・bの「に」の文法的説明として正しいものを、次の①～⑤のうちから一つ選べ。

久しくもなりaにけるかな住(すみ)の江(え)のまつは苦しきものbにぞありける

① aもbも、断定の助動詞「なり」である。

② aは完了の助動詞「ぬ」、bは断定の助動詞「なり」である。
③ aは断定の助動詞「なり」、bは完了の助動詞「ぬ」である。
④ aは完了の助動詞「ぬ」、bは格助詞「に」である。
⑤ aもbも完了の助動詞「ぬ」である。

助動詞「に」の識別ポイント

★活用語の連体形 非活用語 ＋ に（＋助詞）＋ あり ＝断定の助動詞「なり」
「あり」の敬語でもOK
「にあり」で「である」と訳せる

★連用形 ＋ に ＋ き けり たり けむ ＝完了の助動詞「ぬ」

同じ「に」だからといって、同じ正体だとは限りませんよ。気をつけましょう。

傍線部aの「に」の前後を単語に分けると、「**久しく／も／なり／に／ける／かな**」となります。

「に」の直前は、「〜く＋なり」のパターンに該当する「**久しくもなり**」なので、**「なり」は**ラ行四段活用動詞「なる」の連用形だとわかります（→《練習4》82ページ参照）。そこがわかれば、この傍線部「に」は、**〈連用形＋に＋けり〉の**完了の助動詞「ぬ」**のパターン**だとわかりますね♪

〈連用形＋に＋き・けり・たり・けむ〉の「き・けり・たり・けむ」は、**終止形でなくても**、何形でも構いません。だから、今回のように連体形「ける」になっていてもＯＫ。傍線部ａ「に」の正体は、完了の助動詞「ぬ」の連用形でキマリです。「久しくもなりにけるかな」で、「長い間にもなってしまったなあ」と訳します。

《まとめ》

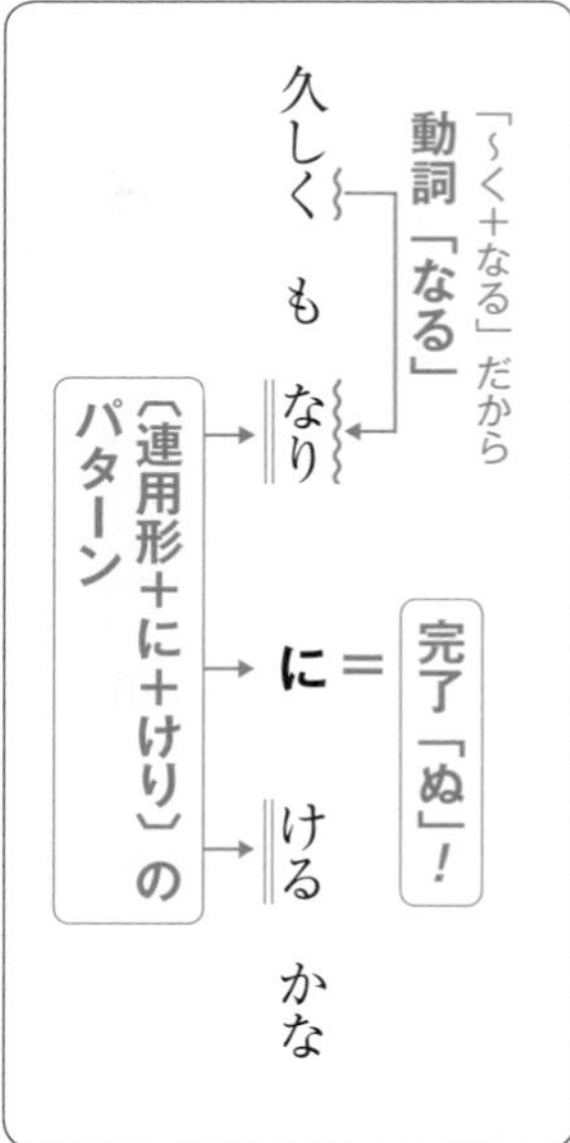

次に、傍線部ｂの「に」の前後を単語に分けると、「**苦しき／もの／に／ぞ／あり／ける**」。「に」**の真上は**名詞「**もの**」。断定の助動詞「なり」の接続にでてくる「**非活用語**」とは、名詞や助詞・副詞などの活用しない語全部を指す語ですから、傍線部ｂが断定の助動詞「なり」だとした場合、接続は問題なし！と言えます。

次に、「に」の下を見ると、**係助詞「ぞ」を挟んだその先に**「あり」**があることに気づけますね。**断定の助動詞「なり」が「に」になるときのパターンは、〔連体形か非活用語＋に＋あり〕が基本ですが、「**に**」と「**あり**」**の間に一個ぐらい**助詞**があってもOK**です。なので、今回の「〜にぞあり」の部分は、断定の助動詞「なり」が「に」になるときのパターンに合っていると判断できます。

後は、「にあり」で「である」と訳せるかどうかですが、これも「苦しいものであったなあ」と訳しておかしくないですよね？　〔**接続**〕、〔「**あり**」**の存在**〕、〔**訳**〕、いずれもおかしくないので、傍線部bは断定の「なり」で決定！

《まとめ》

名詞＝非活用語　断定「なり」！　「あり」がある

もの ← に＝ぞ　あり ← ける

「にあり」で「である」と訳せる！

正解をさがそう

① a も、b も、断定の助動詞「なり」である。

② a は完了の助動詞「ぬ」、b は断定の助動詞「なり」である。……正解！

③ a は断定の助動詞「なり」、b は完了の助動詞「ぬ」である。

④ a は完了の助動詞「ぬ」、b は格助詞「に」である。

……格助詞「に」は、名詞に接続して、「に」または「で」と訳します。現代語でもよく用いるように「〈時〉に」「〈場所〉に」「〈人物〉に」の形でよく用います。

⑤ a も b も完了の助動詞「ぬ」である。

正解選択肢は、②です。問題文全体の訳は、「長い間にもなってしまったなあ。住の江の松ではないが、待つことは苦しいものであったなあ」となります。

練習6

傍線部a「て」・b「なむ」・c「なむ」・d「て」の文法的説明として正しい組合せのものを、次の①～⑤のうちから一つ選べ。

今宵、月は海にぞ入る。これを見てa、業平(なりひら)の君の、「山の端(は)逃げて入れずもあらなむb」といふ歌なむc思(おも)ほゆる。もし海辺にて詠まましかば、「波立ちさへて入れずもあらなむ」とも詠みてdましや。

① a 助動詞　b 助動詞＋助動詞　c 係助詞　d 助詞

② a 助動詞　b 係助詞　c 係助詞　d 助詞

③ a 接続助詞　b 係助詞　c 助動詞＋助動詞　d 助詞

④　a　接続助詞　b　終助詞　c　助動詞＋助動詞　d　助動詞
⑤　a　接続助詞　b　終助詞　c　係助詞　d　助動詞

傍線部aとdは「て」の識別問題です。まずは、**識別ポイント**を確認しましょう。

「て」の識別ポイント

★連用形　＋　て　＋　未然形・連用形接続の助動詞・助動詞
＝完了・強意の助動詞「つ」
（訳～しまう。～た。きっと～。必ず～）

★連用形　＋　て　＋　未然形・連用形接続の助動詞・助動詞以外
＝接続助詞「て」
（訳～て）

傍線部aの「て」の前後を単語に分けると「**見／て**」。「見る」は、上一段活用動詞。「見」は、その連用形と言えますが、連用形に接続するのは完了の助動詞「つ」も接続助詞「て」も同じ。そこで、「**て」の真下を見ると、**読点**なので、傍線部aは助動詞「つ」のパターンには該当しない**ことがわかりますね。ということは、接続助詞の「て」です。

一方、傍線部dの「て」は、**四段活用動詞「詠む」の連用形に接続**し、**未然形接続の助動詞「まし」の真上に位置**しています。つまり、完了・強意の助動詞「つ」**のパターンどおり**なので、助動詞「つ」で決定です。**「まし」は推量の助動詞**の仲間です。このように、〈推量〉の意を持つ助動詞が真下にある場合の「つ」は、**原則、〈完了〉ではなくて**〈強意〉**の意**です。「もし海辺にて詠ましかば……詠みてましや」が、「ましかば……まし」を用いた〈反実仮想〉の構文に、疑問の助詞「や」が加わったものなので、「もし海辺で詠んでいたならば……きっと詠んだだろうか」という訳になります。最終の文全体では、「もし海辺で詠んでいたならば、『波が立って邪魔をして（月を）入れないでほしい』とでも詠んだだろうか」などとなります。

次に、**傍線部bとcは**「なむ」**の識別問題**です。次の**識別ポイント**を確認しましょう。

「なむ」の識別ポイント

★未然形 ＋ なむ。 ＝ 願望の終助詞「なむ」
（訳 ～してほしい）

★活用語の連体形・非活用語 ＋ なむ（……連体形。） ＝ 強意の係助詞「なむ」
（※訳さなくてよい）

★連用形 ＋ なむ ＝ 完了・強意の助動詞「ぬ」未然形 ＋

推量などの助動詞「む」終止形か連体形
（訳 きっと～だろう。必ず～しようなど）

傍線部bの「なむ」は、**ラ変動詞「あり」の未然形「あら」に接続しているので、願望の終助詞「なむ」**です。「あらなむ」で、「あってほしい」などと訳します。

一方、傍線部cの「なむ」は、**名詞（＝非活用語）「歌」に接続しているので、強意の係助詞「なむ」**だとわかります。文末も、**下二段動詞「思ほゆ」の連体形「思ほゆる」**になっているので、「係り結びが成立している！」と気づけたら、そこから答えを導いても、もちろんOKです。強意の係助詞は、特に訳出しなくてよいので、「……という歌を思い浮かべる」などと訳します。第1文・第2文全体では「今夜、月は海に入る。これを見て、業平の君の、『山の端が逃げて（月を）入れないでほしい』という歌を思い浮かべる」といった訳になります。

《まとめ》

「見る」の未然形か連用形
※未然形接続の「て」はないので、連用形と判断

a　これを　見　て　、

＝**て** 接続助詞！

未然形・連用形接続の助詞・助動詞以外

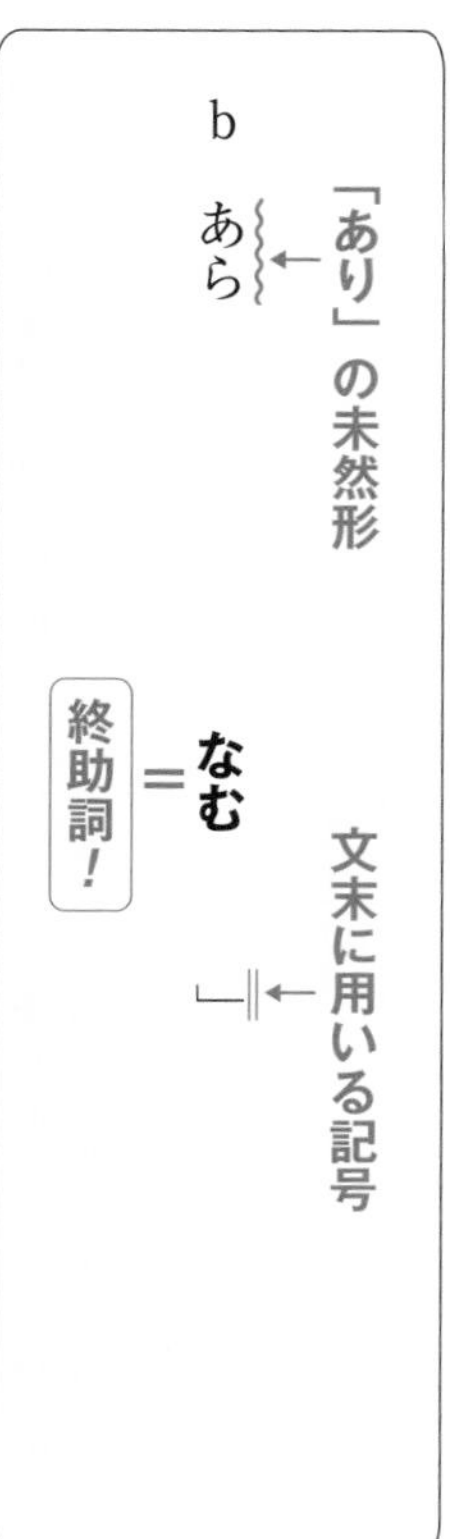

b
あら
「あり」の未然形
なむ
終助詞！
」
文末に用いる記号

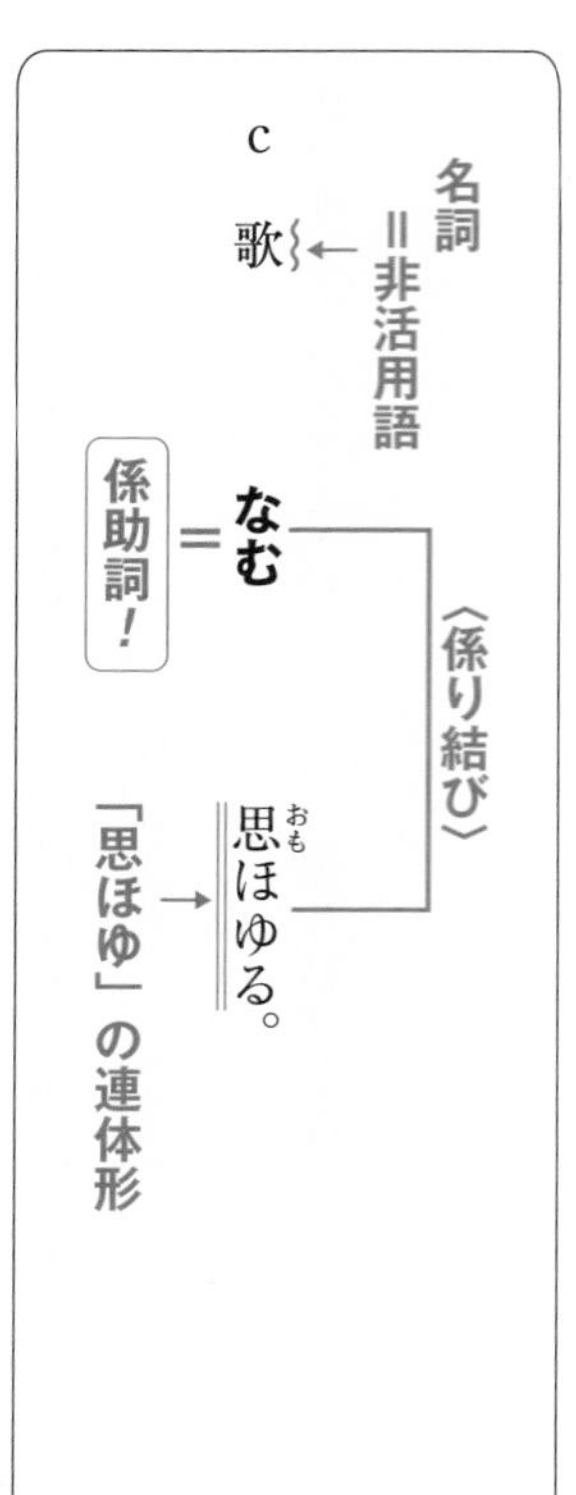

c
歌
名詞＝非活用語
なむ
係助詞！
〈係り結び〉
思ほゆる。
「思ほゆ」の連体形

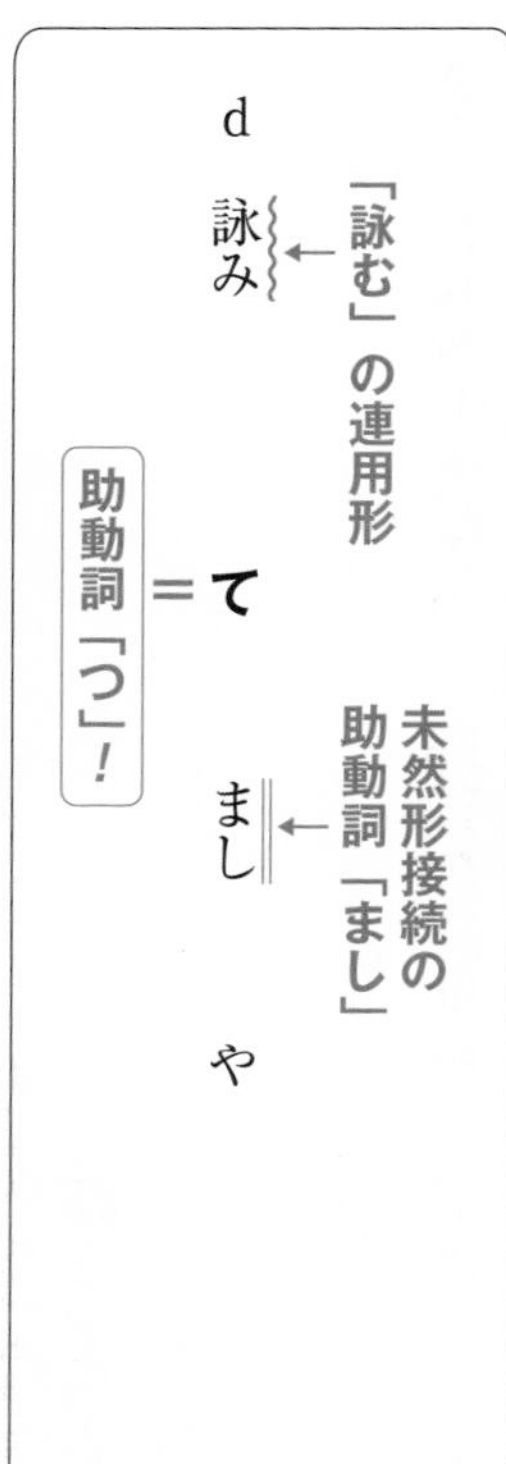

d
詠み
「詠む」の連用形
て
助動詞「つ」！
まし
未然形接続の助動詞「まし」
や

正解をさがそう

① a ×助動詞 b ×助動詞＋助動詞 c ○係助詞 d ×助詞
② a ×助動詞 b ×係助詞 c ○係助詞 d ×助詞
③ a ○接続助詞 b ×係助詞 c ×助動詞＋助動詞 d ×助詞
④ a ○接続助詞 b ○終助詞 c ×助動詞＋助動詞 d ○助動詞
⑤ a ○接続助詞 b ○終助詞 c ○係助詞 d ○助動詞……正解！

正解選択肢は、⑤です。

戦う「文法力」攻略ポイント3

五大識別（「ぬ・ね」「る・れ」「なり」「に」「なむ」の識別）を中心に、まぎらわしいものは「識別のしかた」をマスターしよう！

テーマ4

敬語型

敬語は、解釈問題**でも問われますが、もちろん**文法問題**でも頻出**です。

入試においては、「敬語」か「敬語じゃない」か、といった程度の大雑把な見分けではなく、敬語のなかでも「尊敬語」か「謙譲語」か「丁寧語」か、用法としては「本動詞」なのか「補助動詞」なのかまで、詳しく厳密に問われます。

とはいえ、大部分が、正確に記憶さえしておけば、答えが出ますので、ここもぜひ得点源にしてくださいね。

基本の解き方

1　問われた敬語が、「本動詞」か「補助動詞」かを見分ける。

2　見分けたら、本動詞は「敬語動詞（＝本動詞）一覧表」、補助動詞は「補助動詞一覧表」で覚えた敬語の種類や訳を、選択肢から選ぶのみ！

3　意味用法が複数ある「五大敬語（給ふ・参る・奉る・侍り・候ふ）」は、識別ポイントをおさえたうえで、取り組む。

練習7

傍線部a〜cの敬語の説明として正しい組合せのものを、次の①〜⑤のうちから一つ選べ。

「人のaのたまふことも、否(いな)みがたさに」とb申しc候ふ。

① a 謙譲の動詞 b 尊敬の補助動詞 c 丁寧の補助動詞
② a 尊敬の動詞 b 謙譲の動詞 c 謙譲の動詞
③ a 丁寧の動詞 b 尊敬の動詞 c 丁寧の動詞
④ a 尊敬の動詞 b 謙譲の動詞 c 丁寧の補助動詞
⑤ a 謙譲の動詞 b 謙譲の補助動詞 c 謙譲の補助動詞

本動詞は、〈動作＋敬語のニュアンス〉を一語であらわすもの。補助動詞は、実質的な動作は抜きにして〈敬語のニュアンス〉だけを一語であらわすものです。ちなみに、本動詞は、単に「動詞」ということもあります。

本動詞・補助動詞の違い

本動詞＝〈動作＋敬語のニュアンス〉

※「御覧になる」「さしあげる」など

補助動詞＝動作抜きで〈敬語のニュアンス〉のみ

※「お～になる」「～です」など

敬語のなかには、**本動詞にしかなれないものもあります**が、補助動詞になれる敬語は必ず本動詞にもなれるので、見分け方を知っておくことが必要です。補助動詞のときには、パターンがほぼ決まっていますから、それをしっかり暗記して、本動詞か補助動詞かを見分けましょう。

補助動詞のパターンは次のとおり。

本動詞・補助動詞の見分け方

★①動詞（＋助動詞）＋補助動詞になれる敬語

＝**このときは、補助動詞！**

★②形容詞／形容動詞／断定「なり」（＋助詞）＋「あり」の敬語

＝**このときは、補助動詞！**

※「あり」の敬語＝「おはす」「おはします」「侍り」「候ふ」など

傍線部a**「のたまふ」は、**本動詞にしかなれない敬語です。ここでも全選択肢「動詞（＝本動詞）」ですね。ということは、あとは、敬語の種類を判断するのみ。〝判断〟といっても「のたまふ」は一つの用法しかないのでカンタン♪　本動詞一覧表（↓436ページ参照）を見れば「のたまふ」は、**「尊敬語」**だとわかりますね。**「言ふ」の尊敬語**で**「おっしゃる」**と訳します。

傍線部b**「申し」は、本動詞と補助動詞、**どちらにもなれる敬語です。ということは、ここではどっちなのか、見分けが必要です。ここは、「『……』と申し」となっていて、「申し」の上には、**格助詞「と」があるのみ**ですね。補助動詞のパターンの①にも②にもあてはまりません。つまり、補助動詞ではなく、本動詞です。ここの「申し」が本動詞だとわかれば、あとは、本動詞一覧表で「申す」の敬語の種類を確認するのみです。答えは、**「謙譲語」**！

傍線部c**「候ふ」**は、ちょっとクセがあって、**たくさんの意味用法を持つ敬語**なので、要注意です（↓次ページ）。

候ふ［動詞］

① 〈「あり」の丁寧語・本動詞〉 あります。います。

② 〈丁寧の補助動詞〉 ～です。～ます。

③ 〈「あり」「をり」の謙譲語・本動詞〉 お仕えする。お控えする。

見分け方としては、**②の補助動詞用法と③の謙譲語**の場合が、ある程度パターン化されるので、それにあてはまるかどうかをチェックします。どちらのパターンにもあてはまらなければ、**①の「あり」の丁寧語と**判断します。

「候ふ」が補助動詞の場合

動詞
★形容詞
形容動詞
断定「なり」

（＋助詞または助動詞）＋ 候ふ

訳 ～です。～ます。

「候ふ」が謙譲語の場合

★〔人物〕が～〔身分の高い人のいる所〕に……候ふ。

訳 お仕えする。
お控えする。

ここは、「**申し候ふ**」となっていて、**〔動詞「申し」＋候ふ〕という補助動詞のパターンに合致しますね。**ということで、ここの「候ふ」は、補助動詞**と判明し**ました。そして、補助動詞「候ふ」は、いつでもどこでも**「丁寧語」**！　c「候ふ」は、丁寧の補助動詞、で決定です。

正解をさがそう

① a 謙譲の動詞× b 尊敬の×補助動詞× c 丁寧の○補助動詞○
② a 尊敬の動詞○ b 謙譲の○動詞○ c 謙譲の×動詞×
③ a 丁寧の動詞× b 尊敬の×動詞○ c 丁寧の×動詞×
④ a 尊敬の動詞○ b 謙譲の○動詞○ c 丁寧の○補助動詞○……正解！
⑤ a 謙譲の動詞× b 謙譲の○補助動詞× c 謙譲の×補助動詞○

正解選択肢は、④です。問題文全体で、「『人がおっしゃることも、拒否しがたいので』と申し上げます」などと訳します。

練習8

傍線部a・bの敬語の説明として正しいものを、次の①～⑤のうちから一つ選べ。

「いとど苦しさのみまさり侍(はべ)れば、世の尽きぬると思ひ給(たま)ふるにも、今一度、見奉(たてまつ)らまほしう侍るに」とうち泣き給ふも、いと弱げなり。

① aは尊敬語、bは謙譲語
② aは尊敬語、bは尊敬語
③ aは謙譲語、bは尊敬語
④ aは謙譲語、bは謙譲語
⑤ aは謙譲語、bは丁寧語

「**給ふ**」**は**、たくさんの意味用法を持つ**敬語**なので、要注意です！

特に、〈**補助動詞**〉**には**〈尊敬語〉**のときと**〈謙譲語〉**のときがある**ので、見分けの仕方もしっかり頭に入れておくことが大事です。訳を求められたときも、〈尊敬語〉か〈謙譲語〉かを見極めたうえで、それに応じた訳をつけてくださいね。

給ふ［動詞］

①〈「与ふ」の尊敬語・本動詞〉お与えになる。
②〈尊敬の補助動詞〉〜なさる。お〜になる。
③〈謙譲の補助動詞〉〜（しており）ます。

補助動詞「給ふ」の識別ポイント

★動詞（＋助動詞）＋「給ふ」

← 四段〔給＝は｜ひ｜ふ｜ふ｜へ｜へ〕
＝ **尊敬語** 訳 〜なさる・お〜になる

→ 下二段〔給＝へ｜へ｜○｜ふる｜ふれ｜○〕
＝ **謙譲語** 訳 〜（しており）ます

※命令形はナシ。
終止形はないわけではないけど、めったにあらわれません。

補助動詞は、〔動詞（＋助動詞）＋給ふ〕、そしてこのカタチじゃない（たとえば、「給ふ」の真上が名詞とか）ときは、本動詞「給ふ」です。

では、傍線部a・bの検討をしましょう。

傍線部a「給ふる」は、〔動詞「思ひ」＋「給ふる」〕のカタチになっていますね。「給ふ」の真上に動詞があるので、この「給ふる」は補助動詞！　しかも、「給ふる」という活用形は、下二段活用にしかあらわれないカタチなので、下二段活用の「給ふ」＝謙譲語の「給ふ」、と即判断できますね♪

傍線部b「給ふ」も、〔動詞「うち泣き」＋「給ふ」〕で、「給ふ」の真上に動詞のある、補助動詞「給ふ」のカタチですね。ここの「給ふ」は「ちょっと泣き『給ふ』姿も、とても弱々しい感じだ」などと、名詞を補って訳すのがふさわしい箇所です。省略されているとはいえ、名詞の上にある「給ふ」なので、活用形は連体形、つまり四段活用の連体形「給ふ」で、尊敬語！と判断しましょう。ただ、省略されているものは、目で見えないので、自分で連体形と判断できるかなあ……と不安に思うようなら、もう一つのやりかたがありますよ。

前ページの識別ポイントをもう一回よく見てくださいね。「給ふ」というカタチは、四段活用の方にしかありませんね。普通の下二段活用であれば、〔へ―へ―ふ―ふる―ふれ―へよ〕と活用し、終止形「給ふ」がありますが、謙譲語の「給ふ」は特別で、終止形の「給ふ」は実際の古文のなかでほとんどあらわれません。謙譲語の「給ふ」の特例をしっかり頭にいれておけば、「『給ふ』ってカタチなんだから、四段活用の尊敬語の方だな」とすんなり識別ができますよね♪

正解をさがそう

① aは×尊敬語、bは×謙譲語
② aは×尊敬語、bは○尊敬語
③ aは○謙譲語、bは○尊敬語……正解！

④ aは○謙譲語、bは×謙譲語
⑤ aは○謙譲語、bは×丁寧語

正解選択肢は、③です。問題文全体で、「『ますます苦しさばかりが増しますので、人生が終わってしまうと思っておりますことにつけても、もう一度、お会いしたいのですが』とちょっと泣きなさる姿もとても弱々しい感じだ」などと訳します。

練習9

次の文章は、食事がふるまわれる場面である。傍線部a〜cの敬語の説明として正しいものを、後の①〜⑤のうちから一つ選べ。

御前ども(注1)には、折敷(をしき)(注2)などして a参(まゐ)りたまふ。大将殿の御前には、宮の御前のを(注3) b参る。されど c参らず。

(注) 1 御前ども——藤壺女御たち。
2 折敷——弁当箱のようなもの。
3 宮の御前のを——女一の宮のと同じものを。

① a・b・cともに謙譲語。
② a・bは謙譲語、cは尊敬語。
③ aは謙譲語、b・cは尊敬語。
④ a・b・cともに尊敬語。
⑤ a・cは謙譲語、bは尊敬語。

傍線部a～cはいずれも「参る」ですが、みんな同じ意味なのかというと、そうは簡単にいきませんよー。「**参る**」も、**複数の意味用法を持つ**んです。まずは、どんな意味用法があるかを、覚えてくださいね。

参る〔動詞〕
①〈「与ふ」の謙譲語・本動詞〉さしあげる。
②〈「行く」「来」の謙譲語・本動詞〉参上する。
③〈「食ふ」「飲む」の尊敬語・本動詞〉召し上がる。

次に、意味用法のしぼりこみ方をチェック！
「参る」の場合、意味用法に応じて、よく用いられるパターンがあるので、それをヒントにしましょう。

---

① **「与ふ」の謙譲語**
★〔人物など〕に〔モノ〕を＋参る　訳さしあげる。

② **「行く」「来」の謙譲語**
★〔場所〕へ／〔場所〕に＋参る　訳参上する。

③ **「食ふ」「飲む」の尊敬語**
★〔食べ物〕／〔飲み物〕＋参る　訳召し上がる。

では、a～cがどの意味用法なのか、判断していきましょう。

まず、aは、前書きに示された、食事がふるまわれる場面で、藤壺女御たちに「折敷などして（＝弁当箱のようなもので）参る」というのだから、ここは**食事を「さしあげる」意味**だと判断しましょう。「御膳を参る」のように、「〔モノ〕を」の部分ははっきりと書いてあるわけではないけれど、食事を用意する場面で、弁当箱のようなものでさしあげるんだから、補えますよね。こんなふうに**「〔モノ〕を」の部分は、明記されていなくても、文脈から補えたらOK**です。「あれ？ aは『食ふ』の尊敬語『召し上がる』だと思った」という人は、「御前どもには（＝藤壺女御たちには）」とのつながりを見直しましょう。「〔人物〕＋に」というさしあげる相手の記載があるので、やっぱり、aは**「与ふ」の謙譲語**（訳さしあげる）が正解！

bは、直前「宮の御前のを」が「女一の宮のと同じものを」と訳せばよいと（注）からわかりますね。「大将殿の御前に」女一の宮と同じ食事を「参る」のだから、ここも、**「与ふ」の謙譲語**です。

cの直前「されど」は、**「そうではあるけれど」**の意味。「そうではあるけれど」って、「どうではあるけれど」なのかというと、その直前に書いてあった「大将殿の御前に食事をさしあげたけれど」ということです。となると、cの「参ら（ず）」を、a・b同様に「さしあげる」で訳してしまうと、「……食事をさしあげたけれど、さしあげ（ない）」となり、ヘンですよね。ここは、**「用意された食事を召し上がる」の意味で、「食ふ」の尊敬語**と考えましょう。

目印になる語は、本文にはっきり書いてあるのが基本ですが、今回のように、前書きや文脈をヒントに補ったうえで、どのパターンに合致するのかを判断しなければならないケースもあります。特に今回は、さしあげるものが〔食べ物〕だったので難しい判断でしたよね？ 前後にあるはずのヒントを探しつつ、慎重に補う内容を考えてみてくださいね。

正解をさがそう

① a・b・cともに謙譲語。
② a・bは謙譲語、cは尊敬語。……正解！
③ aは謙譲語、b・cは尊敬語。
④ a・b・cともに尊敬語。
⑤ a・cは謙譲語、bは尊敬語。

正解選択肢は、②。問題文全体は、「藤壺女御たちには、弁当箱などでさしあげなさる。大将殿には、女一の宮のと同じものをさしあげる。そうではあるけれど（大将殿は）召し上がらない」などと訳します。

最後は、敬意の方向の問題です。

練習10

次の文章は、『うつほ物語』の一節で、俊蔭（としかげ）が、日本に帰国する前に、波斯国（はし）（ペルシア）の帝に挨拶をする場面である。傍線部a～cの敬語の説明として正しい組合せのものを、後の①～⑤のうちから一つ選べ。

俊蔭申す、「日本に年八十歳なる父母a侍りしを、見捨ててまかり渡りにき。急ぎまかるべき」とb申す。帝、あはれがりc給ひて、暇（いとま）を許しつかはす。

① a 俊蔭から帝への敬意をあらわす丁寧語
　b 作者から帝への敬意をあらわす謙譲語
　c 作者から帝への敬意をあらわす尊敬語

② a 俊蔭から帝への敬意をあらわす謙譲語
　b 俊蔭から帝への敬意をあらわす謙譲語

c　作者から帝への敬意をあらわす尊敬語

③

a　作者から帝への敬意をあらわす謙譲語

b　俊蔭から帝への敬意をあらわす謙譲語

c　作者から帝への敬意をあらわす謙譲語

④

a　作者から帝への敬意をあらわす丁寧語

b　作者から俊蔭への敬意をあらわす謙譲語

c　作者から俊蔭への敬意をあらわす謙譲語

⑤

a　俊蔭から帝への敬意をあらわす丁寧語

b　作者から帝への敬意をあらわす謙譲語

c　作者から俊蔭への敬意をあらわす尊敬語

敬語は、尊敬語・謙譲語・丁寧語、どれであっても、**誰かに敬意をはらう言い方**です。そこを、さらにはっきりと、**誰が誰に敬意をはらっているのか**を答えさせる問題が、この〈敬意の方向〉の問題です。

基本の解き方は次のとおり。

敬意の方向の解き方

①**誰からの敬意か？**

★「　」の外にある敬語＝作者からの敬意

★「　」の内にある敬語＝発言者からの敬意

②**誰への敬意か？**

★尊敬語の場合

＝「主語」としてあらわれた人物への敬意

主語（〜は・〜が）に注目

★謙譲語の場合

＝「対象」としてあらわれた人物への敬意

対象（〜に・〜を）に注目

★丁寧語の場合

「　」の外にある丁寧語＝読者への敬意

「　」の内にある丁寧語＝会話の相手への敬意

身分の上下だけで判断しようとすると、すぐに壁にぶつかってしまいます。敬語をつかうかどうかって、身分だけの問題じゃないですからね。面倒でも、確実な解き方を身につけましょう。

a 「侍り」

侍り［動詞］
①〈「あり」の丁寧語・本動詞〉あります。います。
②〈丁寧の補助動詞〉～です。～ます。
③〈「あり」「をり」の謙譲語・本動詞〉お仕えする。お控えする。

見分け方は、まず、補助動詞か本動詞かをチェック。補助動詞のパターンに合致すれば補助動詞、合致しなければ本動詞と判断します。**補助動詞**であれば、「侍り」には〈丁寧の補助動詞〉の用法しかないのでそれでキマリ。**本動詞**であれば、謙譲語と丁寧語があるのでどちらかを厳選します。謙譲語のときにパターン化されているので、それに**合えば**謙譲語、**合わなければ**丁寧語と判断しましょう。

「侍り」が補助動詞の場合

★ 動詞／形容詞／形容動詞／断定「なり」（＋助詞）＋ 侍り
訳～です。～ます。

「侍り」が謙譲語の場合

★〈人物〉が～〈身分の高い人のいる所〉に……侍り。

訳 お仕えする。
お控えする。

「侍り」は、意味用法も、見分け方も「候ふ」**と同じですね**（↓100～101ページ参照）。

aは、**名詞「父母」＋「侍り」**となっています。補助動詞のパターンには合いませんから、この「侍り」は本動詞です。さらに、謙譲の本動詞のときのパターンにも合わないので、a「侍り」は、丁寧の本動詞です。「父母侍り」で「父母がいます」という訳になります。

次は、敬意の方向です。〈誰からの敬意か〉は、ここは、俊蔭の語る「　」**の内にありますから**、俊蔭からの敬意です。〈誰への敬意か〉は、ここは、「　」**内の丁寧語**なので、会話の相手＝帝への敬意です。「なんで、帝にしゃべっているってわかるの？」と思った人は、次の文で帝が反応している、ということに注目しましょうね。

b「**申す**」

「**申す」はいつでもどこでも**謙譲語。ここは「『……』と申す」となっていて、補助動詞のパターンに合わないので、本動詞（「言ふ」の謙譲語）です。

「　」**の外にある**ので、〈誰からの敬意か〉は、作者からの敬意ですね。〈誰への敬意か〉は、謙譲語なので「誰に申し上げたのか」という「**申す」の対象に注目**します。ここは、aのところで言ったとおり、**帝に申し上げている**ので、帝に対する敬意ですね。

c「**給ひ**」

cは、**動詞「あはれがり」＋「給ひ」**というカタチなので、「**給ひ**」**は補助動詞**だとわかります。四段活用にのみあらわれる「給ひ」だから、**尊敬語**です。

ここの「給ひ」は、「　」**の外にある**ので、〈誰からの敬意か〉は、**作者からの敬意**です。〈誰への敬意か〉は、ここの「給ひ」が尊敬語なので、**主語に注目**します。「帝、あはれがり給ひて」の「帝、」は「帝は、」と訳す主語となるところ。つまり、**主語である**「帝」**への敬意**となります。

正解をさがそう

①
- a ○俊蔭から ○帝への敬意をあらわす ○丁寧語
- b ○作者から ○帝への敬意をあらわす ○謙譲語
- c ○作者から ○帝への敬意をあらわす ○尊敬語

……正解！

②
- a ○俊蔭から ○帝への敬意をあらわす ×謙譲語
- b ×俊蔭から ○帝への敬意をあらわす ○謙譲語
- c ○作者から ×俊蔭への敬意をあらわす ○尊敬語

③
- a ×作者から ○帝への敬意をあらわす ×謙譲語
- b ×俊蔭から ○帝への敬意をあらわす ×丁寧語
- c ○作者から ○帝への敬意をあらわす ○尊敬語

④
- a ×作者から ○帝への敬意をあらわす ○丁寧語
- b ○作者から ×俊蔭への敬意をあらわす ×丁寧語
- c ○作者から ×俊蔭への敬意をあらわす ×謙譲語

⑤

a　俊蔭から帝への敬意をあらわす　丁寧語

b　作者から帝への敬意をあらわす　謙譲語

c　作者から×俊蔭への敬意をあらわす　尊敬語

正解選択肢は、①です。問題文全体の訳は、「俊蔭が申し上げることは、『(私には) 日本に年齢が八十歳である父母がいましたが、(そんな父母を)見捨てて(波斯国へ) 渡って来てしまいました。急ぎ (父母のもとに) 向かわなければなりません』と申し上げる。帝は、しみじみとかわいそうに思いなさって、休暇を許可し(日本に) 向かわせる」などとなります。

さて、どうでしたか？　今回の敬語は、**入試頻出の、まぎらわしいものばかりを特に選んで挑戦してもらいました**。でも、今回挑戦してもらったもの以外の敬語は、実はもっと攻略が簡単！　暗記さえすれば、すぐ答えられるものばかりです。だから、今回のものができるようになったなら、後は楽勝ですよ♪　最後に、巻末付録の敬語の一覧表 (↓436ページ) の敬語を見直しして、次の章へと進みましょう。

戦う「文法力」攻略ポイント4

1　主な敬語動詞を暗記！

2　本動詞と補助動詞の区別、敬意の方向の解き方をマスターする！

3　特に五大敬語 (「給ふ」「参る」「奉る」「侍り」「候ふ」) は、意味用法の見分け方もマスター！

第三章　戦う和歌の力を身につけよう
こわがらなくても大丈夫！

古文の力が十分にある人でも、「**和歌だけはちょっと苦手……**」と思っている人は本当に多いですよね。省略は多いし、比喩表現も満載だし、和歌修辞もあるし、なぜか句読点はないし……。気持ちは十分わかります。

でも、**和歌はやはり入試頻出**で、それは共通テストでも変わらないでしょう。「ゼロから完璧な訳を書け！」と言われたら、たしかにハードルが高いかもしれませんが、選択肢の中から正解を選ぶのなら……どうですか？？選択肢に書いてあることが○か×かがわかればいいんですから、やってやれないことはなさそうですよね♪

和歌だけ避けるだなんて、もったいないことです！　ちゃんと和歌でも得点できるように、学習しましょう。

テーマ1

意味のまとまりを見破る

基本の解き方

1 5／7／5／7／7で分ける。

★意味のまとまりがわかりやすくなる。

2 5／7／5／7／7の各末尾の中に「文末表現」があれば、そこで句点を付ける。

★句点を付けるところが「句切れ」！

※文末表現＝終止形・命令形・係り結びの結び・終助詞

3 あとは、ふつうに品詞分解して、直訳。

和歌はふつう句読点を付けずに表記します。というか、もともと古文は、和歌も和歌じゃないところも、句読点などの記号は付けていませんでした。ただ、それだと、現代人にとっては読みづらいので、お勉強として読む古文には、現代人の誰かが、適宜、句読点を付けているのです。しかし、和歌だけはたいてい古文本来の表記どおり、句読点なしのままだから、やっぱり読みづらい！

そこで、**まずは5音・7音に分けましょう！** 多くの場合、5／7／5／7／7のリズムが、意味のまとまりや切れ目をつかむヒントになります。それに、小分けにすれば、「この5音のところなら訳せそう！」などと、わかるところも見えてきます。まずは、そういう突破口を見つけましょう。

ところで、**この5／7／5／7／7に分けた後、各末尾に注目することでわかるのが、「句切れ」**です。「句切れ」とは、「5」とか「7」とかの**句のおわりにある切れ目**のこと。ここで言う「切れ目」は、単語と単語の分かれ目程度のものではなく、**普通の古文で句点（＝「。」）を付ける文の切れ目となるところ**。

句の末尾に、「文末表現（主に〈**終止形**〉・〈**命令形**〉・〈**係り結びの結びの語**〉・〈**終助詞**〉のこと）」**があったら、そこが「句切れ」です**。「句切れ」発見の目印は、句末の「**文末表現**」ですからね！

「句切れ」の箇所で、文が切れるので、訳もそこで句点を付けてくださいね。

ところで、この句切れを説明するときは、どこで句切れが発生しているかもわかるように、最初の5音の末尾で句切れなら〈初句切れ〉、二句めの7音の後で句切れなら〈二句切れ〉……というように、句切れの箇所に応じて、〈**初句切れ**〉〈**二句切れ**〉〈**三句切れ**〉〈**四句切れ**〉を区別します。

ちなみに、五句切れというのは存在しません。普通の古文でも何でも、最後に句点を付けるのは当たり前なので、たとえ最後の7音の末尾が文末表現であったとしても、そこは句切れとは言いません。

また、「句切れ」は、必ず一つの和歌につき一つあるわけではなくて、「**句切れなし**」の場合や、**句切れが複数あるケース**もあります。

練習1

次の和歌は何句切れか。後の①～⑤のうちから適当なものを一つ選べ。

つくづくと空ながめそ恋しくは道遠くともはやかへりこむ

① 初句切れ
② 二句切れ
③ 三句切れ
④ 四句切れ
⑤ 句切れなし

(『十六夜(いざよい)日記』)

「『ななが』って『七が』……?」「『もはや』で一語……かなあ?」と、いろいろと疑問が出て来そうですね。まずだいたいの意味を把握するためにも、**5／7／5／7／7で分けてみましょう。**

つくづくと
空なながめそ
恋しくは
道遠くとも
はやかへりこむ

5／7／5／7／7の5音・7音は、たいてい意味のまとまりや単語の切れ目をあらわしています。別の言い方をすれば、5／7とか7／5とかの切れ目を、一つの単語がまたぐことは少数です。

□□□□■／
■□□□□□□

※／をはさんだ前後の■■あたりが
一つのつながった単語というケースはまれ！

だとすると、今回の最後の7／7の箇所も「もはや」で一語ではなく、「……も」**と**「はや……」**は**別の単語と考えた方がよさそうですね。事実、ここは別単語で、四句めの末尾は「**とも**」で一語の接続助詞、五句めの最初は「**はや**」で一語の副詞です。ちなみに、5音・7音の切れ目を一単語でまたいではダメという絶対的なルールではないので、分けて意味が通じなかったら、一単語の可能性を探っていきましょう。

5音・7音のリズムに合わせてだいたいの意味のまとまりがわかったら、次は、さらにこまかく、単語ごとに分け、**5音・7音それぞれの末尾の単語に注目**します。

では、問題の和歌の、5／7／5／7／7のそれぞれの句の末尾にある単語を見てみましょう。

つくづくと＝副詞
空　な　ながめ　**そ**＝終助詞
恋しく　**は**＝係助詞

道　遠く　**とも**＝接続助詞
はや　かへりこ　**む**＝助動詞「む」終止形

句切れを確認するときは、五句末は句切れになりませんから、それ以外の句末に注目します。

「**つくづくと**」**は副詞**なので、文末には普通用いません。**係助詞**「**は**」や**接続助詞**「**とも**」も、普通文末には用いません。しかし、「**そ**」**は終助詞**ですから、常に文末に用います。ここが「句切れ」！　**二句めの末で句切れですから、**〈**二句切れ**〉です。

終助詞「そ」は、**副詞**「**な**」**とセットで用いて、**「な〜そ」で、「〜するな。〜してはいけない」**と訳す**〈禁止〉**の意味**になります。

訳すときは、**句切れの箇所で、訳も**「〜。」**と区切ります。**

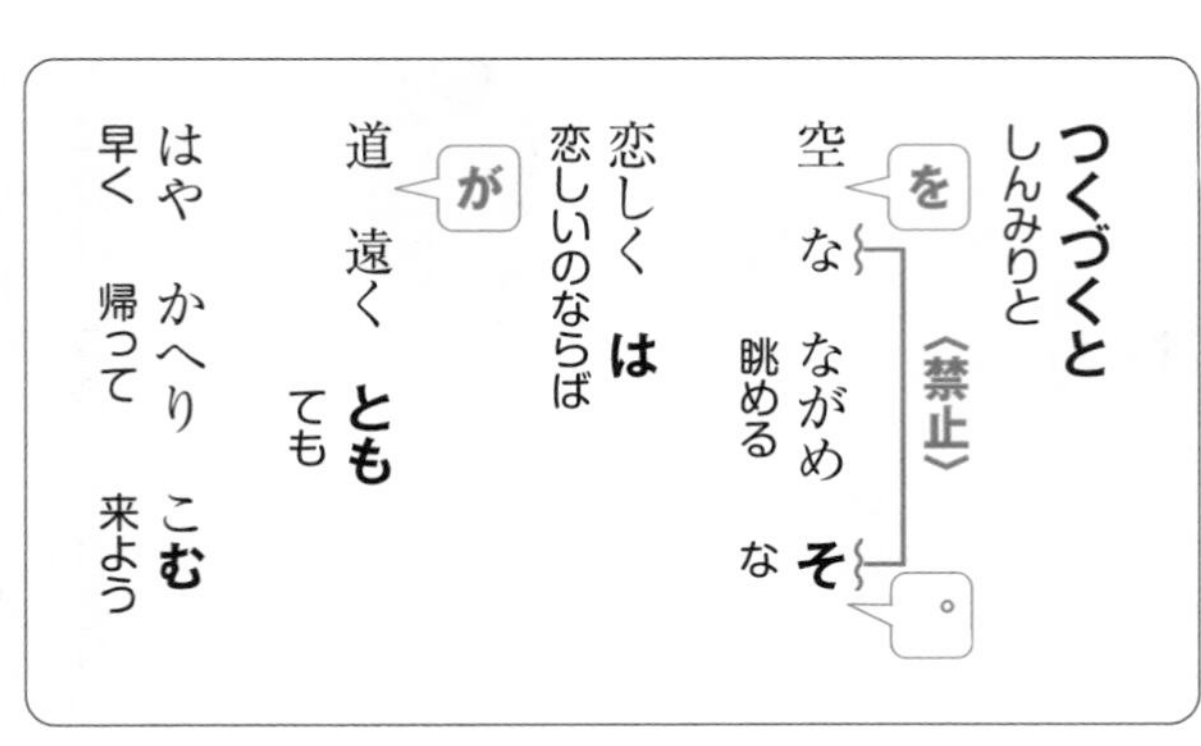

つくづくと
しんみりと
空　を　な　ながめ　**そ**　。
〈禁止〉
眺める　な
恋しく　**は**
恋しいのならば
道　が　遠く　**とも**
ても
はや　かへり　**こむ**
早く　帰って　来よう

全文訳

しんみりと空を眺めるな。恋しいのならば、道のりが遠くても早く帰って来よう。

正解をさがそう♪

① 初句切れ……×
② 二句切れ……◯
③ 三句切れ……×
④ 四句切れ……×
⑤ 句切れなし……×

正解選択肢は、②です。

テーマ2

必要な情報を補う

基本の解き方

和歌は、基本的に情報不足！ 和歌の前後にある情報を直訳に付け足す。

練習2

次の和歌の説明として、**適当でないもの**を、後の①～⑤のうちから一つ選べ。

むかし、男、来て帰るに、秋の夜もむなしくおぼえければ、
秋の夜も名のみなりけりあふとあへばことぞともなく明けぬるものを

（『伊勢物語』）

① 「秋の夜長」の歌である。
② 二句切れの和歌である。
③ 「あふ」のは、恋人の男女である。
④ 確定条件の「ば」が用いられている。

⑤ 出家の契機を詠んでいる。

では、まずは5／7／5／7／7に分けて、句切れチェックもしてみましょう

秋の夜も＝係助詞
名のみなりけり＝詠嘆の助動詞「けり」の終止形 ←句切れ
あふとあへば＝接続助詞
ことぞともなく＝形容詞「なし」の連用形
明けぬるものを＝終助詞

「けり」が終止形なので、二句切れの和歌ですね。和歌全体を直訳すると、「秋の夜も名前だけであったなあ。会うと言って会うと、何ということもなく夜が明けてしまうのになあ」などとなります。

さて、直訳をしたものの、何だかまだイマイチよくわかんないですよね。「『秋の夜は名前だけ』ってどういうこと？」「『会う』って誰が？　誰と？　何のために？」などなど、直訳しただけでは、はっきりわからないことだらけ。そのせいで、「もう和歌は無理！」って思っちゃうのかもしれませんね。

でも、よくわからないところを具体化できればいいんですよね？　足りないところを補えたらいいんですよね？　なら、和歌の前後を見ましょう。

和歌って、その場の状況にぴったり合った内容を詠むものなので、歌が詠まれた状況を見れば、具体的な内容や補うべき内容が見えてくるんです。

たとえば、今回は、**和歌直前から「男」が「夜」に「来て帰る」ことが読み取れます**。当時、男性が夜に行くところといえば、ふつう、**恋人の女性のところ**。彼女に逢いにデートに行くんです。だからここの「**あふ**」も**恋人同士がデートする意味**だとわかります。

古文の時代のデートは、夜の時間帯に彼女の部屋でするのが暗黙のルールで、日が暮れた頃に彼女のところに行って、朝日が出る前に帰ります。となると、昼間の時間が長く、夜の時間が短い夏だと、必然的にデートができる時間が短く、秋や冬になると夜の時間が長くなるので、デートできる時間も長くなる、というわけです。恋人たちにとってはちょっとうれしい季節です。

ところが、楽しい時間ってあっという間。いくら秋の夜長といっても、恋人同士にとっては「え？　もう朝なの？」という気分になりますよね？　ここも、和歌の直前に「秋の夜もむなしくおぼえけれ（＝秋の夜もあっけなく感じた）」とあります。だからこそ、「秋の夜も名のみなりけり」という歌の表現につながって、「『秋の夜長』って言うけど、そんなの名ばかりで全然長くないじゃないか！」となるわけです。

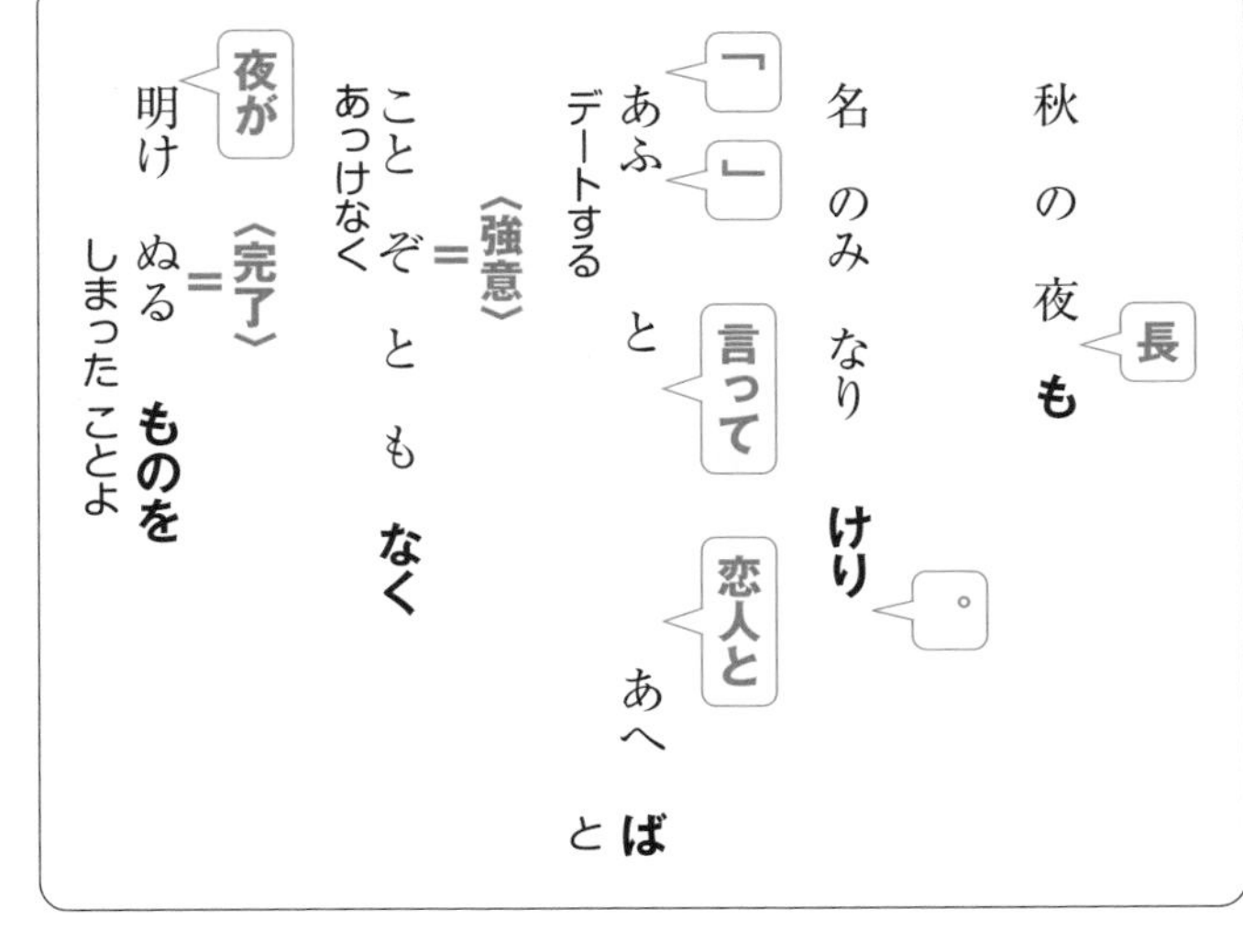

秋の夜も
長
名のみなりけり
。
「」
あふとあへば
デートする
言って
恋人と
ことぞともなく
〈強意〉＝あっけなく
夜が
明けぬるものを
〈完了〉＝しまったことよ

全文訳

昔、男が、（女のもとに）来て帰るときに、（長いといわれている）秋の夜もあっけなく感じたので、

（「秋の夜長」といわれる）秋の夜も名ばかりであったなあ。（あなたと）逢うということで逢うと、あっけなく（夜が）明けてしまったことよ。

正解をさがそう

① 「秋の夜長」の歌である。……◯

② 二句切れの和歌である。……◯

③ 「あふ」のは、恋人の男女である。……◯

④ 確定条件の「ば」が用いられている。

……◯ 「あへば」が、〔**四段活用動詞「あふ」の已然形＋ば**〕。〔已然形＋ば〕**は**確定条件のカタチ。

確定条件は、「～（する）ので。～（する）と」などと訳します。

⑤ 出家の契機を詠んでいる。

……× デートの時間が短く感じるからといって、だから出家しようとまでは言っていませんね。

今回は、適当でないものを探すので、正解選択肢は、⑤です。

テーマ3

比喩表現を見破る

どんなものを何の比喩で用いるのかは、時代によって結構違いがあります。だから、現代語のイメージで決めつけないようにしましょう。

基本の解き方

1 和歌の前後の文章に注目し、何を詠んだ歌なのかをつかむ。

2 比喩の言葉そのもののイメージだけでなく、それが「どうした」「どうなった」という動作の部分に注目して、何のたとえかを判断する。

練習3

次の文章は『十六夜日記(いざよいにっき)』の一節で、作者が、旅の前に、女院(にょういん)にお仕えしている娘に手紙を送る場面である。なお、作者には、為相(ためすけ)(侍従(じじゅう))、為守(ためもり)(大夫(たいふ))という息子がいるが、娘は一人だけだという。本文中の和歌の説明として最も適当なものを、後の①～⑤のうちから一つ選べ。

女子(をんなご)はあまたもなし。ただ一人にて、この近きほどの女院にさぶらひ給(たま)ふ、院の姫宮(注)一所(ひとところ)生まれ給へりしばかりにて、心づかひもまことしきさまに、大人大人しくおはすれば、宮の御方の御恋しさもかねて申しおくついでに、侍従・大夫などのこと、育(はぐく)み思(おぼ)すべきよしもこまかに書き続けて、奥に、

君をこそ朝日と頼めふるさとに残るなでしこ霜に枯らすな

(注) 院の姫宮——後深草院と作者の娘との間の子。後の「宮の御方」も同じ。

① 「君」は後深草院のことである。
② 「君」を輝く朝日と思って頼りに思いなさいと訴えている。
③ 留守中、撫子(なでしこ)の花を枯らさないように注意を促している。
④ 「なでしこ」は、作者の娘をあらわしている。
⑤ 「霜」は「なでしこ」に降りかかる苦難の比喩である。

では、今回も5/7/5/7/7に分ける作業から始めましょう。

君をこそ…〈係り結び〉
朝日と頼め ←句切れ
＝動詞「頼む」已然形

ふるさと **に**（＝格助詞）
残る **なでしこ**（＝名詞） を
霜 に 枯らす **な**（＝終助詞）

「**こそ〜頼め**」**で係り結びが成立**しているので、「頼め」のところで句切れです。

「こそ」は〈強意〉の用法で、特に訳出しなくてOK。「頼め」の箇所は、「こそ」の影響で已然形になっているだけですから、終止形と同じように訳します。

つまり、「『君』を朝日のように頼みに思う」などと訳します。ここの「**頼む**」**は四段活用動詞**で、**已然形と命令形が同形**なので、ついうっかり命令形の訳をつけてしまうミスをしがちですから、要注意！

ところで、「君」は、「①天皇、②主君、③高貴な人、④あなた」など、いろんな人物をあらわすことができる語ですが、ここは、**娘におくった歌**なので、「君」は「あなた」の意味、具体的には「作者の娘」のことです。

また、歌の後半部は、「ふるさとに残る撫子の花を霜に枯らすな」などと直訳できます。しかし、この「お花を大事にね」といった直訳では、侍従・大夫などを「育み思すべき」と書いた手紙に添える歌としては、話題がずれています。

ということは、この歌には、何かほかにも意味がありそうですね。和歌は必ず、その場の状況に合う内容を詠むものなので、たとえば「**なでしこ**」には、植物の撫子以外の、この場面にぴったりの意味がこめられているに違いありません。

「なでしこ」は「撫でし子（「撫で〈動詞〉」＋「し」〈過去の助動詞〉＋「子」〈名詞〉）」と理解すると、「なでなでしながら大事に育てた子」の意味になります。

実はこの植物の「撫子」と「撫でし子」って、意外とよく出てくる**掛詞**なんですよ。ここも、**作者がなでなでしながら大事に育てた子ども「侍従・大夫」のことを暗に指しているの**だと考えれば、直前の内容にもぴったりです！

すると、「霜」も、**比喩表現と考えるのが妥当**ですよね。「息子たちを〝霜〟で枯れさせるな」では、いくらなんでもヘンですから。「霜」は「撫子」を枯らすほど、ダメージを与える存在なのですから、この「霜」は、**息子たちを苦しめてダメージを与えるものを表していると考えられます**。「なでなでしながら大事に育てた子である息子たちを苦しめるもの＝〝霜〟を、〝朝日〟のような存在のあなたがきっと消し去ってくれると頼りに思っています」ということを表現した歌だったということです。

作者の娘
君＝を　こそ

苦難を消し去るもの
〝朝日〟＝と　頼め。
頼め　頼みに思う。

ふるさと　に
息子たち
残る　なでしこ＝を

苦難
〝霜〟＝に　〝枯らす〟＝な
苦しめる
で　～するな

全文訳

（私には）娘は多くもいない。（娘は）ただ一人だけで、この近所の女院にお仕えなさっているが、（このたび）院の姫宮お一人が生まれなさったばかりで、心遣いも誠実な様子で、大人びていらっしゃるので、（旅先できっと）姫宮を恋しく思う気持ちも、前もって申し上げておく機会に、（息子の）侍従と大夫のことを、（いろいろ）世話をして大事にお思いになってほしいということをこまかく書き続けて、その奥に、
あなた（＝娘）のことを、（霜をもとかす）朝日

のように頼りに思っています。故郷に残る息子たちを、霜で撫子と枯らすように大変なことで苦しめることのないようにしてください。

正解をさがそう

①「君」は後深草院のことである。……正しくは、作者の娘のこと。
②「君」を輝く朝日と思って頼りに思いなさいと訴えている。
……「頼りに思いなさい」ではなく、「頼りに思っています」。已然形「頼め」を命令形に訳した誤り。
③留守中、撫子の花を枯らさないように注意を促している。
……比喩を見抜けていない。
④「なでしこ」は、作者の娘をあらわしている。……正しくは息子。
⑤「霜」は「なでしこ」に降りかかる苦難の比喩である。……◯

正解選択肢は、⑤です。

テーマ4

和歌修辞を見抜く

「枕詞(まくらことば)」「掛詞(かけことば)」「序詞(じょことば)」「縁語(えんご)」といった和歌修辞は、和歌の説明問題の際に必要になるだけではありません。特に、**「掛詞」は、和歌の解釈や内容把握の際にも不可欠！** しかも、入試に最もよく問われる修辞なのです！

まずは、そんな掛詞から見ていきましょう。

基本の解き方〈掛詞〉

1　古語同士の同音異義語を用いて、意味が二重に設定されている箇所を探す。

2　掛詞発見には、次の箇所にも注目！

★不自然なひらがな表記
★和歌の直前直後にある語で、和歌の中にも使用されている語
★固有名詞

3　掛詞の箇所は、原則、二つの意味とも訳す。

★裏を返せば、掛詞に気づいていないと、訳が足りずにヘンになるので、訳のつながりの悪さが掛詞発見のヒントにもなる！

4　頻出の掛詞は、暗記しておこう。

練習4

次の本文中の和歌には掛詞が用いられているが、その箇所はどこか。後の①〜⑤のうちから一つ選べ。

桂(かつら)(注1)のみこ、嘉種(よしたね)(注2)に、

露しげみ草のたもとを枕にて君まつむしの音(ね)をのみぞなく

(『大和物語』)

(注) 1 桂のみこ――宇多天皇の皇女。
2 嘉種――源嘉種。

① しげみ
② 草
③ 枕
④ まつむし
⑤ 音

「**掛詞の解き方**」で紹介した注目ポイント「**不自然なひらがな表記**」というのは、**普通だったら漢字を用いてもおかしくないところが、**ひらがな表記になっている部分のことです。これは、「漢字表記にしたら、ほかの意味も掛けているなんて、受験生は想像しないよな。でも、ひらがなな ら、『あれ、ここ、なんでひらがななんだろう?』みたいに考えてくれるかな?」と考えた、いわば〝出題者のやさしさ〟のあら

われ。もちろん、そんな〝やさしさ〟抜きに、漢字表記になっている掛詞や、掛詞以外の箇所もすべてひらがなになっている和歌もあります。でも、相当な頻度で〝やさしさ〟があらわれますから、まずは、〝やさしさ〟をあてにして、掛詞の箇所を探しましょう。今回の選択肢なら、**「しげみ」「まつむし」を有力候補**として、まずは考えていくといいですね。

掛詞は、**同音異義語の古語同士で成り立つ**ものです。単語すべてが二重の意味になっていなくても、一部だけが二重の意味になっている、という掛詞もアリです。

では、掛詞のにおいがプンプンする、〝不自然なひらがな表記〟から検討してみましょう。

「しげみ」は、〔形容詞「繁し」の語幹＋接尾語「み」〕で、「多いので」と訳します。名詞「茂み」かなと考えたかもしれませんが、「露の茂みの草」ではつながらないので×。これに、何か別の〝シゲミ〟とか〝シゲ〟とか〝ミ〟って発音する古語はないかな？「実」かな？「身」かな？……と考えていって、**和歌の文脈に合うモノを探していく**のです。

「まつむし」も同じように、すぐに思いつくのが「**松虫**」。でもそれ以外に、**同音異義語で何かないかな？**「末（まつ）」「松」……？と考えていきます。

ただ、同音異義語でさえあれば、何でもいいわけではなく、**和歌の内容や和歌の前後の場面にぴったり合わなければいけません**から、ここで、和歌全体の意味を確認してみましょう。

露 が

しげ＝「繁し」の語幹　多い

み＝接尾語　ので

……〔形容詞語幹＋み〕で「〜ので」と訳す

草のたもと（根もと）を
枕にて（として）
君まつむしの
音をのみぞなく……「音を（のみ）なく」で「声をあげて泣く」
〈係り結び〉
〈強意〉＝＝ 四段動詞「泣く」連体形
さて、直訳を試みてみると、「君まつむしの音をのみぞなく」の訳がうまくつながらないことに気づきます。「君が松虫の声をあげて泣く」……？　「君に松虫が声をあげて鳴く」……？　いずれにしても不自然です。草が生えているのだから、松虫がいるのは不自然なくつながります。でもそれに、「君」を絡めようとすると、うまくいかないのです。そこで、「君」は人間をあらわすことが多いので「まつむし」の「まつ」の部分に人間の動作「待つ」の意味が掛けられていると考えてみると、「君を待って声をあげて泣く」といった具合につながりが見えてきました。この方向で考えてみましょう。

和歌は、一見、〈自然〉のことを詠んでいるように見せかけて、実は〈人間〉のことを詠んでいる、という二重構造になっていることが多いのですが、ここもそうなんです。「露が多いので（濡れた）草の根もとで松虫が鳴く」という〈自然〉の様子と、「露」を「涙」の比喩、「たもと」を「袖」の意でとらえ「（流れる）

涙が多いので（濡れた）袖を枕にして、君を待つ（私は、今も）声をあげて泣くばかりだ」という、**〈人間〉のこと**の二重構造なんです。歌の中心は〈自然〉ではなく〈人間〉の方なので、「あなたに会えなくて、さみしいから、涙で濡らした袖を枕がわりにして泣きながら寝てる」という内容が、この歌の中心になります。

ということで選択肢のなかでは、「まつむし」の「まつ」のところが、「松虫」の「松」と「待つ」**の二重の意味が設定されている掛詞**でした♪

〈自然〉**露が多いので（濡れている）草の 根もと で**
露しげみ 草のたもとを 枕にて
〈人間〉**涙が多いので（濡れている） 袖 を 枕にして**
〈自然〉**松虫 が 声をあげて鳴く**
君 まつむしの 音をのみぞなく
〈人間〉**君を 待つ （私は） 声をあげて泣くばかりだ**

和歌中のすべての単語が〈自然〉の意味と〈人間〉の意味の両方を兼ね備えているわけではありませんので、訳を完成させるときは、〈自然〉の意味のところ、〈人間〉の意味のところ、それぞれを**〝つまみぐい〟方式でつないでいけばOK**です。

全文訳

桂の皇女が、嘉種に、

露が多いので（濡れている）草の根もとで松虫が声をあげて鳴くように、（流れる）涙が多いので（濡れている）袖を枕にしてあなたを待つ私は、（今も）声をあげて泣くばかりです。

正解をさがそう♪

① しげみ ……×
② 草 ……×
③ 枕 ……×
④ まつむし……○「まつ」が、「松虫」の「松」と「待つ」の**掛詞**。
⑤ 音 ……×

正解選択肢は、④です。今回は、和歌以外の文章がほとんどないので、和歌の中からヒントを探さねばなりませんでした。実際には、**和歌の直前直後を掛詞を探すヒントにする**ことがたいていできますから、もう少し楽にできる可能性大ですよ♪

また、掛詞は、同じ発音同士なら、どんな語も掛詞になり得るのですが、古代の人たちが特に好んでよく用いる掛詞というのもあります。こういうのは、あらかじめ頭に入れておいた方が、断然早く掛詞を発見できますよ♪　実は、今回の「松」**と**「待つ」**も、頻出かつ定番の掛詞**です。

頻出の掛詞

【掛詞】【二重に設定される語】

あかし　明かし・明石
あき　秋・飽き
あふ　逢ふ・逢坂（あふさか）・葵（あふひ）
あらし　嵐・あらじ
いる　入る・射る
う　憂し・浮く・宇佐・宇治
うら　浦・裏・心(うら)
おく　置く・起く
かた　潟(かた)・形・難し（かたし）
かり　狩・仮・刈り
かる　枯る・離(か)る
きく　菊・聞く

【掛詞】【二重に設定される語】

しか　鹿・然(し)か
すみ　澄み・住み・住の江
ながめ　長雨・眺め
なみ　波・無み
はる　春・張る
ひ　日・火・思ひ・恋ひ
ふみ　文・踏み
ふる　降る・経る・古(ふ)る・振る・ふるさと
まつ　松・待つ
もる　漏る・守(も)る
ゆふ　夕・言ふ・結(ゆ)ふ
よ　節(よ)・夜・世

基本の解き方〈枕詞〉

1　枕詞は「お飾り」。特定の言葉の前に付ける、決まり文句なので、どういう言葉の前にどういう枕詞を付けるのかを暗記しておく。

2　たいてい五音で、第一句目か第三句目にあらわれることが多い。

3　枕詞は、訳さない。

練習5

次の和歌には枕詞が用いられているが、それはどの句にあるか。後の①～⑤のうちから一つ選べ。

寛平(くわんぴやう)(注)の御時、菊の花をよませ給うける

敏行朝臣(としゆき)

ひさかたの雲のうへにて見る菊は天(あま)つ星とぞあやまたれける

この歌は、まだ殿上(てんじやう)許されざりける時に、召し上げられて、仕(つか)うまつれるとなむ

（『古今和歌集』）

（注）寛平――平安時代の年号。

① ひさかたの
② 雲のうへにて
③ 見る菊は
④ 天つ星とぞ
⑤ あやまたれける

もうこれは、**暗記だけ**です。見た瞬間に「**『ひさかたの』の部分が『雲』を導く枕詞だ！**」と答えを出してくださいね。枕詞も、むかーしむかしの大昔には、ちゃんと意味があったと思われるのですが、入試で出題される時代の古文においては、もう形骸化（けいがいか）されたお飾りですので、**枕詞の部分は訳さないでOK**です。

全文訳

寛平の御時代に、菊の花をお詠みになった（歌）

敏行朝臣

雲上のような宮中で見る菊は、天の星と見まちがえてしまったことよ。

この歌は、まだ宮中にあがることが許されていなかったときに、お召しを受けて、お詠みした歌と（いうことだ）。

正解をさがそう

① ひさかたの ……○「雲」を導く枕詞。
② 雲のうへにて ……×
③ 見る菊は ……×
④ 天つ星とぞ ……×
⑤ あやまたれける……×

正解選択肢は、①です。

頻出の枕詞

枕詞（＝修飾する語）	導かれる語（＝修飾される語）
あかねさす	日
あしひきの	山
あづさゆみ	はる・ひく・いる
あらたまの	年
あをによし	奈良
いそのかみ	ふる
いはばしる	垂水（たるみ）・滝
うつせみの	世・命
からころも	きる・たつ
くさまくら	旅・結ぶ
くれたけの	よ・ふし
しきしまの	大和
しきたへの	枕・衣
しろたへの	衣・袖
たまきはる	命
たまぼこの	道
たらちねの	母
ちはやぶる	神
ぬばたまの	黒・髪・夜・闇
ひさかたの	天・日・光
ももしきの	大宮

ところで、枕詞と同じように、ある言葉の前に付ける〝飾り〟の役割をするものに、「序詞」があります。**枕詞は、**原則5音**で、**枕詞**と**導かれる語（＝枕詞が修飾する語）は、固定されたものであるのに対し、**序詞は、**音の数に制限がなく、**和歌ごとに**オリジナルで作られるものです。一つとして同じ序詞は存在しないので、暗記で対応できる枕詞とは異なり、序詞は、その都度、**見抜く目が必要**です。

また、音の数に制限がない序詞ですが、**多くは12音または17音**。枕詞よりもずっと文字数が多いこともあり、**お飾りであっても訳します**。ただし、訳はつけても、お飾りはお飾り！ 歌の中心は、〈序詞〉の方に書いてある内容ではなく、〈序詞以外〉の箇所に書いてある内容なので、間違えないようにね！

基本の解き方〈序詞〉

1 ある言葉の前に付ける〝お飾り〟的な表現。和歌ごとにオリジナルで作られる。記憶力では対応できないので、序詞を見抜く目を養うこと。

★和歌の最初の12音、または17音（つまり、第一句＋二句、または第一句〜三句）にあらわれることが多い。

★〈自然〉の描写であることが多い。

★序詞の最後は、格助詞「の」であることが多い。

2 歌の中心は、序詞以外の箇所である。

練習6

次の和歌は、『後撰和歌集』の恋の巻にある大友黒主（おおとものくろぬし）の歌である。歌の説明として最も適当なものを、後の①〜⑤のうちから一つ選べ。

白浪（しらなみ）の寄する磯間（いそま）を漕ぐ舟のかぢとりあへぬ恋もするかな

① 船乗りの歌である。
② 荒れた海で舟を扱うことの困難を詠んでいる。
③ 恋心を「白浪」に、自身を「舟」にたとえている。
④ 「とりあへぬ」は「一時的な」の意である
⑤ 自分では制御できない恋を詠んでいる。

5/7/5/7/7で分けて直訳してみましょう。

白浪（しらなみ） の
が
寄する 磯間（いそま） を
うち寄せる 磯のあたりを
漕ぐ 舟 の
のように
かぢ とりあへぬ
を
梶 取ることができない
恋もする かな
なあ

この歌が、恋の巻に収録された、**恋の歌**であることに注目しましょう。すると、この歌の中心は末尾の「**かぢとりあへぬ恋もするかな**（＝**梶（かじ）をうまく取ることができない恋をするなあ**）」のところだとわかりますね。だとすると、そこまでの「白浪の寄する磯間を漕ぐ舟（＝白浪が打ち寄せる磯のあたりを漕ぐ舟）の」あたりの内容って、今回の歌の中心である「**恋**」**の内容とは直接的には関係なさそう**ですよね？　ただ、白浪が立つほどの荒れた海であれば、舟の操作が大変であることは容易に想像できます。ということは、「白浪の寄する磯間を漕ぐ舟の」の部分は、「梶取りができない」＝「コントロールできない」ことを言うために添えられた〝**お飾り**〟＝**序詞**だったということです。「梶」は、

舟を動かす櫂（かい）や櫓（ろ）、ほら、公園の池なんかで乗るボートのオールのようなもので、「梶取り」は本来は舟をコントロールすることを意味しますが、転じて物事がうまくいくようコントロールすることも意味します。「かぢとりあへぬ」の箇所は、序詞からのつながりで「舟を制御できない」の意と、直下の「恋」へのつながりで「制御できない恋」の意で用いられているわけです。

全文訳
白波が打ち寄せる磯のあたりを漕ぐ舟のように（ボクは）うまく制御できない恋をするなあ。

正解をさがそう

①　船乗りの歌である。……×　序詞の内容はあくまで〝お飾り〟。

②　荒れた海で舟を扱うことの困難を詠んでいる。……×　序詞の内容は〝お飾り〟なので、歌の中心的内容ではありません。

③　恋心を「白浪」に、自身を「舟」にたとえている。……×　白浪が打ち寄せる磯間に舟がいるように、「恋心」が打ち寄せる場所に「自身」がいるというのなら、誰かの恋心が自分に寄せられるたとえ。ここは、どうにもできない自分の恋心を詠んでいるのだから×。

④　「とりあへぬ」は「一時的な」の意である。……×　ここは、「（梶を）取る」意の動詞に「〜しようとして結局はできない」意の「〜あへず」が続いたもの。

⑤　自分では制御できない恋を詠んでいる。

……○　「梶取りができない」ということは、制御ができないということ。

正解選択肢は、⑤です。

基本の解き方〈縁語〉

1 「縁語」は、和歌のなかに、関連性の深い語を意識的にいくつも用いた〝言葉選び〟の和歌修辞。

2 言葉のチョイスのおもしろさをねらったもので、訳には〝できるだけ反映する〟程度でOK。

3 関連性が深いかどうかは、当時の人たちの感覚であって、現代人から見ると、「関連性あるかな?」というケースもある。主な縁語は知っておくとよい。

日本語は、言葉が豊富にあり、同じ内容でもさまざまな言い方が可能です。

「縁語」は、**関連性の深い言葉を意識的にいくつも用いた言い方**です。ファッションでいえば、「エレガントなワンピースに合わせて、靴もエレガントにハイヒール、髪型もあわせてアップにまとめよう」などと全身をトータルコーディネートするのに近いかもしれませんね。

「縁語」は、一首全体を、たとえば、「今日は『海』関連の言葉でそろえてトータルコーディネートしよう! じゃあ、ここは『波』にして、ここは『寄る』『返す』という言い方にしよう」という感じで、全体の言葉を関連のあるものでそろえていきます。**統一感をも**

≪練習7≫

次の本文中の和歌の説明として**適当でないもの**を、後の①～⑤のうちから一つ選べ。

中納言兼輔（かねすけ）に逢ひはじめけるころは、いまだ下臈（げらふ）に侍（はべ）りければ、女は「逢はむ」の心やなかりけむ、男も宮仕へにひまなくて常にも逢はざりけるころ、詠める、

薫（た）き物のくゆる心はありしかどひとりはたえて寝られざりけり

三条右大臣女（むすめ）

（『新拾遺集』）

① 「薫き物」「心」「くゆる」「ひとり」は縁語である。
② 「くゆる」は「燻（くゆ）る」と「悔ゆる」の掛詞である。
③ 「ひとり」は「火取り」と「一人」の掛詞である。
④ 「くゆる心」は兼輔と交際し始めたことを後悔する女の心である。
⑤ 恋人に逢えない寂しさを詠んだ歌である。

では、まず、歌の前までを見てみましょう。

（歌の詠者 三条右大臣女が）
中納言兼輔（かねすけ）に逢ひはじめけるころは、（兼輔は）いまだ下臈（げらふ）に侍（はべ）りければ、
（付き合い始めた）（身分が低い者 でしたので）

女は「（兼輔と）逢はむ」の心（が）や なかり けむ、
（〈係り結び〉 や〜けむ ＝〈疑問〉 たのだろうか）

男（＝兼輔）も宮仕へにひま（が）なくて常にも（女と）逢はざりけるころ、（女が）詠める、

三条右大臣女（むすめ）（＝歌の詠者）

身分の低い兼輔のことをイマイチ好きになれず、当初は、女は積極的に「あいたい！」という感じでもなく、男も仕事にいそがしくてしょっちゅうはあえずにいたというんですね。

次に和歌を見てみます。
ひとまず、□の部分は無視して見てください。

お香＝
薫（た）き物 の
「燻（くゆ）る」（**訳**香りがたちのぼる） が
□くゆる 心 は
〈過去〉＝
あり しか ど
た けれど
□ひとり は たえて
一人 少しも
〈可能〉＝ 〈詠嘆〉＝
寝 られ ざり けり
寝 られ なかっ たことよ

「くゆる」は、直前に「**薫（た）き物の**」とあるので、「**香りがたちのぼる**」**という意の**「**燻（くゆ）る**」〔**ラ行四段活用動詞**〕と考えられます。ただ、下へのつながりを見ると、「お香の香りがたちのぼる心」となってしまい、いかにもヘンです。

そもそも、和歌は、その場の状況にあった内容を詠むものなのに、直前の文章で話題にのぼっていない「お香」の和歌というのは、ちょっと唐突（とうとつ）ですよね。和歌の直前までは、男女の恋愛話だったのだから、やはり「くゆる心」は恋愛の中でわきおこる気持ちと考えるべきでしょう。

つまり、「くゆる」には「燻る」とは別の「くゆる」があるのではないか、つまり「くゆる」は掛詞ではないかな？と考えてみる必要がありそうです。すると、同じ「クユル」と発音する「悔ゆる」〔**ヤ行上二段活用動詞**「**悔ゆ**」**の連体形**〕**が掛詞として想定できそうですね**。「**後悔する心**」となって、これなら意味的にも、直下につながりそうです。

では、和歌直前の場面とのつながりはどうでしょう？　この歌は、三条右大臣の娘が兼輔と交際し始めたものの、兼輔が仕事で時間がなくてなかなか逢えなかった頃に詠んだ、とあります。付き合い始めたのに、恋人に放っておかれたら、**付き合い始めたことを後悔する気持ちになっても不思議はありません**。つまり、ここの「くゆる心」を「後悔する気持ち」と解釈することは、直前の文章ともピッタリ合うということですね。

上の句は、「**くゆる**」**を**「**燻る**」**と**「**悔ゆる**」**の掛詞**として、「お香の香りが燻る、その『くゆる』ではないが、兼輔と交際し始めたことを悔いる気持ちがあったけれど」などと、訳します。

一方、下の句は「一人では少しも寝られなかったことよ」で、意味はすんなりわかりますね。ただし、実は古語には、「**香炉**」**を意味する**「火取り（ひとり）」**という語**があります。「一人は」というニュアンスだけなら「我のみ」とかと言ってもよさそうなのに、「ひとり」という語をあえて用いているのは、やはり、**上の句にあった**「**薫き物**」「**燻る**」**と**「**火取り**（香炉）」**の関係を意識**してのこと。「香炉」は、お香を焚く（た）道具ですから、「薫き物（お香）」「燻る（香りがたちのぼる）」と関連の深い言葉です。つまり、縁語です！

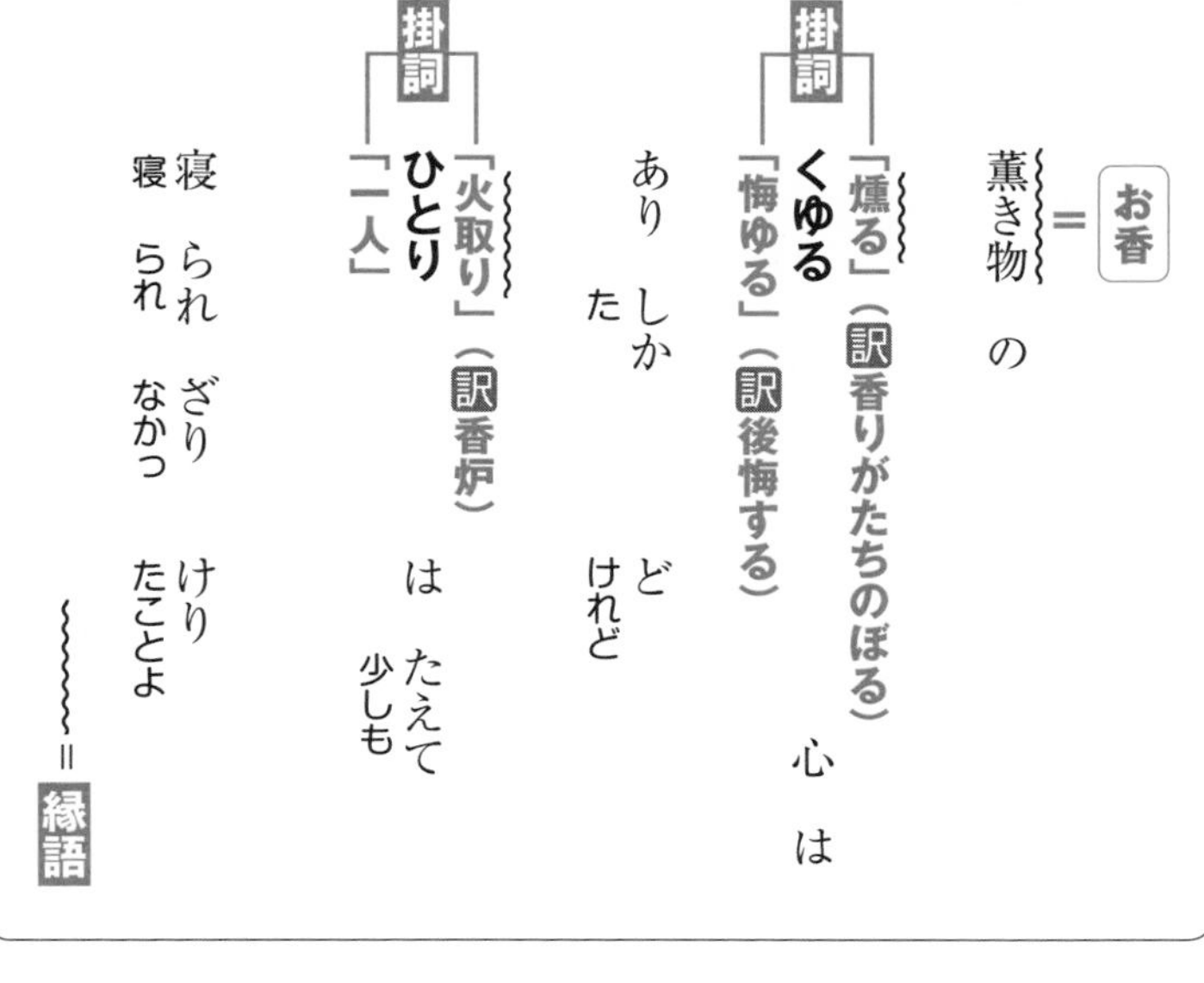

全文訳

中納言兼輔と交際し始めた頃は、（兼輔は）まだ身分の低い者でしたので、女（＝三条右大臣女）は（積極的に）「（兼輔と）逢おう」という気持ちはなかったのだろうか、男（＝兼輔）も宮仕えで暇がなくて常には（女と）逢わなかった頃に、（女が）詠んだ（歌）、

三条右大臣女

香炉で焚くお香の香りが燻る、その「くゆる」ではないが、（兼輔と付き合い始めたことを）悔いる気持ちが（私には）あったけれど、（今は、兼輔が逢いに来てくれずに）一人（だけ）では寝られなかったことよ。

正解をさがそう

① 「薫き物」「心」「くゆる」「ひとり」は縁語である。
……「心」は、お香には関係がありません。つまり縁語とはいえませんね。

② 「くゆる」は「燻る」と「悔ゆる」の掛詞である。……◯

③ 「ひとり」は「火取り」と「一人」の掛詞である。……◯

④ 「くゆる心」は兼輔と交際し始めたことを後悔する女の心である。……◯

⑤ 恋人に逢えない寂しさを詠んだ歌である。
……◯ 下の句で「一人」でいるのは、**三条右大臣の娘**。兼輔が逢いに来てくれないから一人でいるわけです。「あなたが逢いに来てくれないから眠れない」というのは、**恋人に逢えない寂しさ**といっていいでしょう。

今回は適当ではない説明を選ぶので、正解選択肢は、①です。

主な縁語

- 「浦」と「波」と「寄る」と「返る」
- 「糸」と「張る」と「乱る」と「縒(よ)る」
- 「露」と「置く」と「消ゆ」と「結ぶ」
- 「弓」と「張る」と「引く」と「射る」
- 「煙」と「燃ゆ」と「消ゆ」
- 「鈴」と「振る」と「鳴る」
- 「竹」と「節(ふし)」と「節(よ)」

さあ、それでは、最後に和歌のしあげ問題に挑戦です。

練習8

次の文章は『弁内侍日記(べんのないしにっき)』の一節で、権大納言(ごんだいなごん)と摂政殿(せっしょうどの)の会話を受けて、弁内侍が歌を詠む場面である。本文中の和歌の説明として**適当でないもの**を、後の①〜⑤のうちから一つ選べ。

権大納言、夜番(よばん)に参(まゐ)りて、萩の戸(注1)にて御遊(みあそ)び侍(はべ)りしに、「ただいまは何の時ぞ」と御尋ねあれば、「起きてゐの時」と申したまへど、夜の御殿(おとど)(注2)には内侍も寝なんとせしかば、「亥(ゐ)よりは更けぬらむ」とて、弁内侍、ただいまは起きてゐぞとは言ふめれど衣(ころも)(注3)かたしき誰もねななん

（注）1　萩の戸——宮中の清涼殿にある部屋の名。
2　夜の御殿——清涼殿にある天皇がお休みになる部屋。
3　衣かたしき——ここは、寝具の用意をして、の意味。

①「ゐ」は、「居る」の「居」と「亥」の掛詞である。
②「ね」は、「寝」と「子(ね)」の掛詞である。
③「ゐ」には午後十時頃、「ね」には午前零時頃の時刻の意をこめる。
④「起きてゐぞ」は権大納言の言葉「起きてゐの時」を踏まえた表現である。
⑤起きていろと言われなくても誰も寝たりはしませんという内容である。

どうでしたか？
直前の会話を踏まえた掛詞に気づきましたか？
では、くわしく見てみましょう。

権大納言、【が】夜番（よばん）に参（まゐ）りて、【宮中の】萩の戸【の部屋】にて御遊（みあそ）び【が】侍りし【時】に、
（参上して／ありました）

【摂政殿から】「ただいまは何の時ぞ」と御尋ね【が】あれば、
（何時だ？／ので）

【権大納言が】「【皆様がまだ】起きて　ゐの時【です】」と申したまへど、
（起きて／いる亥の時／申し上げなさるが）
【「居る」の「居」と「亥の時」の「亥」の掛詞】

夜の御殿（おとど）には内侍も【「】寝　な　ん　と　せ　しか　ば、
〈強意〉〈意志〉サ変「す」〈過去〉
（寝てしまおう【」】　と　し　た　ので）

【の時】「亥（ゐ）よりは【夜が】更けぬ　らむ」とて、弁内侍、【が（詠んだ歌）】
〈強意〉〈現在推量〉
（きっと更けて　いるだろう）

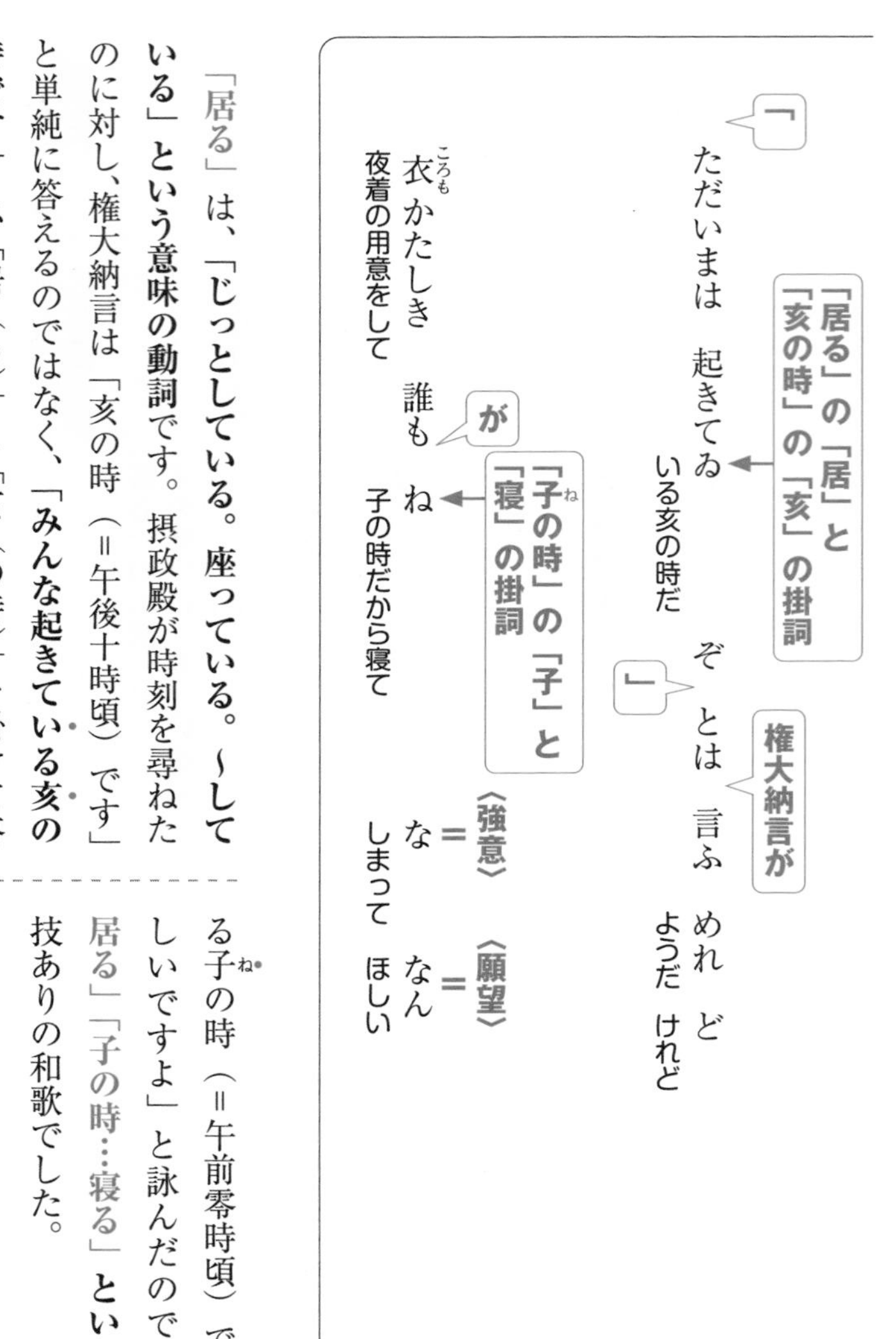

「
ただいまは 起きてゐ ぞ とは 言ふ めれ ど
」
いる亥の時だ
ようだ けれど
「居る」の「居」と「亥の時」の「亥」の掛詞
権大納言が
衣（ころも）かたしき 誰も ね な なん
夜着の用意をして
が
「子（ね）の時」の「子」と「寝」の掛詞
子の時だから寝て
〈強意〉
〈願望〉
しまって ほしい

「居る」は、「**じっとしている。座っている。～している**」**という意味の動詞**です。摂政殿が時刻を尋ねたのに対し、権大納言は「亥の時（＝午後十時頃）です」と単純に答えるのではなく、「**みんな起きている亥の時です**」と、「居（る）」と「亥（の時）」を掛けて答えています。和歌じゃなくても、こんなふうに掛詞的な言い方をすることもあるんですよ。それを聞いた弁内侍は、みんな寝ようとしていた時だったので、「みんなが起きている亥の時ではなくて、もうみんなが寝る子の時（＝午前零時頃）ですよね？ みんな寝てほしいですよ」と詠んだのです。「亥の時…（起きて）居る」「子の時…寝る」**という**掛詞が使用されていた、技ありの和歌でした。

全文訳

権大納言が、夜番に参上して、宮中の萩の戸の部屋で詩歌管弦の御遊びがありました時に、（摂政殿から）「今は何時だ」と御尋ねがあるので、（権大納言が）「（皆様がまだ）起きている亥の時（です）」と申し上げなさるが、夜の御殿では、内侍も「寝てしまおう」としていたので、「（今はもう）亥の時よりはきっと夜が更けているだろう」と思って、弁内侍が（詠んだ歌）、

「今は（皆がまだ）起きている亥の時だ」と（権中納言が）言うようだけれど、（本当は）子の時だから誰もが夜着の用意をして寝てしまってほしいです。

正解をさがそう

① 「ゐ」は、「居る」の「居」と「亥」の掛詞である。……◯

② 「ね」は、「寝」と「子（ね）」の掛詞である。……◯

③ 「ゐ」には午後十時頃、「ね」には午前零時頃の時刻の意をこめる。

……◯ 当時時刻は、ふつう十二支であらわし、「子」が午前零時頃、「丑」が午前二時頃……というように**午前零時から二時間きざみで表現**していました。古文常識として知っておきましょう。

④ 「起きてゐぞ」は権大納言の言葉「起きてゐの時」を踏まえた表現である。……◯

⑤ 起きていろと言われなくても誰も寝たりはしませんという内容である。

……× 「起きてゐぞ」の「**ゐ**」**は、**「**亥の時**」**の**「亥」**と**「**居る**」**の**「居」**の掛詞**。「**居**」**は、**ワ行上一段動詞なので〔ゐ―ゐ―ゐる―ゐる―ゐれ―ゐよ〕と活用します。「ぞ」の上は活用語なら連体形が来るのが普通ですが、今回は掛詞にもなっているため、活用形がととのっていない可能性があり、「起きて居（る）亥（の時）ぞ」なんだか、「起きて居（よ）（という）亥（の時）ぞ」なんだか、判断しづらいですね。でも、ここは、「い

ま何時？」という問いに「『起きてゐの時』です」と答えた直前のＱ＆Ａをそのまま踏まえた歌です。直前のＱ＆Ａに「起きていろ」というニュアンスは読み取れない以上、和歌も同様に**命令の意は含まれていない**と考えましょう。それに、この選択肢は「言ふめれど」を「言われなくても」と解釈していたり、「寝ななん」を「寝ない」と解釈するなど、ほかも誤りだらけです。

今回は誤った説明を選ぶのですから、正解選択肢は、⑤です。

さあ、次からはいよいよ共通テストに向けた実践練習ですよー。

第四章 入試問題を解く力を身につけよう

入試問題の解き方を学ぶ

「単語」「文法」「和歌」と、しっかり知識を仕入れることができたら、次は、いよいよその知識を生かして長文を読解する練習です。「知識があるんだから、あとは楽勝だ！」なんて油断してはいけませんよ。というのは、古文は**とても省略が多く、また、曖昧な言い方をすることも多いので、「単語」「文法」などの知識を生かして、**古語を現代語に置き換えるだけでは、まだまだ不十分。文字に書いていないことを適切に補ったり具体化しなければ、読解ができたことにはなりません。部分部分がわかるだけでなく全体がわかるように〝読解のワザ〟を学ぶ必要があるわけです。

また、テスト問題を解くには、**ただ何となく本文を読んで、選択肢から正解っぽいものを選ぶのではなく、**きちんとした「解き方」を知る必要があります。何となく解いているのでは、いつまでたっても得点が安定しないですからね。

ということで、この章では、身につけた知識を読解に生かし、得点に変える、入試の実戦力を身につけていきましょう。ここのワンステップで、後の成長率が違ってきますよ！

練習問題

次の文章を読んで、後の問い（問1～6）に答えよ。

九条殿（注1）、右大将にておはしけるころ、讃岐三位（注2）の、聟にとり奉りて（ア）あつかひ聞こえけるに、つねに和歌の沙汰ありけり。清輔朝臣（注3）参りて、物語のついでに、「一日、顕昭法師（注4）語り侍りしは、土左大将（注5）流され給ひける日、陪従惟成（注6）送りに参りたりけるに、蒼海波といふ秘曲を教へ給ふとて、

　教へおくことを形見にしのばなむ身はあをうみの波に流れむ

とよまれて侍りける。管絃のみならず、和歌に優にこそ侍りぬれ」といひいだされたりけるに、ある人、「さうがいはといふものこそ聞き及び侍らね。いづれの文字ぞ」と問はれけるを、「あをうみの波と書きたり」と答ふ。「さては、青海波（注7）のことにこそあん a なれ」とて 1 どよみ笑ふ。清輔朝臣のいはく、「青海波知らぬ人やはあるべき。あらぬ曲なり」といへども、（イ）人、さらに用ゐず。

その後、主（あるじ）の三位、「もし、さる曲もあらむ。その道の人に尋ねらるべし」とて、大将殿の琵琶（びは）の師にてなにがしとかや申しけるに、このことを問はる。彼、はばかりて、しばしためらひけるを、ありのままいはるべきよし、しきりにすすめられければ、とばかりして、「絶えたるものにて候へば、なきがごとくに候ふ」と聞こえける。「さては、あるにこそ」。「あれは昔は候ひけり。蒼海波、秘曲b なりけれど、絶えたれば、大将も琴柱（ことぢ）(注8)のたてやうなどを教へ給ひけると、承（うけたまは）り侍るなり」と聞こゆ。ある人、「琴にも(ウ)手は候ふか」と問はれければ、「みな候ふc なり。琵琶にならひて候ふけれど、今は絶えて侍るなり」と聞こゆ。力なくて笑ひやみにけり。かの人々、悔しく恥づかしくこそおぼえけめ。

後に、かの琵琶の師、二条院(注9)に参りあひたりけるに、「蒼海波の論の時、2 御恩蒙（かうぶ）りて候ひしこそ、忘れがたく侍れ」とて、清輔いはれける。この曲は、琴（きん）に易水曲（いすいきよく）といふものの声を、箏（さう）(注10)にうつしたるなり。盤渉調（ばんしきでう）(注11)の音なり。

（『十訓抄』による）

（注）
1 九条殿――藤原兼実（一一四九～一二〇七年）。和歌や書道に通じていた。後の「大将殿」も同じ。
2 讃岐三位――藤原季行（一一一四～一一六二年）。後の「主の三位」も同じ。
3 清輔朝臣――藤原清輔（一一〇四～一一七七年）。歌人・歌学者であった。
4 顕昭法師――歌僧。清輔とは義兄弟。
5 土左大将――藤原師長（一一三八～一一九二年）。保元の乱のために土佐に流された。琵琶の名人であった。後の「大将」も同じ。
6 陪従――身分の低い楽人。
7 青海波――雅楽の代表的な曲。
8 琴柱――琴の胴の上に立てて、音を調整する器具。
9 二条院――二条天皇の御所。
10 箏――弦が七本の「琴の琴」とは異なり、「箏の琴」とよばれる十三弦の琴。
11 盤渉調――雅楽の調子の一つ。

問1 傍線部(ア)～(ウ)の解釈として最も適当なものを、次の各群の①～⑤のうちからそれぞれ一つずつ選べ。

(ア) あつかひ聞こえける
① 面倒を見ていらっしゃった
② 教育なさっていた
③ 扱い方を聞いていた
④ ご指導申し上げていた
⑤ お世話していた

(イ) 人、さらに用ゐず
① 誰も、まったく聞く耳を持たない

② 皆は、ますます信用しない
③ 清輔に、一言も返事をしない
④ 誰もが、けっして使わない
⑤ 人々は、より一層馬鹿にした

(ウ) 手は候ふか
① 傷がございますか
② 手があるはずがない
③ 弟子もいません
④ 文字が記されているか
⑤ 演奏法がありますか

問2 波線部a「なれ」・b「なり」・c「なり」の文法的説明の組合せとして最も適当なものを、次の①～⑤のうちから一つ選べ。

① a 伝聞推定の助動詞　b 断定の助動詞　c 伝聞推定の助動詞
② a 断定の助動詞　b 断定の助動詞　c 伝聞推定の助動詞
③ a 伝聞推定の助動詞　b 断定の助動詞　c 断定の助動詞
④ a 断定の助動詞　b ラ行四段活用動詞　c 伝聞推定の助動詞
⑤ a 伝聞推定の助動詞　b ラ行四段活用動詞　c 断定の助動詞

問3　本文中の和歌の説明として**適当でないもの**を、次の①～⑤のうちから一つ選べ。

①　師長が流刑される際に詠んだ歌である。

②　「こと」は、「事」と「琴」の掛詞である。

③　三句切れの歌である。

④　「あをうみの波」には、師長が流されていく海路と「蒼海波」の曲の名が掛けられている。

⑤　師長が、自分の死後、秘曲を形見に自分をしのんでほしいと願っている。

問4　傍線部1「どよみ笑ふ」とあるが、なぜ人々は清輔のことを笑ったのか。その理由として最も適当なものを、次の①～⑤のうちから一つ選べ。

①　「青海波」の漢字すら知らなかったから。

②　「青海波」を「蒼海波」と誤って記憶していたから。

③　師長が惟成に教えたのは、「青海波」ではなく「蒼海波」だと信じて疑わないから。

④　師長の和歌は、たいしてよいものではないのに、ことさらすばらしいと感激していたから。

⑤　誤りだと言われても、なお自分の説を曲げようとしなかったから。

問5　傍線部2「御恩蒙りて候ひし」とあるが、清輔はどのような恩を受けたというのか。その説明として最も適当なものを、次の①～⑤のうちから一つ選べ。

①　琵琶の師が、秘曲「蒼海波」が存在することを証言してくれた恩。

②　琵琶の師が、存在しない秘曲「蒼海波」をあるかのようにごまかしてくれた恩。

③　琵琶の師が、秘曲「蒼海波」が、現在の「青海波」のもとになっていることを説明してくれた恩。

④　讃岐三位が、清輔の窮地を救うために琵琶の師に嘘をつくように手を回してくれた恩。
⑤　讃岐三位が、清輔のために音楽の歴史に詳しい人をわざわざ探しに行ってくれた恩。

問6　本文の内容に合致するものを、次の①～⑤のうちから一つ選べ。
①　九条殿は讃岐三位を婿としてあつかった。
②　琵琶の師は、質問に対して、常に遠慮なく堂々と答えた。
③　琴の秘曲は、弟子に伝えずに途絶えてしまうものが多かった。
④　和歌の催しに集まっていた人々は、琵琶の師に話を聞いたことを悔やんだ。
⑤　「蒼海波」は「易水曲」という曲を箏のために曲の調子を変えたものである。

では、さっそく一緒に本文を読んでみましょう。
読解のワザもちょこちょこ書いてあるので、活用してね♪
まずは、第一段落です。

【本文図解 解説】

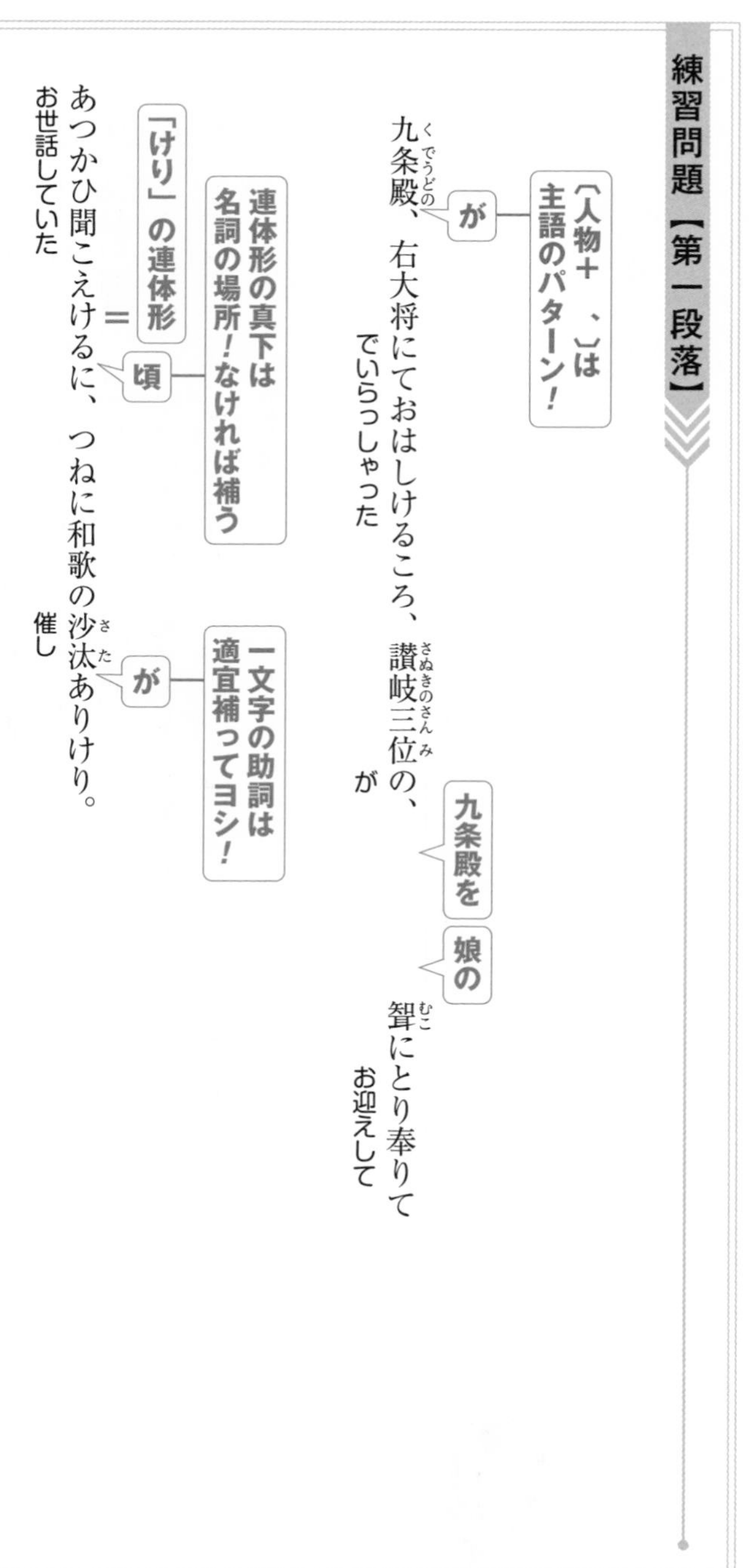

練習問題【第一段落】
〔人物＋ 、〕は主語のパターン！
が
九条殿、右大将にておはしけるころ、讃岐三位の、聟にとり奉りて
くでうどの
さぬきのさんみ
むこ
でいらっしゃった
が
お迎えして
九条殿を
娘の
連体形の真下は名詞の場所！なければ補う
頃
「けり」の連体形＝
一文字の助詞は適宜補ってヨシ！
が
あつかひ聞こえけるに、つねに和歌の沙汰ありけり。
さた
お世話していた
催し

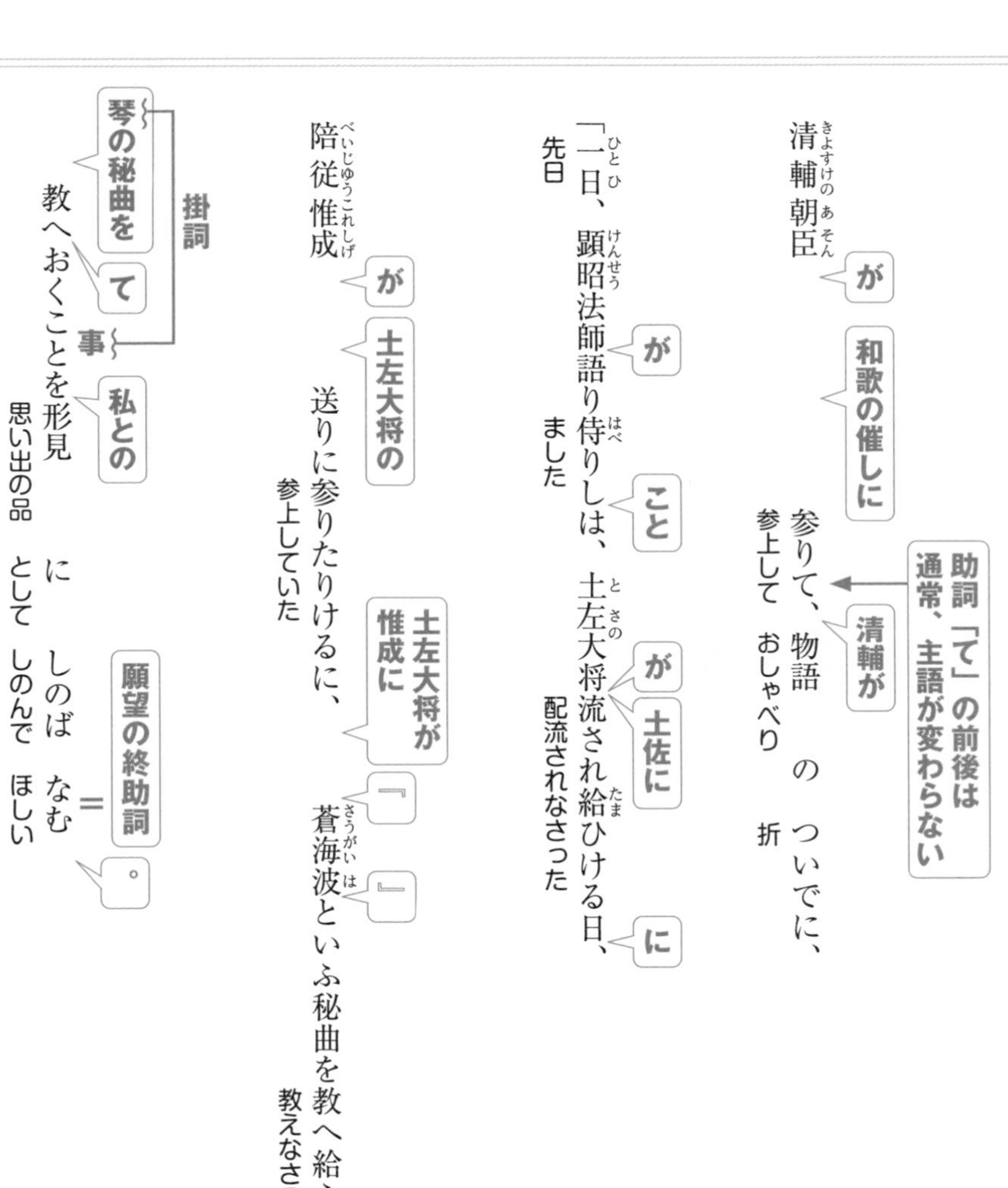

清輔朝臣（きよすけのあそん）が和歌の催しに参りて、清輔が物語のついでに、
参上して　おしゃべり　折
助詞「て」の前後は通常、主語が変わらない
「一日（ひとひ）、顕昭（けんせう）が法師語り侍り（はべ）しは、こと土左大将（とさの）が土佐に流され給ひ（たま）ける日、に
先日　ました　配流されなさった
陪従惟成（べいじゅうこれしげ）が土左大将の送りに参りたりけるに、土左大将が惟成に「」蒼海波（さうがいは）といふ秘曲を教へ給ふとて、その際に
参上していた　教えなさるということで
琴の秘曲を教へておくことを私との形見にしのばなむ。
掛詞　事
思い出の品として　しのんで　ほしい
願望の終助詞 =

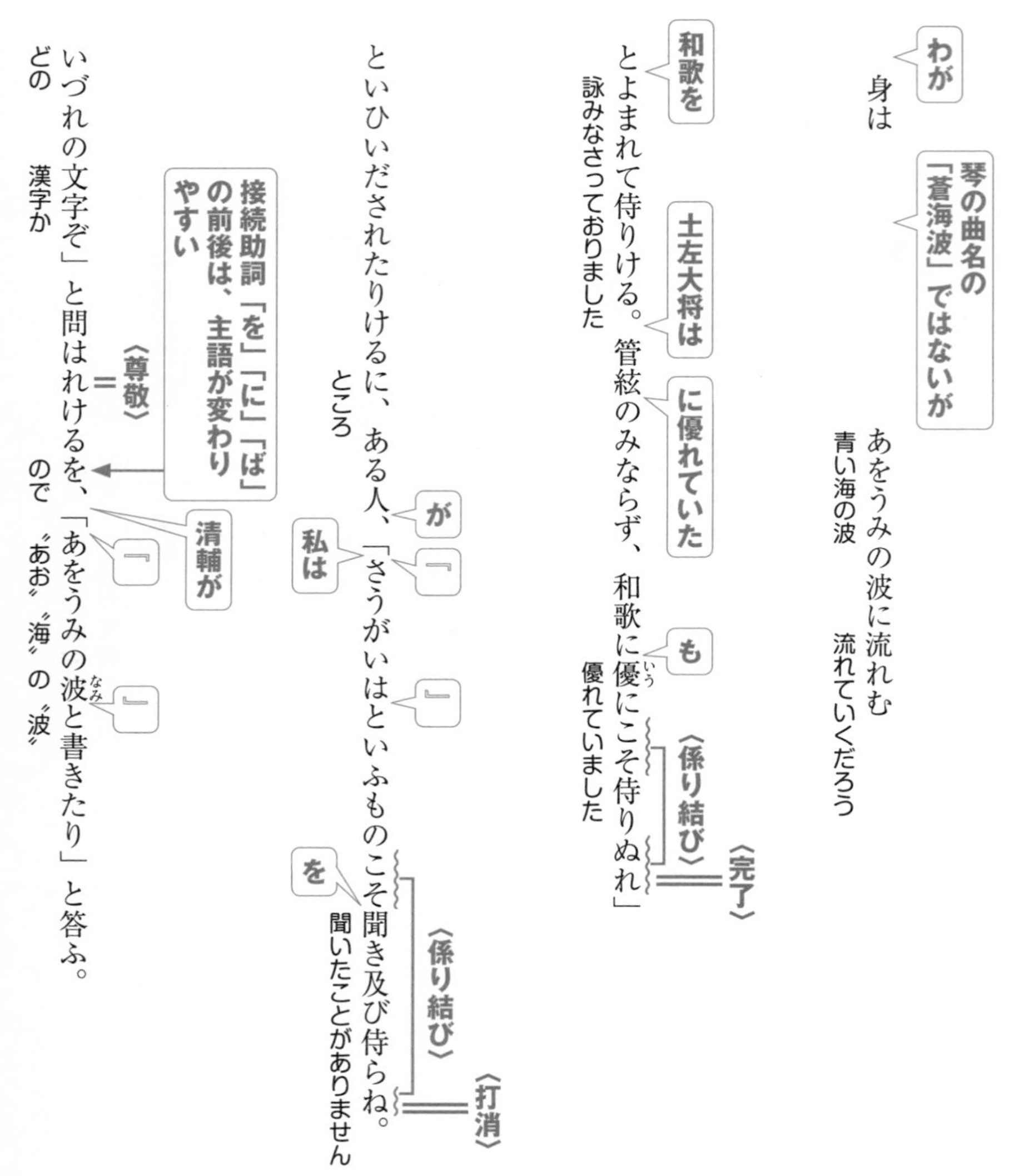

身は　あをうみの波に流れむ

とよまれて侍りける。管絃のみならず、和歌に優（いう）にこそ侍りぬれ」

といひいだされたりけるに、ある人、「さうがいはといふものこそ聞き及び侍らね。

いづれの文字ぞ」と問はれけるを、「あをうみの波（なみ）と書きたり」と答ふ。

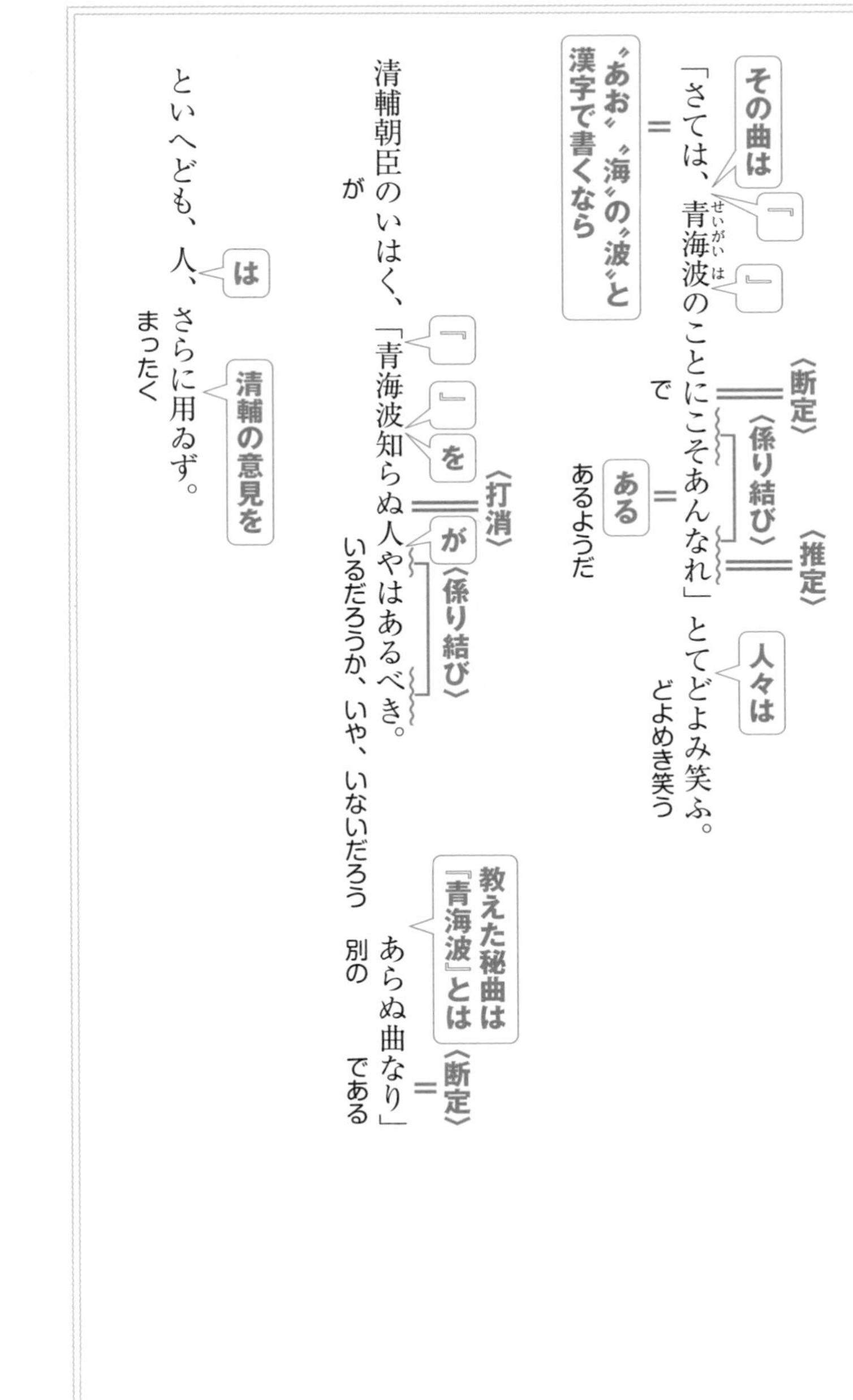

「さては、青海波のことにこそあんなれ」とてどよみ笑ふ。
せいがいは
その曲は
「
」
で
〈断定〉
〈係り結び〉
ある
あるようだ
〈推定〉
人々は
どよめき笑う
"あお""海""の""波"と
漢字で書くなら
清輔朝臣のいはく、「青海波知らぬ人やはあるべき。あらぬ曲なり」
が
「
」
を
〈打消〉
が
〈係り結び〉
いるだろうか、いや、いないだろう
教えた秘曲は
『青海波』とは
別の
〈断定〉
である
といへども、人、さらに用ゐず。
は
まったく
清輔の意見を

清輔が顕昭から聞いた土左大将のエピソードを披露している場面です。清輔としては、「土左大将って音楽だけじゃなくって和歌もすごいんだねー」と言いたいのに、まわりは、土左大将が教えた曲が「蒼海波（＝さうがいは）」なのか「青海波（＝せいがいは）」なのかの方に関心が向かっちゃっています。曲名の最初の

文字「蒼」と「青」はどちらもブルーをあらわす漢字だから、混同して、本当は有名な曲「青海波」なのに

秘曲「蒼海波」だって間違えているんじゃないの？と疑われ、笑われてしまっているんですね。

では、続きを読んでみましょう。

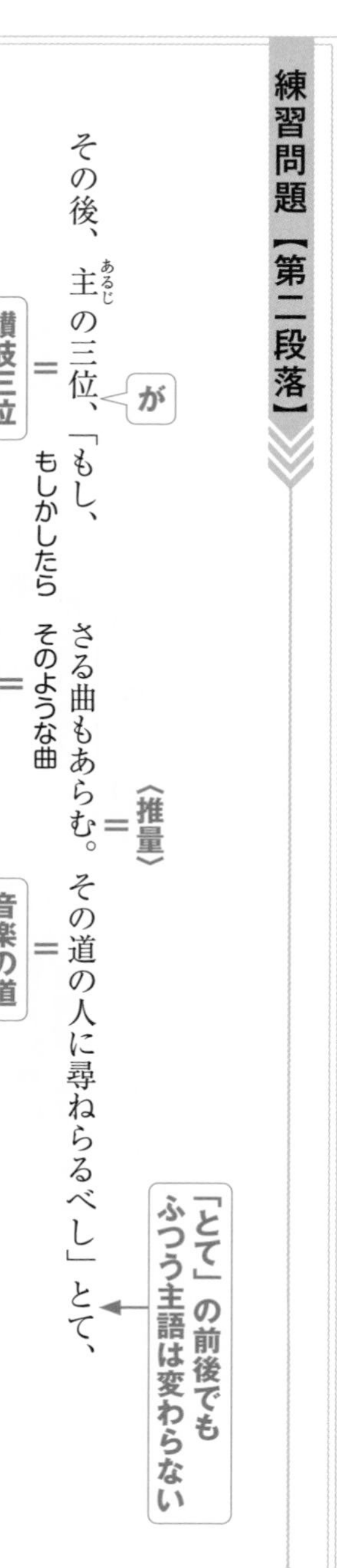

練習問題【第二段落】
その後、主（あるじ）の三位、「もし、さる曲もあらむ。その道の人に尋ねらるべし」とて、
讃岐三位
が
もしかしたら
「蒼海波」
そのような曲
〈推量〉
音楽の道
「とて」の前後でもふつう主語は変わらない
大将殿の琵琶（びは）の師にてなにがしとかや申しけるに、このことを問はる。
讃岐三位は
九条殿
誰々とか何とか
人
「蒼海波」という曲の存在
〈尊敬〉

主語かわらない
は
琵琶の師
彼、はばかりて、しばしためらひけるを、ありのままいはるべきよし、
琵琶の師は
主語かわる
が
讃岐三位が師に
〈尊敬〉〈適当〉
おっしゃるがよい　ということ
で
主語かわる
〈尊敬〉
しきりにすすめられければ、とばかりして、
勧め　ので　しばらくして
師は
「蒼海波」は
曲の伝承が
〈断定〉
「絶えたるものにて候へば、なきがごとくに候ふ」
でございますので　ないも　同然　でございます
現在「蒼海波」は
〈断定〉
と聞こえける。「さては、あるにこそ」。
申し上げた　それでは　あるのであるな
讃岐三位は
「蒼海波」は
「こそ」の結び「あれ」の省略
と言う

「あれは昔は候ひけり。蒼海波、秘曲なりけれど、絶えたれば、
大将も琴柱(ことぢ)のたてやうなどを教へ給ひけると、承(うけたまは)り侍るなり」と聞こゆ。
ある人、「琴にも手は候ふか」と問はれければ、
「みな候ふなり。琵琶にならひて候ふけれど、今は絶えて侍るなり」と聞こゆ。

「蒼海波」があると知った人々は

力なくて
どうしようもなくて

笑ひやみにけり。
笑い声も止まってしまった

かの人々、（は）悔しく恥づかしくこそおぼえけめ。〈係り結び〉〈過去推量〉
＝清輔を笑った人々　　　　　　　　　　感じただろう

琵琶の師の証言により、秘曲「蒼海波」が存在したことが明らかになりました。「『蒼海波』は『青海波』の間違いなんじゃない？」と清輔を笑った人たちは、逆に自分たちの無知をさらしたことになり、後悔ときまり悪さを感じた、という話でした。清輔の名誉は回復され、あざ笑った人たちはその報いを受けた、ということで、この一件は終わりました。

練習問題【第三段落】

後に、かの琵琶の師（が）、二条院（清輔に）に参りあひたりけるに（時）、「（「）蒼海波の論の時（」）、（あなたから）御恩（を）
でばったりお会いした

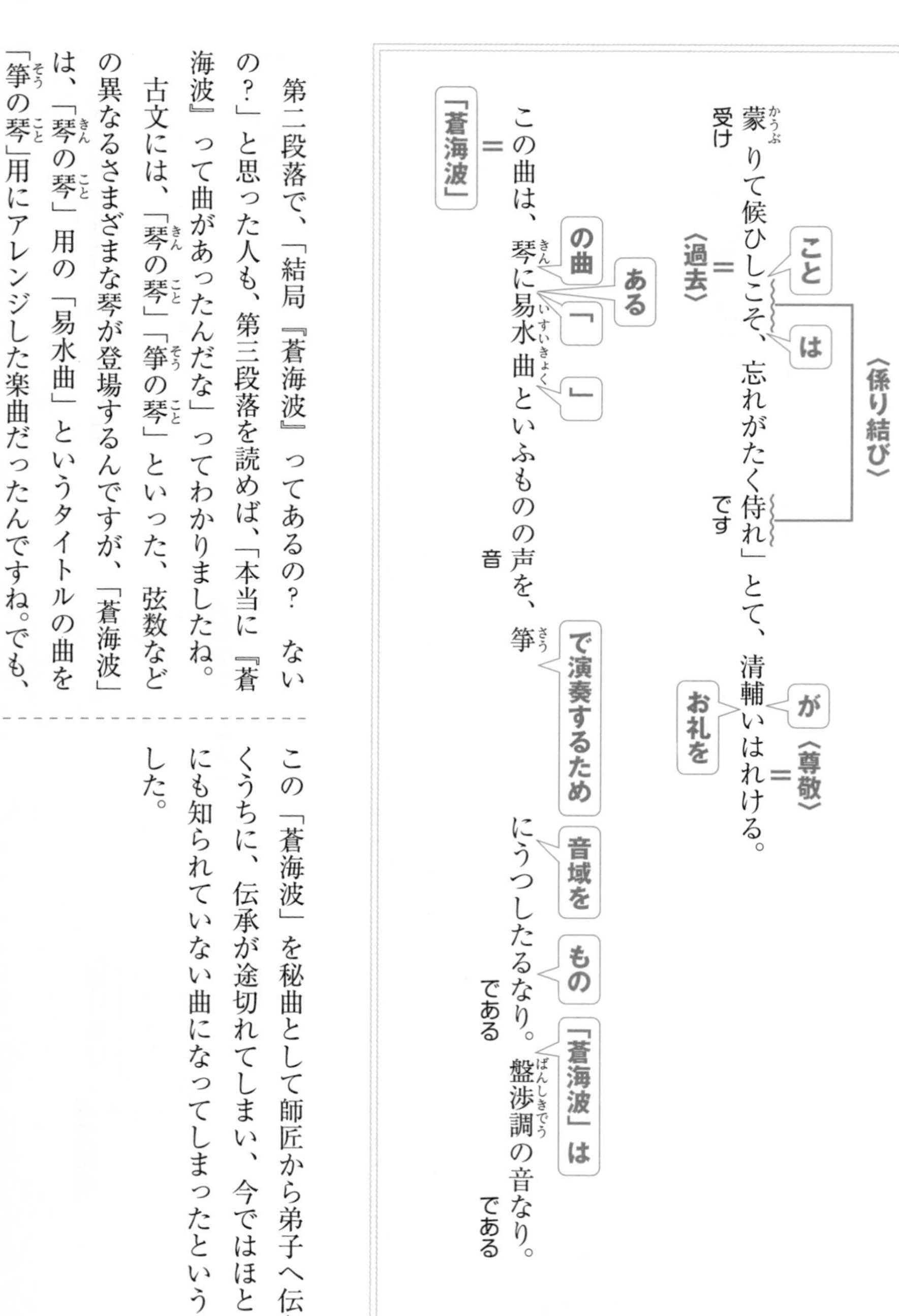

第二段落で、「結局『蒼海波』ってあるの？ ないの？」と思った人も、第三段落を読めば、「本当に『蒼海波』って曲があったんだな」ってわかりましたね。

古文には、「琴の琴」「箏の琴」といった、弦数などの異なるさまざまな琴が登場するんですが、「蒼海波」は、「琴の琴」用の「易水曲」というタイトルの曲を「箏の琴」用にアレンジした楽曲だったんですね。でも、

この「蒼海波」を秘曲として師匠から弟子へ伝えていくうちに、伝承が途切れてしまい、今ではほとんど誰にも知られていない曲になってしまったということでした。

テーマ１

解釈問題

さて、本文を一通り読めたら、次は「入試の頻出問題」を攻略していきましょう。

基本の攻略法

1　傍線部を一単語ずつに分ける。

2　一語一語を丁寧に現代語に置き換えて、正解選択肢を選ぶ。

★特に、重要語や重要文法ポイントは要注意！

3　2で正解がしぼれないときは、傍線部の前後をよく見て、主語や省略内容を補ったり、指示内容の具体化をした上で、選択肢を○×判断する。

★1・2をせずに、3だけで答えを出そうとしないこと。

解釈問題は、基本的には知識問題です。長文の中で問われても、日頃の単語力と文法力を発揮して、単語帳に載っている重要語の訳が正しいか、助詞・助動詞・敬語の訳が正しいかどうかを、まずは**単語ごとにピンポイントで○×判断をしていきましょう。**全体の流れを確認することは大切ですが、流れを優先しすぎると、巧妙な選択肢にだまされるので、気をつけてくださいね。

解き方

問1　解釈問題

(ア)　傍線部「あつかひ聞こえける」からみていきましょう。

1　一単語ずつ分ける
……「あつかひ／聞こえ／ける」

正しく単語に分けるためには、「『圧／買ひ』じゃ何言ってるかわかんないよなあ、やっぱりここは『扱ひ』だよな」などと**意味**を考えたり、「『聞こえ』って〔聞こ＝え―え―ゆ―ゆる―ゆれ―えよ〕ってヤ行下二段で活用するから「聞こえ」までで一単語だな、などと**文法力**もつかって考えます。

2　現代語に置き換える

ここでも使うのが、単語力と文法力！

単語力をつかおう

あつかふ〔動詞〕
①世話をやく。看病をする。
②もてあます。

聞こゆ〔動詞〕
①聞こえる。

②噂される。
③聞いて理解される。
④〈「言ふ」の謙譲語〉申し上げる。
⑤〈謙譲の補助動詞〉～申し上げる。お～する。

文法力をつかおう♪

けり［助動詞］
①〈過去〉～た。
②〈詠嘆〉～だなあ。～ことよ。

さて、それぞれ意味用法が複数ありますね。特に「**聞こゆ**」には、たくさんあります。こういうのは、みなさんちょっと苦手かな？

意味の絞り込みは、**文脈から考えるしかないと思っているかもしれませんが、実は、カタチから特定できる場合もあります**。今回問われている「聞こゆ」もその一つ。多義語の意味の絞り込みは、ふつうは後まわしにした方がいいんですけど、ここは見た目のカタチですぐわかるので、真っ先に挑戦！

この傍線部では、動詞「あつかふ」の真下に「聞こゆ」があります。このように**動詞の真下に「聞こゆ」がある場合は、原則、〈謙譲の補助動詞〉！**　これさえ知っていれば、ここも「**～申し上げる**」「**お～する**」と訳すのが正しいことがすぐにわかりますね。

一つ、意味が特定できました。では、残りの「あつかふ」「けり」はどうでしょう？

今回は、受験生ならではの、そして選択肢がある問題ならではの、短時間で意味が特定できる、実戦的な方法でやってみましょう。すなわち、「**選択肢とご相談する**」方法です♪

まず「**あつかふ**」は、これも複数の意味があるのですけど、「もてあます」の意味は、**今回の選択肢にはないことがわかります**。ということは、ここの「あつかふ」は「世話をやく」系統の意味で、キマリです。

ここは、言い方がちょっと違うだけで「世話をやく」と同じ意味の⑤「世話をする」と①「面倒を見る」が正解候補ですね。こういう解き方って、なんかズルイ感じがしちゃいます？　でも、制限時間のあるテストでは、効率よく解くことだって、大事！　選択肢を見て、じっくり考えるべき箇所と即決できる箇所を見極めることは悪いことじゃないんですよ。

さらに「**けり**」は、全選択肢「**～た**」と訳しているので、ここでは**〈過去〉の意味で決定！**

傍線部の前後を丁寧に読み、文脈から意味を特定するやり方も、もちろん可能ですし、そう解いてもいいんですよ。でも、制限時間のあるテストでは、こういった「選択肢とご相談する」効率のよい解き方も、うまく使うといいですね。

選択肢問題の〝コツ〟

すべてを自力で答えを出そうとせずに、「選択肢とご相談」しながら、正解を見抜こう！

正解をさがそう

①（○）面倒を見て（×）いらっしゃっ（○）た……「いらっしゃる」は尊敬語の訳なので、×。

②（×）教育（×）なさってい（○）た……「なさる」も尊敬語の訳なので、×。

③（×）扱い方を（×）聞いてい（○）た……古語「あつかふ」と現代語「扱う」を区別して！

④（×）ご指導（○）申し上げてい（○）た……「指導する」のと「世話をやく」のは、違うので、×。

⑤（○）お（○）世話　してい（○）た……「世話する」「お～する」「た」のすべてのポイントが、○。これが**正解**！

正解選択肢は、⑤です。

(イ) 傍線部「人、さらに用ゐず」はどうでしょうか。

1 一単語ずつ分ける

……**「人、／さらに／用ゐ／ず」**

「用ゐる」は**ワ行上一段活用動詞**。〔用＝ゐ―ゐ―ゐる―ゐる―ゐれ―ゐよ〕と活用します。ここは、**未然形**。

2 現代語に置き換える

今回は、単語力をつかいます。

単語力をつかおう

さらに［副詞］
①「さらに～打消表現」のカタチで
まったく(～ない)。けっして(～ない)。
②重ねて。新たに。

用ゐる［動詞］
①使う。
②登用する。
③採用する。信頼する。

ここの「**さらに**」は、後にある**打消の助動詞**「ず」**とセット**で、「**まったく～ない。けっして～ない**」の意。選択肢①④はぴったりですね。

ところで、③はどうでしょう？ パッと見た感じでは間違いに思えるかもしれませんね。でも、「一言も返事をしない」というのは、「まったく返事をしない」と言い換えても同じです。こういうものは、言い方が違うだけで同じ意味ですから、間違い選択肢として消去しないでくださいね。③も「さらに」の訳は、正解です。

選択肢問題の〝コツ〟

「直訳」が原則だけど、「言い方が違うだけで、同じ内容」も正解の可能性あり！

「用ゐる」は、数少ない上一段動詞の一つとして文法書には顔を出すけど、単語帳にはあまり載らない語ですから、意味を覚えていない人が多いでしょう。この語は、基本的な意味は現代語と同じですよ。「①使う＝**用いる**」、「②登用する＝**人を何かの役職などに用いる**」、「③採用する＝**社員として用いる。人の考えを用いる**」といった感じに、何を用いるのか、何に用いるのか、によって訳語が違うだけです。うまく応用させて、選択肢の判断をしましょう。

ここは、直前の清輔の意見を「正しい意見として用いない＝採用しない」という場面。選択肢①「聞く耳を持たない」が、「意見を採用しない」と言い方が違うだけで同じ意味ですね。

ところで、選択肢④「使わない」はどうでしょう？　単語の意味としては正しいですよね。でも、選択肢④全体を見ても何を「使わない」のかが書いてありません。①も、何に「聞く耳を持たない」のかは書いてありませんでしたが、これらは、「清輔が『…』というけれども」につなげれば、「その清輔の言葉に対して聞く耳を持たない」んだなと明確にわかります。それ以外に補えそうなものはないですからね。でも、④の場合は、前後の文脈の中にあてはめてみても、何を使わないのかがわかりません。「清輔の意見を使わない」と補ってみても日本語として不自然です。「使わない」は、ここでの意味としては不十分だと判断してくださいね。

3　具体化する

「人、……」の箇所は、「人」が「清輔」のことなのか、その他大勢のことなのかで、選択肢が分かれています。また、主語なのか対象なのかでも選択肢が分かれています。「用ゐず」が、清輔の言葉に対して聞く耳を持たないの意味だとすれば、ここは「清輔に」ではなく、**「和歌の会にいた人たち皆が」の意味**だとわかりますし、「〈人物をあらわす語〉＋、……」**という書き方をしているときは、主語をあらわすことが多い**ということも知っておくと、ヒントになりますよね。

正解をさがそう

① 誰も、まったく聞く耳を持たない ……「さらに〜ず」「用ゐる」、そして「人、……」の具体化が適切。これが正解！

② 皆は、ますます信用しない ……「さらに」「用ゐる」が誤り。

③ 清輔に、一言も返事をしない ……「人、…」と「用ゐる」が誤り。

④ 誰もが、けっして使わない ……「使う」は単語の意味にはあるが、ここでは合わないので×。

⑤ 人々は、より一層馬鹿にした ……「さらに」「用ゐる」が誤り。過去や完了の助動詞もないのに「〜た」は余分。

正解選択肢は、①です。

(ウ) 傍線部「手は候ふか」を確認しましょう。

1 単語ずつ分ける ……「手／は／候ふ／か」

2 現代語に置き換える

単語力と文法力をつかいましょう。

単語力をつかおう

手［名詞］

①手。②文字。筆跡。
③芸能の所作。手ぶり。④演奏法。曲。
⑤技量。腕前。⑥手段。方法。
⑦傷。⑧手下。部下。

文法力をつかおう♪

候ふ［動詞］
①〈「あり」の丁寧語〉あります。います。
②〈「あり」「をり」の謙譲語〉お仕えする。お控えする。
③〈丁寧の補助動詞〉〜です。〜ます。

か［助詞］
①〈疑問〉〜か。
②〈反語〉〜か、いやない。
③〈詠嘆〉〜だなあ。〜ことよ。**※文末の場合。**

「手」には、かなりたくさんの意味がありますね。しかも、選択肢のほとんどが、さきほど確認した「手」の訳のどれかです。こういう場合は、いきなり多義語の意味の絞り込みから開始すると大変！なので、ほかの単語を先に検討しましょう♪　解く順番によって、効率が変わってきますよ。

選択肢問題の〝コツ〟

「知識」だけで解けない箇所は、無理せず後まわし！

「**候ふ**」は、ここでは〈「あり」の丁寧語〉。「候ふ」が謙譲語のときは、必ず人間が主語になるのですが、ここは「手は」なので、合いません。補助動詞のときは、用言または断定の助動詞「なり」に接続しますが、今回はこのパターンにも合いません。だから、複数の意味用法があるけど、カタチから「あり」の丁寧語って、わかりますね♪　選択肢を見ると、①「ございます」③「いませ（ん）」⑤「あります」が〈「あり」の丁寧語〉で訳しているので、正解候補です。「ございます」も、「あります」「います」をさらに丁寧にした言い方で、ＯＫです。ほかの選択肢は、②「あるはず（がない）」も④「記されている」も、そもそも敬語として訳してないので×です。「ある」があればいいのではなくて、ちゃんと正しい敬語として訳していないとダメなんです。

「**か**」は、ここでは、**直後に**「**と問はれければ**」**とあるので、**〈**疑問**〉だとわかります。①④⑤が正解候補です。

ということで、「候ふ」と「か」の二つとも正しい選択肢にしぼりこむと、①⑤の2択になりますね。では、超多義語の「手」でしたが、ここは選択肢①「傷」がよいか、⑤「演奏法」がよいかで考えていきましょう。

①「傷がございますか」も⑤「演奏法がありますか」も、単語の意味としてはあり得るわけですから、最終決定は、**前後の文脈を見て判断**します。今回は、この**疑問文に対する返答に注目**しましょう。

Q「琴にも手は候ふか」

A「みな候ふなり。琵琶にならひて候ひけれど、今は絶えて侍るなり」

「みんなあります。琵琶に見ならってあったんですけど、今は途絶えてます」という返答から考えれば、琴についた「傷」の話題とは考えられませんね。**ここの「手」は、「演奏法」の意味**だということで、決定です。

正解をさがそう

① ×傷が ○ございます ○か……「傷」は単語の意味にはあるけど、文脈に合いません。

② ×手が ×ある ×はずがない……「手」も単語の意味にはあるけど、文脈に合いません。

「はずがない」は「か」を〈反語〉として「～あるか、いやあるはずがない」と訳したといえるけど、ここの「か」は〈疑問〉なので×。

③ 弟子も いませ ん……「～いません」も「か」を〈反語〉で訳したといえるけど、ここの「か」は〈疑問〉なので×。

④ 文字が 記されて いる か……「文字」は「手」の意味にあるけど、文脈に合わないので×。「記されている」は「文字がある」の言い換えと考えることができるけど、丁寧語の訳になっていないので×。

⑤ 演奏法が あります か……これが正解！

正解選択肢は、⑤です。

基本の攻略法

1　活用する語（動詞・形容詞・形容動詞・助動詞）の活用表を暗記しておく。
2　主要な助詞・助動詞の接続と意味、敬語の意味・用法を暗記しておく。
3　まぎらわしい語の識別法を頭の中に入れて、使えるようにしておく。

文法問題は、知識を頭に入れておく**ことで、かなり確実に得点が狙えるところです。**暗記が面倒だから、「何となく雰囲気で答えを選んじゃえ！」なんて考えているとしたら、もったいない‼　**活用表や接続・見分けのポイント**をしっかり覚えて、手堅く、そして、手早く、答えを出せるように練習を積んでいきましょう。

解き方

問2　まぎらわしい語の識別問題

波線部は、「なれ」と「なり」なので、〝なり〟系統の識別が問われていることがわかります。中でも今回は、選択肢を見ると、**「断定の助動詞」「伝聞推定の助動詞」「ラ行四段活用動詞」の三つの識別**が求められていることがわかります。まずは、基本的な見分け方を確認しておきましょう。

文法力をつかおう

「なり」の識別〈基本〉

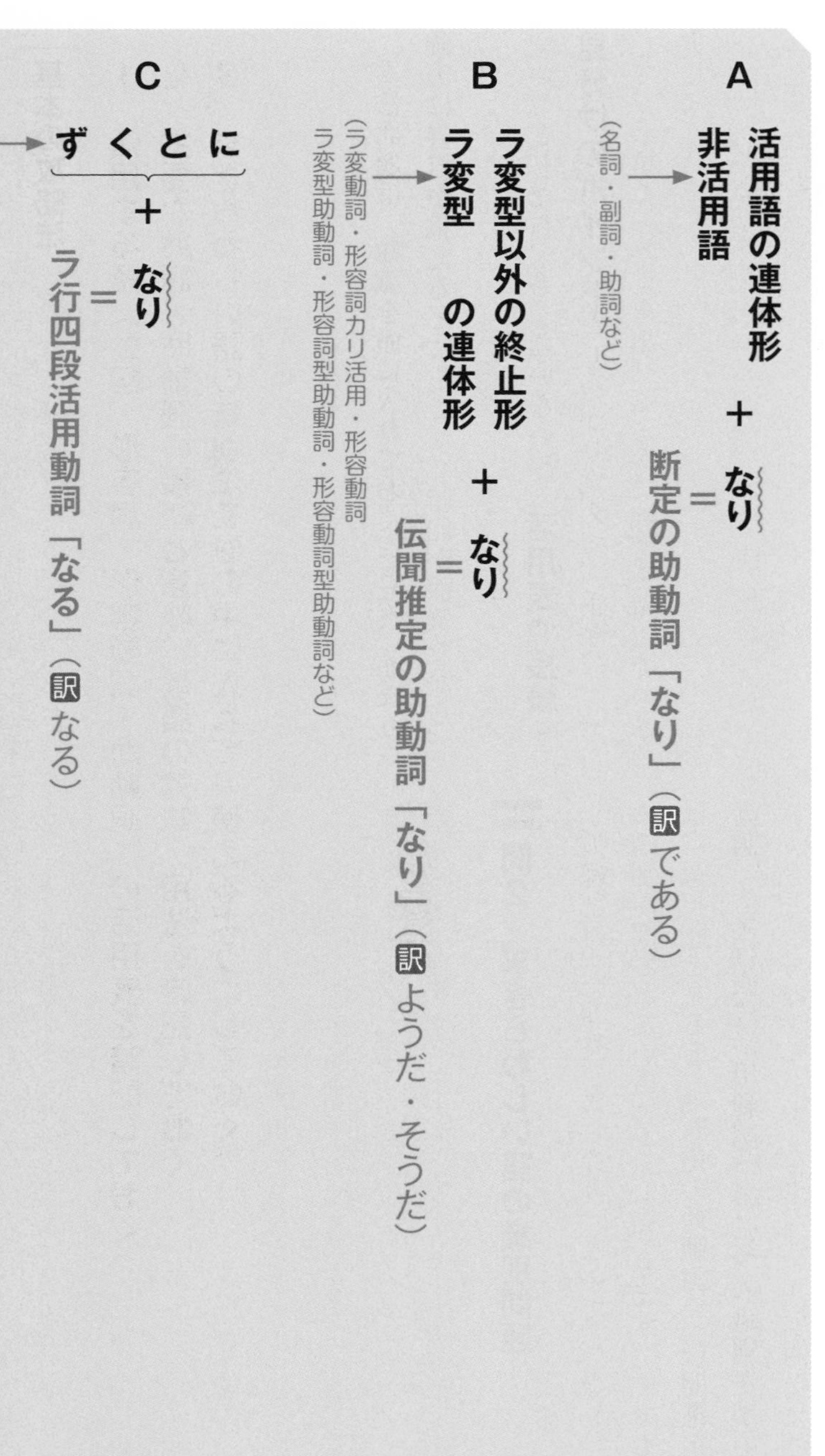

A
活用語の連体形
非活用語
（名詞・副詞・助詞など）
＋
なり
＝断定の助動詞「なり」（訳である）

B
ラ変型以外の終止形
ラ変型　の連体形
（ラ変動詞・形容詞カリ活用・形容動詞
ラ変型助動詞・形容詞型助動詞・形容動詞型助動詞など）
＋
なり
＝伝聞推定の助動詞「なり」（訳ようだ・そうだ）

C
に
と
く
ず
＋
なり
＝ラ行四段活用動詞「なる」（訳なる）

に：格助詞・形容動詞の連用形末尾
と：格助詞
く：形容詞の連用形末尾
ず：助動詞「ず」

さっそく識別してみましょう。まず、この基本の識別方法を頭に入れておけば、すぐに答えがわかるのが、波線部bです。**Aの断定の助動詞のパターン**ですね。

b　秘曲なり ← **非活用語**
＝ **断定の助動詞「なり」**

では、波線部aはどうでしょう？　波線部の真上にある「**あん**」はラ変動詞「あり」の連体形**が**撥音便化**したもの**です。

ラ変動詞の連体形に接続しているんだから、これは**B**のパターンの伝聞推定の助動詞しかないなと思ったかな？　でも、**A**の断定の助動詞パターンもよく見てくださいね。断定の助動詞も、連体形に接続しますね。ラ変の連体形などと限定がかかっていないということは、サ変でも四段でも上二段でも何の連体形でも接続できるということ。つまり、〔ラ変動詞「あり」の連体形＋なり〕**で「なり」が断定の助動詞の可能性もある**っていうことです。

ん？　ということは、ラ変動詞の連体形に「なり」が接続しているときは、断定の助動詞の可能性も、伝聞推定の助動詞の可能性もあるということになってしまいます。……困りましたねえ。

でも、あきらめないでね。
こんなときのための見分け方もあるんですよ。

ラ変型活用語＋伝聞推定「なり」の頻出パターン

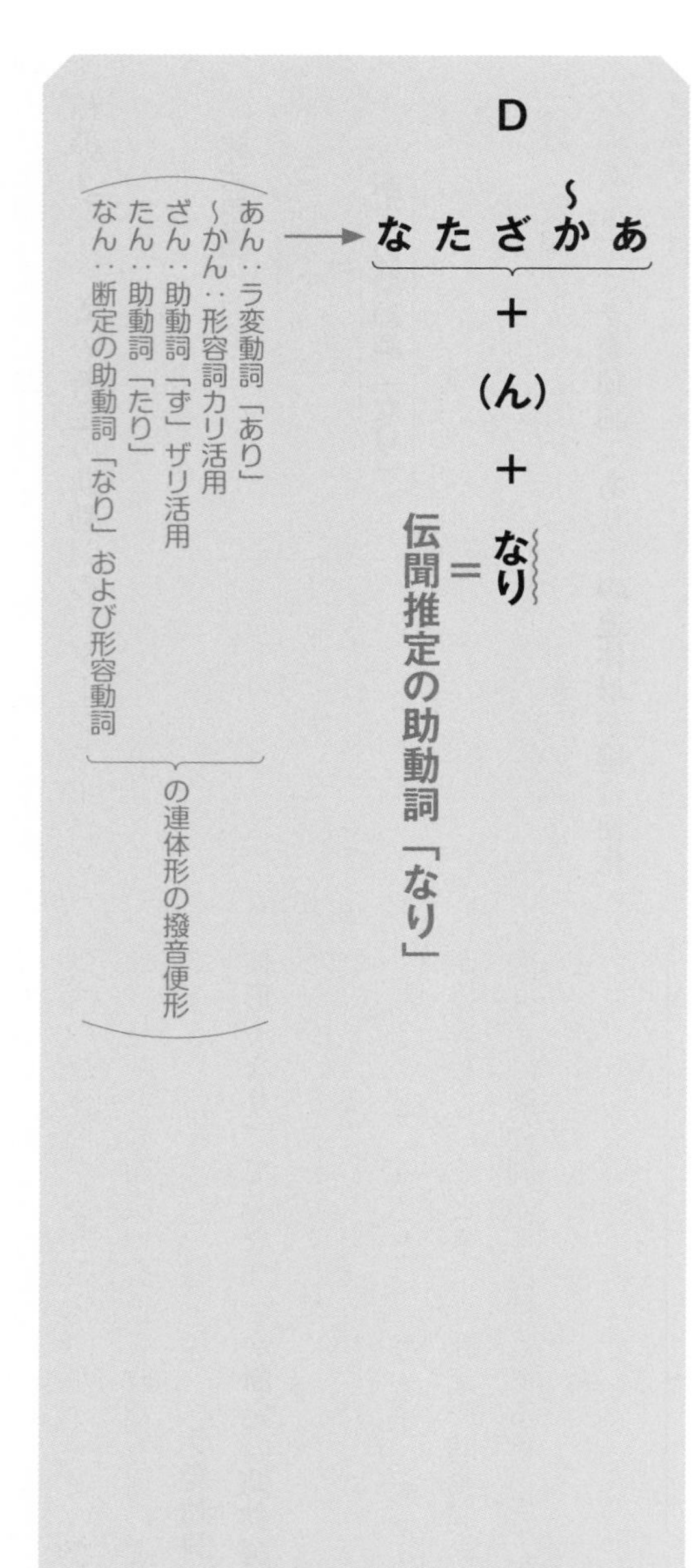

D
あ
か
ざ
た
な
＋
（ん）
＋
なり
＝
伝聞推定の助動詞「なり」
あん：ラ変動詞「あり」
～かん：形容詞カリ活用
ざん：助動詞「ず」ザリ活用
たん：助動詞「たり」
なん：断定の助動詞「なり」および形容動詞
の連体形の撥音便形

「あかさたな」ならぬ、**「あかざたな＋ん＋なり」**の「なり」は**伝聞推定と覚えてね。**また、撥音便形の「ん」が無表記になる場合もあるので、**「あかざたな」に直結している「なり」**も、**伝聞推定**です。

ラ変型活用語に助動詞「なり」が接続する場合、断定も伝聞推定も同じ形になっちゃうことは、たぶん当時の人たちも困っていたんでしょうね。そこで、正式な接続のルールではない、裏ルールを作っていたようなんですよ。それが、いま示した**D**のパターンです。

つまり、**伝聞推定の「なり」のときは、活用表にある連体形のままじゃなくって、撥音便の「〜ん」の形にして、断定との区別をしよう！**ということなんですね。絶対的なルールとまではいえないけど、かなりの確率でいえる見分け法なので、意味も確認したうえでぜひ使ってくださいね。

これを知っていれば、波線部aは、次のように判断できますね。

「あかざたな＋ん＋なり」の「あん」

a
あん ← ＝ **ラ変「あり」連体形の撥音便形**
なれ ＝ **伝聞推定の助動詞「なり」**

識別パターンの「なり」のところは「なる」でも「なれ」でもOK。今回は「こそ」との係り結びで已然形「なれ」です。

「そうがいは」は「あおうみの波」と漢字で書くことを聞いた人が、それなら「蒼海波」ではなく「青海波」のことであるようだと〈推定〉**している**、という場面です。**前後のつながりも悪くない**ので、これで決定です。

さて、最後は波線部cですが、これも困る問題ですよね。何が困るのかというと、波線部の真上にある「**候ふ**」は四段活用動詞で、終止形も「候ふ」、連体形も「候ふ」なので、**終止形なのか連体形なのかの区別がつかないんです**。ということは、「なり」が終止形に接続しているのか、連体形に接続しているのかもわからないので、〝**「なり」の識別〈基本〉**〟をつかおうとしても**A**の断定の助動詞なのか、**B**の伝聞推定の助動詞なのかが判断できない、という困ったことになるわけです。

接続という絶対的なルールを使えない以上、それ以外の、絶対とまでは言えない情報でも、かき集めて判断するしかありません。たとえば、伝聞推定の助動詞「なり」には、次のような傾向があります。

終止形・連体形同形語＋伝聞推定「なり」の頻出パターン

E　音や声を発する意味の語　＋　なり

「鳴る」「鳴く」「響く」など　＝　伝聞推定の助動詞「なり」

伝聞推定の助動詞「なり」は別名「聴覚推定の助動詞」。音声など耳から得た情報で推測するときに用いる助動詞です。だから、伝聞推定の助動詞「なり」は、**音声が発生する意味の語に続くことが多い**のです。しかし、今回は**「候ふ（＝あります）」に続いています**。音声が発生する意味はないので、**伝聞推定の可能性は低そうですね**。逆に言えば、波線部cの「なり」は断定の可能性の方が高そうです。

さらに、ここでの琵琶の師の発言全体に目を向けてみましょう。

Q　「琴にも手は候ふか」

A　「みな候ふ ← c なり。琵琶にならひて候ひけれど、今は絶えて侍るなり」

ここは、質問に答えている箇所ですが、**波線部をつけたあたりの言い方に注目**してみてください。特に最後の**「侍るなり」**は、**〔ラ変動詞「侍り」の連体形＋なり〕の形**ですが、さきほど見たパターン**D**のように**撥音便にはなっていません**。ということは、**断定の助動詞の可能性が高い「なり」だ**と判断できますね。「候ひけれ」も、過去推量などが用いられているのではなく、過去の助動詞「けり」を用いています。「琵琶に倣っていましたが、今は途絶えているのです」とはっきり言い切る、いずれも断定的な口調です。となれば、波線部cの「なり」も、断定的に言っている可能性が高そうです。

以上、二つの観点から検討しました。その結果、「絶対に『断定』以外はありえない」とまでは言い切れないものでしたが、どちらも「『断定』の可能性大」となったわけですから、波線部cは**「断定の助動詞」**と判断してよさそうですね。

正解の組合せの選択肢は、③です。

選択肢問題の〝コツ〟

組合せ選択肢の場合、わかるものから解いて消去法で答えを出そう！

テーマ3

和歌問題

基本の攻略法

1 和歌を5／7／5／7／7に分けて、直訳する。
★直訳だけで○×判断できる選択肢も多い！

2 和歌の前後から、具体的な情報をつけ加える。

3 直訳がうまくつながらない箇所は、和歌修辞が用いられていないか考える。
★特に掛詞！

4 だいたいの内容をつかんだら、後は、選択肢の中にある〝致命的な誤り〟を探して、消去法で。

では、さっそくやってみましょう。

解き方

問3　和歌の説明問題

1　リズムで分けて、直訳

一般的に句読点をつけずに表記する和歌ですが、5／7／5／7／7のリズムが、いわば句読点代わり。和歌一首31文字が連なっているとわかりにくく思えても、「5」とか「7」とかに小分け**すると、わかりやすくなりますよ**。

単語力をつかおう

形見［名詞］
①思い出の品。
②遺品。

しのぶ［動詞］
①こらえる。我慢する。
②人目を避ける。

文法力をつかおう

なむ［終助詞］※未然形に接続する。
①〈願望〉～してほしい。

単語・文法の知識をつかって直訳すると、こんな感じになります。

5　教へおく　……教えておく
7　ことを形見に　……ことを思い出の品として
5　しのばなむ　……偲んでほしい
7　身はあをうみの　……我が身はあおい海の
7　波に流れむ　……波に流れるだろう

2　前後から情報をつけ加える

さて、和歌は、5＋7＋5＋7＋7＝31文字で表現しなければならないので、どうしても**省略が多く、**情

報が足りません。そこで、和歌の前後に注目して、足りない内容を直訳に補足していきましょう。

和歌は、その場の状況に即した内容を詠むことが原則ですから、和歌の前後を見ると、足りない内容を補うヒントが出てきますよ。

今回の和歌は、本文2行目に注目すると、「**土左大将流され給ひける日**」**に詠んだ**ものだとわかります。「**流され**」**るとは**配流されること。配流とは、都からの追放刑のことで、罪が重ければ、都から遠く離れた地方に、罪が軽ければ都から比較的近い地方に追放される不定期刑です。

土左大将は、**（注）に**「**土佐に流された**」**とありますから**、京から土佐まで海を渡って向かうことになります。ということは、さきほどの直訳の「我が身はあおい海の波に流れるだろう」は、**海を渡って土佐に追放されていくこと**を言っているんだな、と具体的にわかりますね。

さらに、直訳の「教えておくこと」の部分も具体化しましょう。直前に着目すると「蒼海波といふ秘曲を教へ給ふ」とあります。「**教えておくこと**」とは「**『蒼海波』という秘曲**」のことと具体化できましたね。

3 和歌修辞の確認

「蒼海波」は、本文を最後まで読むと、「**箏（＝箏の琴）」の曲**だとわかります。それを踏まえると、「教へおくこと」の「こと」は、「**（教えておく）事**」**の意味だけでなく**「琴」**の意味が掛けられている**と気づくでしょう。つまり、「教へおくこと」の部分は、「**教えておく『蒼海波』という箏の琴の秘曲の事**」と、解釈できました！

そうするとですよ、さきほど検討した「我が身はあおい海の波に流れるだろう」の部分も、またちょっと違う意味が重なっているように見えませんか？　そうです、「あおい海の波」＝「蒼海波」です。「アヲウミノナミ」と「サウガイハ」では、発音が異なりますから、こういうのは「掛詞」とは言わないのですが、でも、二重の意味になっているのは確かです。

「教えておくこと」の具体化は、直前の内容から「教

えておく『蒼海波』という秘曲」とわかりましたが、この「あをうみの波」の部分からも「蒼海波」という

キーワードをつかむことが可能だったわけですね。

正解をさがそう

今回は、不適当な選択肢を探します。

① 師長が流刑される際に詠んだ歌である。

……「流刑」は「**配流の刑**」「**追放刑**」**のこと**です。和歌直前から「土左大将流され給ひける日」の歌であることが明らかなので、〇。

② 「こと」は、「事」と「琴」の掛詞である。

……さきほど検討したとおり、〇。

③ 三句切れの歌である。

……5／7／5／7／7のリズムの切れ目の箇所に、文末表現があった場合、その場所に応じて「**初句切れ**」「**二句切れ**」「**三句切れ**」「**四句切れ**」と言います。今回は、三**句目末が**終助詞「なむ」**です**ね。終助詞は文末に用いる助詞なので、これが文末表現です。つまり、「**三句切れ**」で、〇。

④ 「あをうみの波」には、師長が流されていく海路と「蒼海波」の曲の名が掛けられている。

……さきほど検討したとおり、〇。

⑤ 師長が、自分の×死後、秘曲を形見に自分をしのんでほしいと願っている。

……古語の「形見」は、**必ずしも「死後にのこされたもの」ではありません**。また、今回話題になっている追放刑は**死刑ではありません**。結果的に配流先で死を迎えることもあるので、死ぬことを覚悟して追放先に向かいますが、死ぬことが確定しているわけではありませんから、「**自分の死後**」の「**形見**」としているところが、×。

正解選択肢は、⑤です。

基本の攻略法

1 傍線部を訳す。

2 傍線部以外にもヒントとなる箇所を探して、訳して、選択肢の○×判断をする。

★ヒントのありか

- 傍線部の直前直後
- 傍線部付近にある「　」

●傍線部が「　」内であれば、「　」内の残りの部分や、「　」の直後
●傍線部の内容と類似した内容が記された箇所

説明問題は、傍線部を訳しただけでは、たいてい答えが出ません。**問題を解く手がかりや解答の根拠となる記述が**、その部分を探して、**傍線部以外の箇所にある**はずですから、その内容を踏まえて、問題を解いていきましょう。ついつい、時間がなくて、そこまでの本文を読んだだけで、何となく解いてしまいがちですが、そのやり方では、選択肢にだまされてしまいますよー！

解き方

問4　理由説明問題

では、まず理由説明問題に挑戦してみましょう。

1　傍線部を訳す

傍線部「どよみ笑ふ」の中では「**どよみ**」の部分がわかりにくいですね。「どよみ」は、**動詞「どよむ」の連用形**で、「**多くの人が大声で騒ぐ**」とか「**どよめく**」とかの意味です。設問文から、「人々」が「清輔のことを笑った」とわかるので、この情報もつけたして訳を完成させると、「**人々は清輔に対してどよめいて笑う**」といった感じになります。

2　ヒントを探して、訳して、○×判断！

直前に「　」があるので、そこに着眼しましょう。

「さては、青海波のことにこそあんなれ」

訳「それでは、青海波のことであるようだ」

（「なれ」は、伝聞推定の助動詞。↓問2の説明参照）

こう言って笑ったんだから、この「　」の内容が笑いのポイントだということになります。
ところで、「さては（＝それでは）」って、具体的には「どれでは」なんでしょう？　そこで、さらに**直前を探ってみます。**

本文2行目「一日、顕昭法師……よまれて侍りける」
……清輔が、顕昭法師の語ったこととして、土左大将が惟成に「蒼海波」という秘曲を教える際に和歌を詠んだという話を人々にした。
本文5行目「管絃のみならず、和歌に優にこそ侍りぬれ』といひいだされたりける」
……清輔は、土左大将は楽器も和歌もすぐれていると語った。
本文5行目「ある人、『さうがいは……いづれの文字ぞ』と問はれける」
……清輔の話を聞いていた人が、清輔の話の中にあった「そうがいは」の漢字表記を尋ねた。
本文6行目「『あをうみの波と書きたり』と答ふ」
……清輔は、漢字で「さうがいは」は「〝あお〟〝うみ〟の〝波〟」と書くと教えた。
本文7行目「『さては、青海波のことにこそあんなれ』とてどよみ笑ふ」
……「それでは、『青海波』のことであるようだ」と人々は清輔のことをどよめき笑う。

「青海波」は（注）から、雅楽の代表曲だとわかります。

「さては（＝それでは）」は、「さうがいは」を「〝あお〟〝うみ〟の〝波〟と漢字で書くなら」と具体化できますね。

ところで、この話、実際の現場では口頭で会話をしていて、耳で聞いているだけです。音で聞いただけではどういう漢字になるのかよくわからないなんてことは、現代でもよくありますよね。ここは、**雅楽の曲名を漢字でどう書くのかについての、やりとり**です。

土左大将が惟成に「蒼海波（さうがいは）」っていう秘曲を教えたんだって。
←
「サウガイハ」ってどう書くの？
←
「アヲウミのナミ」って書くんだよ。
←
それって、有名な曲の「青海波（せいがいは）」じゃないの？

「蒼海波」の「蒼」も「青海波」の「青」も、**どちらも「あを（現代語では『あお』）」**と読みます。つまり、「アヲウミのナミ」を漢字化すると、「蒼海波」でも「青海波」でも、どっちも正しいわけです。だから、清輔の話を聞いていた人は、「漢字で『アヲウミのナミ』って書くなら、超有名曲の『青海波』じゃないの？」って思ったんですね。「『アヲウミのナミ』＝『蒼海波』と思い込んで、しかも知らない曲だから、『秘曲だ！』って騒いで馬鹿じゃないの？」って笑っていたんです。

正解をさがそう

① 「青海波」の漢字すら知らなかったから。
……清輔は、「蒼海波」は有名曲「青海波」とは別の秘曲だと思っている話ですから、「青海波」の漢字表記を知っているのか知らないのかは話題になっていません。×です。

② 「青海波」を「蒼海波」と誤って記憶していたから。
……①で見たように、清輔は、「青海波」≠「蒼海波」と思っているので、×。

③ 師長が惟成に教えたのは、「青海波」ではなく「蒼海波」だと信じて疑わないから。
……これが正解！

④ 師長の和歌は、たいしてよいものではないのに、ことさらすばらしいと感激していたから。
……話題の中心は、和歌ではなく曲名なので、×。

⑤ 誤りだと言われても、なお自分の説を曲げようとしなかったから。
……これはこの後の展開なので、×。

正解選択肢は、③です。

選択肢問題の〝コツ〟
本文に記述がないことが書いてある＝ウソ選択肢決定！ 証拠がなければ正解ではありません。

問5 内容説明問題

では、もう一題、説明問題に挑戦してみましょう。今度は、内容説明問題です。

1 傍線部を訳す

傍線部「御恩蒙りて候ひし」を単語に分けると、「**御恩／蒙り／て／候ひ／し**」。重要語を確認しましょう。

単語力をつかおう

蒙る（かうぶ）［動詞］
①受ける。こうむる。いただく。

文法力をつかおう

候ふ［動詞］
①〈「あり」の丁寧語〉あります。います。
②〈「あり」「をり」の謙譲語〉お仕えする。お控えする。
③〈丁寧の補助動詞〉～です。～ます。

き［助動詞］
①〈過去〉～た。

傍線部の「**候ひ**」**は丁寧の補助動詞**、「**し**」**は過去の助動詞「き」の連体形**。傍線部の直訳は、「**御恩を受けました**」などとなります。今回は、設問文に「清輔はどのような恩を受けたか」と書いてありますから、万が一、訳せなかったとしても、実害はありません。でも、いつも設問文中に訳があるわけではないので、知識はちゃんと身につけておくようにね！ 発言者は「 」直後を見ると、清輔とわかります。つまりここは、清輔自身が、自分が受けた御恩について口にしているということです。

2 ヒントを探して、訳して、○×判断！

今回の傍線部は、「 」の中にあります。ということで、まずは「 」**内の残りの部分**を見てみましょう。

着眼箇所1

「蒼海波の論の時、御恩蒙りて候ひしこそ、忘れがたく侍れ」

……直前に注目すると、清輔が御恩を受けたのは、「**蒼海波の論の時**」とわかりますね。「蒼海波の論」は、第一段落にあった、師長が教えた曲は「蒼海波」か「青海波」かの議論のことです。

では、「蒼海波の論」のとき、**清輔は誰から御恩を受けたのでしょう？** さらに直前を見てください。

着眼箇所2

「かの琵琶の師、二条院に参りあひたりけるに」

……「かの琵琶の師」は、第二段落に登場していた人です。この人と清輔が二条院でばったり出会ったときに、清輔が傍線部のセリフを言っていたことがわかりますね。琵琶の師に会って「ボクは、あのときの御恩は忘れられません」と言うんだから、ここは**琵琶の師から受けた恩のことを言っている可能性大**。だって、その場にいる当事者のことなら、省略してもある程度通じるけど、その場にいない人のことをいきなり省略した形で話し始めたら、なかなか通じませんよね。「あのとき受けた誰々さんの御恩は……」みたいに言わないと、「え？誰の話？」ってなりますよ。ここも、「あのときあなたから受けた御恩は忘れられません！」という言い方で、師にお礼を言っているのだと読み取りましょう。

じゃあ、**清輔が、「蒼海波の論」のときに、琵琶の師から受けた御恩とは何か？** 着眼箇所1・2を通してしっかり、「外堀」を埋めましたから、最後の着眼箇所は狙いを定めやすいですよ。すなわち、**「琵琶の師」が登場している第二段落で、「蒼海波の論」のときに、師がした行動に着眼**すればいいんです！

着眼箇所3

第二段落は、讃岐三位の質問に対し、琵琶の師が答えてる場面です。

Q「蒼海波」という曲はあるんですか？

A「絶えたるものにて候へば、なきがごとくに候ふ」と聞こえける。

A「あれは昔は候ひけり。蒼海波、秘曲なりけれど

……承り侍るなり」と聞こゆ。

……質問に対し、琵琶の師は「伝承が途絶えている」「今はないも同然だ」と言いつつも、「昔は秘曲として存在した」ことを証言しています。つまり、これは、第一段落で清輔が「土左大将は、秘曲『蒼海波』を教えた」と言い、人々は「『蒼海波』ではなく『青海波』であろう」と意見が対立していた「蒼海波の論」において、**清輔の言い分が正しかったことを証明している**ことになります。だから、**清輔がお礼を言っていた**のです。

正解をさがそう

① 琵琶の師が、秘曲「蒼海波」が存在することを証言してくれた恩。……これが正解！

② 琵琶の師が、×存在しない秘曲「蒼海波」を×あるかのようにごまかしてくれた恩。

……師の言い方が曖昧に思えた人は、**本文の最後に注目**しましょう。「蒼海波」がどういうものかを説明しているんですから、「蒼海波」が存在することがわかりますよね。

③琵琶の師が、秘曲「蒼海波」が、現在の「青海波」のもとになっていることを説明してくれた恩。
……師の説明は、「蒼海波」は昔に存在していて、今はないということのみ。最終段落に「蒼海波」のもとになった曲があるという説明があるけれど、もとになった曲名は「易水曲」。

④讃岐三位が、清輔の窮地を救うために琵琶の師に嘘をつくように手を回してくれた恩。
……讃岐三位への御恩になっているので×。「嘘をつくよう……」ということも本文にないので×。

⑤讃岐三位が、清輔のために音楽の歴史に詳しい人をわざわざ探しに行ってくれた恩。
……④同様、讃岐三位への御恩になっているので×。琵琶の師は、讃岐三位にとって、娘婿である九条殿の琵琶の師。わりと身近にいた琵琶の師に聞いただけなので、「わざわざ探しに行った」も×。

正解選択肢は、①です。

選択肢問題の〝コツ〟

理由説明問題であっても心情説明問題であっても、理由や心情以外の箇所に着眼したってかまいません。主体でも場所でも、選択肢のなかから明らかな誤りを見つけて消去法で解けばOK！

テーマ5

要約問題

基本の攻略法

1 問題の解答根拠となる箇所（着眼箇所）を本文のなかから探す。

★着眼箇所の見つけ方

●設問文や選択肢のなかにあるキーワードを手がかりに本文中を探す。
中でも、固有名詞は、現代語でも古語でも変わらないので、すばやく発見できますよ！

2 見つけた着眼箇所を、重要語に注意しながら訳す。

3 細部にも注意を払いつつ、選択肢の○×判断をする。

★○×判断をする際には、消去法がおすすめ。
選択肢全体が何となくよさそうでも、一箇所でも致命的な誤りがあれば×と判断。

本文の内容合致や文章全体の内容説明など、傍線が付されていないタイプの問題は、まずは解答の手がかりとなる箇所を本文中から探す**必要があります。**

着眼すべき箇所さえ発見できれば、後は、その箇所を訳して、選択肢と見くらべて、○×判断をすればいいだけなのですが、長い本文のなかから着眼箇所を発見するまでに、時間がかかってしまいがちです。

固有名詞に注目するなど、なるべく短時間で発見するための工夫はできますが、でもやはり、発見に手間取ることはあらかじめ計算に入れておいて、ほかの解釈問題などを手早く解き、要約系の問題には時間の余裕をもって取り組めるよう、**テスト全体の時間配分も気をつける**とよいでしょう。時間が足りなくなって、本文全体をザッと訳しただけで着眼箇所を意識せず、選択肢の判断に突入してしまわないようにね。

解き方

問6　内容合致問題

今回は、内容合致問題に挑戦です。本文全体にかかわる問題とはいっても、実は**各選択肢は、**本文中の別の箇所をそれぞれまとめているだけ**というケースが多い**んですよ。だから、**選択肢ごとに、解答の**根拠となる箇所を本文のなかから探す**必要がある**わけです。選択肢の数だけ着眼箇所探しもあるわけですから、この手の問題は、時間がかかっちゃうんです。

では、さっそくやってみましょう。

正解をさがそう

①　九条殿は讃岐三位を婿としてあつかった。

……着眼箇所　※「九条殿」が目印！

本文冒頭「九条殿、右大将にておはしけるころ、讃岐三位の、聟にとり奉りて」

訳して判断！

ポイントは、**九条殿が讃岐三位を婿にとったのか、讃岐三位が九条殿を婿にとったのか**。正しく訳すと、「九条殿が、右大将でいらっしゃった頃、讃岐三位が、（自分の娘の）婿にお迎えして」。「讃岐三位の」の**格助詞「の」を「を」とは訳せない**ことと、**九条殿は讃岐三位より35歳も若いことが（注）からわかる**のがヒント。正しくは、九条殿が婿、讃岐三位が舅です。

②　琵琶の師は、質問に対して、常に遠慮なく堂々と答えた。

……着眼箇所　※「琵琶の師」が質問に答えた第二段落に着眼。特に、次の表現を見逃さないで！

本文10行目「彼、はばかりて、しばしためらひける」

訳して判断！

「彼」＝**琵琶の師**、「はばかりて」＝**遠慮して**、「しばしためらひける」＝**しばらく躊躇（ちゅうちょ）していた**、という訳になります。選択肢の「常に遠慮なく堂々と答えた」が致命的な誤りだとわかりますね。

③　琴の秘曲は、弟子に伝えずに途絶えてしまうものが多かった。

……着眼箇所　※「琴」「秘曲」の「伝え」に関する記述を探す。

本文12行目「蒼海波、秘曲なりけれど、絶えたれば」＋14行目「琵琶にならひて候ふけれど、今は絶えて侍るなり」

訳して判断！

12行目の着眼箇所を訳すと、「蒼海波は、秘曲であったけれど、途絶えたので」となります。ポイントは、「**琴の秘曲は……途絶えてしまうものが多かった**」**のかどうか**。本文からは、琴の秘曲のうち「蒼海波」が途絶えたことはわかります。けれど、**弟子に伝えず途絶える秘曲が**「**多かった**」**かどうかは言及がない**ので、何ともいえません。また、14行目は、琴の演奏法について、「琵琶にならってありますが、今は途絶えているのです」といっているところ。確たる演奏法が今はないことがわかるのですが、曲そのものの伝承が途絶えたとは言ってませんね。こういう本文中に証拠のない選択肢は×。

④ 和歌の催しに集まっていた人々は、琵琶の師に話を聞いたことを悔やんだ。

……**着眼箇所**

本文15行目「かの人々、悔しく恥づかしくこそおぼえけめ」

※「琵琶の師」に話を聞いた後の場面である第二段落最後に着眼。

訳して判断！

「かの人々」＝第一段落で**清輔を嘲笑し、ここで琵琶の師の話を聞いていた人々**、「悔しく」＝**残念で**、「恥づかしく」＝**きまりが悪く**、「おぼえけめ」＝**感じただろう**、という意味です。

ポイントは、「**琵琶の師に話を聞いたことを**」**後悔したのかどうか**。ここは、琵琶の師が「蒼海波」という秘曲の存在を証言した場面で、琴の演奏法の伝承にも詳しいことを知った直後。信憑性の高い証言により、清輔を嘲笑した自らの行いを「**悔しく**」思い、自分たちの方が間違いだったと気づいて「**恥づかしく**」**思っている**のだと読み取りましょう。

⑤ 「蒼海波」は「易水曲」という曲を箏のために曲の調子を変えたものである。

……**着眼箇所**　※「易水曲」が目印！

本文最後「この曲は、琴に易水曲といふものの声を、箏にうつしたるなり」

訳して判断！
「この曲」＝「**蒼海波**」、「琴」＝「**琴の琴**」、「箏」＝「**箏の琴**」**と具体化できます**（「琴」「箏」は（注）からわかりますよ）。現代でも、ピアノ曲をオーケストラで演奏するようにアレンジするとかってありますよね。「琴の曲を箏にうつす」というのも、それと同様に、**琴の曲を箏の演奏用にアレンジする**ということ。「うつす」の部分がわかりにくいけど、**消去法で答えは出せます**ね。これが正解です。

正解選択肢は、⑤です。

解答

問1　(ア)⑤　(イ)①　(ウ)⑤　問2　③　問3　⑤　問4　③　問5　①　問6　⑤

訳

九条殿が、右大将でいらっしゃったころ、讃岐三位が、（九条殿を）婿にお迎えしていろいろとお世話していた頃に、常に和歌の催しがあった。（そこに）清輔朝臣が参上して、（清輔が）おしゃべりの折に、「先日、顕昭法師が語りましたことは、土左大将が（土佐に）流されなさった日に、陪従惟成が見送りに参上していたところ、（土左大将が惟成に）『蒼海波』という秘曲を教えなさるということで、（その際に、）琴の（秘曲である）「蒼海波」を教えておくことを（私との）思い出の品として（私を）しのんでほしい。琴の曲名「蒼海波」ではないが、我が身は（これから）蒼い海の波に流されていくだろう（から）。

とお詠みになっておりました。（土左大将は）管絃だけではなく、和歌にも優れていました」と言い出しなさったところ、ある人が、「（私は）『さうがいは』というものを聞いたことがありません。（漢字では）どの文字（で書くの）か」と質問なさったので、「『あお』『うみ』の『波』と書いた（ものですよ）」と答える。「それでは、（その曲は『蒼海波』ではなくて）『青海波』のことであるようだ」といってどよめき笑う。清輔朝臣がいうことは、「『青海波』を知らない人はいるだろうか、いやいないだろう。（だから「秘曲」と言うはずがない。）別の曲である」というけれども、人は、まったく（清輔の意見を）聞き入れない。

その後、主人の讃岐三位が、「もしかしたら、そのような曲（＝『蒼海波』）もあるだろう。その道の人に尋ねよう」といって、（讃岐三位は）大将殿（＝九条殿）の琵琶の師で、誰々とか何とか申し上げた人に、このことを質問なさる。その人（＝琵琶の師）は、遠慮して、しばらく躊躇なさったが、（讃岐三位が）ありのままにおっしゃるがよいということで、しきりに勧めなさったので、（師は）しばらくして、「（『蒼海波』という曲は、伝承が）途絶えたものでございますので、ないも同然でございます」と申し上げた。「それでは、（『蒼海波』は）あるのだな」。「あれは昔はございました。『蒼海波』は、秘曲であったが、（伝承が）途絶えてしまったので、大将（＝土左大将）も琴柱の立て方などを（惟成に）教えなさったと、（私は）お聞きしているのです」と申し上げる。ある人が、「琴にも演奏法はございますか」と質問なさったところ、「すべてございます。琵琶（の演奏法）に倣ってありましたが、今は途絶えているのです」と申し上げる。（まわりの人々は）どうしようもなくて笑い声も止まってしまった。その人々は、悔しくきまり悪く感じただろう。

後に、その琵琶の師が、二条院で（清輔に）ばったりお会いしたときに、「『蒼海波』の論の時、御恩を受けましたことは、忘れがたくございます」と言って、清輔は（お礼を）おっしゃった。この（「蒼海波」の）曲は、琴の琴に「易水曲」という（名の）曲（があり、その）の音を、箏の琴に（合うように音域を）移したものである。盤渉調の音である。

第五章 共通テスト問題を解く力を身につけよう

複数文章の問題に挑戦！

「共通テスト」に先立って実施された「試行調査テスト」では、**複数の文章を関連づけて問う新しい傾向**が見られました。

複数の文章があると、長文が一つだけの場合と比べて、

①文章ごとに、その本文の状況把握をやり直す必要がある。

②複数の文章の接点について、どこがどう関連しているのかを読み取る必要がある。

など、さらに身につけておきたいことが出てきます。

毎年毎年、複数の文章を関連づけた問題ばかりが出続けるのかどうかは不透明ですが、備えておいたに越したことはありません。一つの文章を読んで解く練習は、第四章でしましたから、この章では、最終仕上げとして、複数文章の問題に挑戦してみましょう。

練習問題 1

次の文章は、右大臣源(みなもとの)雅定(まささだ)にまつわる逸話である。これを読んで、後の問い（問1～5）に答えよ。

おほかた歌詠みにおはしき。殿上人(てんじやうびと)におはせし時、石清水(いはしみづ)（注1）の臨時の祭の使(つかひ)し給(たま)へりけるに、その宮にて御神楽(みかぐら)（注2）など果てて、まかり出で給ふほどに、馬場の梢(こずゑ)に時鳥(ほととぎす)（注3）の鳴きけるを聞き給ひて、俊頼(としより)（注4）の君の陪従(べいじゆう)（注5）にておはしけるに、「木工頭殿(むくのかうのとの)、これは聞き給ふや」と侍(はべ)りければ、「思ひもかけぬ春なけば、にくくこそ侍んめれ」と、心とく答へ給ひけるこそ、いとしもなき歌詠みなどし侍らむには、1はるかにまさりて聞こえけれ。四条中納言（注6）、2この料(れう)に詠みおき給ひけるにやとさへおぼえて。この聞き給ひて驚かし給ふも、3優(いう)に侍りけり。

（『今鏡』）

（注）1 石清水の臨時の祭――石清水八幡宮で毎年三月に行われる祭。
2 御神楽――神前で演奏される舞楽。
3 時鳥――夏に飛来する鳥。
4 俊頼の君――源俊頼。当時、有名な歌人であった。後の「木工頭殿」も同じ。

5　陪従――祭の際に、音楽や歌を演奏する楽人。
6　四条中納言――藤原定頼。本文の場面より六十年以上前に亡くなった有名な歌人。

問1　波線部「殿上人におはせし」についての説明として**適当でないもの**を、次の①～⑤のうちから一つ選べ。

① 雅定を主語とする文である。
② 雅定への敬意が示されている。
③ 助動詞が一つ用いられている。
④ 尊敬語が用いられている。
⑤ 補助動詞が用いられている。

問2　次に掲げるのは、二重傍線部「思ひもかけぬ春なけば、にくくこそ侍んめれ」に関して、生徒と教師が交わした授業中の会話である。会話中にあらわれた藤原定頼の和歌や、それを踏まえる二重傍線部の内容として、会話の後に五人の生徒から出された発言①～⑤のうち、適当なものを二つ選べ。ただし、解答の順序は問わない。

生徒　先生、この「思ひもかけぬ春なけば、にくくこそ侍んめれ」という部分がよく分かりません。
教師　この俊頼の言葉は、「三月つごもりにほととぎすの鳴くを聞きてよみ侍りける」という詞書(ことばがき)で始まる『後拾遺和歌集』所収の藤原定頼の和歌、

ほととぎす思ひもかけぬ春なけば今年ぞ待たで初音(はつね)聞きつる

を踏まえた発言なんだ。

生徒　たしかに、「思ひもかけぬ春なけば」のところが、二重傍線部とまったく同じですね。

教師　当時の人たちは、有名な古歌を暗記していて、それを踏まえた表現をよくしたんだ。こういう手法を「引き歌」っていうんだよ。当時の人たちは、みんな、あの古歌を踏まえているんだな、とちゃんと理解できたんだからすごいよね。

生徒　俊頼は、定頼の和歌の中から「思ひもかけぬ春なけば」の部分だけを引用したということは、この部分に俊頼の強調したいことがあるんですか？

教師　「引き歌」の場合、必ずしもそうではないんだよ。和歌の一部分を引用しただけでも、一首全体を引用しているのと同等だと考えた方がいいだろうね。

生徒　それなら、二重傍線部は「定頼が『ほととぎす思ひもかけぬ春なけば今年ぞ待たで初音聞きつる』と詠んだことが『にくくこそ侍んめれ』」ということですか？

教師　いや、「引き歌」は、ただの「引用」とは違うんだ。ここは、定頼の歌の内容と、今の俊頼の状況が「春なのに時鳥が鳴いた」点で同じだから、今の自分の状況がまるで定頼の歌のようだと重ねあわせて広がりをもたせているんだよ。

生徒　じゃあ、二重傍線部は「定頼が『ほととぎす思ひもかけぬ春なけば今年ぞ待たで初音聞きつる』とかつて詠んだが、それと同じように今の状況が『にくくこそ侍んめれ』」という感じですか？

教師　そうそう、そういう感じ。では、定頼の歌の内容を踏まえて、もう一度みんなで二重傍線部を考えてみてごらん。

①　生徒A――定頼の和歌は、「夏の鳥の時鳥が今年は春に鳴いたから、季節はずれでがっかりだ」と

いう意味だよね。

②　生徒B――そうではなくて、「夏の鳥の時鳥が今年は春のうちに鳴いたから、『時鳥の初音はいつ聞けるのかな?』と待たずに聞けてよかった」という意味でしょ。

③　生徒C――古文の時代って風流を大事にしていて、夏の到来を感じられる時鳥の初音を待ちわびているという話も古文の中でよく出てくるから、Aさんのように、季節はずれの現象を嫌がる歌なんじゃないかなあ。

④　生徒D――だから、この歌を引き歌にした時にも「にくくこそ侍んめれ」と憎たらしいことだと言っているんだね。

⑤　生徒E――でも、「にくし」には、「憎らしいほどすぐれている」という意味もあるから、Bさんのように定頼の和歌を「待たずに聞けてよかった」の方で理解して、「今日、春のうちに時鳥の初音が聞けて、定頼の和歌と同じようにすばらしいことです」と言っているんだと思う。

問3　傍線部1「はるかにまさりて聞こえけれ」とは、どういうことか。その説明として最も適当なものを、次の①～⑤のうちから一つ選べ。

①　並の歌人が時間をかけて歌を詠むより、即興であっても優秀な歌人が詠む方が、よい歌が生まれるということ。

②　たいした出来でもない和歌を詠むより、古歌を用いて答えた方がはるかに優れた応答に聞こえたということ。

③　上手とはいえない和歌であっても、他人が詠んだ和歌を用いて応答するよりは、はるかにましだということ。

④ たいして優れた歌人でなくても、昔の秀歌を活用することによって、真の実力よりもはるかに上回る力量に見えたということ。

⑤ 昔の歌人が歌を詠んだ方が、現在の歌人よりもっと状況にあった歌を詠んだだろうということ。

問4 傍線部２「この料に詠みおき給ひけるにや」の解釈として最も適当なものを、次の①～⑤のうちから一つ選べ。

① これを糧（かて）にしたから和歌を詠むことができたのだろうか

② このせいで詠んでおいたものを思い出したのだろうか

③ このことをあらかじめお詠みになったわけではない

④ これを理由に詠んだ和歌を残しなさったはずはない

⑤ この時のために詠んでおきなさったのであろうか

問5 傍線部３「優に侍りけり」とあるが、雅定が「優に侍り」とされる理由の説明として最も適当なものを、次の①～⑤のうちから一つ選べ。

① 時鳥の異変に、いち早く気づいたから。

② 時鳥の鳴き声を聞いて、俊頼に意識させたから。

③ 俊頼の返答に対して、ことさらに感激して見せたから。

④ 俊頼の返答が、定頼の歌を踏まえているとわかったから。

⑤ 自分が歌を詠むのではなく、定頼と俊頼が賞賛されるように仕向けたから。

【本文図解解説】

まずは、短めのものから挑戦してもらいました。一見、一つの文章しかないように見えますが、問2の中に、『後拾遺和歌集』の和歌**が含まれています。**

では、さっそく一緒に本文を読んでいきながら、問題に取り組みましょう。

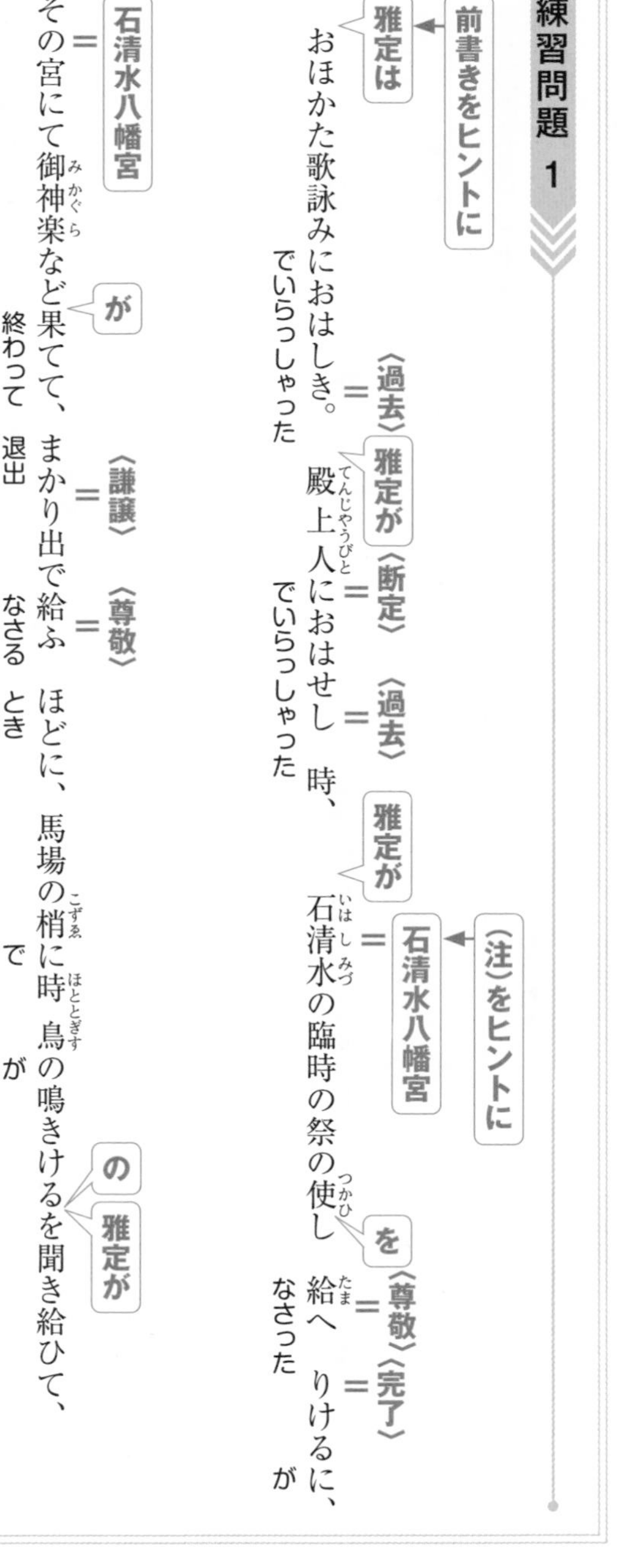

練習問題 1
前書きをヒントに
雅定は
おほかた歌詠みにおはしき。殿上人におはせし時、
〈過去〉
でいらっしゃった
雅定が
〈断定〉〈過去〉
でいらっしゃった
(注)をヒントに
石清水八幡宮
雅定が
石清水の臨時の祭の使し給へりけるに、
を
〈尊敬〉〈完了〉
なさった　が
石清水八幡宮
その宮にて御神楽など果てて、まかり出で給ふほどに、馬場の梢に時鳥の鳴きけるを聞き給ひて、
が
〈謙譲〉〈尊敬〉
終わって　退出　なさる　とき　で　が
の
雅定が

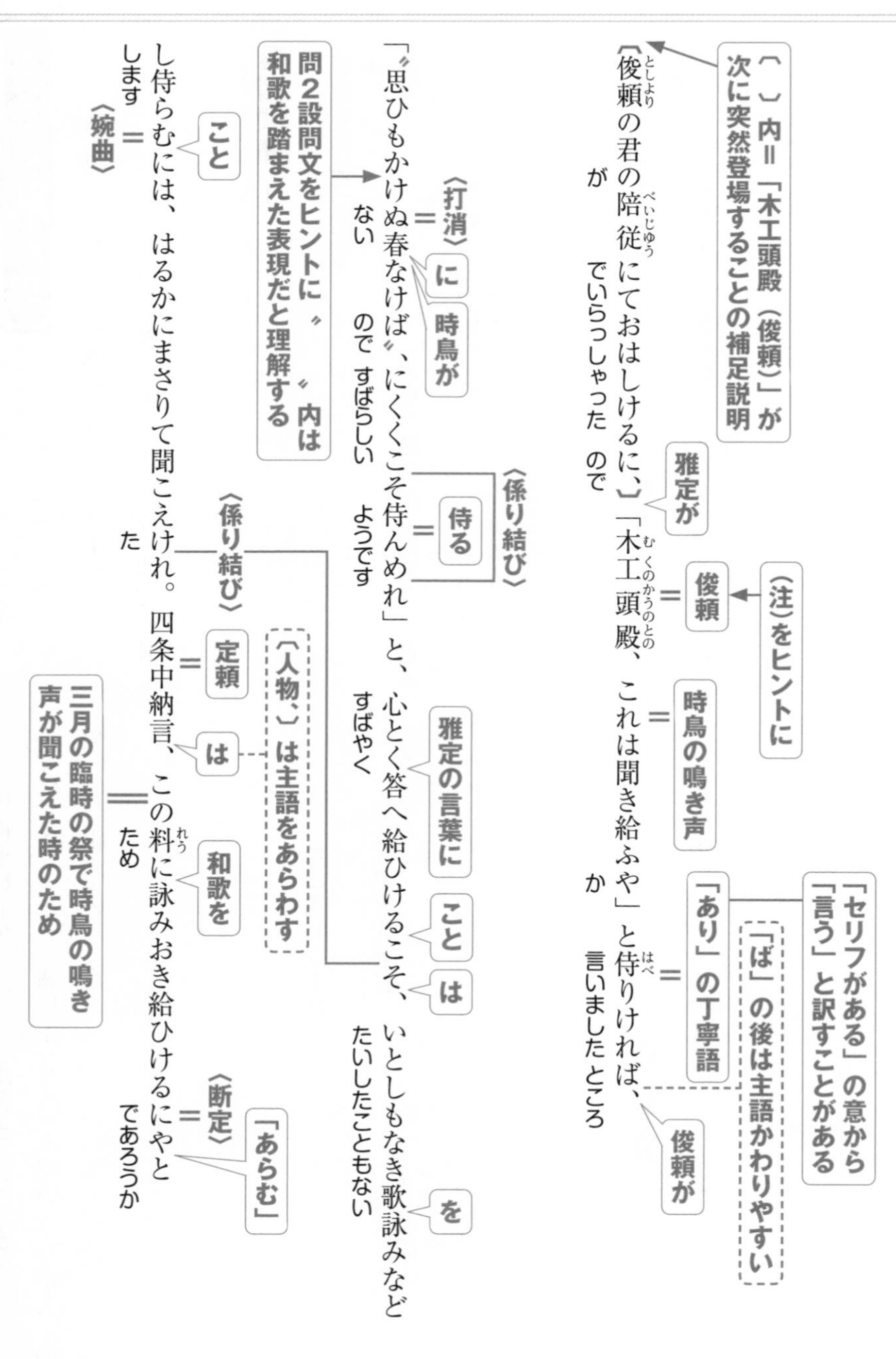
「セリフがある」の意から「言う」と訳すことがある
「ば」の後は主語かわりやすい
〔 〕内＝「木工頭殿（俊頼）」が次に突然登場することの補足説明
（注）をヒントに
〔俊頼の君の陪従にておはしけるに、〕「木工頭殿、これは聞き給ふや」と侍りければ、
が　でいらっしゃった　ので　か　言いましたところ
雅定が
＝俊頼
＝時鳥の鳴き声
＝「あり」の丁寧語
俊頼が
「〃思ひもかけぬ春なれば〃、にくくこそ侍んめれ」と、心とく答へ給ひけるこそ、いとしもなき歌詠みなど
ない　ので　すばらしい　ようです　すばやく　たいしたこともない
＝〈打消〉
時鳥が
に
〈係り結び〉
＝侍る
雅定の言葉に
こと
は
を
問2設問文をヒントに〃　〃内は和歌を踏まえた表現だと理解する
し侍らむには、はるかにまさりて聞こえけれ。四条中納言、この料に詠みおき給ひけるにやと
します　た　ため　であろうか
こと
＝〈婉曲〉
〈係り結び〉
＝定頼
は
〔人物、〕は主語をあらわす
和歌を
＝〈断定〉
「あらむ」
＝三月の臨時の祭で時鳥の鳴き声が聞こえた時のため

さへおぼえて。この聞き給ひて驚かし給ふも、優（いう）に侍りけり。

私（語り手）には　まで　思われて　時鳥の初音を　雅定が　俊頼に　気づかせなさる　こと　風流でございました

解き方

問1　文法説明＋主体判定問題

「殿上人におはせし」の説明問題です。

センター試験では、「文法問題」「主体判定問題」「説明問題」など、それぞれ別の設問で問われていましたが、共通テストの試行調査テストでは、これらが混在したものが出ています。新しくあらわれたパターンです。

とはいえ、解き方まで変えなきゃいけないわけではありません。一語一語単語に分けて直訳し、具体的に内容をつかんでいけばいいんですよ。

ではやってみましょう。

波線部「殿上人におはせし」を単語に分けると、「**殿上人／に／おはせ／し**」となります。
まずは、文法的にまぎらわしい語の正体を確認しましょう。

文法力をつかおう

「に」

「に」は**断定の助動詞「なり」の連用形**。「に」の正体は、次のパターンから判断します。

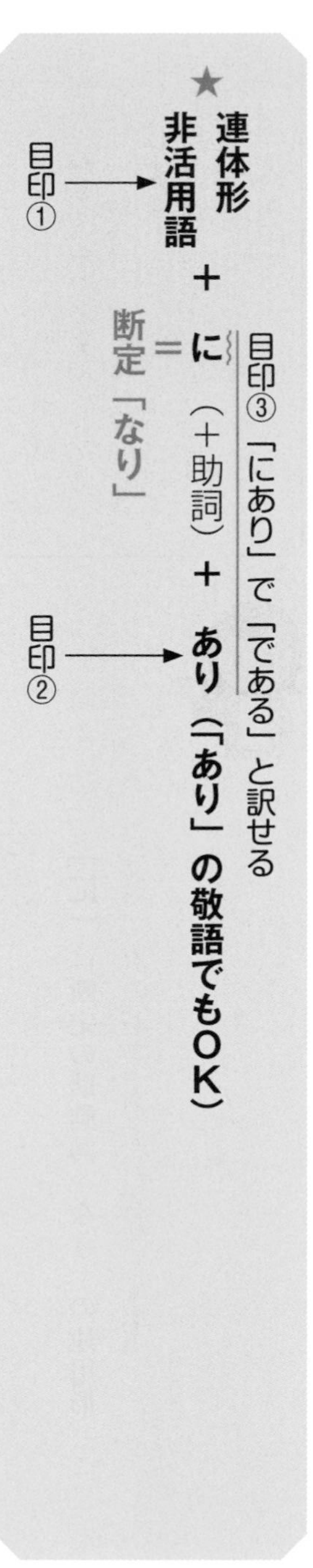

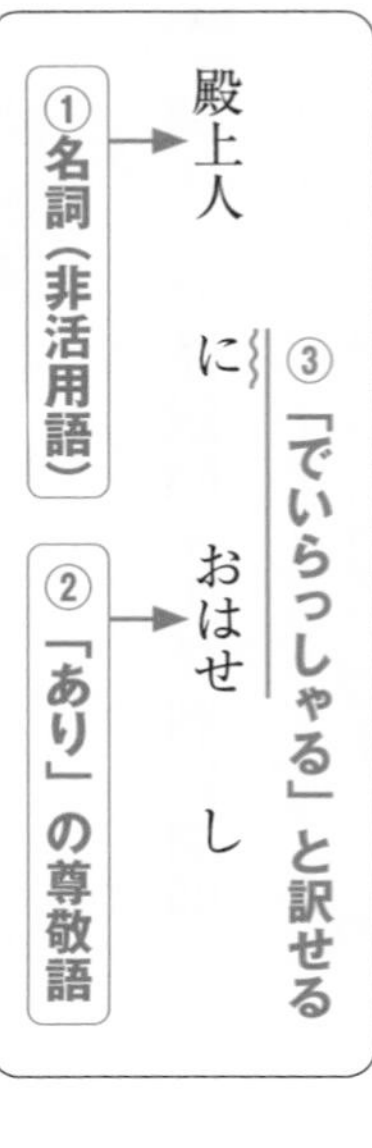

「非活用語」というのは、**活用をしないすべての語**のことなので、名詞や副詞・助詞などがあてはまります。**名詞「殿上人」は、非活用語**なので、目印①が確認できましたね。

「おはせ」は、サ変動詞「おはす」で、「あり」の尊敬語としての用法を持つ敬語。これで目印②も確認できました。

後は目印③ですが、今回は「にあり」の代わりに「おはせ」と、「あり」の部分が尊敬語になっているので、訳も尊敬表現にして「**でいらっしゃる**」で確認してみると、「**殿上人でいらっしゃる**」となります。特にヘンでもないので、これでヨシ！　「に」は断定の助動詞「なり」の連用形ということで決定です！

「おはせ」

「おはせ」には、本動詞と補助動詞の用法があります。

本動詞＝〈動作＋敬語のニュアンス〉
※「御覧になる」「さしあげる」など
補助動詞＝動作抜きで〈敬語のニュアンス〉のみをあらわすもの
※「お〜になる」「〜です」など

補助動詞用法の際には、パターンがあるので、パターンを覚えて、それと照合させれば、補助動詞かそうじゃないか（＝つまり本動詞か）がわかります。

補助動詞があらわれるときのパターンは次のとおり。

★① **動詞**（＋助動詞）＋**補助動詞になれる敬語**
＝このときは、補助動詞！

★② **形容詞**
形容動詞（＋助詞）＋**「あり」の敬語**
断定「なり」
＝このときは、補助動詞！

補助動詞になれる敬語は、本動詞にもなれますから、「ここではどっちかな?」といつも確認することが必要です。今回は、**断定の助動詞「なり」の連用形の下に、「あり」の尊敬語用法をもつ「おはす」がある**ので、★②のパターンどおりですね。ここの「おはす」は、**補助動詞で決定**です。ちなみに「おはす」は、本動詞でも補助動詞でも、**尊敬語用法のみ**です。

「し」

「し」は、**名詞「時」の真上にあるので、連体形**だとわかります(※名詞の上に活用語があるときは、原則、「連体形」ですよ!)。連体形で「し」となっている、ということを手がかりに、**過去の助動詞「き」の連体形**だと判断しましょう。

ところで、過去の助動詞「き」だとしたら、接続が合わないんじゃないかなと思った人がいるかもしれませんね。なかなかスルドイですねー。

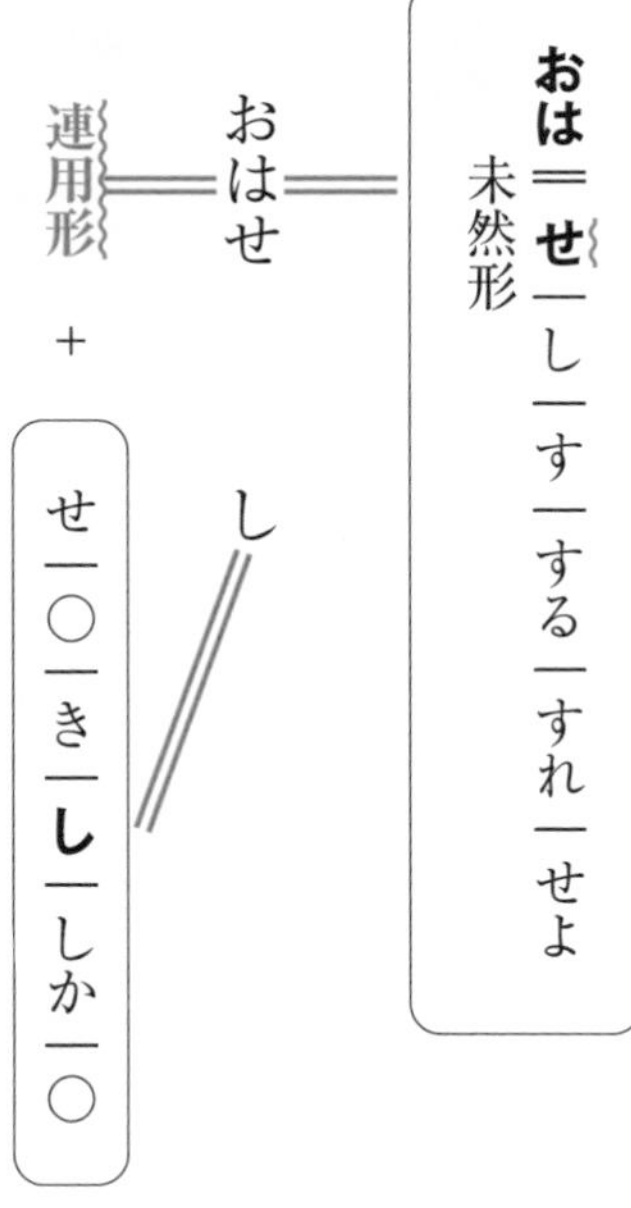

連用形接続の「き」なのに、未然形「おはせ」があるのはヘンに思えますよね。実はこの**過去の助動詞「き」は、真上の単語がカ変とサ変動詞に限り、連用形だけでなく未然形にも接続できるという特例がある**んですよ。「来(こ)しか」(カ変「来」の未然形+「き」)とか「奏せし」(サ変「奏す」の未然形+「き」)など、結構見かけると思いますので、頭に入れておきましょう。ということで、やっぱりここは過去の助動詞「き」でいいんです!

主語と敬意

波線部の時点では、**前書きに「雅定にまつわる逸話」とある**以外に、人物はあらわれていません。だから、ここも**雅定のことを言っている**のだなと判断しましょう。波線部は**「雅定が殿上人でいらっしゃった」**という訳になります。

ところで、この波線部には尊敬語「おはせ」がありました。**尊敬語は、どんな尊敬語でも、主語に該当する人物への敬意をあらわす**ので、ここでは、**尊敬語「おはせ」が主語「雅定」への敬意を示した表現**ということになります。

正解をさがそう

検討結果をふまえて、問1選択肢の○×判断をしましょう。

① 雅定を主語とする文である。……○
② 雅定への敬意が示されている。……○
③ 助動詞が一つ用いられている。……× 助動詞は「に」(断定の「なり」)と「し」(過去の「き」)の二つ。
④ 尊敬語が用いられている。……○
⑤ 補助動詞が用いられている。……○

今回は「適当でないもの」を選ぶので、正解選択肢は、③です。

問2　対話形式による、二つの文章を関連づける問題

これは、共通テストのサンプル問題や試行調査テストで、かなり目立っていた設問パターンです。

サンプル問題では、「他者の考え方を聞くことによって、題材の古文への理解が深まるような対談の場面を題材」に「それぞれの立場における話し手の古文の内容に対する考え方を的確に理解する力」を試すねらいがあると示されています。

確かに見た目は特徴的ですが、センター試験で（注）などに示されていたものが、形を変えただけなので、本質的なところでは、従来と特に変わりがありません。ただ、（注）のようにコンパクトに記載されていないので、長々と書かれた会話文から、ポイントを拾い集めるのに時間がかかる恐れはあります。

今回は、二重傍線部の内容理解が求められた問題ですが、まずは、教師と生徒の会話のなかから、ヒントを拾い集めてみましょう。

まずは教師のセリフに注目します。

生徒は間違いや勘違いを口にしているかもしれないけど、教師は正しいことを言っているはずなので、即、読解のヒントにできますよね。

教師は、最初と三番目のセリフで、本文の二重傍線部が**俊頼の言葉**で、これは、**定頼の歌**を一首まるごと踏まえたものだって言っていましたね。

教師の最初のセリフ
「この俊頼の言葉は……」がヒント

俊頼の言葉
「思ひもかけぬ春なけば、にくくこそ侍んめれ」

定頼の歌
ほととぎす思ひもかけぬ春なけば
今年ぞ待たで初音聞きつる

教師の最初のセリフ
＋
教師の三番目のセリフ
がヒント

では、もととなった定頼の和歌を訳してみましょう。

ほととぎす〔が〕 思ひもかけぬ〈打消〉〔に〕 春なけば 今年〔は〕 ぞ 待たで 初音〔を〕 聞きつる

ほととぎす（が） 思ひもかけ（ない） ぬ 春（に）鳴く（ので） 今年（は） ぞ（強意なので訳さない） 待た（ないで） 初音（を）聞きつ（た） る〈係り結び〉

「**ほととぎす**」**は、夏に飛来する渡り鳥**です。季節感を大事にする古文の時代の人たちは、毎年この時鳥の鳴き声を聞くのを楽しみにしていました。そんなシーズン最初の鳴き声のことを「初音」といいます。

「夏の鳥である時鳥が、思いがけず春に鳴くので、今年は『時鳥の初音はいつ聞けるのかな？ 今日かな？ 明日かな？』などと待たないで、シーズン最初の鳴き声を聞いた」といった内容の和歌です。

楽しみにしている初音を、「待たずに聞いた」と言っていることから、「**待たずに聞けてよかった**」の方向で読みましょう。

さて、この定頼の和歌は単なる引用ではなくて、「引き歌」です。「**引き歌**」**は、有名な古歌の表現を文章に用いることによって、奥深い表現にする技法**。たいてい、自分が置かれている状況や心情など何らかの共通点のある古歌を引き歌にします。今回は、シチュエーションが類似しています。定頼の歌が詠まれたシチュエーションは教師の会話文中に示された「詞書」から、俊頼の発言がなされたシチュエーションは本文と(注)から、それぞれ確認できますよ。

〈シチュエーション〉

定頼の歌…「三月つごもりにほととぎすの鳴くを聞きてよみ侍りける」

俊頼…毎年三月に行なわれる「石清水の臨時の祭」で「時鳥の鳴きける」

「三月に時鳥が鳴いた」点が一緒ですね。

次は、定頼の和歌を俊頼の言葉に引き歌として落とし込むわけですが、和歌をどう反映したらよいかは、**生徒の5番目の発言がヒント**になります。直後で教師が「そうそう、そういう感じ」って言っている以上、この生徒が正しいことを言っているのは、間違いありません。

〈生徒の発言〉

定頼が『ほととぎす思ひもかけぬ春なけば今年ぞ待たで初音聞きつる』とかつて詠んだが、それと同じように今の状況が『にくくこそ侍んめれ』

後半の「にくくこそ侍んめれ」を考えましょう。

「にくし」には、「憎らしい」の意味のほかに「憎らしいほどすぐれている。感心だ。見事だ」といったプラスの意味もあります。定頼が「待たずに時鳥の初音が聞けてよかった♪」とかつて歌に詠んだときと同じように、今の状況が「にくし」なのだから、今の状況をプラスにとり、「にくし」も「見事だ」などの**プラスの方向の意味で取る**のが適当ですね。「にくくこそ侍んめれ」で「**憎らしいほどすぐれているようです**」「**見事に聞こえます**」などと訳しましょう。

時鳥の初音を待たずに聞けただけでもすばらしいことですが、定頼の歌を踏まえることによって、これは、あのすばらしい古歌と同様のシチュエーションなんだ！という要素も加わります。すると、風流は倍増して、よりいっそうすばらしさを感じることになるわけです。

正解をさがそう

①　生徒A――定頼の和歌は、「夏の鳥の時鳥が今年は春に鳴いたから、×季節はずれでがっかりだ」という意味だよね。

②　生徒B――そうではなくて、「夏の鳥の時鳥が今年は春のうちに鳴いたから、『時鳥の初音はいつ聞けるのかな？』と○待たずに聞けてよかった」という意味でしょ。

③　生徒C――古文の時代って風流を大事にしていて、夏の到来を感じられる時鳥の初音を待ちわびているという話も古文の中でよく出てくるから、×Aさんのように、季節はずれの現象を嫌がる歌なんじゃないかなあ。

④　生徒D――だから、この歌を引き歌にした時にも「にくくこそ侍んめれ」と×憎たらしいことだと言っているんだね。

⑤　生徒E――でも、「にくし」には、「憎らしいほどすぐれている」という意味もあるから、○Bさんのように定頼の和歌を「待たずに聞けてよかった」の方で理解して、「今日、春のうちに時鳥の初音が聞けて、定頼の和歌と同じようにすばらしいことです」と言っているんだと思う。

定頼の和歌の内容を、「初音を待たずに聞けてよかった」と取っているのが②⑤、「にくし」をプラスの方向で取っているのが⑤なので、この二つが正解。
①③④は、「春の時鳥は季節はずれでよくない」の方向で取っているので×。

問3　内容説明問題

傍線部「はるかにまさりて聞こえけれ」を直訳すると、「**はるかにすぐれて聞こえた**」となります。何が何にくらべてすぐれていたかをつかむ問題です。

これはセンター試験にも見られた定番の説明問題です。

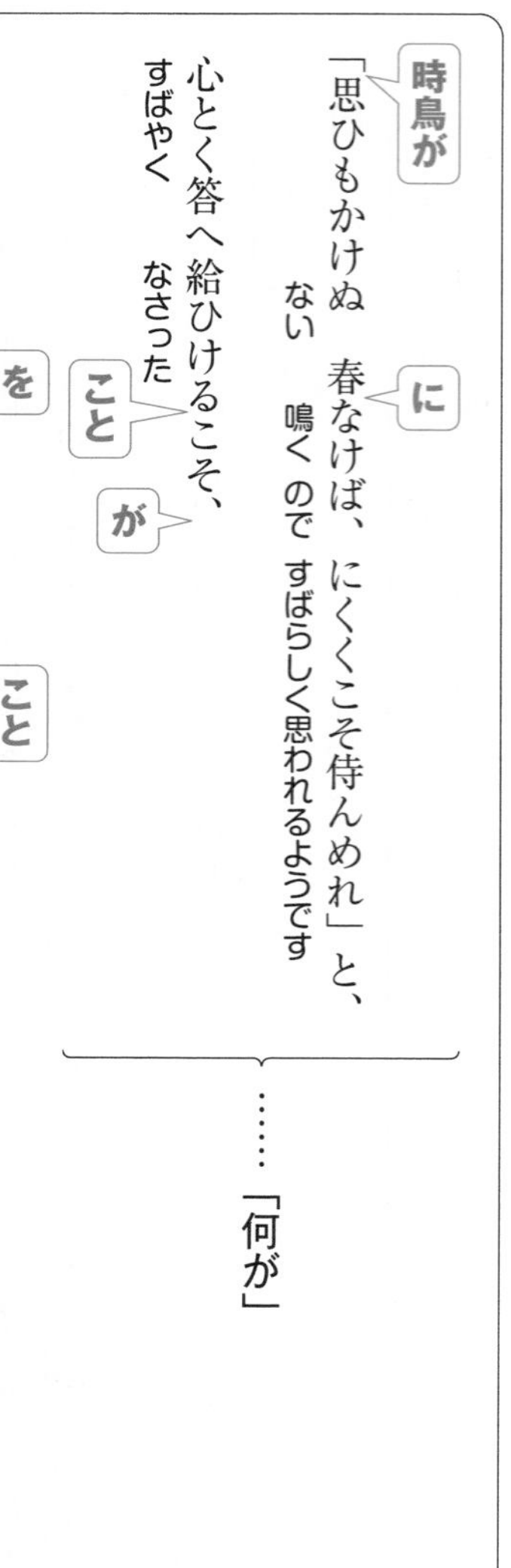

時鳥が
「思ひもかけぬ　春なけば、にくくこそ侍んめれ」と、
ない
に
鳴く　ので　すばらしく思われるようです
心とく答へ給ひけるこそ、
すばやく
なさった
こと
が
……「何が」
いとしもなき　歌詠みなどし侍らむ　には、
たいしたこともない
を
しますような
こと
に
……「何に（何にくらべて）」
はるかにまさりて聞こえけれ。
すぐれて　聞こえた
……「すぐれていた」

「何が」

「思ひもかけぬ春なけば、にくくこそ侍んめれ」は、問2で確認したように、定頼の和歌を踏まえた表現。「何がまさっていたのか」の「何が」は、「**定頼の和歌を踏まえてすばやく答えたことが**」です。

「何に」

「歌を詠む」というのは、**オリジナルで和歌を作る**ということ。「たいしたこともない歌を詠みますようなことに（くらべて）」とは、「たいしてうまくもない和歌をオリジナルで作るよりは」ということ。

つまり、たいしてうまくもないオリジナルの和歌を作った受け答えより、すぐれた古歌を用いた受け答えの方が、受け答えの仕方としてすぐれていた、といっていたんですね。

正解をさがそう

① ×並の歌人が時間をかけて歌を詠むより、即興であっても優秀な歌人が詠む方が、よい歌が生まれるということ。……かける時間の問題ではありません。

② ○たいした出来でもない和歌を詠むより、古歌を用いて答えた方がはるかに優れた応答に聞こえたということ。……正解！

③ 上手とはいえない和歌であっても、他人が詠んだ和歌を用いて応答×するよりは、はるかにましだということ。……真逆の内容。

④ たいして優れた歌人でなくても、昔の秀歌を活用することによって、×真の実力よりもはるかに上回る力量に見えたということ。……歌を詠む力そのものをいっているのではありません。

⑤ ×昔の歌人が歌を詠んだ方が、現在の歌人よりもっと状況にあった歌を詠んだだろうということ。

……昔の歌人と現在の歌人をくらべているのではありません。

正解選択肢は、②です。

問4　長め傍線部の解釈問題

長めの傍線部の解釈問題は、センター試験でも2002年まで毎年出題されていました。
その後、徐々に減少し、問1の解釈問題に集約されていきましたが、共通テスト試行調査テストで出題されました。
傍線部が長いか短いかの違いはあっても、これは大学入試の定番中の定番問題！

傍線部「この料に詠みおき給ひけるにや」を単語に分解すると、「**こ**／**の**／**料**／**に**／**詠みおき**／**給ひ**／**ける**／**に**／**や**」となります。重要ポイントをみていきましょう。

単語力をつかおう

料［名詞］
①（○○の）ため。（○○の）せい。
②材料。

文法力をつかおう

給ふ［動詞］
①〈「与ふ」の尊敬語〉お与えになる。
②〈尊敬の補助動詞〉～なさる。お～になる。
③〈謙譲の補助動詞〉～（しており）ます。

動詞「詠みおく」の下にあるので、この「給ふ」は補助動詞。補助動詞「給ふ」には、**尊敬語**と**謙譲語**があるので、必ずどちらかを正確に見抜いた上で、正しい訳を判断します。

★動詞（＋助動詞）＋「給ふ」

→ **四段〈は｜ひ｜ふ｜ふ｜へ｜へ〉** ＝ **尊敬語** 訳 ～なさる・お～になる

→ **下二段〈へ｜へ｜○｜ふる｜ふれ｜○〉** ＝ **謙譲語** 訳 ～（しており）ます

＊命令形はナシ。
終止形はないわけではないけど、めったにあらわれません。

ここは、**四段活用**にしかない「給ひ」の形なので、**尊敬語**とわかりますね！

「に／や」

ここの**「に」**は**断定の助動詞**「なり」の**連用形**。

問1で学んだ「に」（断定）の識別を、応用して判断します。

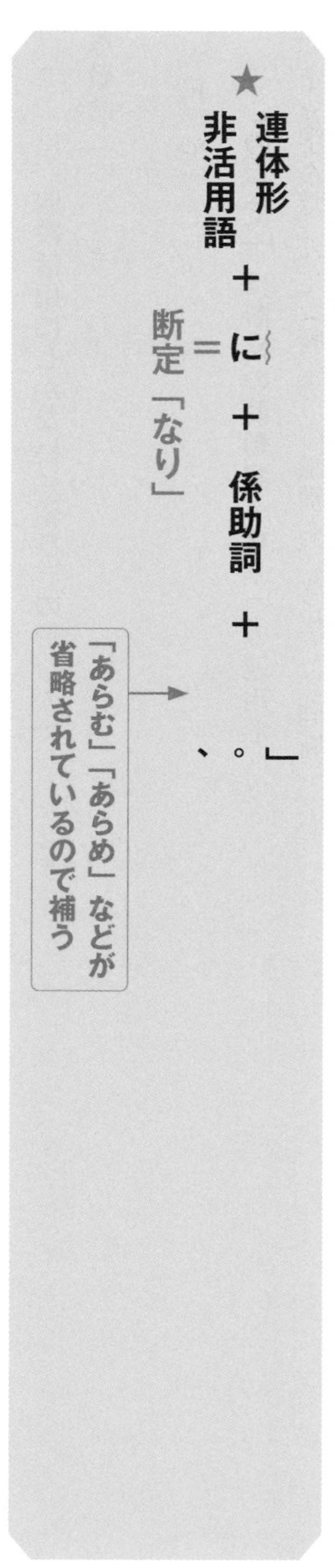

★連体形
非活用語
＋に
＝断定「なり」
＋係助詞＋」。、
「あらむ」「あらめ」などが
省略されているので補う

断定の助動詞「なり」が連用形「に」になる場合、**原則として直下に「あり」（または「あり」の敬語）を伴い、それを「に」の識別の目印にする**のですが、この「あり」（「あり」の敬語）が省略されることがあるんです。今回はそのパターンです。

省略された目に見えないものを目印にはできませんから、今回はかわりに、「に」の直下に（係助詞＋句読点やカギ括弧の終わり（＝文の切れ目をあらわす記号））**があるかどうかで判断**しましょう。

まず、傍線部直後に「〜と…おぼえ（＝〜と…思われ）」があるので、傍線部分を具体的に思った内容だと判断して、自分で「　」を付け加えます。心の中で思っている部分には「　」がついていないケースもよくあります。「…と思ふ」「…とおぼゆ」のような表現があったら、手書きで「　」をつけ加えて、わかりやすい本文にしましょう。つまり、ここは「『…にや』と…おぼえ」となるので、「にや」の下にカギ括弧アリのパターンと同じだと判断できるわけです。

また、このパターンにおいては、**係助詞のあとに「あらむ」などの表現が省略されています**。したがって、訳すときも、これらの省略表現を忘れずに補ってくださいね。これで省略されていた目に見えない目印をあぶり出すことができました。

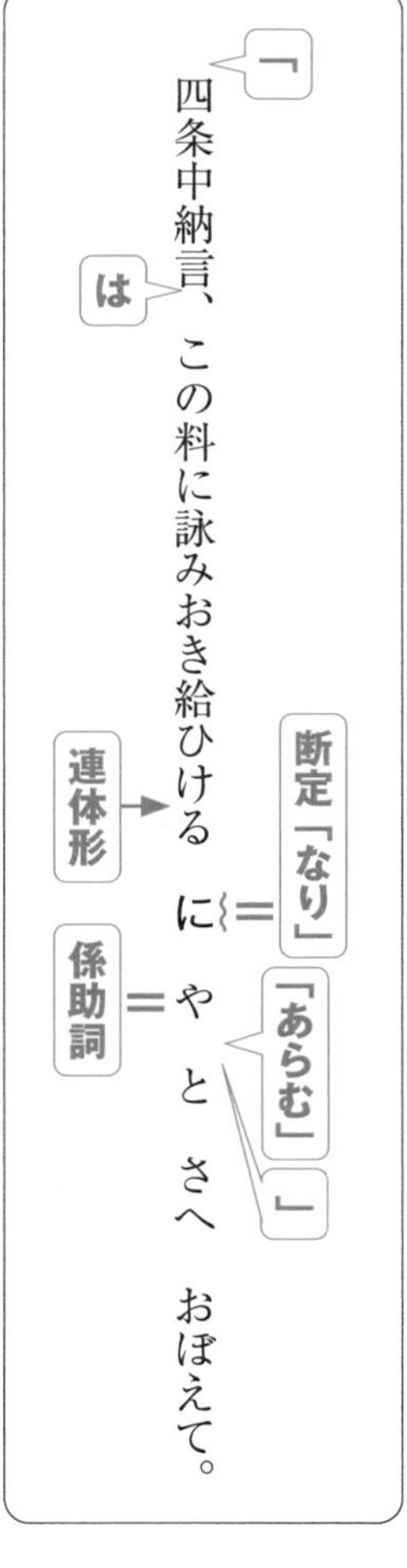

「四条中納言、この料に詠みおき給ひけるにやとさへおぼえて。」
は
断定「なり」
連体形
係助詞
「あらむ」

過去の助動詞「けり」の連体形「ける」＋「に」＋係助詞「や」＋付け足したカギ括弧で、条件が揃いましたね。「に」は断定の助動詞「なり」で決まりです。

ここは、四条中納言（＝定頼）の詠んだ和歌があまりにも、今の状況にぴったりなので、「まさかこのために和歌を詠んでおいたのだろうか？」とまで思われる、と言っているところ。**「や」には〈疑問〉と〈反語〉の意味がありますがここは**〈疑問〉で訳しましょう。

正解をさがそう

① これを×糧にしたから和歌を詠むことが×できた○のだろうか ……「料」の誤り。「給ふ」の訳もありません。「でき（た）」の訳は余分。

② この○せいで○詠んでおいたものを×思い出した○のだろうか ……根拠のない「思い出し」の補いが×。「給ふ」の訳もありません。

③ この×ことを○あらかじめお詠みになった×わけではない ……「料」の誤り。「や」を反語で訳

第五章 共通テスト問題を解く力を身につけよう

しているのも×。

④ これを○理由に○詠んだ和歌を残し○なさった×はずはない ……「や」を反語で訳しているので×。

⑤ この時の○ために○詠んでおき○なさった○のであろうか ……正解！

正解選択肢は、⑤です。

問5　理由説明問題

これも、大学入試定番の問題ですね。

傍線部「優に侍りけり」を単語に分けると、「**優に**／**侍り**／**けり**」となります。では、重要ポイントを確認していきましょう。

単語力をつかおう

優なり［形容動詞］
①優美だ。優雅だ。風流だ。
②すぐれている。

文法力をつかおう

侍り［ラ変動詞］
①〈「あり」の丁寧語〉あります。います。
②〈「あり」「をり」の謙譲語〉お仕えする。

お控えする。

③〈丁寧の補助動詞〉～です。～ます。～ございます。

けり［助動詞］

①〈過去〉～た。

ここの「**侍り**」は、**形容動詞の下にあるので、補助動詞**。傍線部全体の訳は「**風流でございました**」などとなります。したがって、この問題は、**雅定が風流である理由を聞いている**のだとわかりますね。

では、次の着眼点として、**傍線部直前に注目**してみましょう。

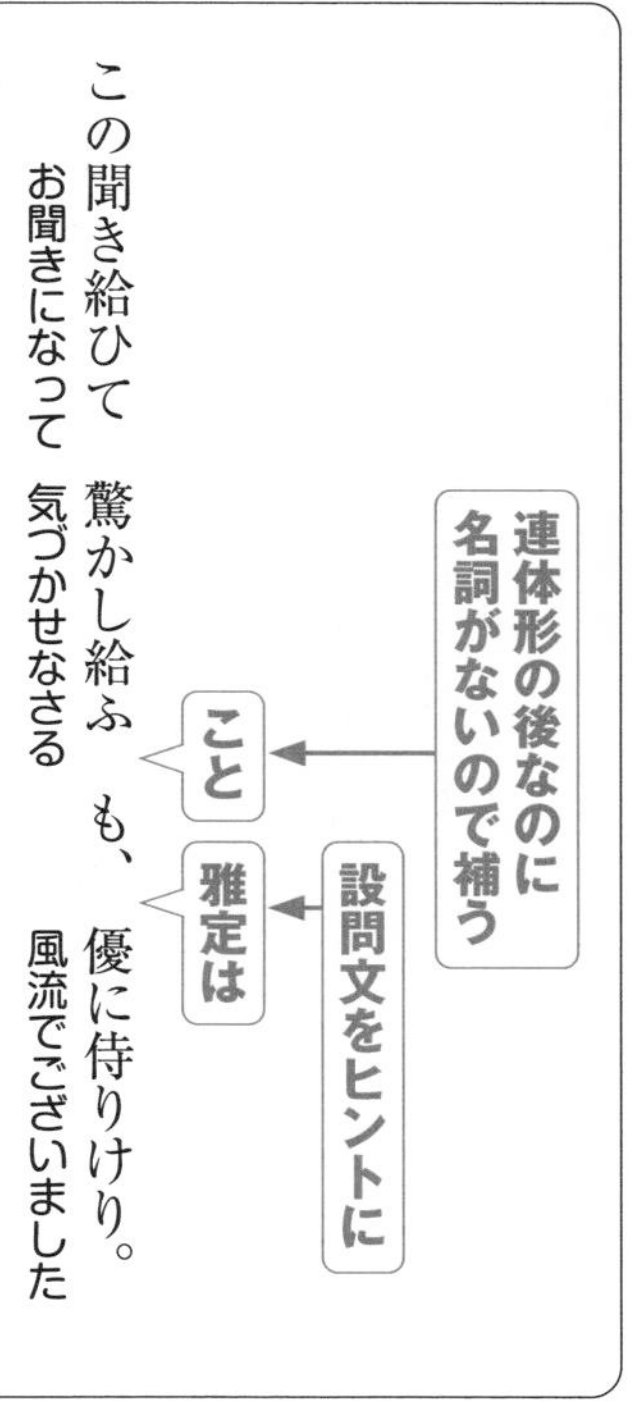

この聞き給ひて　驚かし給ふ　も、　優に侍りけり。
お聞きになって　気づかせなさる
風流でございました
連体形の後なのに名詞がないので補う
こと
設問文をヒントに
雅定は

直前の「**驚かす**」［サ行四段活用動詞］**は**「**ハッと気づかせる**」**という意味を持つ動詞**。ここは、傍線部1で、俊頼の受け答えのすばらしさを述べたのに続き、「（俊頼も風流だったが、）この（○○が○○を）お聞きになって（○○を）気づかせなさることも、風流でございました」と述べています。ここの主語「○○が」は、ここは雅定が風流であった理由を問われているのだから、ここの行動も雅定の行動だと判断でき

ますね。なら、後は、これまでに述べられていた本文から、「雅定が聞いたことって何か?」「雅定が気づかせたことは何か? そして誰に気づかせたのか?」といった点を考えればいいわけです。

本文2行目に「(石清水の臨時の祭のときに) **時鳥の鳴きけるを聞き給ひて**」、3行目に「**木工頭殿、これは聞き給ふや**」とあることに注目すれば、

「雅定が聞いたことは何か?」

……**(三月に) 時鳥が鳴いたこと**

「雅定が気づかせたことは何か?」

……**三月なのに時鳥が鳴いていること**

「誰に気づかせたのか?」

……**木工頭殿(=俊頼)に**

とつかめますね。

俊頼が、古歌を踏まえた受け答えをしたのは風流なことだけれど、その前に三月に鳴く時鳥の初音を聞いて、俊頼に、「ねえ、聞いた?」と注意を向けた雅定の行為もまた、俊頼の見事な応対を引き出すきっかけになったわけだから、風流だ!と賞賛しているのです。

正解をさがそう

① 時鳥の異変に、いち早く気づいたから。
……「気づいた」だけじゃなく「気づかせた」じゃなきゃ×。「異変」もヘン。

② 時鳥の鳴き声を聞いて、俊頼に意識させたから。
……正解!

③ 俊頼の返答に対して、ことさらに感激して見せたから。
……直前を踏まえていないので、×。「見せた」もヘン。

④ 俊頼の返答が、定頼の歌を踏まえているとわかったから。
……直前を踏まえていないので、×。

⑤ ×自分が歌を詠むのではなく、定頼と俊頼が賞賛されるように仕向けたから。

……本文に記述がない内容なので、×。

正解選択肢は、②です。

解答

問1 ③　問2 ②⑤　問3 ②
問4 ⑤　問5 ②

訳

（雅定は）大体が歌詠みでいらっしゃった。（雅定が）殿上人でいらっしゃったとき、石清水八幡宮の臨時の祭の使者をなさったが、その石清水八幡宮で御神楽などが終わって、退出なさるときに、馬場の梢で時鳥が鳴いたのをお聞きになって、俊頼の君が陪従でいらっしゃったので、「木工頭殿（=俊頼）、これはお聞きになっていますか」と言いましたところ、（俊頼が）「『思いもかけない春に鳴くので』、すばらしいようです」と、すばやくお答えになったことは、たいしたこともない歌を詠んだりしますようなことよりは、はるかにすぐれて聞こえた。四条大納言（=定頼）は、（あらかじめ）このために詠んでおきなさったのであろうかとまで、思われて。（一方で、）この（雅定が時鳥の初音を）お聞きになって（俊頼に）気づかせなさることも、風流でございました。

[問2で引用された文章]

〈詞書〉

三月の月末に時鳥が鳴くのを聞いて詠みました

〈和歌〉

（夏の鳥である）時鳥が思いもかけない春の内に鳴くので、今年は待ち焦がれることもなく（時鳥の）初音が聞けたことだ。

練習問題 2

次の【文章Ⅰ】と【文章Ⅱ】は、ともに『源氏物語』（賢木（さかき）の巻）の一節で、光源氏（大将の君）の恋人である六条御息所（ろくじょうのみやすどころ）が、光源氏との別れを決意して、伊勢神宮の斎宮となる娘とともに伊勢へと旅立つ場面である。【文章Ⅰ】は藤原定家が整えた本文に基づき、【文章Ⅱ】は、源光行（みつゆき）・親行（ちかゆき）親子が整えた本文に基づいている。【文章Ⅰ】【文章Ⅱ】を読んで、後の問い（問1〜5）に答えよ。

【文章Ⅰ】

出でたまふを待ちたてまつるとて、八省（はつしやう）（注1）に立て続けたる出車（いだしぐるま）（注2）どもの袖口色あひも、目馴れぬさまに心にくきけしきなれば、殿上人どもも、私の別れ惜しむ多かり。

暗う出でたまひて、二条より洞院（とうゐん）の大路（おほぢ）を折れたまふほど、二条院（注3）の前なれば、大将の君いとあはれに思（おぼ）されて、榊にさして、

A　ふりすてて今日は行くとも鈴鹿川（すずかがは）（注4）八十瀬（やそせ）の波に袖はぬれじや

と聞こえたまへれど、いと暗うもの騒がしきほどなれば、またの日、関（注5）のあなたよりぞ御返しある。

B　鈴鹿川八十瀬の波にぬれぬれず伊勢まで誰か思ひおこせむ

ことそぎて書きたまへるしも、御手（ア）いとよしよししくなまめきたるに、あはれなる気（け）を少し添へたまへらましかば、と思す。霧いたう降りて、ただならぬ朝ぼらけに、1うちながめて独りごちおはす。

　行く方をながめもやらむこの秋はあふさか山を霧なへだてそ

西の対にも渡りたまはで、（イ）人やりならず、ものさびしげにながめ暮らしたまふ。まして2旅の空は、いかに御心づくしなること多かりけん。

（注）1　八省――八省院。役人たちが政務をおこなう役所。
2　出車――車中の女房らが袖口などの一部を外に出して乗った牛車。
3　二条院――光源氏の邸。
4　鈴鹿川――現在の三重県北部を流れて伊勢湾に流れる川。
5　関――逢坂の関。現在の滋賀県逢坂山にあった関所。
6　西の対――光源氏邸の西側の建物。光源氏の最愛の妻紫の上が住む。

【文章Ⅱ】

出で立ちを待ちたてまつるとて、八省に立て続けたる出車どもの袖口色あひも、目馴れぬさまに心にくきけしきなれば、殿上人も、私の別れ惜しむ多かり。暗う出でたまひて、二条より洞院の大路わたりたまふほど、院のかたはらなれば、大将殿ものあはれに思されて、榊にして、

　ふりすてて今日は行くとも鈴鹿川八十瀬の波に袖はぬれじや

とあり。暗きほどとて(ウ)いとど騒がしければ、またのあしたに関のあなたより、

　鈴鹿川八十瀬の波にぬれぬらす伊勢まで誰か思ひおこせむ

ことそぎて書きたまへるしも、御手のいとよしよししくなまめきたるに、あてなる気を少し添へたらましかば、と思す。霧いたう降りて、ただならぬ朝ぼらけに、うちながめて一所おはす。

　行く方をながめもやらむこの秋はあふさか山に霧なへだてそ

西の対にも渡りたまはで、人やりならず、ものさびしげにながめ暮らしたまふ。まして旅の空に、いかに心づくしなること多かりけん。

問1　傍線部(ア)〜(ウ)の解釈として最も適当なものを、次の各群の①〜⑤のうちから、それぞれ一つずつ選べ。

(ア)　いとよしよししくなまめきたるに

① たいそう由緒があり風流であるが
② ひどく媚びた感じで色っぽくはあるが
③ とても風情がある様子で優美であるが
④ いよいよ立派で人を寄せ付けない雰囲気だが
⑤ 非常にすばらしく神々しい様子であるが

(イ)　人やりならず

① 他人事ではなく
② 他人のことは目にも入らず
③ 誰のせいでもないが
④ 他人にあたることもできず
⑤ 誰かと話すこともしないで

(ウ)　いとど騒がしければ

① かなり騒がしいけれども
② ますます騒がしいので
③ 非常に騒がしい時ならば
④ あれこれ騒がしくしていると
⑤ 一段と騒がしかったので

問2　A・Bの和歌の贈答の説明として最も適当なものを、次の①～⑤のうちから一つ選べ。

① 和歌Aの「ふり」「鈴」「瀬」「袖」は、縁語である。
② 和歌Aの「袖」が「ぬれ」るとは、鈴鹿川の波で濡れる意に、雨に濡れる意もこめた表現である。
③ 和歌Aは、光源氏のいる京を離れたことを六条御息所が後悔するのではないかと詠んだ歌である。
④ 和歌Bの「八十瀬の波」は、これまでの光源氏との恋において味わった苦しみの数々を象徴した表現である。
⑤ 和歌Bは、遠くに離れても、私のことを思い続けてほしいという思いを詠んだ歌である。

問3　傍線部1「うちながめて」にうかがわれる光源氏の心情の説明として最も適当なものを、次の①～⑤のうちから一つ選べ。

① 六条御息所が向かった東の空のただならぬ朝焼けを見て、よくないことが起こるのではないかと不安を感じている。
② 六条御息所との別れに寂しさを感じ、「逢ふ」という語を含む「逢坂山」が霧で見えなくなることまでも寂しく思っている。
③ 六条御息所が自分を捨てて旅に出たのは寂しいが、かといって昔の関係に戻る気もないので、せめて旅の無事を祈っている。
④ 六条御息所が自分から離れてしまったことで、やっと自分の本当の気持ちに気づき、やはり追っていこうと思っている。
⑤ 六条御息所とのことを思い返し、どうしてこんなことになってしまったのかと悔やんでも悔やみきれない気持ちでいる。

問4 傍線部2「旅の空は、いかに御心づくしなること多かりけん」とはどういうことか。その説明として最も適当なものを、次の①～⑤のうちから一つ選べ。

① 伊勢への旅は険しい山道のため、六条御息所は寂しさにひたる余裕などないだろうということ。

② 親しい人がいる京を離れた六条御息所は、心労が多かっただろうということ。

③ 六条御息所には、旅の道中で多くの心のこもった饗応があるだろうということ。

④ 苦しい恋を断ち切った六条御息所には、光源氏への未練はもうないだろうということ。

⑤ 六条御息所は、伊勢神宮の神に見守られ、心おだやかに過ごしただろうということ。

問5 【文章Ⅰ】と【文章Ⅱ】では、同じ場面でありながら、表現が少しずつ異なっている。それぞれの文章における表現の特徴についての説明として**適当でないもの**を、次の①～⑤のうちから一つ選べ。

① 【文章Ⅰ】では「出でたまふ」「御心づくし」などと、六条御息所への敬意をあらわす表現が用いられているのに対し、【文章Ⅱ】では「出で立ち」「心づくし」などと、六条御息所への敬意の表現が控えぎみである。

② 六条御息所を見送る光源氏について、【文章Ⅰ】では「いとあはれに」という表現を用いて、とてもしみじみと思っていたとあるところが、【文章Ⅱ】では「ものあはれに」という表現を用いて、何となくしみじみと思っていたという言い方になっている。

③ 六条御息所からの返歌を、【文章Ⅰ】では「またの日」にあったとするのに対して、【文章Ⅱ】では「またのあした」とし、翌日のうちでも朝に返歌があったのだと特定した言い方になっている。

④ 【文章Ⅰ】では「私が泣いているかを気にかけてくれる人はいない」という六条御息所の歌を受け、光源氏はしみじみとした雰囲気を感じているのに対し、【文章Ⅱ】では「泣いている私のことを思っ

てくれる人はいない」という六条御息所の歌を受け、光源氏は気高い雰囲気を感じている。

⑤ 和歌前後において、**【文章Ⅰ】**で、「聞こえたまへれ」「独りごつ」といった「言う」意をもつ語が用いられているところが、**【文章Ⅱ】**では「あり」「おはす」といった「ある」「いらっしゃる」意の表現になっている。

本文図解 解説

今回は、**『源氏物語』の異本が並ぶパターン**に挑戦してもらいました。

異本というのは、もともとは同じ本なんだけど、本を書き写して伝えていく過程で、少しずつ本文が違うようになってしまったもののこと。現代なら、たとえば、この『共通テスト実況中継』が同じタイトルで売られているのに、隣の子が持っているものとは中身が違うなんてことはありませんよね？　それは、印刷技術が発達した現代だからです。

でも、考えてみてください。古文の時代は、印刷技術はおろか、コピーすらありません。『源氏物語』のいーーーっちばん最初は、作者紫式部が書いたナマ原稿しかなく、それ以外には印刷したものもコピーもないわけです。

だから、紫式部が書いてすぐに「『源氏物語』を読みたい！」と古文世界の人たちが思ったら、紫式部に頼んで見せてもらうしかありません。で、「その本、自分もほしいな」と思ったら、ナマ原稿を借りて、手書きで自分専用の一冊として、あらたに書き写すしかなかったんです。墨と筆で書き写すんです。消しゴムも修正液もありませんから、間違えたら一から書き直ししなくちゃいけません。でも大変でしょ？　だから、書き写す人の性格によっては、「一字間違えちゃったけど、ま、いっか」ってそのままにしちゃう場合も出てきます。異本の誕生です。

慎重に書き写しているつもりでも、知らないうちにミスしちゃう場合もありますよね。また異本の誕生です。「こういうエピソードもあった方がよくない？書き足しちゃえー」ということなんかでも、異本が誕生します。そうやって、作者直筆本からちょっと違いが出ちゃった異本を、また誰かが借りて書き写して、異本が生まれ……ということをくり返しつつ、人気のある本は、人々の間に広がって読み継がれていったんです。

だから、何百年も昔に手で書き写された古い本同士を見比べると（大学図書館が結構持ってるんですよ）、完璧に同じものはなくて、どこかしら違いがあるんですよ。現代人からすると、何だか不思議ですよね？同じ作品なのに、それぞれみんなどっかが違うなんて！でもね、派手に違う場合には、タイトルまでも変わっちゃって、本文も4倍に膨れ上がった『平家物語』と『源平盛衰記』のケースなんかもあるんです。別の2作品のようですが、これももとは同じ本だったと言われています。

さて、今回は、そこまでは本文に違いがないものの、ちょこちょこ違いがある異本が二つ並んでいます。**【文章Ⅰ】**は、藤原定家が整えた青表紙本系と言われる本文、**【文章Ⅱ】**は、源光行・親行親子が整えた河内本系と言われる本文です。**ほとんど同じ本文だとわかれば、読むのには時間を要しませんね。**ただし、指示された箇所については、丁寧に違いを見ていきましょう。

では、今回は**【文章Ⅰ】【文章Ⅱ】**がほぼ同じ本文なので、**【文章Ⅰ】**で図解解説をしますね。

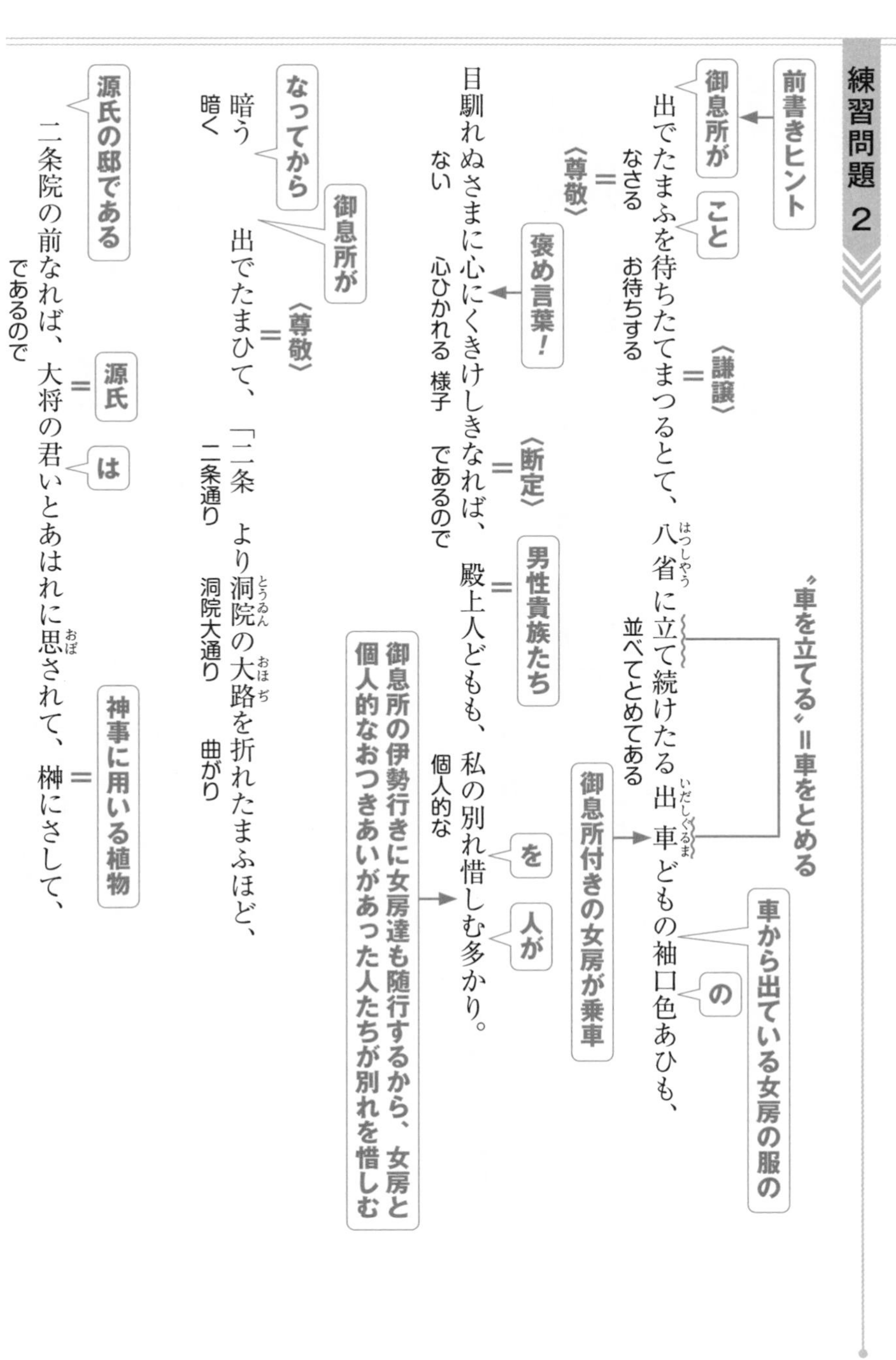

練習問題 2
前書きヒント
御息所が
こと
出でたまふを待ちたてまつるとて、八省に立て続けたる出車どもの袖口色あひも、
なさる　お待ちする　並べてとめてある
〈尊敬〉
〈謙譲〉
"車を立てる"＝車をとめる
車から出ている女房の服の
の
御息所付きの女房が乗車
目馴れぬさまに心にくきけしきなれば、殿上人どもも、私の別れ惜しむ多かり。
ない　心ひかれる　様子　であるので　個人的な
褒め言葉！
〈断定〉
男性貴族たち
を
人が
御息所の伊勢行きに女房達も随行するから、女房と個人的なおつきあいがあった人たちが別れを惜しむ
なってから
暗う出でたまひて、「二条より洞院の大路を折れたまふほど、
暗く　二条通り　洞院大通り　曲がり
御息所が
〈尊敬〉
源氏の邸である
二条院の前なれば、大将の君いとあはれに思されて、榊にさして、
であるので
源氏
は
神事に用いる植物

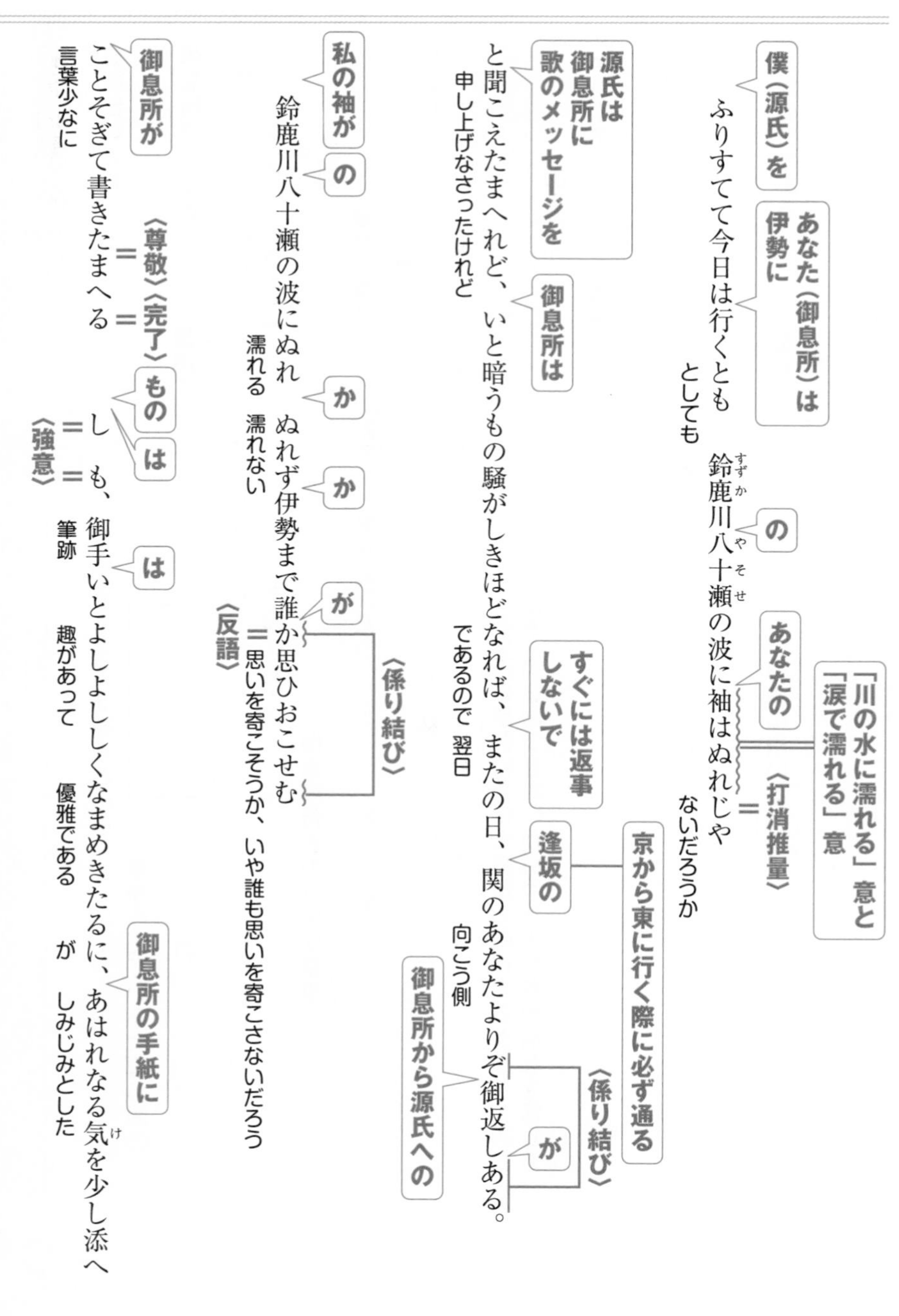

僕（源氏）を
あなた（御息所）は伊勢に
ふりすてて今日は行くとも
としても
の
鈴鹿川八十瀬の波に袖はぬれじや
あなたの
「川の水に濡れる」意と「涙で濡れる」意
＝〈打消推量〉
ないだろうか
源氏は御息所に歌のメッセージを
と聞こえたまへれど、いと暗うもの騒がしきほどなれば、またの日、関のあなたよりぞ御返しある。
申し上げなさったけれど
であるので
翌日
向こう側
御息所は
すぐには返事しないで
逢坂の
京から東に行く際に必ず通る
〈係り結び〉
が
御息所から源氏への
私の袖が
の
鈴鹿川八十瀬の波にぬれぬれず伊勢まで誰か思ひおこせむ
か
か
が
〈係り結び〉
濡れる
濡れない
＝思いを寄こそうか、いや誰も思いを寄こさないだろう
〈反語〉
御息所が
ことそぎて書きたまへるしも、御手いとよしよししくなまめきたるに、あはれなる気を少し添へ
言葉少なに
＝〈尊敬〉＝〈完了〉
もの
は
＝〈強意〉
は
筆跡
趣があって
優雅である
が
しみじみとした
御息所の手紙に

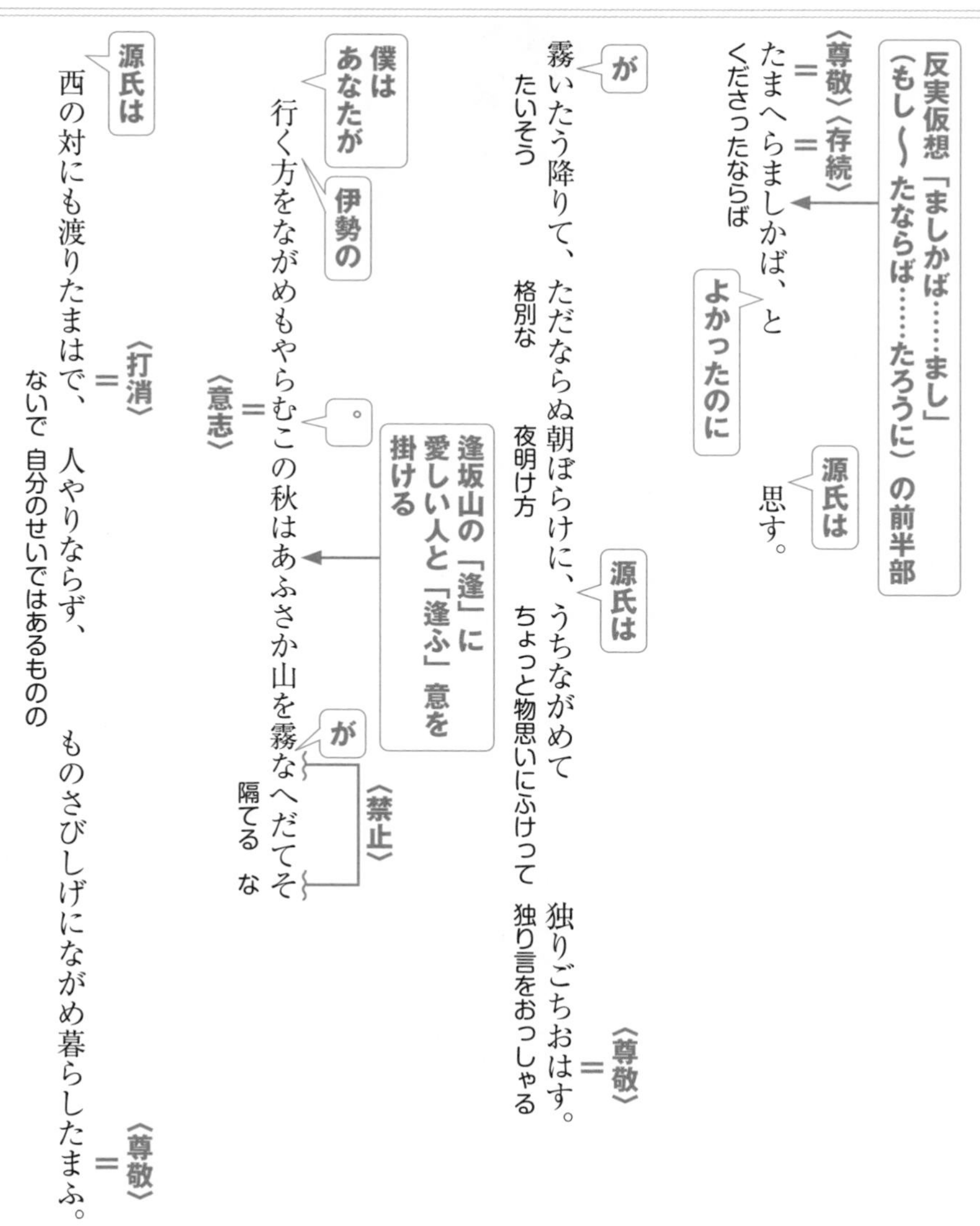

反実仮想「ましかば……まし」（もし〜たならば……たろうに）の前半部
〈尊敬〉〈存続〉
たまへらましかば、と
くださったならば
よかったのに
源氏は
思す。
が
霧いたう降りて、ただならぬ朝ぼらけに、
たいそう
格別な
夜明け方
源氏は
うちながめて
ちょっと物思いにふけって
独りごちおはす。
独り言をおっしゃる
〈尊敬〉
逢坂山の「逢」に愛しい人と「逢ふ」意を掛ける
僕はあなたが
伊勢の
行く方をながめもやらむ
〈意志〉
。
この秋はあふさか山を
が
霧なへだてそ
隔てる
な
〈禁止〉
源氏は
西の対にも渡りたまはで、
〈打消〉
ないで
人やりならず、
自分のせいではあるものの
ものさびしげにながめ暮らしたまふ。
〈尊敬〉

まして旅の空は、いかに　御心づくしなること多かりけん。

にいる御息所　が　〈過去推量〉＝

どんなに　物思いを尽くしなさること　ただろう

解き方

問1　解釈問題

定番の解釈問題からいきましょう！

(ア)　傍線部「いとよしよししくなまめきたるに」を単語に分けると、「**いと**／**よしよししく**／**なまめき**／**たる**／**に**」となります。

では、重要ポイントを確認しましょう。

単語力をつかおう

いと［副詞］

①とても。たいそう。

よしよしし［形容詞］

①由緒がありそうである。風情がある。趣がある。

なまめく［動詞］

①若々しく美しい。

②優美である。上品である。

③しっとり落ち着いている。

④色っぽい。

「たる／に」は、**完了・存続の助動詞「たり」の連体形＋接続助詞「に」**。ここは全選択肢ほとんど同じ訳なので、この部分の文法力では選択肢はしぼれません。単語力で正解をさがしましょう。

正解をさがそう

① ○たいそう○由緒があり×風流であるが……「なまめく」が誤り。
② ○ひどく×媚びた感じで×色っぽくはあるが……「色っぽく」は「なまめく」の意味としてはあるけれど、ここは直前の「御手（＝御筆跡）」が主語。「筆跡が色っぽい」はヘンなので、ここでは×。
③ ○とても○風情がある様子で○優美であるが……正解！
④ ×いよいよ×立派で×人を寄せ付けない雰囲気だが……「いと」「よしよしし」「なまめく」すべて、誤り。
⑤ ○非常に×すばらしく×神々しい様子であるが……「よしよしし」「なまめく」が誤り。

正解選択肢は、③です。

(イ) 傍線部「人やりならず」は、慣用表現です。今回は、この慣用表現の意味を知っているか知らないかの一発勝負ですよ。

単語力をつかおう

人やりならず［慣用表現］
①他人がそうさせるのではなく、自分から進んで。
誰のせいでもなく、自分のせいで。

正解をさがそう

① 他人事ではなく　……×

② 他人のことは目にも入らず……×

③ 誰のせいでもないが　……○

④ 他人にあたることもできず……×

⑤ 誰かと話すこともしないで……×

正解選択肢は、③ですね。

(ウ)　傍線部「いとど騒がしければ」を単語に分けると、**「いとど／騒がしけれ／ば」**となります。

単語力をつかおう

いとど［副詞］

①ますます。いよいよ。一段と。

文法力をつかおう

「騒がしけれ／ば」

「騒がしけれ」は、シク活用形容詞「騒がし」の已然形。

語幹	未然形	連用形	終止形	連体形	已然形	命令形
騒が	（しく）	しく	し	しき	しけれ	○
	しから	しかり	○	しかる	○	しかれ

★**未然形＋ば ……訳もし〜ならば。**
已然形＋ば ……訳〜ので。〜すると。

ここは、〈已然形＋ば〉なので、「〜ので。〜すると」などと訳します。**〈未然形＋ば〉と〈已然形＋ば〉の訳の区別は頻出**なので、正確に覚えてくださいね。

ところで、「けれ」の部分を、過去の助動詞「けり」の已然形じゃないかなって思った人もいるでしょう。でも、過去の助動詞「けり」なら、連用形接続の助動詞なので、真上の形容詞「騒がし」は、連用形「騒がしかり」になっていないとヘンですよね。そこで気づきましょう。

傍線部のなかに過去の助動詞は存在しないぞとわかったら、訳も厳密に「〜だった」なんて訳しているものを正解だと判断しないようにね。

正解をさがそう

① ×かなり騒がしい ×けれども ……「ば」が誤り。
② ○ますます騒がしい ○ので ……正解！
③ ×非常に騒がしい時 ×ならば ……〈未然形＋ば〉との訳の区別はしっかりと！
④ ×あれこれ騒がしくしている ○と……「いとど」が誤り。
⑤ ○一段と騒がしかっ ×た ○ので ……「けれ」を〈過去〉と誤解しているので、×。

正解選択肢は、②です。

問２　和歌の説明問題

和歌の問題は、試行調査テストの二つともで出題されていましたよ。

和歌A

ふりすて　て〃今日　は　行く　とも〃鈴鹿川〃八十瀬　の　波　に〃袖　は　ぬれ　じ　や

まずは、5／7／5／7／7で小分けして、直訳してみよう！

文法力をつかおう

とも［接続助詞］
①〈逆接仮定条件〉たとえ〜としても。

じ［助動詞］
①〈打消推量〉〜ないだろう。
②〈打消意志〉〜ないつもりだ。

や［係助詞］
①〈疑問〉〜か。
②〈反語〉〜か、いやない。

ひとまず、「じ」を〈打消推量〉、「や」を〈疑問〉で訳すと、「振り捨てて〃たとえ今日は行くとしても〃鈴鹿川の〃八十瀬の波に〃袖は濡れないだろうか」となります。**「瀬」は、「淵」と対になる言葉で、浅瀬や早瀬のこと。「八十」は「たくさん」をあらわす語**なので、「八十瀬」は「たくさんの浅瀬・早瀬」の意味になります。

当時、川にはそんなに多くの橋は架かっていなかったので、川を渡るのは、なかなかたいへんでした。渡し舟があればそれに乗せてもらい、なければ浅瀬を探して歩いて渡ります。となれば、当然、服が濡れることになります。だから、ここの「八十瀬の波に袖はぬれじや」の「や」も、**「濡れないだろうか、いや濡れるだろう」**と〈反語〉でとった方がふさわしいということになりますね。先ほど、ひとまず〈疑問〉で直訳したけど、〈反語〉に変更することにしましょう。

次に、**直訳に人物などを補っていきます**。和歌は、**本人が置かれた状況や心情に即して詠む**ものですから、前後の内容を手がかりに、補いをしていきます。

まず、Aの和歌を詠んでいるのは、光源氏。「大将の君（＝光源氏）」が「いとあはれに思されて‖、榊にさして‖」と、**前後で主語が変わりにくい接続助詞「て」**があることに注目すると、誰が詠んだか簡単にわかりますね。

和歌で詠まれている「今日……行く」のは、「**六条御息所が伊勢に行く**」ことですよね。となると、通常、**前後では主語が変わらない接続助詞「て」に注目して**〝**逆算**〟すると、「ふりすて」るのも六条御息所。六条御息所が誰を「ふりすて」るのかは、この和歌を詠んでいる光源氏だと考えられます。

六条御息所が、すがる光源氏を振り切って捨てて行った、なんてシーンは本文中にありませんが、もともと恋人同士であった光源氏の感覚としては、「彼女は遠い伊勢にボクを置いて行ってしまう……。ボクを捨てて行くんだ！」といったとらえ方になるのは、ありえなくはないですよね。

ところで、「袖はぬれじや」の「袖濡る」といえば、「**涙で濡れる。泣く**」**という意味**でよく使われる表現です。だからここは、「川を渡る時に波で袖が濡れる」という意味だけでなく、「今日、キミがボクを捨てて行っても、鈴鹿川を渡る頃にはきっと泣いちゃうよね」という意味でも使っているんです。ここに気づくのが大事なポイント！

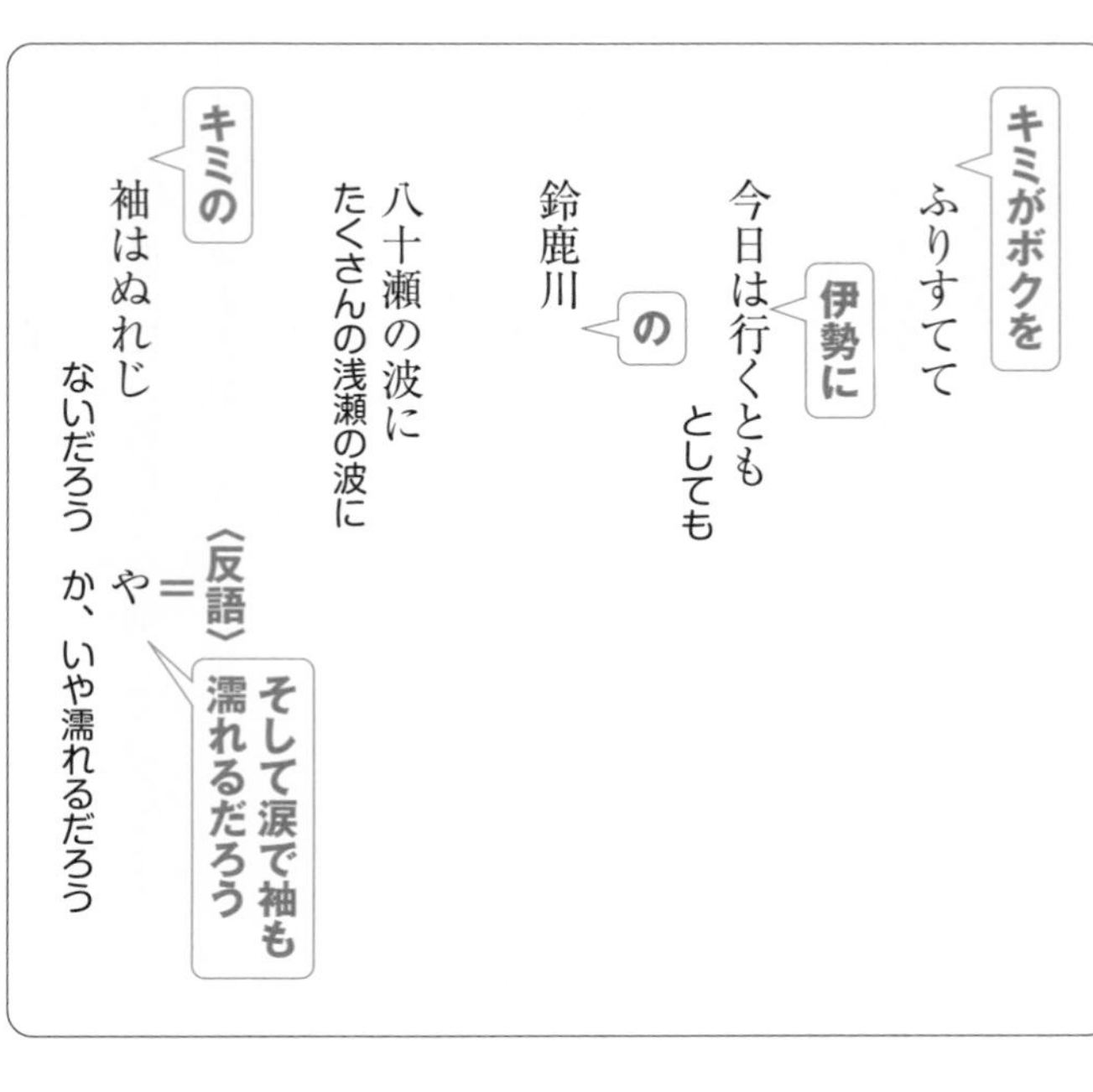

和歌B

鈴鹿川〃八十瀬 の 波 に〃ぬれ ぬれ ず〃
伊勢 まで 誰 か〃思ひおこせ む

次は、和歌Bです。和歌Aと同じような単語が用いられていますから、もういきなり直訳してみましょう。「御返し（＝御返事）」なので、詠んだのは六条御息所です。

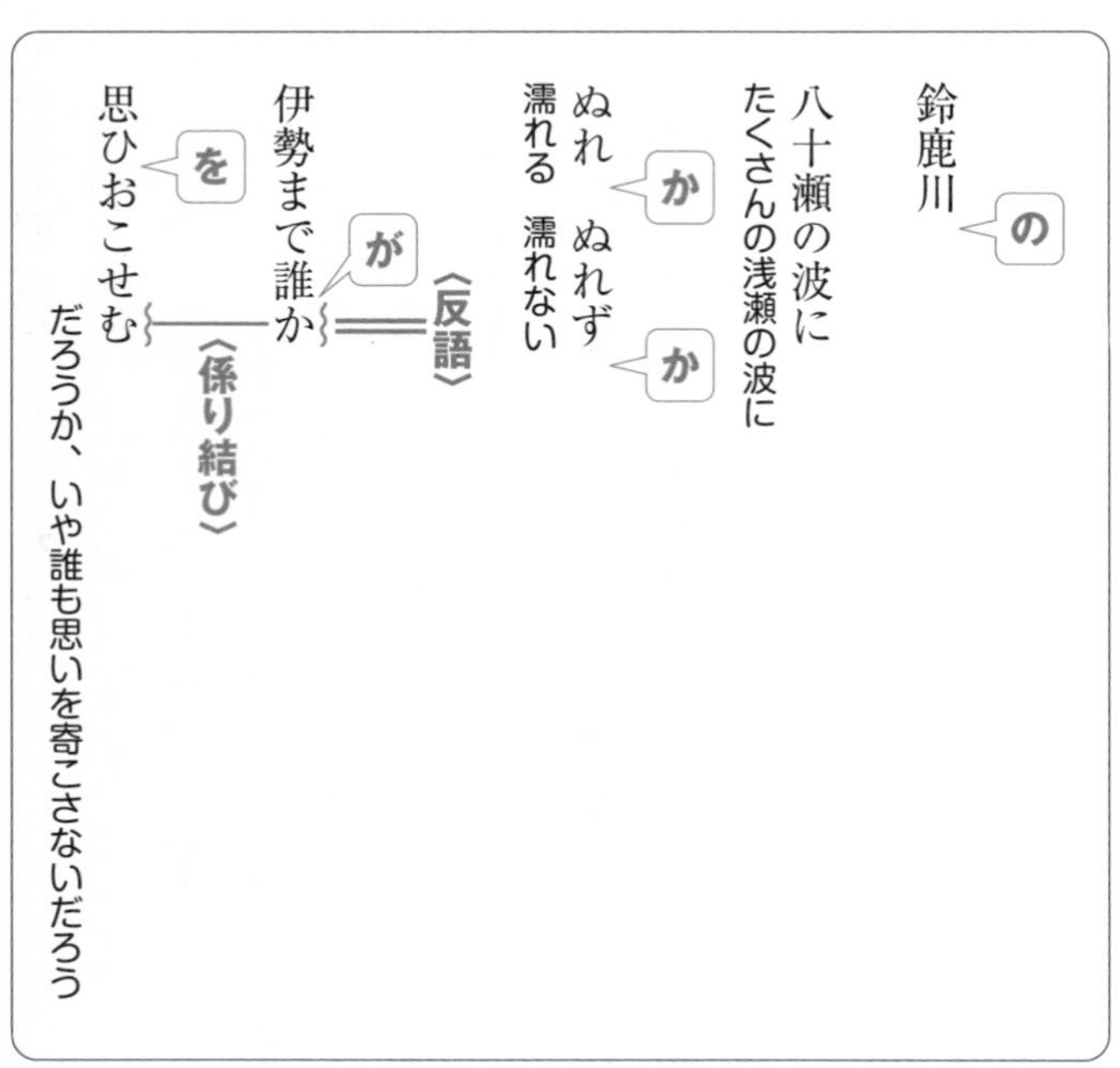

「伊勢に行ったらキミは泣いちゃうんじゃないの？」という光源氏に対して、「そんなこと言うけど、伊勢にいる私のことを思ってくれる人なんて、本当は誰もいないでしょ？　あなたも口先だけでしょ？」と六条御息所は返事をしたんですね。

実は、六条御息所に対する光源氏の愛情はもうずいぶん前から冷めていて、そうした光源氏の思いを六条御息所もひしひしと感じていた上での伊勢行きだったのです。

正解をさがそう

① 和歌Aの「ふり」「鈴」「瀬」「袖」は、縁語である。

……縁語は、関連の深い語を意識的に和歌に用いる〝言葉選び〟の技巧です。「鈴」は振って音を鳴らすものですし、「袖」も動きにあわせて左右に振れます（といってもピンとこないようなら、「振り袖」という言葉を思い出せば、「袖」と「振る」が一緒に使われがちな関連性の深い語だと分かりますね）ので、これらは、「ふり」の縁語表現といえます。しかし、**「瀬」は「振る」ものではありません**ので、「ふり」の縁語とはいえません。

② 和歌Aの「袖」が「ぬれ」るとは、鈴鹿川の波で濡れる意に、雨に濡れる意もこめた表現である。

……説明したとおり、ここは、**「鈴鹿川の波に濡れる」意と「涙に濡れる」意がかかっている**んでしたよね。ここは雨が降っているわけでもないので、「雨に濡れる」意はありません。

③ 和歌Aは、光源氏のいる京を離れたことを六条御息所が後悔するのではないかと詠んだ歌である。

……これが正解。今、気丈にも京を捨てて行っても鈴鹿川あたりで泣いてしまうのは、やはり寂しさや後悔のためと考えるのが自然ですね。

④ 和歌Bの「八十瀬の波」は、これまでの光源氏との恋において味わった苦しみの数々を象徴した表現である。

……光源氏との恋は、京での出来事、「八十瀬の波」は、鈴鹿川の波。**場所が大きく異なる**ことから、光源氏との恋の象徴とは考えがたいです。

⑤ 和歌Bは、遠くに離れても、私のことを思い続けてほしいという思いを詠んだ歌である。

……「伊勢まで誰か思ひおこせむ」の**「か」は反語の表現**。これは、「鈴鹿川を渡るころにはきっと後悔の涙を流すよ」という光源氏に対して、「伊勢にいる私のことを誰も（もちろんあなたも！）思わないでしょ」とピシャッと切り捨てた内容の歌です。「私のことを思い続けてほしい」とは読みとれません。

正解選択肢は、③です。

問3　心情説明の問題

心情説明問題も、定番！
まず傍線部を訳すところから始めましょう。

傍線部「うちながめて」は、「うちながめ／て」と単語に分かれます。「うちながむ」は、「ながむ」に「ちょっと～・さっと～」などの意をもつ接頭語「うち」が付いたもの。

「うちながめて」は、「**ちょっと物思いに沈んで**」などと訳します。

単語力をつかおう♪

ながむ［動詞］
①物思いに沈む。物思いにふける。
②（物思いに沈みつつ）眺める。

傍線部を訳したら、次は傍線部に加えて着眼する箇所を本文中からさがします。

光源氏の心情は、傍線部のほか、傍線部の直後にもあります。特に和歌には心情があらわれていることが多いので、注目ですよ！　ここも、物思いに沈んで、独り言で歌を口ずさんでいるので、ここに思いの吐露（とろ）がありそうですよ。

六条御息所が
行く方を
＝
伊勢の方

ボクは
ながめもやらむ
物思いに沈みつつ眺めよう
。
この秋は
あふさか山を
＝
京と伊勢の間にある
霧なへだてそ
が
〈禁止〉
隔てるな

「あふさか山」は、（注5）から、現在の滋賀県にある逢坂山だとわかります。逢坂山には逢坂の関があって、当時はそこを通って京から東方面に向かいました。つまり、京と伊勢の間にあるわけです。

また、「逢坂」の「逢」と動詞の「逢ふ」は、掛詞の定番！　ここも六条御息所と逢うことを響かせています。その逢坂山を霧は隔てるなというのだから、

「**六条御息所が向かった伊勢の方を見えなくしないで**」**という意味と、**「『**逢ふ**』**機会を消さないで**」**という意味がこめられている**ことになりますね。

ちなみに、次の段落の冒頭にも「西の対にも渡りたまはで、人やりならず、ものさびしげにながめ暮らしたまふ」という光源氏のようすが描写されています。段落が変わると、場面が変わり、前の場面とは必ずしも連続していないので、取り扱い注意なのですが、今回は、光源氏がずっと寂しさをひきずっている様子が読み取れます。愛情は冷めてたはずなんですけど、いざ離れてしまうと……ということのようですね。

正解をさがそう♪

① 六条御息所が向かった東の空のただならぬ朝焼けを見て、よくないことが起こるのではないかと不安を感じている。

……傍線部の直前をふまえた選択肢ですが、「朝ぼらけ」は「朝、東の空が明るくなる時」をあらわす古語なので、**「朝焼け」は誤り**。また、「よくないことが起こる……」といった記述は**本文にないので**、×。

② 六条御息所との別れに寂しさを感じ、「逢ふ」という語を含む「逢坂山」が霧で見えなくなることまでも寂しく思っている。

……正解！

③ 六条御息所が自分を捨てて旅に出たのは寂しいが、かといって昔の関係に戻る気もないので、せめて旅の無事を祈っている。

……「霧が隔てるな」というのは、旅の安全のためではなく、直接的には伊勢の方角を見ていたい光源氏の視界を遮らないため。

④ 六条御息所が自分から離れてしまったことで、×やっと自分の本当の気持ちに気づき、やはり追っていこうと思っている。

……「追っていこう」とは**本文にない**ので、×。

⑤ 六条御息所とのことを×思い返し、どうしてこんなことになってしまったのかと悔やんでも悔やみきれない気持ちでいる。

……過去を振り返った記述は**本文にない**ので、×。

正解選択肢は、②です。

問4 内容説明問題

内容説明問題では、傍線部を訳すだけでは答えがわからないことがほとんど。具体的につかむことを心がけましょう。

傍線部「旅の空は、いかに御心づくしなること多かりけん」を直訳すると、「**旅の空は、どんなに御心労であることが多かっただろう**」となります。

単語力をつかおう

心づくし［名詞］

①とことん物思いをすること。いろいろ気をもむこと。心労。

「心づくし」は、現代語では「真心のこもったこと」を言いますよね。でも、古語は違うので気をつけましょう。

さて、「旅の空」に今いるのは、六条御息所。「旅の空」は、道中に限らず、旅先にいる間のこともいうので、ここでは伊勢に向かう道中または伊勢にいる間ということになります。六条御息所は慣れない土地で、親しかった人たちと別れ別れの生活をするわけですから、さぞかし大変で、寂しいだろうなあ……と想像できますよね。その中でも、ここは、直前に寂しさに浸る光源氏の様子が描かれ、「まして、旅の空の六条御息所は……」と続くのだから、**光源氏以上に六条御息所はたくさん「心づくし」をしただろうと言っているわけです。光源氏が感じる寂しさ以上に六条御息所は寂しさを感じただろう**ということですね。

正解をさがそう

① 伊勢への旅は険しい山道のため、六条御息所は寂しさにひたる余裕などないだろうということ。
……**光源氏以上に寂しかっただろう**と言っているところなので、×。

② 親しい人がいる京を離れた六条御息所は、心労が多かっただろうということ。
……これが正解！

③ 六条御息所には、旅の道中で多くの心のこもった饗応があるだろうということ。
……「心づくし」を現代語風に「**真心こもったおもてなし**」といったニュアンスでとらえているので、×。

④ 苦しい恋を断ち切った六条御息所には、光源氏への未練はもうないだろうということ。
……「心労が多かっただろう」という**直訳と正反対**なので、×。

⑤ 六条御息所は、伊勢神宮の神に見守られ、心おだやかに過ごしただろうということ。
……これも、**直訳の内容とはかけ離れている**ので、×。

正解選択肢は、②です。

問5　複数文章の表現の説明問題

それぞれの文章表現の違いを考える問題です。各選択肢で指摘されている箇所を本文中から見つけ出し、○×を判断します。

正解をさがそう

①【文章Ⅰ】では「出でたまふ」「御心づくし」などと、六条御息所への敬意をあらわす表現が用いられているのに対し、

……「出でたまふ」は本文冒頭にあります。前書きの状況説明から、六条御息所がその娘と伊勢に向かって「出でたまふ」ところ。ここの「たまふ」は、尊敬の補助動詞なので、主語である六条御息所らへの敬意をあらわしています。「御心づくし」は本文末尾にあります。六条御息所の「御心づくし」で、「御」は尊敬をあらわすパーツなので、これも六条御息所への敬意をあらわしています。

【文章Ⅱ】では「出で立ち」「心づくし」などと、六条御息所への敬意の表現が控えぎみである。

……「出で立ち」は【文章Ⅱ】の冒頭にあります。【文章Ⅰ】の冒頭「出でたまふ」には尊敬表現「たまふ」があるのに対し、「出で立ち」には、「御出で立ち」などの尊敬表現がありません。「心づ

くし」は【文章Ⅱ】の最終行にあり、やはり、尊敬のパーツ「御」がありません。【文章Ⅱ】にも六条御息所への敬意をあらわす表現がまったくないわけではないけれど、確かに少なめなので、「控えぎみである」といってよいでしょう。

② 六条御息所を見送る光源氏について、【文章Ⅰ】では「いとあはれに」という表現を用いて、とてもしみじみと思っていたとあるところが、

……【文章Ⅰ】本文3行目に「大将の君いとあはれに思されて」とあります。「とてもしみじみと」という意味も悪くありません。

【文章Ⅱ】では「ものあはれに」という表現を用いて、何となくしみじみと思っていたという言い方になっている。

……【文章Ⅱ】本文3行目に「大将殿ものあはれに思されて」とあります。「ものあはれに」は形容動詞「ものあはれなり」の連用形。「何かにつけてしみじみと〜だ」「何となくしみじみと〜だ」の意味です。

③ 六条御息所からの返歌を、【文章Ⅰ】では「またの日」にあったとするのに対して、

……「またの日」は、【文章Ⅰ】本文6行目にあります。「またの日」は「翌日」の意味です。

【文章Ⅱ】では「またのあした」とし、翌日のうちでも朝に返歌があったのだと特定した言い方になっている。

……「またのあした」は、【文章Ⅱ】本文6行目にあり、「あした」は、「朝」の意の古語なので、返歌のタイミングが【文章Ⅱ】では特定されたことになります。

④ 【文章Ⅰ】では「私が泣いているかを気にかけてくれる人はいない」という六条御息所の歌を受け、光源氏は×しみじみとした雰囲気を感じているのに対し、【文章Ⅱ】では「泣いている私のことを思ってく

れる人はいない」という六条御息所の歌を受け、光源氏は気高い雰囲気を感じている。×

……【文章Ⅰ】本文8行目に「あはれなる気を少し添へたまへらましかば」、【文章Ⅱ】本文8行目に「あてなる気を少し添へたらましかば」とあります。ともに用いられている「**ましかば**」は、反実仮想の構文「**ましかば〜まし**」で用いられる表現。ここは、その後半が省略されたもの。【文章Ⅰ】は「もし『あはれなる（＝しみじみとした）』雰囲気が少し加わっていたら（よかったのに）」、【文章Ⅱ】は「もし『あてなる（＝気高い）』雰囲気が少し加っていたら（よかったのに）」といった訳になります。反実仮想は、現実じゃないことを「もしこうだったら……」と想像する表現だから、【文章Ⅰ】では、六条御息所の歌には「しみじみとした雰囲気がない」、【文章Ⅱ】では「気高い雰囲気がない」と指摘していることになるわけです。選択肢の「**しみじみとした雰囲気**」「**気高い雰囲気」を感じているとする部分**が誤り。

⑤ 和歌前後において、【文章Ⅰ】で、「聞こえたまへれ」「独りごつ」といった「言う」意を持つ語が用いられているところが、

……【文章Ⅰ】本文6行目に「聞こえたまへれ」、9行目に「独りごち」があります。ここの「聞こえ」は、「言ふ」の謙譲語、「独りごち」は「独り言をいう」の意。

【文章Ⅱ】では「あり」「おはす」といった「ある」「いらっしゃる」意の表現になっている。

……【文章Ⅱ】本文6行目に「あり」、9行目に「おはす」があります。「あり」は、「そういう言葉がある」のニュアンスから「言ふ」と訳すこともありますが、もともとは「ある。いる」という意味。ここも「光源氏から、和歌がある」の意味でとっておけばよいでしょう。9行目の「おはす」は、光源氏が「一人でいらっしゃる」意。「言ふ」とも何ともいわずに、次に和歌を示すことで、光源氏が詠んだ事実をあらわしています。

今回は説明が適当でないものを選ぶので、正解選択肢は、④です。

解答

問1 (ア)③ (イ)③ (ウ)②
問2 ③　問3 ②
問4 ②　問5 ④

訳

【文章Ⅰ】

(六条御息所が)出なさるのをお待ちするということで、八省院(のあたり)に並べてとめてある何台もの出車から出ている(車中の女房たちの)袖口の色合いも、見慣れない趣で心ひかれる様子であるので、殿上人たちも、個人的な(つきあいのあった人との)別れを惜しむ人が多い。

(六条御息所は)暗く(なってから)出発なさって、二条通りから洞院大通りを曲がりなさるとき、(そこは光源氏の邸である)二条院の前であるので、大将の君(=光源氏)はとてもしみじみとお思いになって、榊に差して、

ふりすてて……=(僕を)ふりすてて今日(あなたは伊勢に)行くとしても鈴鹿川の八十瀬の波に袖が濡れるように(あなたの)袖は涙に濡れることはないだろうか、いや濡れるだろう。

と(手紙に書いて)申し上げなさったけれど、(六条御息所は)とても暗く何かと騒がしいときであるので、翌日、逢坂の関の向こう側から御返事がある。

鈴鹿川……=(私の袖が)鈴鹿川の八十瀬の波に濡れるか濡れないか、(私が)泣いているかどうか、伊勢まで誰が思いを寄

こすのだろうか、いや（あなたをはじめ）誰も思いを寄こさないだろう。

（六条御息所が）言葉少なに書きなさったものは、御筆跡はとても趣があって優美であるが、しみじみとした雰囲気を少し加えてくださったならば（よかったのに）、と（光源氏は）お思いになる。霧がたいそう降りて、格別な夜明けがたに、（光源氏は）ちょっと物思いにふけって独り言をおっしゃる。

行く方を……＝（僕はあなたが）行く（伊勢の）方を物思いに沈みつつ遠くにながめていよう。この秋は、（愛しい人に）逢うという語を持つ逢坂山を霧が（立って）隔て（て見えなくす）るな。

（光源氏は）西の対にもお渡りにならないで、誰のせいでもないが（自分のせいではあるものの）、何となく寂しそうに物思いに沈んでいらっしゃる。まして旅の空（にいる六条御息所）は、どんなに物思いを尽くしなさることが多かっただろう。

【文章Ⅱ】

（六条御息所の）出立をお待ちするということで、八省院（のあたりに）並べてとめてある何台もの出車から出ている（車中の女房たちの）袖口の色合いも、見慣れない趣で心ひかれる様子であるので、殿上人も、個人的な（つきあいのあった人との）別れを惜しむ人が多い。

（六条御息所は）暗く（なってから）出発なさって、二条通りから洞院大通りを曲がりなさるとき、（そこは光源氏の邸である二条）院のそばであるので、大将殿（＝光源氏）も何となくしみじみとお思いになって、榊に、

ふりすてて……＝（僕を）ふりすてて今日（あなたは伊勢に）行くとしても鈴鹿川の八十瀬の波に袖が濡れるように（あなたの）袖は涙に濡れることはないだろうか、いや濡れるだろう。

とある。（六条御息所は）暗いときだといってますます騒がしいので、翌朝に（逢坂の）関の向こうから、

鈴鹿川……＝鈴鹿川の八十瀬の波に濡れ、涙に（袖

を）濡らす私のことを、伊勢まで誰が思いを寄こすのだろうか、いや（あなたをはじめ）誰も思いを寄こさないだろう。

言葉少なに書きなさったものは、御筆跡はとても趣があって優美であるが、気高い雰囲気を少し加えたら（よかったのに）、とお思いになる。霧がたいそう降りて、格別な夜明けがたに、（光源氏は）ちょっと物思いにふけってお独りでいらっしゃる。

行く方を……＝（僕はあなたが）行く（伊勢の）方を物思いに沈みつつ遠くにながめていよう。この秋は、（愛しい人に）逢うという語を持つ逢坂山に霧が（立って）隔て（て見えなくす）るな。

（光源氏は）西の対にもお渡りにならないで、誰のせいでもないが（自分のせいではあるものの）、何となく寂しそうに物思いに沈んでいらっしゃる。まして旅の空（にいる六条御息所）は、どんなに物思いを尽くすことが多かっただろう。

練習問題 3

次の【文章Ⅰ】【文章Ⅱ】は、正中三年（一三二六年）、後醍醐天皇（君）らが鎌倉幕府討伐を企てているという情報が漏れ、嫌疑がかけられた人たちが幕府に捕らえられていく中、藤原為明が幕府方から呼び出された場面である。【文章Ⅰ】【文章Ⅱ】を読んで、後の問い（問1～5）に答えよ。

【文章Ⅰ】

後醍醐院(注1)、武家を滅ぼさんとしきりに思し召し立ち給へaるに、京、鎌倉、騒動して、君の近臣、あまた禁獄流罪せbられ、もの騒がしき折節、為明中将と言ひしは、このことの人数にはあらねど、月の夜、雪の朝の御歌の御会に召して、君に近く咫尺(注2)せし人なれば、「さだめてこのこと詳しく知り給ふらん。糾問(注3)して尋ね問はばや」と1六波羅(注4)へ呼び寄せ、すでに糾問に及びしに、中将、あたりを見めぐらし給ひて、「硯やある」と召されしかば、さては白状のためかとて、(ア)やがて硯を奉りしに、白状にはあらで、一首の歌を書き付け給ふ。

2思ひきや我が敷島の道ならでうき世のことを問はるべしとは

これを見て、両六波羅も鎌倉の使もともに涙を流し、糾問の沙汰をやめ、とがなき人になり給ひにけり。

これ、和歌の威徳(ゐとく)とかや。

（『和歌威徳物語』による）

（注）1 後醍醐院――第九十六代後醍醐天皇。
2 咫尺――距離が近いこと。貴人の近くに仕えること。
3 糾問――取り調べ。
4 六波羅――鎌倉幕府の出先機関である六波羅探題のこと。西国を支配し朝廷を監督するために京においた。

【文章Ⅱ】

二条三位(にでうのさんみ)為明卿は、歌道の達者にて、月の夜、雪の朝、褒貶(ほうへん)（注1）の歌合の御会に召されて、宴に侍ること隙(いとま)なければ、さしたる嫌疑の人にてはましまさねども、叡慮のおもむき尋ね問はんとて、同じく召し捕つて、斉藤（注2）にこれを預けらる。五人の僧（注3）たちのことは、元来関東へ召し下し、沙汰あるべきことなれば、京都にて尋ね窮(きは)むcるべきにあらず。為明卿のことにおいては、まづ六波羅にて尋ね問はんに、白状あらば関東へ注進すべしとて、六波羅の検断糟谷刑部左衛門尉(かすやのぎやうぶさゑもんのじよう)（注4）を承つて、すでに拷問して沙汰に及ばんとす。その有様見るもまことに恐ろしやな。ただこれ四重五逆の罪人の、焦熱(せうねつ)大焦熱の炎に身を焦がし、牛頭馬頭(ごづめづ)（注5）の呵責(かしやく)にあふらんもかくぞとおぼえて、見物も面(おもて)をおほひける。

さる程に、為明卿これを見給ひて、「硯やある」と仰せ(d)られければ、白状のためかとて、紙と硯を奉りければ、白状にはあらで、一首の歌をぞ書かれたる。

思ひきや我が敷島の道ならでうき世のことを問はるべしとは

常葉駿河守範貞(ときはのするがのかみのりさだ)、この歌を見て、感嘆肝(きも)に銘じければ、涙を流して(イ)ことわりに服す。当座なりける人々もこれを見て、もろともに袖をぬらしければ、その沙汰をおきて返し奉りしかば、為明卿は、たちまちに水火の責めをのがれて、咎(とが)なき人となり給ひにけり。

それ詩歌は朝廷のもてあそぶところ、弓馬(きゅうば)は武家のたしなむ道なれば、その習俗いまだ必ずしも、六義(りくぎ)(注6)数寄(すき)の道に携らずといへども、物の相感ずるところ自然なれば、この歌の感によつて、拷問の責めを止めける六波羅の心の中こそ優しけれ。

(『太平記』による)

(注)
1 褒貶の歌合——ここでは、宮中でおこなわれた歌合。
2 斉藤——六波羅探題の役人斉藤基世。
3 五人の僧たち——幕府討伐の祈禱をしたとされる、円観・文観・智教・教円・仲円。
4 検断——罪人を調べ、罪を定める役職。
5 牛頭馬頭——体は人間だが、頭部は牛または馬である地獄の番兵。
6 六義数寄の道——和歌風流の道。

問1　傍線部1「六波羅へ呼び寄せ」とあるが、六波羅はなぜ為明を呼び寄せたのか。その理由として最も適当なものを、次の①～⑤のうちから一つ選べ。

①　風流な歌会に参加させるため
②　和歌について教えを乞うため
③　後醍醐天皇による反乱計画について聞くため
④　幕府討伐の首謀者だと思われたため
⑤　なぜ武家を滅ぼそうとしたのか白状させるため

問2　波線部a「る」・b「られ」・c「る」・d「られ」の文法的説明として正しい組合せのものを、次の①～⑤のうちから一つ選べ。

①　a　完了の助動詞　b　受身の助動詞　c　動詞の一部　d　尊敬の助動詞
②　a　尊敬の助動詞　b　受身の助動詞　c　尊敬の助動詞　d　受身の助動詞
③　a　尊敬の助動詞　b　尊敬の助動詞　c　動詞の一部　d　尊敬の助動詞
④　a　完了の助動詞　b　尊敬の助動詞　c　動詞の一部　d　受身の助動詞
⑤　a　完了の助動詞　b　受身の助動詞　c　尊敬の助動詞　d　尊敬の助動詞

問3　傍線部(ア)・(イ)の解釈として最も適当なものを、次の各群の①～⑤のうちから、それぞれ一つずつ選べ。

(ア)　やがて硯を奉りしに
① さっそく硯を用意したところ
② なんとか硯を探し出したのに
③ すぐに硯をさしあげたところ
④ しぶしぶ硯をお与えになると
⑤ そのまま硯を献上しましたが

(イ)　ことわりに服す
① 道理に従う
② 感激に浸る
③ 賛同の意を表する
④ 潔白を信じる
⑤ 説得を試みる

問4　傍線部2の和歌の説明として最も適当なものを、次の①～⑤のうちから一つ選べ。
① 三句切れである。
② 六波羅での尋問が終わった後に為明が詠んだ歌である。
③ 枕詞が用いられている。
④ 歌道ではなく世事を尋ねられた驚きを詠んだ歌である。
⑤ 自らの清廉潔白を強く主張する歌である。

問5 【文章Ⅰ】【文章Ⅱ】は、同じ逸話を題材にしながらも、その捉え方や描き方が異なっている。その相違の説明として**適当でないもの**を、次の①～⑤のうちから一つ選べ。

① 【文章Ⅰ】では、後醍醐天皇と為明以外の人物は、「君の近臣」「使」といった立場をあらわす呼称のみだが、【文章Ⅱ】では、六波羅の武士の名も具体的に記している。

② 【文章Ⅰ】は、和歌に重点が置かれた物語なので、武士たちの心中にはまったく触れずに話が進められているが、【文章Ⅱ】は、戦を描く物語なので、武士たちの心中が詳しく描かれている。

③ 【文章Ⅰ】では、和歌にいたるまでは、息の長い一文で述べられているのに対し、しめくくりの一文のみをごく短い文にすることで、リズムに変化のある文章になっている。

④ 【文章Ⅱ】では、貴族は歌道、武士は武道と、たしなむ道が異なることを指摘しつつも、感じる心には相通じるものがあると述べている。

⑤ 為明が許されたことについて、【文章Ⅰ】では和歌の力によるものだと和歌を賞賛し、【文章Ⅱ】では、武士の心が風流だからだと武士を賞賛している。

本文図解 解説

今回は、**同じ事柄を描き方の異なる別の作品**で読みくらべてもらいました。

同じ事柄が別作品になるっていうのは、ピンとくるかな？　たとえば、野球のイチロー選手がいますね。

彼にはいろんな伝説やエピソードがあると思います。「小学生のころ、どこどこのバッティングセンターに通っていて……」とか、「高校生の時に野球部で……」とか。たとえば、同じエピソードでも、同級生が語った場合と、監督の先生が語った場合とでは、ちょっと語り口が違いそうですね。さらに、それらの話を聞いた誰かが本にまとめて出版するとなると、これがまた書いた人によって、まとめ方や表現が違ってきますよね。

そういう感じで、事実は一つであっても、できあがった作品によって内容やまとめ方などが少し違ったものになるケースが古文のお話にもあるんです。

では、まずは【文章Ⅰ】から見ていきます。

練習問題 3【文章Ⅰ】

後醍醐院、武家を滅ぼさんとしきりに思し召し(おぼしめ)し立ち給(たま)へるに、京、鎌倉、騒動して、君の近臣、

（後醍醐院、〔が〕　ん＝〈意志〉滅ぼそう　思し召し立ち＝〈尊敬〉決意なさっ　給へ＝〈尊敬〉　る＝〈完了〉たところ　京、〔や〕鎌倉、〔が〕　君＝後醍醐院　近臣、〔が〕）

あまた禁獄流罪(るざい)せられ、もの騒がしき折節、為明中将と言ひしは、このことの人数(にんじゅ)にはあらねど、

（あまた＝数多く　禁獄〔や〕流罪〔を〕　られ＝〈受身〉　折節、〔に〕　し＝〈過去〉た〔人〕は　このこと＝幕府討伐嫌疑　に＝〈断定〉では　ね＝〈打消〉ない）

月の夜、雪の朝(あした)の御歌の御会に召して、君に近く咫尺(しせき)せし人なれば、

（月の夜、〔や〕　召して＝お呼びになって〔後醍醐院が為明を〕　〔為明は〕君＝後醍醐院に近く咫尺せ＝仕え　し＝〈過去〉た　なれ＝〈断定〉人であるので）

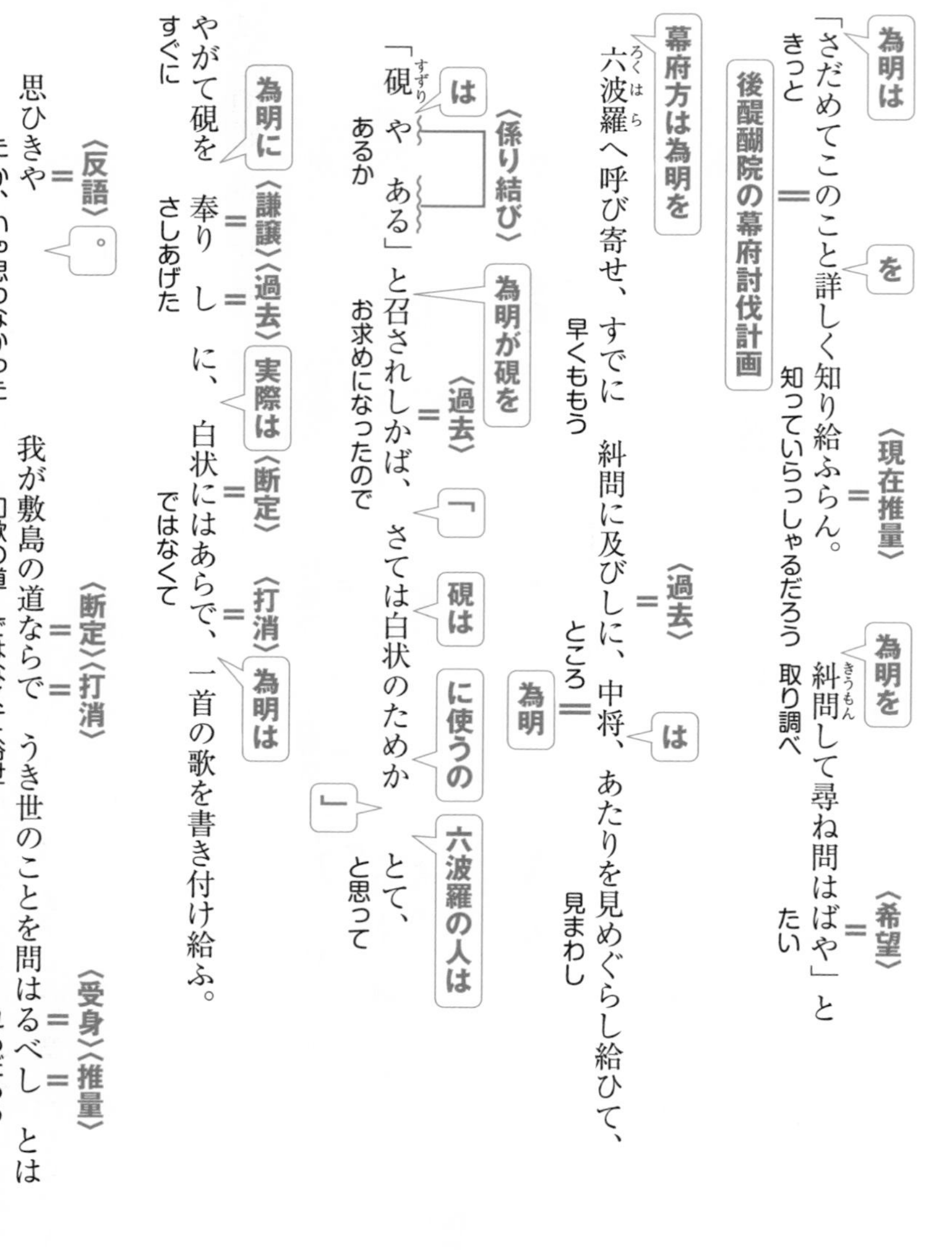
為明は
「さだめてこのこと詳しく知り給ふらん。糾問して尋ね問はばや」と
きっと
知っていらっしゃるだろう
取り調べ
たい
を
〈現在推量〉
為明を
〈希望〉
後醍醐院の幕府討伐計画
幕府方は為明を
六波羅へ呼び寄せ、すでに糾問に及びしに、中将、あたりを見めぐらし給ひて、
早くももう
ところ
見まわし
〈過去〉
は
為明
〈係り結び〉
は
「硯やある」と召されしかば、さては白状のためかとて、
あるか
お求めになったので
と思って
為明が硯を
〈過去〉
「
硯は
に使うの
」
六波羅の人は
為明に
やがて硯を奉りしに、白状にはあらで、一首の歌を書き付け給ふ。
すぐに
さしあげた
ではなくて
〈謙譲〉〈過去〉
実際は
〈断定〉
〈打消〉
為明は
〈反語〉
思ひきや
たか、いや思わなかった
。
我が敷島の道ならで うき世のことを問はるべし とは
和歌の道 ではなくて 俗世
れるだろう
〈断定〉〈打消〉
〈受身〉〈推量〉

これを見て、両六波羅も鎌倉の使（つかひ）も　ともに涙を流し、糾問の沙汰をやめ、

（これ＝為明の和歌　両六波羅も鎌倉の使も＝六波羅（の人）も鎌倉の使者も　糾問＝為明への　沙汰＝処置　やめ＝止め）

とがなき人になり給ひにけり。これ、和歌の威徳（ゐとく）とかや。

（為明は　とがなき＝無罪の　にけり＝〈完了〉　これ、＝は　や＝「言ふ」　とかや＝とかいうことだ　威徳＝人を心服させるおごそかな徳）

次は【文章Ⅱ】を見ていきましょう。

練習問題 3【文章Ⅱ】

二条三位為明卿(にでうのさんみ)は、歌道の達者にて、月の夜、雪の朝、褒貶(ほうへん)の歌合の御会に召されて、

（や）（に）（宮中でおこなわれた）（為明は後醍醐天皇に）　召され＝〈受身〉お呼び出しを受けて

宴に侍ること隙(いとま)なければ、さしたる嫌疑の人にてはましまさねども、

（会の）侍る＝〈謙譲〉伺候する　（が）　隙なけれ＝絶え間ないので　（為明は）　さしたる＝たいした　嫌疑の人＝倒幕計画加担嫌疑　に＝〈断定〉で　は＝は　まします＝〈尊敬〉いらっしゃる　ね＝〈打消〉ないけれども

叡慮のおもむき尋ね問はんとて、同じく召し捕つて、斉藤にこれを預けらる。

叡慮のおもむき＝天皇のお考えの様子（＝後醍醐天皇）（を）（為明に）　尋ね問は＝尋問し　ん＝〈意志〉よう　とて＝と思って（ほかの容疑者と）（為明も）　斉藤＝六波羅探題の役人　これ＝為明　らる＝〈尊敬〉なさる

五人の僧たちのことは、元来関東へ召し下し、沙汰あるべきことなれば、

（五人の僧たち＝倒幕計画加担容疑者　関東＝鎌倉幕府　沙汰＝処置　が　べき＝〈当然〉　なれ＝〈断定〉）

京都にて尋ね窮(きは)むるべきにあらず。為明卿のことにおいては、まづ六波羅にて尋ね問はんに、

（京都＝六波羅探題　尋ね窮むる＝尋問する　べき＝〈当然〉　に＝〈断定〉　こと＝嫌疑　尋ね問はん＝尋問するような　ん＝〈仮定・婉曲〉　に＝際）

白状あらば関東へ注進すべしとて、六波羅の検断糟谷刑部左衛門尉(かすやのぎやうぶさゑもんのじよう)を承つて、

（為明が　が　白状あらば＝白状することもしあるなら　関東＝鎌倉幕府　注進すべし＝報告せよ　べし＝〈命令〉　を＝によって　命令を　承つて＝お受けして）

すでに拷問して沙汰に及ばんとす。その有様見るもまことに恐ろしやな。

（糟谷は為明を　すでに＝今まさに　沙汰に及ばんとす＝処置をしようとする　その＝拷問準備の　は　の　やな＝なあ）

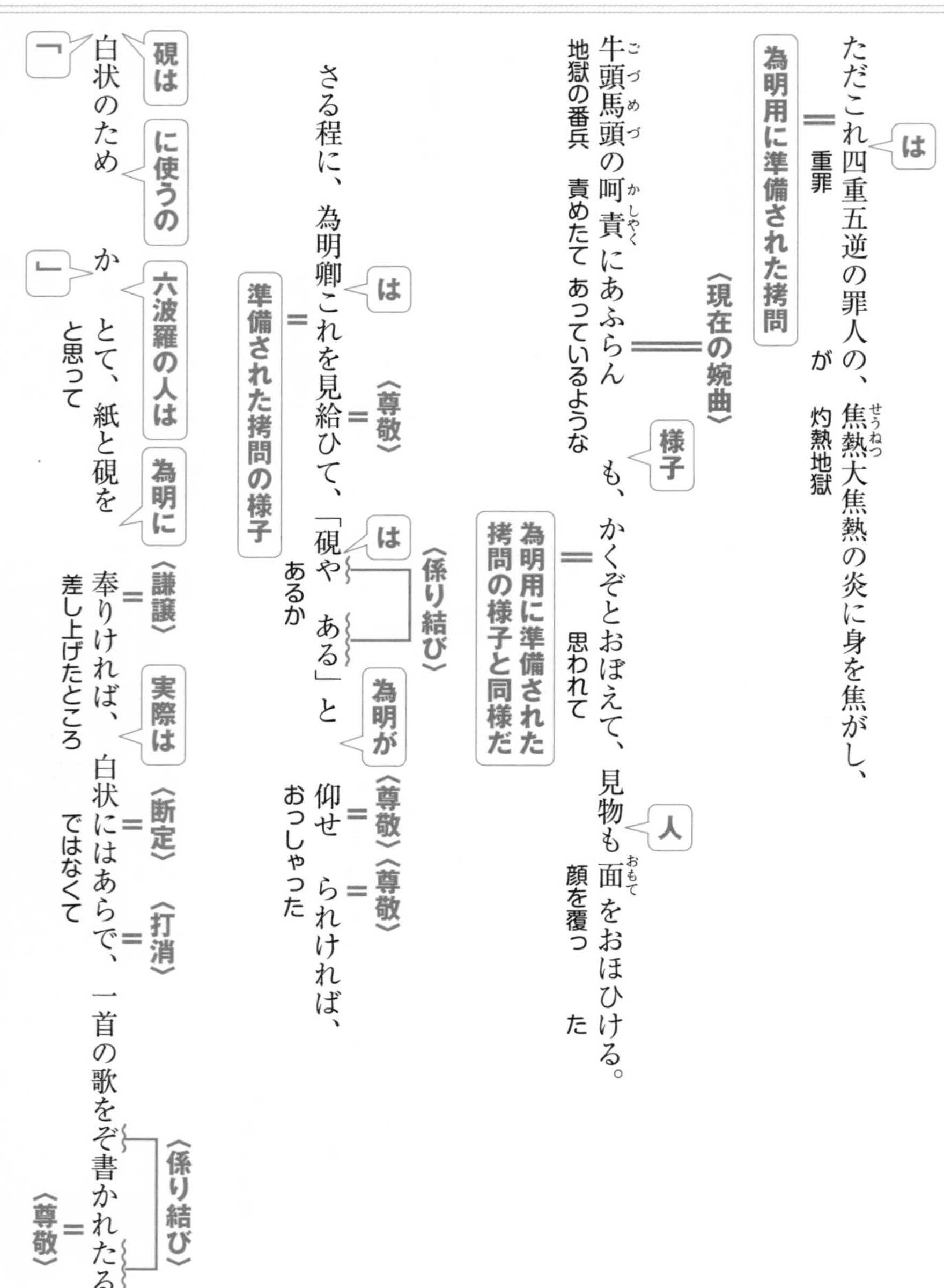

ただこれ四重五逆の罪人の、焦熱大焦熱の炎に身を焦がし、
は
重罪
が
灼熱地獄
為明用に準備された拷問
牛頭馬頭の呵責にあふらんも、かくぞとおぼえて、見物も面をおほひける。
〈現在の婉曲〉
地獄の番兵　責めたて　あっているような
様子
為明用に準備された拷問の様子と同様だ
思われて
人
顔を覆った
さる程に、為明卿これを見給ひて、「硯や　ある」と仰せられければ、
は
〈尊敬〉
準備された拷問の様子
は
〈係り結び〉
あるか
為明が
〈尊敬〉〈尊敬〉
おっしゃった
白状のためか　とて、紙と硯を奉りければ、白状にはあらで、一首の歌をぞ書かれたる。
硯は
に使うの
「」
六波羅の人は
と思って
為明に
〈謙譲〉
差し上げたところ
実際は
〈断定〉
〈打消〉
ではなくて
〈係り結び〉
〈尊敬〉

思ひきや　我が敷島の道ならでうき世のことを問はるべしとは

（たか、いや思わなかった／。／和歌の道ではなくて　俗世／問われるだろうとは）

常葉駿河守範貞（ときはのするがのかみのりさだ）、この歌を見て、感嘆肝（きも）に銘じければ、涙を流してことわりに服す。

（は／為明の歌／大いに感動した　ので／道理に従う）

当座なりける人々もこれを見て、もろともに袖をぬらしければ、

（この場にいた／〈存在〉／為明の歌／一緒に／涙で）

その沙汰をおきて返し奉りしかば、為明卿は、たちまちに水火の責めをのがれて、

（処置をそのままにして／為明の身柄を／〈謙譲〉〈過去〉／水や火による拷問）

咎（とが）なき人となり給ひにけり。

（為明は／の／罪／〈尊敬〉〈完了〉）

それ詩歌は朝廷のもてあそぶ（楽しむ）ところ、（で）弓馬（きゅうば）（＝武芸）は武家のたしなむ道なれ（〈断定〉）ば（ので）、

その（武家の）習俗（習慣）いまだ（では）必ずしも、六義数寄（りくぎすき）（和歌風流）の道に携らずといへども（携わっていないけれども）、物の相感ずるところ（は）自然なれば、

この歌（＝為明の歌）の感（感動）によつて、（為明への）拷問の責め（責め立て）を止めける六波羅（の人々）の心の中（は）こそ優しけれ（風流だ）。〈係り結び〉

解き方

問1　理由説明問題

六波羅が為明を呼び寄せた理由を問われています。傍線部のなかに理由らしき言葉はありませんから傍線部以外に着眼点を探しましょう。

着眼点1　傍線部直前「　」

「　」と何かしゃべって呼び寄せているんだから、この「　」**内には**心情**や**理由**や**目的など何かが記されている可能性大ですよね。

着眼点2　直前〔已然形＋ば〕

〔已然形＋ば〕には、「～ので」**という意味**があります。傍線部の前に、〔已然形＋ば〕があれば、必ず着眼しましょう。ここは、着眼点1の「　」の前に「……**なれば**（**断定の助動詞「なり」已然形＋ば**）」があります。このあたりも着眼箇所として検討しましょう。

では、着眼点1・2を具体的に見ていきましょう。

本文2行目　為明中将と言ひしは、このことの人数にはあらねど、

……「このこと」は、**後醍醐天皇が幕府討伐を計画し、近臣たちが、加担の罪を問われたこと。**為明は、幕府討伐に深く関わった重罪人とは思われていなかったんですね。

本文2行目　月の夜～君に近く咫尺せし人なれば、

……後醍醐天皇がいつも為明を歌会に呼んでいて、為明は天皇に近いところにいる人だったということ。

本文3行目　「さだめてこのこと詳しく知り給ふらん。糾問して尋ね問はばや」

……「このこと」は、**話題の後醍醐天皇による幕府討伐計画**。天皇の近くにいる為明だから、討伐計画のメンバーじゃなくても、詳しく知っていることがあるだろう、それを聞き出したい、というんですね。

正解をさがそう

① 風流な歌会に参加させるため……為明は後醍醐天皇に呼ばれて風流な歌会に参加していたが、ここは「糾問」のために六波羅に呼ばれたところなので、×。

② 和歌について教えを乞うため……本文に書いてないので、×。

③ 後醍醐天皇による反乱計画について聞くため……正解！

④ 幕府討伐の首謀者だと思われたため……「このことの人数にはあらねど」とあるので、中心メンバーとは思われていません。×です。

⑤ なぜ武家を滅ぼそうとしたのか白状させるため……このかき方だと、為明が「武家を滅ぼそうとした」とよみとれるけど、為明は中心メンバーとも思われてないのでヘンですよね。×です。

正解選択肢は、③です。

問2　文法問題

定番の識別問題のなかから、今回は**「る」「らる（られ）」の識別**に挑戦です。

文法力をつかおう

完了・存続の助動詞「り」

訳 〜しまう。〜している）

接続		未然形	連用形	終止形	連体形	已然形	命令形
サ変の未然形 四段の已然形	＋	ら	り	り	る	れ	れ

自発・受身・可能・尊敬の助動詞「る」

訳（自然と）〜れる。〜される。〜できる。〜なさる）

接続		未然形	連用形	終止形	連体形	已然形	命令形
四段・ナ変・ラ変の未然形	＋	れ	れ	る	るる	るれ	れよ

自発・受身・可能・尊敬の助動詞「らる」

訳（自然と）〜れる。〜される。〜できる。〜なさる）

接続		未然形	連用形	終止形	連体形	已然形	命令形
四段・ナ変・ラ変以外の未然形	＋	られ	られ	らる	らるる	らるれ	られよ

《「る」「れ」の識別のしかた》

★エの段の文字 ＋ 「る」・「れ」 ＝完了・存続の助動詞「り」
★アの段の文字 ＋ 「る」・「れ」 ＝自発・受身・可能・尊敬の助動詞「る」

助動詞「らる」は、品詞分解さえ間違えなければ、ほかの語と混乱することはなさそうですが、助動詞「り」と「る」は、まぎらわしいので要注意！

aは、「**給へ**」＋「**る**」。「給へ」の「へ」は、**エの段**の文字なので、波線部a「る」は〈完了・存続〉の**助動詞「り」**。選択肢に〈存続〉はないので、ここは〈完了〉を選びます。

b「流罪せ」はサ変動詞「流罪す」の未然形。サ変動詞＝四段・ナ変・ラ変動詞以外の未然形に接続しているので、波線部b「られ」は、〈自発・受身・可能・尊敬〉の助動詞「らる」で問題ありませんね。ただ、今回はそれで終わりではなく、選択肢を見ると、「受身の助動詞」と「尊敬の助動詞」があるので、意味のしぼりこみもする必要があります。

主語は「君の近臣」です。幕府討伐を試みた後醍醐天皇の近臣が「禁獄流罪せ『られ』」たんですから、ここは〈受身〉**の意味**ですね。助動詞「る・らる」の、〈受身〉の意味か〈尊敬〉の意味かの見分けは、このように、主語との関係をチェックするとわかりやすいですよ♪

cは、助動詞のようにも見えますが、接続チェックを忘れずにしましょうね。助動詞で「る」という形になるのは、さっき確認した、〈完了・存続〉の助動詞「り」と〈受身〉などの助動詞「る」しかありません。つまり、「る」が助動詞であるならば、《識別のしかた》で示したとおり、必ず「**る**」**の真上はエの段の文字**「**え・け・せ・て・ね…**」**かアの段の文字**「**あ・か・さ・**

た・な…」のはずです。
でも、cは「窮むる」となっていて、「る」の上がウの段の文字です。これではもう、助動詞「り」とも「る」とも認められません！　ほかの品詞にも、活用形のなかに「る」を含むものはありますから、それを検討しましょう。「実は真上とひとつながりなのかな…？」あたりからチェック！

「窮む」［マ行下二段活用動詞］

語幹	未然形	連用形	終止形	連体形	已然形	命令形
窮	め	め	む	**むる**	むれ	めよ

「窮む」はマ行下二段活用動詞。「窮むる」がありますね。ということで、波線部cは、「窮む」の連体形の一部だと判明しました！「動詞の一部」となっている選択肢が正解。

dは、サ行下二段活用動詞「仰す」に続く「られ」です。〈自発・受身・可能・尊敬〉の助動詞「らる」がその正体です。実はこの「らる」なんですけど、なぜか「仰す」の下に続くときは、**きまって**〈尊敬〉**の意になります**。これを知っていれば、文脈を確認しなくても答えが出るのでおトクです。ぜひ覚えておきましょう♪

すべてが正しい組合せ選択肢は、①です。

問3 解釈問題

(ア) 傍線部「やがて硯を奉りしに」を単語に分けると、「**やがて／硯／を／奉り／し／に**」となります。では、重要ポイントを確認しましょう。

単語力をつかおう

やがて ［副詞］
①そのまま。すぐに。

文法力をつかおう

「奉り／し」

奉る ［動詞］
①〈「与ふ」の謙譲語〉さしあげる。
②〈「着る」の尊敬語〉お召しになる。
③〈「食ふ」「飲む」の尊敬語〉召し上がる。
④〈「乗る」の尊敬語〉お乗りになる。
⑤〈謙譲の補助動詞〉〜申し上げる。お〜する。

き ［助動詞］
①〈過去〉〜た。

ここの「奉る」は、**直前にある「硯を」と与えるものが明記されているので**、「与ふ」の謙譲語と判断しましょう。「硯」は書道で使うものですから、ほかの「奉る」の意味では、すべて合いませんよね。**「し」**は〔せ—○—き—し—しか—○〕と活用する、過去の**助動詞「き」の連体形**。

最後の「に」は接続助詞。「〜ので。〜すると。〜のに」などと順接にも逆接にもなるマルチプレーヤーです。マルチに活躍しすぎて、意味の特定が難しいので、ほかの重要語の訳を検討し、それでも正解がしぼれなかったら、文脈から「に」の意味を考えるとよいでしょう。

正解をさがそう

① ◯さっそく硯を ×用意し ◯たところ ……「奉る」は敬語として訳していないと、×。

② ×なんとか硯を ×探し出し ◯たのに ……「奉る」は敬語として訳していないと、×。「やがて」の意味も×。

③ ◯すぐに硯を ◯さしあげ ◯たところ ……正解！

④ ×しぶしぶ硯を ×お与えにな ×ると ……「お与えになる」は、「与ふ」の尊敬語の訳。過去の訳もないので、×。

⑤ ×そのまま硯を ×献上し ×まし ◯たが……「そのまま」も「献上し」も、単語の意味としてはあるけど、文脈に合わないので、×。ここは、「硯はあるか」と問われて、どっかから持ってきて差し出したところ。プレゼントしたわけじゃありません。

正解選択肢は、③です。

(イ) 傍線部「ことわりに服す」を単語に分けると、「**ことわり／に／服す**」となります。

単語力をつかおう♪

ことわり［名詞］
①道理。論理。筋道だったこと。

服す［動詞］
①服従する。従う。

現代語の「断り」だと決めつけないように！ きちんと古語としての意味を覚えておきましょう。

正解をさがそう♪

① ○道理に ○従う ……これが正解！
② ×感激に ×浸る
③ ×賛同の意を ×表する
④ ×潔白を ×信じる
⑤ ×説得を ×試みる

正解選択肢は、①です。単語力さえあれば楽勝でしたね♪

問4 和歌の説明問題

まずは、直訳してみましょう。
これは、為明の歌です。

思ひきや
たか、いや思わなかった
我が敷島の
の和歌の
道ならで
道ではなくて

うき世のことを
　俗世
問はる　べしとは
　れる　だろう

「**思ひきや**」は、慣用的な表現で、**ふつう反語で訳します**。現代語では「終わったと思いきや、また始まった」などと文が続くときにたいてい用いますが、古文の場合は文末に用いるのがふつうで、特に和歌の中では「思ひきや…とは」と倒置で用いるケースが多く見られます。

ここも、**倒置法**が用いられています。「倒置法」は、普通の順番とはさかさまにする表現法で、一種の強調表現です。例えば、「気をつけよう！夜の道を」と言った方が「夜の道を気をつけよう」というより、耳に残りますよね。倒置法の効果って、そんな感じです。

訳すときは、倒置法を用いた順番のままでかまわないのですが、ここはいったんわかりやすくするために、通常の順番に戻して訳すと、「私の和歌の道ではなくて、俗世のことを聞かれるだろうとは思ったか、いや思わなかった」となります。

「**敷島の道**」は「和歌の道。歌道」のこと。「**うき世（＝俗世）のこと**」は、為明が聞かれたことなんだから、ここでは**幕府討伐計画に関すること**。為明は、「歌道の達者」です。「自分の得意分野である歌道のことを聞かれるならともかく、得意でも専門でも何でもない討伐計画のことを聞かれるだろうとは思わなかった」と述べていたんですね。

正解をさがそう♪

① 三句切れである。……「5／7／5／7／7」の「／」の付いた箇所で、句点を付ける文末表現があらわれる箇所が「**句切れ**」。ここは、最初の句「思ひきや」の後に句点を付けるので、**最初の句で「句切れ」＝初句切れ**です。

② 六波羅での尋問が終わった後に為明が詠んだ歌である。……「すでに糾問に及びし」（本文4行目）は、「糾問（＝取り調べ）」の段階にさしかかったという意味であって「終わった」わけではありません。

③ 枕詞が用いられている。……「敷島の」は「やまと」にかかる枕詞としても用いられますが、ここは「やまと」という語がないので、枕詞ではありません。

④ 歌道ではなく世事を尋ねられた驚きを詠んだ歌である。……「世事」＝「俗世のこと」。これが**正解**！

⑤ 自らの清廉潔白を強く主張する歌である。……「討伐計画について聞かれるとは思わなかった」という言い方で、暗に自分が無関係であることを述べていると言えなくはありません。文字どおりによめば、歌道じゃないことを問われた強い驚きを述べている感じです。ただ、「清廉潔白を強く主張している」とまでは言えませんね。

正解選択肢は、④です。

問5　複数の文章の相違点を説明する問題

根拠となる箇所を、本文中から探した上で、○×判断しましょう。

正解をさがそう

① 【文章Ⅰ】では、後醍醐天皇と為明以外の人物は、「君の近臣」「使」といった立場をあらわす呼称のみだが、【文章Ⅱ】では、六波羅の武士の名も具体的に記している。
……たしかに【文章Ⅰ】では「後醍醐院」（本文1行目）「為明中将」（2行目）以外に具体的な人物名はありません。【文章Ⅱ】では、「検断糟谷刑部左衛門尉」「常葉駿河守範貞」などの具体的な名前が記されているので、○。

② 【文章Ⅰ】は、和歌に重点が置かれた物語なので、武士たちの心中にはまったく触れずに話が進められているが、【文章Ⅱ】は、戦を描く物語なので、武士たちの心中が詳しく描かれている。
……【文章Ⅰ】は『和歌威徳物語』。その名のとおり、和歌を中心にした物語です。【文章Ⅱ】は軍記物語の『太平記』なので、武士たちが話の中心。でも、今回の【文章Ⅰ】では、為明を呼び寄せるときも、硯を乞われたときも、六波羅側の武士の考えが記されているし、和歌を聞いた後には涙も流しているので、「心中にはまったく触れず」は、誤り。

③ 【文章Ⅰ】では、和歌にいたるまでは、息の長い一文で述べられているのに対し、しめくくりの一文のみをごく短い文にすることで、リズムに変化のある文章になっている。

……【文章Ⅰ】は、本文の最初から和歌の直前までが、なんと一つの文。最後の一文が、句読点を含めてもたった12文字なのとは大違い！ 正しい説明です。

④【文章Ⅱ】では、貴族は歌道、武士は武道と、たしなむ道が異なることを指摘しつつも、感じる心には相通じるものがあると述べている。

……【文章Ⅱ】の最後に「物の相感ずるところ自然なれば」武士も為明の歌に感動したとあるので、◯。

⑤為明が許されたことについて、【文章Ⅰ】では和歌の力によるものだと和歌を賞賛し、【文章Ⅱ】では、武士の心が風流だからだと武士を賞賛している。

……【文章Ⅰ】「これ、和歌の威徳とかや」、【文章Ⅱ】「六波羅の心の中こそ優しけれ」とそれぞれ最後にあります。「優し」は、「**風流だ。優雅だ**」**などの意を持つ形容詞**。和歌の威徳を語る『和歌威徳物語』と軍記物語の『太平記』、それぞれの作品のコンセプトに合ったまとめ方がされていますね。

今回は、適当でない説明の選択肢をえらびます。正解選択肢は、②です。

解答

問1 ③　問2 ①

問3 (ア) ③　(イ) ①

問4 ④　問5 ②

訳

【文章Ⅰ】

後醍醐院が、武家を滅ぼそうとむやみに決意なさったところ、京や、鎌倉（の武士たち）が、騒いで、後醍醐院の近臣が、数多く禁獄や流罪に処せられ、なにかと騒がしいころに、為明中将と言った人は、このこと（＝幕府討伐嫌疑）の人数（に入っていたわけ）ではないけれど、（後醍醐院が）月の夜や、雪の朝の御歌会に（為明を）お呼びになって、後醍醐院の近くに仕えた人であるので、「（為明は）きっとこのこと（＝後醍醐院の幕府討伐計画）を詳しく知っていらっしゃるだろう。取り調べして尋問したい」と（幕府方は為明を）六波羅探題へ呼び寄せ、早くももう取り調べに及んだところ、中将（＝為明）は、周囲を見回しなさって、「硯はあるか」とお求めになったので、（六波羅の人は）「さては白状のため（に使うの）か」と思って、すぐに硯を（為明に）差し上げたところ、（実際は）白状（のため）ではなくて、（為明は）一首の歌を書きつけなさる。

思ひきや……＝思ったか、いや思わなかった。私の（得意とする）歌道ではなくて、俗世のことを問われるだろうとは。

これ（＝為明の和歌）を見て、六波羅探題（の人）も鎌倉の使者もともに涙を流し、（為明への）取り調べの処置をやめ、（為明は）無罪の人におなりになった。これは、和歌の威徳とかいうことだ。

【文章Ⅱ】

二条三位為明卿は、歌道の達人で、月の夜や、雪の朝に、（宮中でおこなわれた）褒貶の歌合にお呼び出しを受けて、（歌合の会の）宴に伺候することが絶え間ないので、（為明は）たいした嫌疑の人ではいらっしゃらないけれども、（後醍醐天皇の）お考えの様子を尋問しようと思って、（嫌疑をかけられたほかの人と）同じように召し捕って、（六波羅探題の）斉藤基世にこの為明卿を預けなさる。（容疑者の）五人の僧たちのことは、最初から鎌倉幕府へ連行なさり、処置があるべきことであるので、京都（＝六波羅探題）で尋問するべきではない。為明卿のことについては、まず最初に六波羅探題で尋問するような際に、もし白状したら鎌倉幕府へ報告せよということで、六波羅探題の検断糟谷刑部左衛門尉によって（命令を）お受けして、今まさに拷問して処置をしようとする。その（拷問準備の）様子は見るのも本当に恐ろしいことだなあ。ただこれは重罪の人が灼熱地獄の炎に身を焦がし、地獄の番兵からの責め立てにあっているような様子も、このようだと思われて、見物人も顔を覆った。

そうこうしているうちに、為明卿はこの準備された拷問の様子をご覧になって、「硯はあるか」とおっしゃったので、「（硯は）白状の（言葉を書く）ため（に使うの）か」と（六波羅の人は）思って、紙と硯を（為明に）差し上げたところ、（実際は）白状（のため）ではなくて、一首の歌をお書きになった。

思ひきや……＝思ったか、いや思わなかった。私の（得意とする）歌道ではなくて、
俗世のことを問われるだろうとは。

常葉駿河守範定は、この歌を見て、大いに感動したので、涙を流して（為明が歌で述べた）道理に従う。この場にいた人々もこれ（＝為明の歌）を見て、一緒に涙を流したところ、その処置をそのままにして（為明の身柄を）お返しすることになったので、為明卿は、即座に水責め火責めの拷問も回避されて、無罪の人とおなりになった。

詩歌は朝廷（の貴族）が楽しむ道で、弓や馬術は武家のたしなむ道であるので、その（武家の）習慣としてはまだ必ずしも、和歌風流の道に携わっていないけれども、物事の感じるところは自然のことであるので、この（為明の）歌に感動したことによって、（為明に対する）拷問の責め立てを止めた六波羅（の人々）の心の中は風流であることよ。

練習問題 4

次の【文章Ⅰ】は、藤原実定（さねさだ）（大将）と待宵（まつよい）の小侍従（こじじゅう）（侍従・女房）のやりとり、【文章Ⅱ】は、陽成院（ようぜいいん）の皇子たちと知人のやりとりの場面である。【文章Ⅰ】【文章Ⅱ】を読んで、後の問い（問1〜6）に答えよ。

【文章Ⅰ】

待宵の小侍従といふ女房も、この御所（注1）にぞ候（さぶら）ひ[a]ける。この女房を待宵と申しけることは、ある時、御所にて、[1]「待つ宵、帰る朝（あした）、いづれかあはれはまされる」と御尋ねありければ、

A　待つ宵のふけゆく鐘の声きけば帰る朝の鳥はものかは

とよみたりけるによつてこそ、待宵とは召されけれ。大将、かの女房呼び出だし、昔いまの物語して、小夜（さよ）も(ア)やうやうふけ行けば、ふるき都（注2）の荒れゆくを、今様（いまやう）（注3）にこそうたはれけれ。

ふるき都を来てみれば　浅茅（あさぢ）が原とぞ荒れにける

月の光は(イ)くまなくて　秋風のみぞ身にはしむ

と、三反（べん）うたひすまされければ、大宮をはじめ参らせて、御所中の女房たち、みな袖をぞ濡らされける。

さる程に夜もあけければ、大将、(ウ)いとま申して福原へこそ帰られけれ。御供に候ふ蔵人を召して、「侍従があまり名残惜しげに思ひたるに、なんぢ帰つて、何とも言ひて来よ」と仰せ[b]ければ、蔵人走り帰つて、

かしこまり、「申せと候ふ」とて、

ものかはと君が言ひけん鳥の音の今朝しもなどか悲しかるらん

女房、涙をおさへて、

待たばこそ更けゆく鐘も物ならめあかぬ別れの鳥の音ぞ憂き

蔵人、帰り参つて、このよし申したりければ、「さればこそ、なんぢをばつかはしつれ」とて、大将おほきに感ぜられけり。それよりしてこそ「ものかはの蔵人」とは言はれけれ。

（『平家物語』による）

（注）1　この御所――実定の姉大宮の住居。

2　ふるき都――平安京。ここは、都が福原に移っていた頃の話で、実定の姉は福原京に移らず旧都にいた。

3　今様――当時の流行歌。

【文章Ⅱ】

寛平(くわんぴやう)の御時なども、なほをかしき事どもありけり。まづは、陽成院の御子(みこ)たち、いみじうすきをかしうおはしまさひて、かく、

来(く)や来やと待つ夕暮と今はとて帰る朝といづれまされり

といふ歌を、知り通ひたまひける所どころに遣はしたりければ、本院の侍従といふ人、かくぞ聞こえたりける。

B　夕暮は頼む心になぐさめつ帰る朝は消ぬべきものを

とか。これぞあるがなかにをかしく思されける。

（『栄花物語』による）

（注）1　寛平——平安時代前期の年号（八八九〜八九八年）。
2　陽成院——第五十七代陽成天皇。
3　おはしまさひて——「おはしまさふ」は尊敬語で、ここは補助動詞の用法。

問1　傍線部1「待つ宵、帰る朝、いづれかあはれはまされる」とはどういうことか。その説明として最も適当なものを、次の①〜⑤のうちから一つ選べ。

① 月の出るのを待つ宵と、月が見えなくなる朝とは、どちらがより情趣があるかということ。
② 次の逢瀬を待つ宵と、逢瀬がかなって別れる朝とは、どちらも悲しみに差はないということ。
③ 恋人の訪れを待つ宵と、恋人が帰っていく朝とは、どちらがよりしみじみとした思いになるかということ。
④ 名月が空に浮かぶのを待つ宵と、月見を終えて帰る朝は、どちらも趣深さに差はないということ。
⑤ 恋人を待たせる宵と、恋人を振り捨てて帰る朝と、どちらに情けが感じられるかということ。

問2 傍線部1と3に対して、和歌A・Bでは、それぞれどのように述べているか。その説明として最も適当なものを、次の①～⑤のうちから一つ選べ。

① Aでは宵より朝の方が上回ると述べているのに対して、Bでは朝も宵も差がないと述べている。

② Aでは宵より朝の方が上回ると述べているのに対して、Bでも宵よりも朝の方が上回ると述べている。

③ Aでは朝より宵の方が上回ると述べているのに対して、Bでも朝よりも宵の方が上回ると述べている。

④ Aでは朝より宵の方が上回ると述べているのに対して、Bでは宵よりも朝の方が上回ると述べている。

⑤ Aでは朝も宵も差がないと述べているのに対して、Bでは宵よりも朝の方が上回ると述べている。

問3 傍線部(ア)～(ウ)の解釈として最も適当なものを、次の各群の①～⑤のうちから、それぞれ一つずつ選べ。

(ア) やうやう

① 一気に
② 少し
③ ようやく
④ だんだん
⑤ さらに

(イ) くまなくて

① 曇りがなくて
② 抜け目がなくて
③ 輝きがなくて
④ 見えなくて
⑤ さりげなくて

(ウ) いとま申して

① お詫びを一言申し上げて
② 和歌を一首申し上げて
③ 忙しいからと申し上げて
④ 退屈だからと申し上げて
⑤ お別れの挨拶を申し上げて

問4 波線部a～cの説明として最も適当な組合せのものを、次の①～⑤のうちから一つ選べ。

① a…大宮への敬意をあらわす丁寧の補助動詞
　b…蔵人への敬意をあらわす尊敬の動詞
　c…小侍従への敬意をあらわす謙譲の動詞

② a…大宮への敬意をあらわす謙譲の動詞
　b…大将への敬意をあらわす尊敬の動詞
　c…小侍従への敬意をあらわす謙譲の動詞

③ a…読者への敬意をあらわす丁寧の動詞

b…小侍従への敬意をあらわす謙譲の動詞
c…大将への敬意をあらわす謙譲の補助動詞

④ a…帝への敬意をあらわす謙譲の動詞
b…小侍従への敬意をあらわす尊敬の動詞
c…小侍従への敬意をあらわす謙譲の補助動詞

⑤ a…大宮への敬意をあらわす謙譲の動詞
b…大将への敬意をあらわす尊敬の動詞
c…大将への敬意をあらわす謙譲の動詞

問5 傍線部2「ものかはの蔵人」と蔵人が言われるようになった理由の説明として最も適当なものを、次の①～⑤のうちから一つ選べ。

① 大将に代わって小侍従に歌をおくる際に、小侍従がかつて詠んだ歌の語句「ものかは」を用いて見事に詠んだから。

② 小侍従に大将の言葉を伝える際に、大将からの伝言内容を「ものかは」の四文字に見事に集約して表したから。

③ 一向に自分の和歌の誤りを認めようとしない小侍従に対し、反語表現「ものかは」でその誤りを認めさせたから。

④ 和歌が苦手で、歌語もよく知らないため、いつも決まって「ものかは」という語ばかりを使用していたから。

⑤ 大将のふりをして和歌を詠まなくてはならなかった際に、不用意に「ものかは」という語を用いて

しまったから。

問6 本文の内容に**合致しないもの**を、次の①〜⑤のうちから一つ選べ。

① 大将は、姉のもとを尋ねた折に、待宵の小侍従を呼び出した。
② 大将は、荒れてゆく旧都の秋を今様で三回うたった。
③ 陽成院の皇子たちは、人々からたいへん好かれていた。
④ 陽成院の皇子たちは、恋人の女性たちに同じ歌をおくった。
⑤ 本院の侍従の歌は、趣のあるものだった。

本文図解 解説

類似したテーマで描かれた二つの文章が並ぶ問題に挑戦してもらいました。

たとえば、「次に生まれるなら、男がいい？ 女がいい？」とか「自分から告白したい派？ 告白されたい派？」とか、なぜだかよくありがちな〝問い〟ってありますよね？ 古文の世界でも、あります。たとえば、「春と秋、どちらが風流か？」とか。

今回は、そんな中から、「彼氏が来るのを待ちわびる夜と、デートが終わって離れ離れにならなきゃいけない朝と、どっちがつらい？」という〝問い〟から始まる文章二つです。さあ、本文の人たちは、どっちと答えたか読み取れましたか？

では、まずは**【文章Ⅰ】**から見ていきます。

練習問題 4【文章Ⅰ】

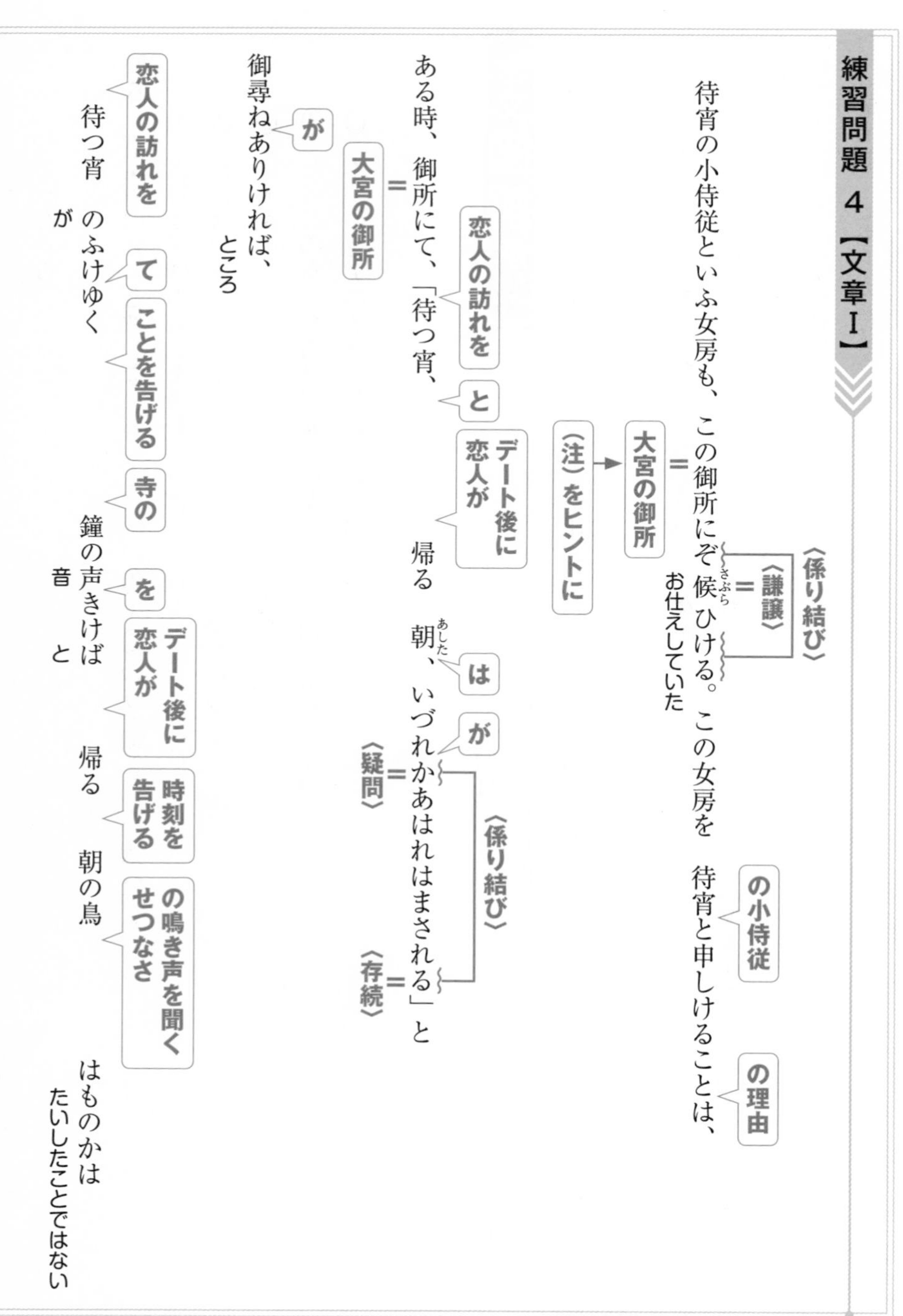

待宵の小侍従といふ女房も、この御所にぞ候(さぶら)ひける。この女房を待宵と申しけることは、

ある時、御所にて、「待つ宵、帰る朝(あした)、いづれかあはれはまされる」と

御尋ねありければ、

待つ宵のふけゆく鐘の声きけば帰る朝の鳥はものかは

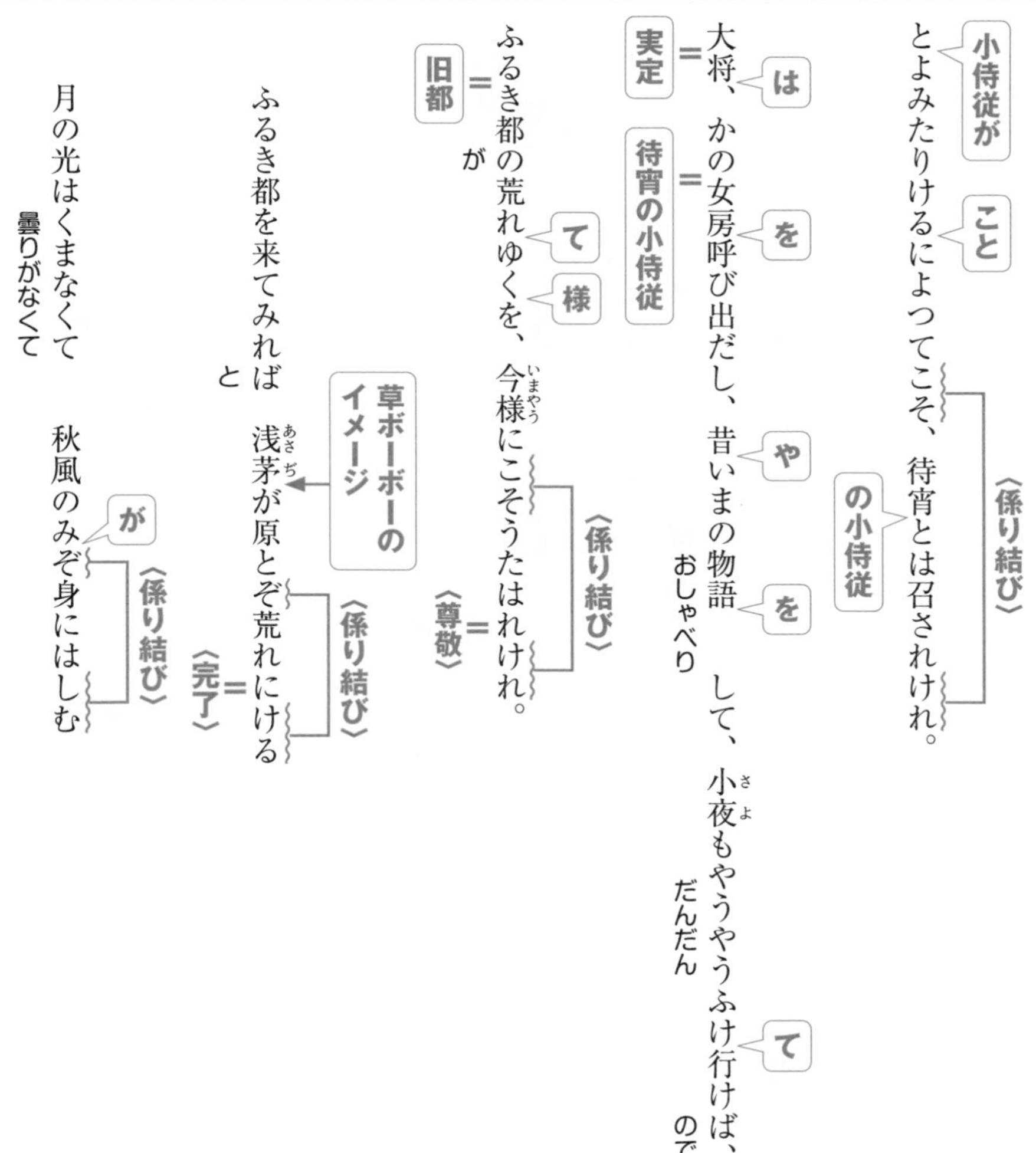

とよみたりけるによつてこそ、待宵とは召されけれ。
小侍従が
こと
〈係り結び〉
の小侍従
大将、かの女房呼び出だし、昔いまの物語して、小夜もやうやうふけ行けば、
は
を
や
を
て
＝実定
＝待宵の小侍従
おしゃべり
だんだん
ので
ふるき都の荒れゆくを、今様にこそうたはれけれ。
て
様
＝旧都
が
〈係り結び〉
＝〈尊敬〉
ふるき都を来てみれば　浅茅が原とぞ荒れにける
と
草ボーボーのイメージ
〈係り結び〉
＝〈完了〉
月の光はくまなくて　秋風のみぞ身にはしむ
曇りがなくて
が
〈係り結び〉

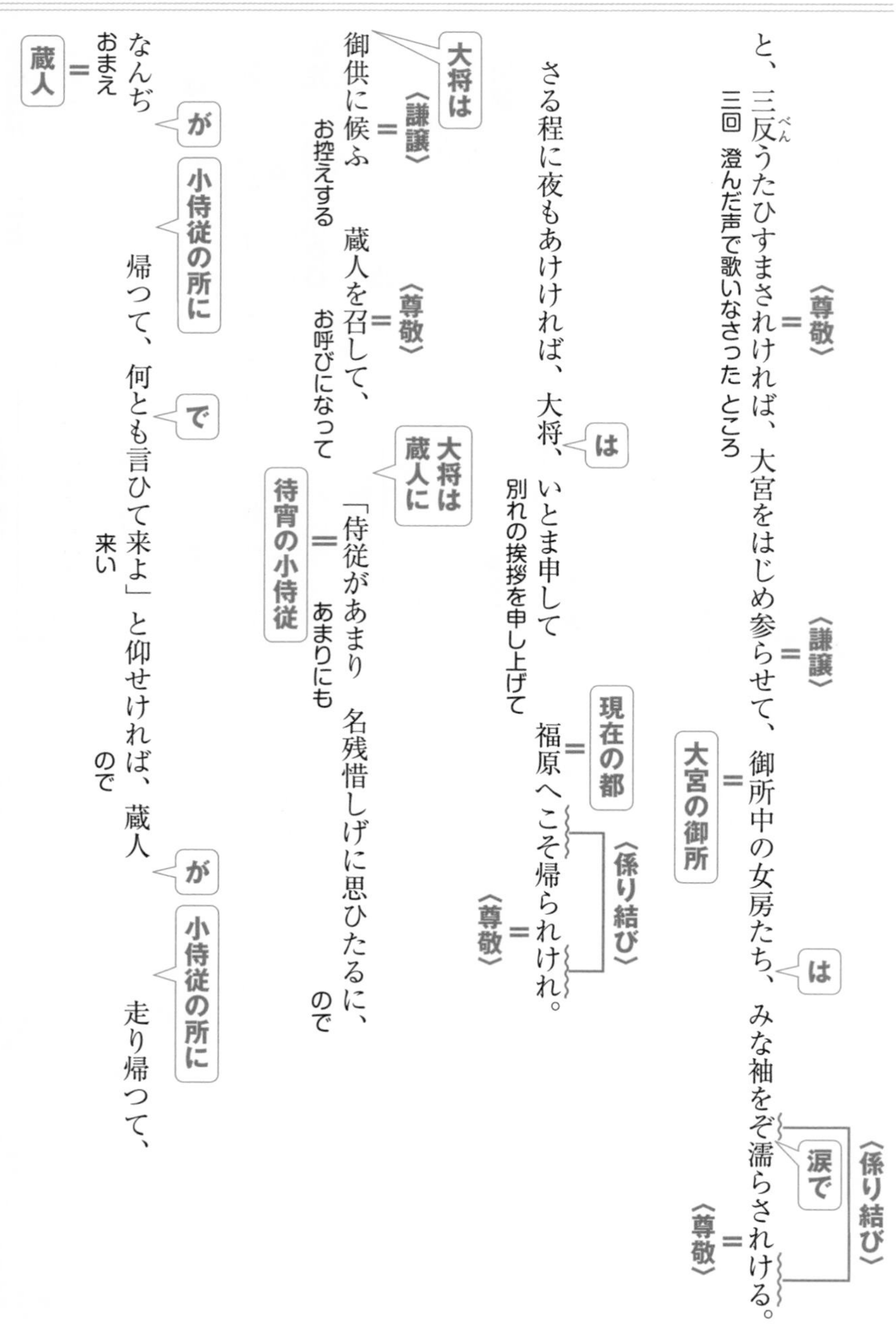

と、三反うたひすまされければ、大宮をはじめ参らせて、御所中の女房たち、みな袖をぞ濡らされける。

さる程に夜もあけければ、大将、いとま申して福原へこそ帰られけれ。

御供に候ふ蔵人を召して、「侍従があまり名残惜しげに思ひたるに、なんぢ帰つて、何とも言ひて来よ」と仰せければ、蔵人走り帰つて、

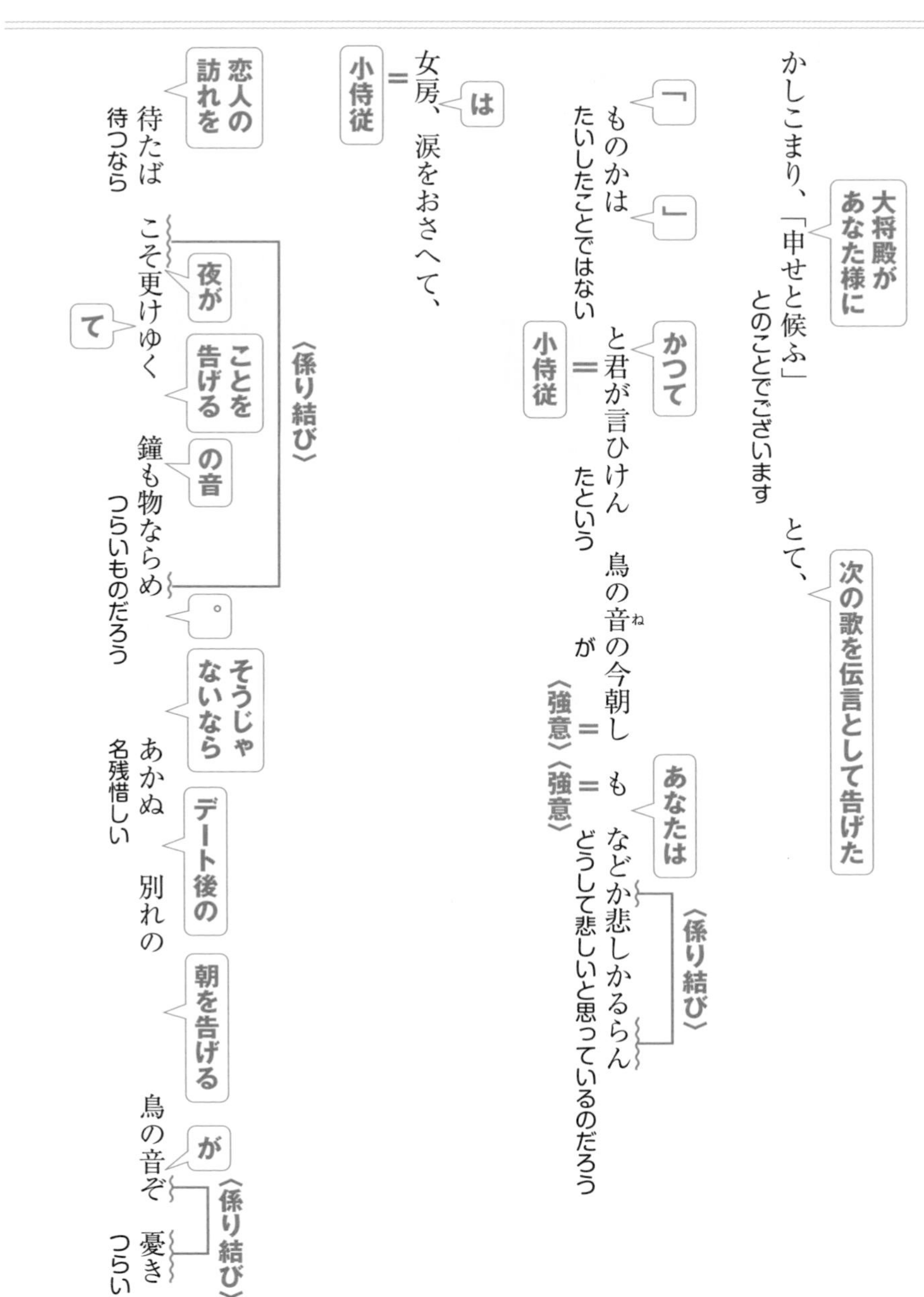

第五章 共通テスト問題を解く力を身につけよう

蔵人、帰り参って、このよし申したりければ、

（は）（大将のもとに）（歌の贈答 ＝ こと）（を）（ところ）

「さればこそ、なんぢをばつかはしつれ」とて、大将おほきに感ぜられけり。

だから　（小侍従のもとに）（蔵人 ＝）（〈係り結び〉）（〈完了〉＝）（は）（〈尊敬〉＝ 感動なさった）

それよりしてこそ「ものかはの蔵人」とは言はれけれ。

そのときから　（この蔵人は）（〈係り結び〉）（〈受身〉＝）

次は【文章Ⅱ】を見ていきましょう。

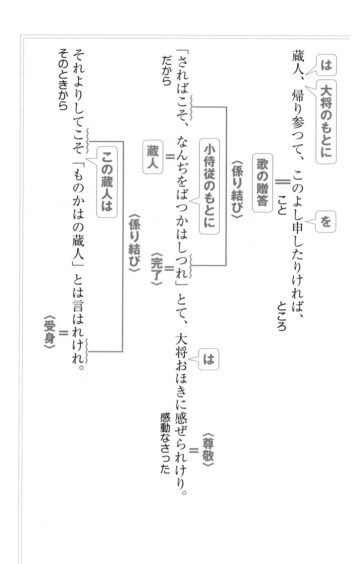

る。

⑤ Aでは×朝も宵も差がないと述べているのに対して、Bでは○宵よりも朝の方が上回ると述べている。

正解選択肢は、④です。

問3　解釈問題

今回は、**単語力のみで答えが出る**もの3問です。

(ア)　傍線部「やうやう」は、入試頻出の副詞です。

単語力をつかおう

やうやう［副詞］
①だんだん。次第に。

正解をさがそう

① 一気に　……×
② 少し　……×
③ ようやく……×
④ だんだん……正解！
⑤ さらに　……×

(イ)　傍線部「くまなくて」を単語に分けると「**くまなく／て**」となります。「くまなく」が重要語です。

単語力をつかおう

くまなし［形容詞］
①曇りがない。かげりがない。
②行き届いている。抜け目がない。

正解をさがそう

① 曇りがなくて　……正解！

② 抜け目がなくて……単語の意味にはあるけど、直前の「月の光は」につながらないので、×。

③ 輝きがなくて　……「かげりがない」から「輝いて」ならあり得るけど、「輝きがなく」は、×。

④ 見えなくて　……×

⑤ さりげなくて　……×

(ウ)　傍線部「いとま申して」を単語に分けると「**いとま／申し／て**」ですが、「いとま申し」の部分が慣用句です。

単語力をつかおう

いとま申す［慣用句］

①お別れの挨拶をする。
②休暇をお願いする。

正解をさがそう

① お詫びを一言申し上げて　……×

② 和歌を一首申し上げて　……×

③ 忙しいからと申し上げて　……×

④ 退屈だからと申し上げて　……×

⑤ お別れの挨拶を申し上げて……正解！

問4　敬語の説明問題

選択肢をみると、今回は**敬語の種類**〈尊敬〉〈謙譲〉〈丁寧〉と**〈(本)動詞〉と〈補助動詞〉の区別**、**敬意の対象**〈誰への敬意か〉の組合せ問題です。

a　「**候ふ**」は、複数の用法があるので、要注意です。

見分け方としては、**②の補助動詞用法**と**③の謙譲語**の場合が、ある程度パターン化されているので、それにあてはまるかどうかをチェックします。どちらのパターンにもあてはまらなければ、**①の「あり」の丁寧語**。

文法力をつかおう

候ふ［動詞］
① 〈「あり」の丁寧語・本動詞〉 あります。います。
② 〈丁寧の補助動詞〉 ～です。～ます。
③ 〈「あり」「をり」の謙譲語・本動詞〉 お仕えする。お控えする。

「候ふ」が補助動詞の場合

★
動詞
形容詞
形容動詞
断定「なり」
（＋助詞または助動詞）＋ **候ふ** 訳～です。～ます。

「候ふ」が謙譲語の場合

★〈人物〉が～〈身分の高い人のいる所〉に……候ふ

訳お仕えする。お控えする。

今回は、謙譲語のパターンにあてはまりますよ。

★〈人物〉が～〈身分の高い人のいる所〉に……候ふ
a
＝待宵の小侍従といふ女房
＝この御所（＝大宮の御所）
＝候ひ（ける）

謙譲語は「動作の対象（＝「誰を」「誰に」であらわされる人物）」**への敬意**をあらわします。敬意は基本的に〈人物〉への敬意です。ここは、「この御所に」と〈場所〉が示されていますが、「大宮がいる御所」に敬意を払うのは、それはすなわち、そこに大宮がいるから場所にまで敬意を払うわけです。だから、「〈大宮の御所〉への敬意」とは、すなわち「**その場所にいる〈大宮〉への敬意**」と判断して問題なしです。

b 「**仰す**」**には一つの用法しかない**ので、敬語の種類は〈尊敬〉で即決です！

文法力をつかおう♪

仰す［動詞］
① 〈「言ふ」の尊敬語・本動詞〉おっしゃる。

尊敬語は「動作の主体（＝「誰は」「誰が」であらわされる人物）」**への敬意**をあらわします。ここは、「大将が蔵人を呼んで『仰す（＝おっしゃる）』ところなので、**主体である大将への敬意**。

主体などの人物が直前に明記されていないときは、文脈を読み取り、自分で補ったうえで、敬意の対象の答えを出してくださいね。

c 「**申す**」**は、敬語の種類は**〈謙譲〉しかない**ので、**〈謙譲〉**でキマリですが、**本動詞**の場合と、**補助動詞**の場合**があるので見きわめる必要があります。

文法力をつかおう♪

申す［動詞］
① 〈「言ふ」の謙譲語・本動詞〉申し上げる。
② 〈謙譲の補助動詞〉～申し上げる。お～する。

補助動詞のときは、パターン化されてあらわれるので、そのパターンを覚えておいて、それに合致すれば補助動詞、合致しなければ本動詞、と判断します。ちなみに、「本動詞」は単に「動詞」というときもあります。

「申す」が補助動詞の場合

★ **動詞**（＋助詞または助動詞）＋ **申す**
訳 **～申し上げる。お～する。**

ここは、**文頭にある**「**申す**」なので、**補助動詞のパターンには合いません**。つまり、本動詞。

謙譲語は「動作の対象（＝「誰を」「誰に」）」**への敬意をあらわします。**ここは、小侍従にむかって「『あなた様に申せ』とのことでございます」というところなので、**小侍従への敬意**です。

正解をさがそう

① a…○大宮への敬意をあらわす ×丁寧の補助動詞
b…×蔵人への敬意をあらわす ○尊敬の動詞
c…○小侍従への敬意をあらわす ○謙譲の動詞

② a…○大宮への敬意をあらわす ○謙譲の動詞
b…○大将への敬意をあらわす ○尊敬の動詞
c…○小侍従への敬意をあらわす ○謙譲の動詞

③ a…×読者への敬意をあらわす ×丁寧の ○動詞
b…×小侍従への敬意をあらわす ×謙譲の ○動詞
c…×大将への敬意をあらわす ○謙譲の ×補助動詞

④ a…×帝への敬意をあらわす ○謙譲の動詞
b…×小侍従への敬意をあらわす ○尊敬の動詞
c…○小侍従への敬意をあらわす ○謙譲の ×補助動詞

⑤ a…○大宮への敬意をあらわす ○謙譲の動詞
b…○大将への敬意をあらわす ○尊敬の動詞
c…×大将への敬意をあらわす ○謙譲の動詞

正解選択肢は、②です。

問5　理由説明問題

蔵人が本文に登場するのは、【文章Ⅰ】の第二段落。彼が**何をしたのか**を読み取っていきましょう。

第二段落1行目　大将のお供として同行している。

2行目　大将に呼ばれ、「名残惜しそうにしている小侍従に何でもいいから言ってこい」と命じられる。

＊「何でもいい」とはいえ、
・小侍従の気持ちを思いやり、
・大将の評価をさげずに、
・大将と小侍従の関係も悪くならない
ことを考えて言わねばなりません。これはタイヘン！

3行目　〝大将からの伝言〟として「ものかは～」の和歌を告げた。

＊「ものかは」は本文3行目の、かつて小侍従が詠んだAの歌のなかにある語。つまり、「ものかはと君が言ひけん鳥の音…」は「『ものかは』とあなた（＝小侍従）が（かつて歌で）言ったという鳥の鳴き声ですが…」と小侍従のかつての歌を踏まえた歌を詠んだということ。有名な小侍従の歌を知っていたわけですから教養がありますね。

7行目　大将のもとに帰って報告すると、
↓
大将に大いにほめられた。

傍線部　それ以降、「ものかはの蔵人」と

言われた。

大将から「何でもいいから言ってこい」と丸投げされた命令を、蔵人は「ものかは～」の歌で見事にこなしたわけです。そこから、すばらしい仕事（＝「ものかは～」の歌を詠んだこと）をした蔵人を褒め称える気持ちをこめて「ものかはの蔵人」というニックネームで呼ばれたんですね。

正解をさがそう♪

① 大将に代わって小侍従に歌をおくる際に、小侍従がかつて詠んだ歌の語句「ものかは」を用いて見事に詠んだから。……正解！

② 小侍従に大将の言葉を伝える際に、大将からの伝言内容を「ものかは」の四文字に見事に集約して表したから。……「ものかは」は小侍従がかつて詠んだ歌の中の語。

③ 一向に自分の和歌の誤りを認めようとしない小侍従に対し、反語表現「ものかは」でその誤りを認めさせたから。……和歌の正誤を話題にしていないので、×。

④ 和歌が苦手で、歌語もよく知らないため、いつも決まって「ものかは」という語ばかりを使用していたから。……どこにもこんな記述はないので、×。

⑤ 大将のふりをして和歌を詠まなくてはならなかった際に、不用意に「ものかは」という語を用いてしまったから。……「大将おほきに感ぜられけり」と感動していて、不用意な失敗ではないので、×。

正解選択肢は、①です。

3　文時——菅原文時。菅原道真の孫で、漢詩文などに優れていた。漢学者。
4　朝綱——大江朝綱。漢詩文に優れ、書家としての評価も高かった。漢学者。
5　躬恒・貫之——凡河内躬恒と紀貫之。ともに『古今和歌集』の撰者。
6　しひたること——無いことをあるように言うこと。こじつける。
7　疎漏の失——不注意による失敗。配慮が足りないせいでおこる失敗。

【文章Ⅱ】

雲居寺（うんごじ）の聖のもとにて、秋の暮れの心を俊頼の詠まれたる歌、

明けaぬともなほ秋風のおとづれて野辺のけしきよ面変（おも）はりすな

この歌、名を隠して出だしたりけれど、基俊は、俊頼の歌なるべしと思ひて、難じて曰く、「いかにも歌は腰の句の末に、ての字据ゑたるははかばかしきことなし。ささへていみじく聞きにくきものなり」と口あかすべくもなく難ぜられけるを、俊頼はともかくも言はれざりけるに、その座に伊勢の君、琳賢（りんけん）、居られたりけるが、基俊にむかひて、「ことやうなる(ア)証歌こそ一つおぼえ侍れ」と言ひ出でられければ、基俊、聞きて、「いでいで、承らん。(イ)よもよき歌にてはあらじ」と言ふに、琳賢、

さくら散る木の下風はさむからで

といふ貫之の歌を吟じて、しかも、での字を長々と詠ぜられければ、基俊、顔の色真青になりて、ものも言はずうつぶきたりける時、俊頼は、忍び笑ひせられしとぞ。

【文章Ⅲ】

左　貫之

さくら散る木の下風はさむからでそらに知られぬ雪ぞふりける

右　躬恒

わが心はるの山辺にあくがれてながながし日を今日もくらしつ

左、勝ちぬ。右は、「ながながといふ言、にくし。口すくめて肩据ゑたるやうにつぶやけり(注)」とて負けになりぬ。

（注）つぶやけり——歌を詠み上げる係の人の様子。

問1　傍線部1「俊頼は文才なくして和歌をよくす」という基俊の指摘に対して、俊頼はどのように応じたか。その説明として最も適当なものを、次の①～⑤のうちから一つ選べ。

① 文才はないが和歌は上手だという指摘に対して、人にはそれぞれ得意不得意があると説明した。

② 文才がない人はすぐれた師のもとで和歌を学ぶべきだという指摘に対して、適当な師がいないと反発した。

③ 漢詩文の素質がなくても和歌は詠めるという指摘に対して、躬恒や貫之のような人は例外だと困惑した。

④ 漢詩文の素質がないくせに和歌を上手に詠むという指摘に対して、漢詩文の素質と和歌を詠む力は

関係がないと反論した。
⑤ 漢詩文ができてはじめて和歌が詠めるという指摘に対して、確かに文時や朝綱もそうだと納得した。

問2 傍線部2「時として疎漏の失あり」とあるが、基俊はどのような失敗をしたのか。**【文章Ⅱ】【文章Ⅲ】**からうかがえる内容として最も適当なものを、次の①〜⑤のうちから一つ選べ。

① 確認もしないで俊頼の歌だと決めつけて批評をしたが、実は貫之の歌だった。
② よく考えをめぐらさずに、第三句末に「て」や「で」を用いた秀歌はないことを根拠に俊頼の歌を批判したが、実は貫之の名歌があった。
③ 大事な句の終わりに「て」や「で」を用いるのは不吉であると指摘したが、実は古くからある詠み方だった。
④ 俊頼を温厚な性格だと甘く見て罵倒したが、実は基俊を陥れる罠が仕組まれていたことに気づかなかった。
⑤ 第三句末は「て」ではなく「で」であるべきだと批判したが、実は「で」では文意が通らなかった。

問3 波線部a〜d「ぬ」のうち、文法的に同じものの組合せとして正しいものを、次の①〜⑤のうちから一つ選べ。

① b・d
② a・b・c・d
③ b・c・d
④ a・b

⑤ a・c・d

問4 傍線部(ア)(イ)の解釈として最も適当なものを、次の各群の①〜⑤のうちから、それぞれ一つずつ選べ。

(ア) 証歌こそ一つおぼえ侍れ

① 証拠となる歌が一首思い出されます
② 証拠となる歌を一首考えてください
③ 証拠となる歌について一首覚えがありませんか
④ 証拠となる歌を一首お思いになったようです
⑤ 証拠となる歌は一首もないのです

(イ) よもよき歌にてはあらじ

① 絶対によい歌であるはずがない
② けっしてよい歌ではあるまい
③ いまさらよい歌はできないだろう
④ まさかよい歌ではないだろう
⑤ どうせよい歌はできまい

問5 【文章Ⅲ】の和歌の説明として最も適当なものを、次の①〜⑤のうちから一つ選べ。

① 左の歌は、季節はずれの雪が降るなか、桜が散る様子を詠んでいる。
② 左の歌は、桜の散る様子に自らの恋がやぶれたことを重ねている。
③ 左の歌と右の歌は、贈答歌の形式になっている。
④ 右の歌は、春爛漫の山で一日を過ごしたときの歌である。

⑤ 右の歌は、第四句めの表現を理由に、負けとなった。

問6 **【文章Ⅰ】【文章Ⅱ】**にみられる、人物の説明として**適当でないもの**を、次の①～⑤のうちから一つ選べ。

① 基俊も俊頼も、和歌の達人である。
② 基俊は俊頼に対して、強い対抗意識を持っていた。
③ 基俊は、容赦なく他人の歌を悪く言った。
④ 俊頼は、人に好かれ、名誉も手にした。
⑤ 琳賢は、基俊と俊頼の争いに辟易(へきえき)していた。

【本文図解 解説】

今回は、三**つの文章**のものに挑戦してもらいました。**【文章Ⅰ】**でおおまかな主題を読み取り、**【文章Ⅱ】**で具体的なエピソードを読んでいきます。**【文章Ⅲ】**では、**【文章Ⅱ】**で引用されていた和歌の全体像とその評価を読み取りましょう。

では、まずは**【文章Ⅰ】**から！

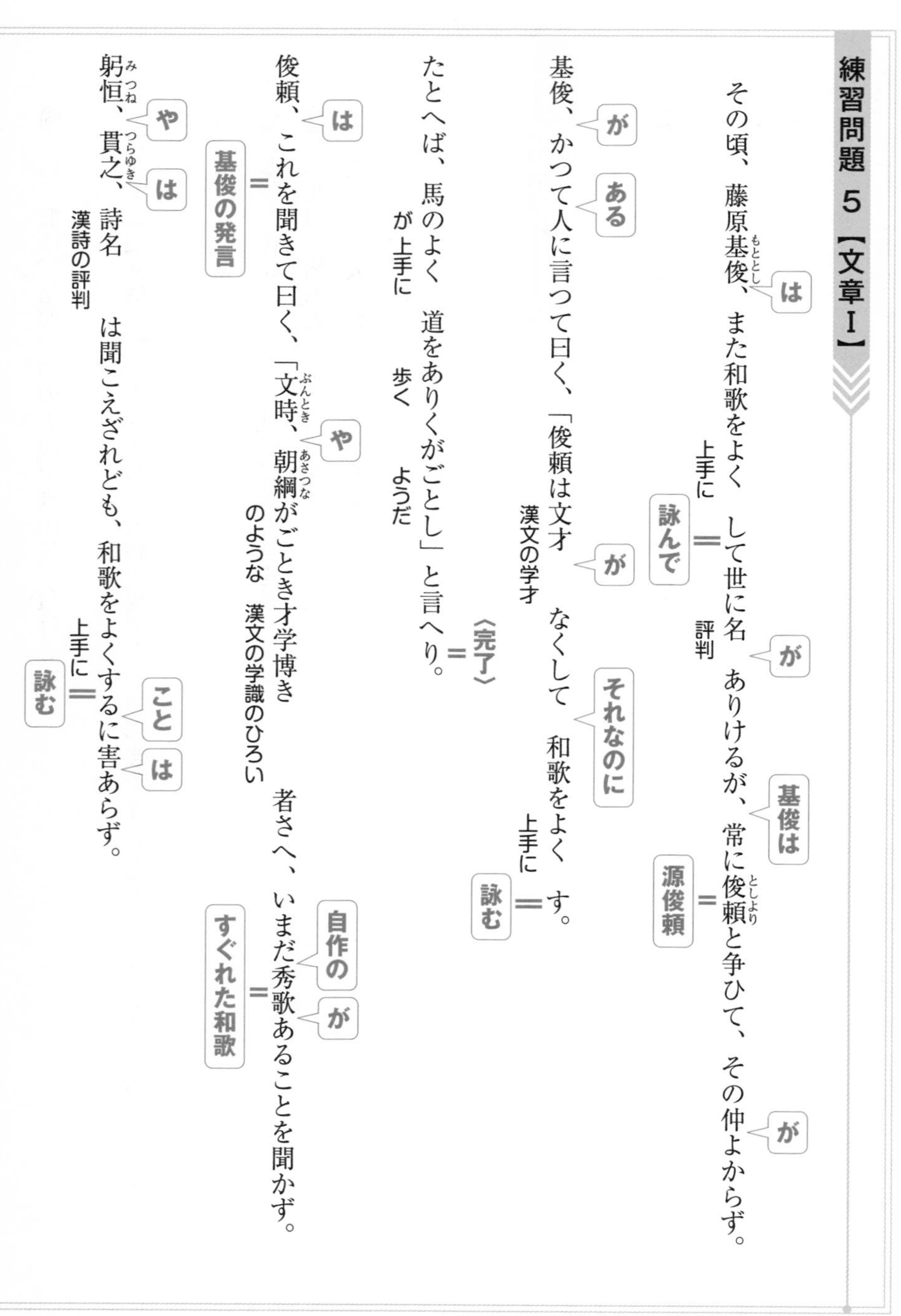

練習問題５【文章Ⅰ】

その頃、藤原基俊(もととし)、また和歌をよくして世に名ありけるが、常に俊頼(としより)と争ひて、その仲よからず。

基俊、かつて人に言つて曰く、「俊頼は文才なくして和歌をよくす。

たとへば、馬のよく道をありくがごとし」と言へり。

俊頼、これを聞きて曰く、「文時(ぶんとき)、朝綱(あさつな)がごとき才学博き者さへ、いまだ秀歌あることを聞かず。

躬恒(みつね)、貫之(つらゆき)、詩名は聞こえざれども、和歌をよくするに害あらず。

しかれば、基俊の申し条、しひたることにあらずや」と言はれたり。

基俊、その才を自負して、常に他の歌を判ずるにいたりては、

口をきはめて評しそしることを専らとせらるるゆゑ、時として疎漏の失あり。

俊頼は、性質温厚なりければ、人、これを愛する者多し。

このゆゑをもつて、当時のほまれ、ますますこの人に帰したり。

は　＝〈断定〉　＝〈尊敬〉　こじつけたこと　ではないか　おっしゃった

「俊頼は、漢文の素質がないのに和歌はうまい」

は　人　時　学才　判定する

〈尊敬〉＝　に　が　非難する　ひたすら　なさる　注意の行き届かない失敗

設問文がヒント

が　は　俊頼＝　が

は　のもと　俊頼＝　名誉

次は【文章Ⅱ】を見ていきましょう。

練習問題 5【文章Ⅱ】

雲居寺(うんごじ)の聖(＝徳の高い僧)のもとにて、秋の暮れ(終わり)の心を俊頼(が)の詠まれ(＝〈尊敬〉なさっ)たる(＝〈完了〉た)歌、

(夜が)明けぬ(＝〈完了〉)とも(たとしても)なほ(やはり)秋風(が)のおとづれて野辺のけしきよ、面(おも)変はりすな(＝〈禁止〉様子が変わるな)

＝秋の終わりの夜が明ける＝冬になる

この歌、(を＝詠者俊頼の)名を隠して出だしたりけれど、基俊は、「俊頼の歌なる(＝〈断定〉である)べし(＝〈推量〉う)」と思ひて、難じて(非難して)曰く、

「いかにも歌は腰の句の末に、ての字据ゑたるははかばかしきことなし。
どうしても　第三句　最後　置いた　うまくいく
「　」を　もの　歌の出来として　は

歌の流れを
ささへていみじく聞きにくきものなり」と口　あかすべくもなく　難ぜられけるを、
妨げて　たいそう　聞き苦しい　〈断定〉　開かせることもできないほど　非難なさった　ところ
人々に　を　基俊は　〈尊敬〉
口を挟ませないほど

俊頼はともかくも言はれざりけるに、その座に伊勢の君、琳賢（りんけん）、居られたりけるが、基俊にむかひて、
あれこれ　〈尊敬〉　と　が　〈尊敬〉　いらっしゃった
伊勢の君と琳賢が

あなたの言い分とは
「ことやうなる証歌　こそ一つおぼえ侍れ」と言ひ出でられければ、
異なった様子の　証拠となる歌　思い出され　ます　〈尊敬〉
が　〈係り結び〉
問4選択肢がヒント

基俊〔が〕、〔その言葉を〕聞きて、「いでいで、〔その証歌を〕承らん〈意志〉。（さあさあ　お聞きしよう）よもよき歌にて〈断定〉はあらじ〈打消推量〉」と言ふに、（まさか　ないだろう　と）

琳賢〔が〕、

さくら散る木の下風〔が〕は〔を吹く〕さむからで（寒く　なくて）

といふ　〔紀貫之〕＝貫之の歌を吟じて、しかも、〔「　」〕での字を長々と〔声をのばして〕詠ぜられ〈尊敬〉ければ、（ので）

基俊〔は〕、顔の色〔が〕真青になりて、ものも言はずうつぶきたりける時、（うつむい　ていた）俊頼は、忍び笑ひせられ〈尊敬〉し〈過去〉とぞ〔「言ふ」〕。（しなさったと言うことだ）

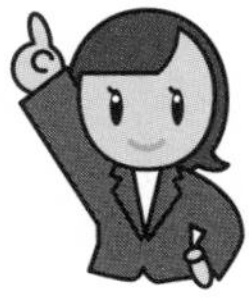

最後は、**【文章Ⅲ】**。頑張れ〜！

練習問題５【文章Ⅲ】

左方（＝歌合の左チーム）＝左　**詠者**＝貫之

さくら散る木の下風はさむからで　そらに知られぬ　雪ぞふりける

（さくら散る：**が**　下風：**を吹く**　さむからで：寒く なくて　そらに知られぬ：空に 知られない ＝**〈受身〉**＝**〈打消〉**　雪：**が**　ぞ〜ける：**〈係り結び〉**）

＝**空が知らない雪だから本当の雪ではない　これは「桜吹雪」のこと**

右方（＝歌合の右チーム）＝右　**詠者**＝躬恒

わが心はるの山辺にあくがれてながながし日を今日もくらしつ

（わが心：**は**　あくがれて：さまよい出て　つ：＝**〈完了〉**）

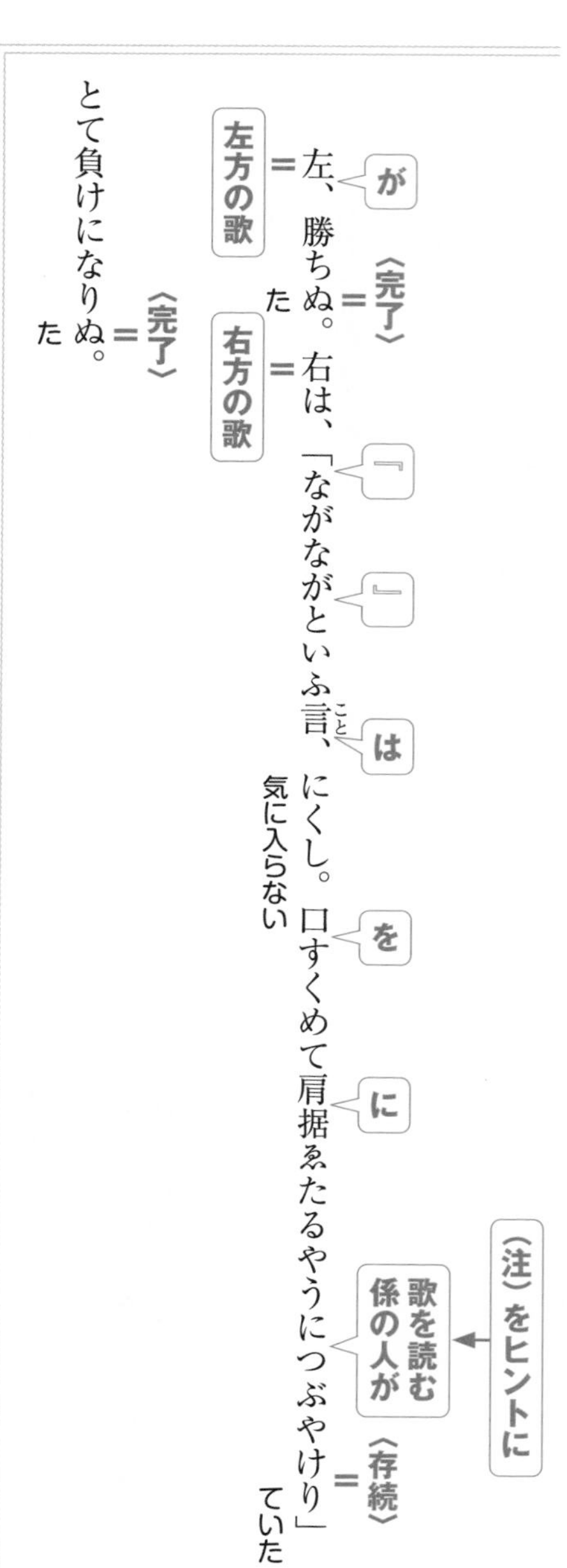

左、勝ちぬ。右は、「ながながといふ言、にくし。口すくめて肩据ゑたるやうにつぶやけり」とて負けになりぬ。
が
左方の歌
〈完了〉
た
右方の歌
『
』
は
気に入らない
を
に
歌を読む係の人が
（注）をヒントに
〈存続〉
ていた
〈完了〉
た

解き方

問1　会話の要約問題

まず、傍線部1「俊頼は文才なくして和歌をよくす」が何を言っているのかをつかみましょう。

単語力をつかおう

文［名詞］
①漢詩。漢文。漢詩文。
②書物。特に漢籍。
③学問。特に漢学。
④手紙。

才［名詞］

①学識。学才。
特に、漢文の学識。漢才。

ここの**「文」は、「和歌」と対で用いられているので、「漢詩文」の意味**。すると、**「才」は、その「漢詩文の学識・学才」の意**でいいですね。傍線部は**「俊頼は漢才がなくて和歌を上手に詠む」**となります。「よくす」の部分は、「『頻繁にする』って意味かな?」と思ったかもしれないけれど、ここは4行目に、「上手に詠む」意で「躬恒、貫之……和歌をよくする」とあるのをヒントにしましょう。ということで、傍線部には、和歌の才能は認めつつも、漢詩文の才能はないくせにという悪口が含まれていることがわかりました。では、これに対して俊頼はどう応じたのでしょう。直後の俊頼の言葉に注目です。

「文時、朝綱がごとき才学博き者さへ、いまだ秀歌あることを聞かず」

……漢詩文の達人である文時や朝綱だって、いまだにすぐれた和歌は詠んでない。

「躬恒、貫之、詩名は聞こえざれども、和歌をよくするに害あらず」

……和歌の達人である躬恒や貫之だって、漢詩文の評判は聞こえてこないが、すぐれた和歌を詠むのに害はない(漢詩文に秀でてなくてもすぐれた和歌は詠める)。

「しかれば、基俊の申し条、しひたることにあらずや」

……だから、基俊の言い分は、こじつけだ。

本文4行目の**「詩」は、よく和歌と対で用いて、「漢詩」の意味**で用いられます。その直後の**「名」には、「評判。名声」という意味がある**ので要注意。「漢文の才能もないくせに和歌だけ上手だ」という基俊の言葉に対し、俊頼は、具体的に漢詩文と和歌の達人を例に出して「漢詩文と和歌の両方の才能が揃ってない達人はいくらでもいる。片方がなくても何の問題もない」と反論し、基俊の言い分をはねのけたわけです。

正解をさがそう

① ×文才はないが和歌は上手だという指摘に対して、人にはそれぞれ得意不得意があると説明した。

……現代語で「文才」というと、「文章を書く才能」という広い意味になってしまうので、×。

② ×文才がない人は×すぐれた師のもとで和歌を学ぶべきだという指摘に対して、×適当な師がいないと反発した。

……「文才」が×。「師」の話題はない点も、×。

③ 漢詩文の素質がなくても和歌は詠めるという指摘に対して、×躬恒や貫之のような人は例外だと困惑した。

……「躬恒、貫之」は、漢才がなくてもよい和歌が詠める「前例」。「例外」ではないので、×。

④ ○漢詩文の素質がないくせに和歌を上手に詠むという指摘に対して、○漢詩文の素質と和歌を詠む力は関係がないと反論した。

……本文中「漢文の素養と和歌を詠む力は関係がない」とは直接言っていないけど、文時や貫之らの例は、まさにこのことを言うための具体例。これが正解！

⑤ △漢詩文ができてはじめて和歌が詠めるという指摘に対して、×確かに文時や朝綱もそうだと納得した。

……「漢詩文もできないのに和歌はうまい」という批判の裏側を探れば、「漢詩文ができてはじめて和歌が詠める」という考えが透けて見えなくもありません。でも、「文時や朝綱もそうだ」は、×。「文時、朝綱…秀歌あることを聞かず」と書いてありますよ。

正解選択肢は、④です。

問2 内容説明問題

「疎漏の失」は、（注）により「不注意による失敗」の意とわかりますね。

では、具体的にどのような不注意による失敗をしたのか、まずは**【文章Ⅱ】**を見てみましょう。**基俊の行動に注目**です。

本文3行目「この歌、名を隠して出だしたりけれど、基俊は、俊頼の歌なるべしと思ひて」

……「この歌」は「明けぬとも～」の歌。詠者の名前が隠されていたけど、基俊は俊頼の歌だと思ったということころ。この歌は1行目に「俊頼の詠まれたる歌」と明示されていて、基俊の勘が当たっていたので、「失敗」ではありません。

本文3～5行目「難じて曰く、『いかにも歌は腰の句の末に、ての字据ゑたるははかばかしきことなし……』と口あかすべくもなく難ぜられけるを」

……俊頼の歌の「おとづれて」という表現に対して、和歌の第三句末に「て」を配置した歌に秀歌はないと大批判しています。

本文7～9行目「琳賢、『さくら散る木の下風はさむからで』といふ貫之の歌を吟じて、しかも、での字を長々と詠ぜられければ」

……言わずと知れた〝和歌の神様〟紀貫之が第三句末に「で」を配置した秀歌を詠んでいることを指摘。

当時は、文字の書き方として濁点はつけなかったので、「で」も「て」と表記していました。つまり、紀貫之の歌にも、第三句末に「て（で）」を配置した秀歌があるんだから、「第三句末に『て』を配置しているから俊頼の歌はダメだ」という理屈は通らないぞ、と基俊の主張の矛盾を指摘しているんですね。

ところで、基俊は貫之の歌をちょっと聞いただけでかなりうろたえています。これは、貫之の歌がすぐれた歌で、かつ第三句末に「で（て）」が用いられていたため、自らの主張の破綻に気づいたからです。でもどうして秀歌だと判断できたのでしょう？　一つには、基俊自身歌の達人なのだから、歌のよしあしぐらいわかるから。もう一つは、〝和歌の神様〟紀貫之の歌だから当然知っている可能性が高いし、貫之の歌にへたな歌はあるはずがないから。また、受験生のみなさんが、この貫之の歌がすぐれているとわかるポイントは二点。一つは、（注）に「『古今和歌集』の撰者」とあるのがヒント。『古今和歌集』は天皇が編纂を命じた勅撰集。撰者は歌のセレクト係。よい歌かどうかを判断できる目を持っているのだから和歌の達人です。もう一つは、【文章Ⅲ】の歌合の結果をみるとわかるんです。【文章Ⅱ】で琳賢が引用した貫之の歌が【文章Ⅲ】にありますね。しかも、「**左、勝ちぬ**」とあるように、**貫之の歌が躬恒の歌に勝っています**。勝負に勝ってるんだから、よい出来映えの歌であることは間違いないですね。

正解をさがそう

① 確認もしないで俊頼の歌だと決めつけて批評をしたが、実は貫之の歌だった。
……基俊が批評した「明けぬとも〜」の歌は、【文章Ⅱ】1行目にあるとおり、俊頼の歌なので、×。

② よく考えをめぐらさずに、第三句末に「て」や「で」を用いた秀歌はないことを根拠に俊頼の歌を批判したが、実は貫之の名歌があった。……これが正解！

③ 大事な句の終わりに「て」や「で」を用いるのは不吉であると指摘したが、実は古くからある詠み

方だった。
……「腰の句」は、「5/7/5/7/7」の真ん中、第三句めの「5」のこと。「不吉」も、本文中に記述がないので、×。

④ 俊頼を温厚な性格だと×甘く見て罵倒したが、実は×基俊を陥れる罠が仕組まれていたことに気づかなかった。
……【文章Ⅱ】最後で俊頼が「忍び笑ひ」をしているので、何だか裏がありそうな感じもしますが、俊頼が仕組んで琳賢に入れ知恵をしていたとも、本文には書いてありません。何も書いていない＝証拠不十分なので、こういうのは×です。

⑤ 第三句末は「て」ではなく×「で」であるべきだと批判したが、実は×「で」では文意が通らなかった。
……「て」だと単純接続の助詞「て」（訳て）、「で」だと、打消接続の助詞「で」（訳〜しないで。〜せずに）。意味が違ってきてしまいますし、「『で』あるべきだ」という批判もかいてないので、×。

正解選択肢は、②です。

問3 文法問題

「ぬ」の識別問題です。今回はすべて助動詞でしたので、助動詞のなかで「ぬ」という活用形をもつものを確認しておきましょう。

文法力をつかおう

打消の助動詞「ず」（訳 〜ない）

	未然形	連用形	終止形	連体形	已然形	命令形
未然形＋	（ず）	ず	ず	ぬ	ね	○
	ざら	ざり	○	ざる	ざれ	ざれ

完了・強意の助動詞「ぬ」（訳 〜しまう。〜しまった。きっと〜。必ず〜）

	未然形	連用形	終止形	連体形	已然形	命令形
連用形＋	な	に	ぬ	ぬる	ぬれ	ね

見分け方は二とおり。

まず一つめは接続（＝**上の単語が何形か**）**に注目する**方法。

★ **未然形 ＋ ぬ ＝ 打消「ず」**
連用形 ＋ ぬ ＝ 完了「ぬ」

もう一つは、**助動詞自身の活用形に注目する**方法です。

★ **「ぬ」が連体形 ＝ 打消「ず」**
「ぬ」が終止形 ＝ 完了「ぬ」

では、見分けのしやすい、波線部ｃ・ｄからいきますね。

cとdは、接続に注目しても、助動詞自身の活用形に注目してもどちらでも答えが出ます。

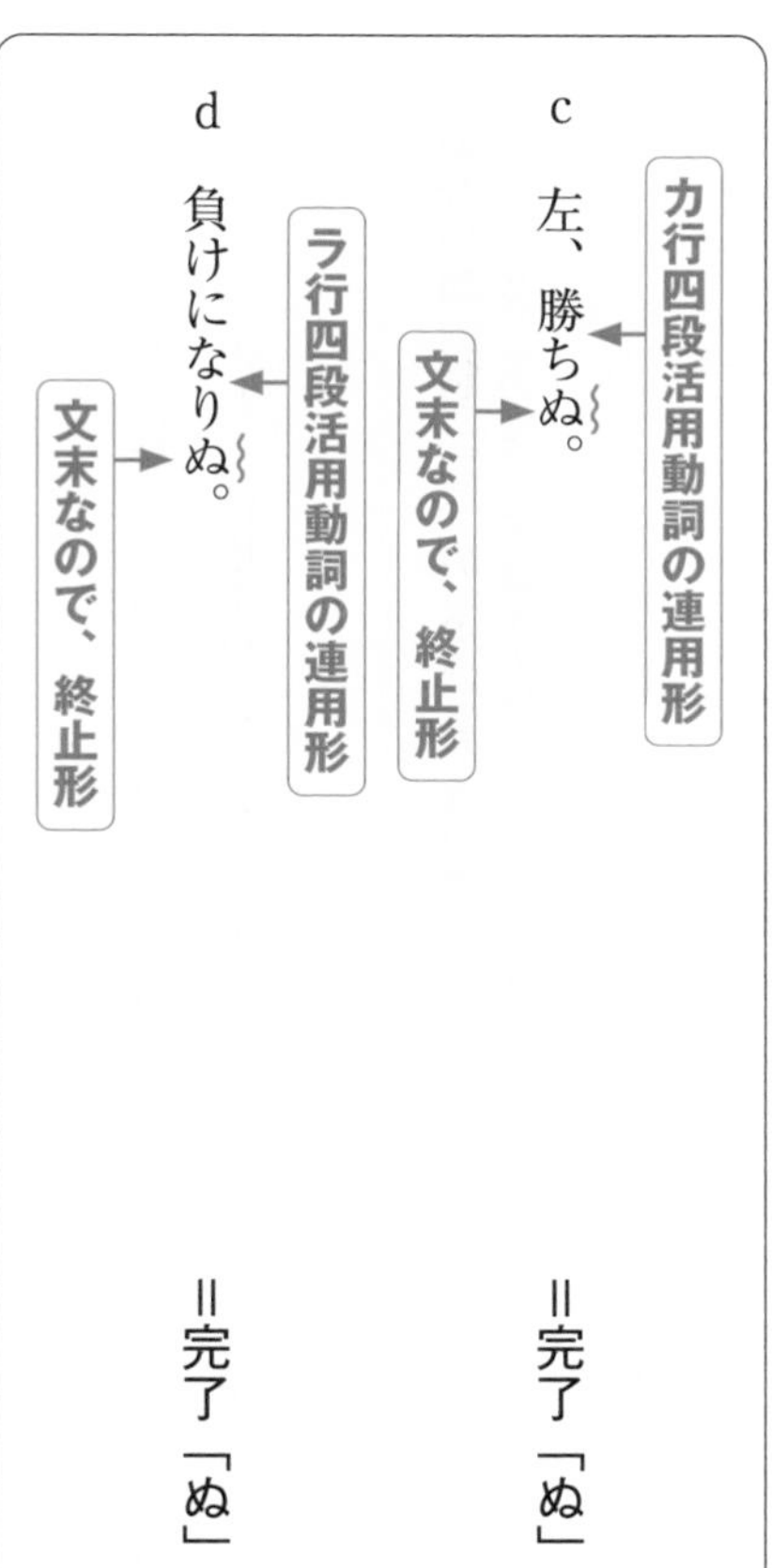

aとbはちょっと迷うかもしれませんね。

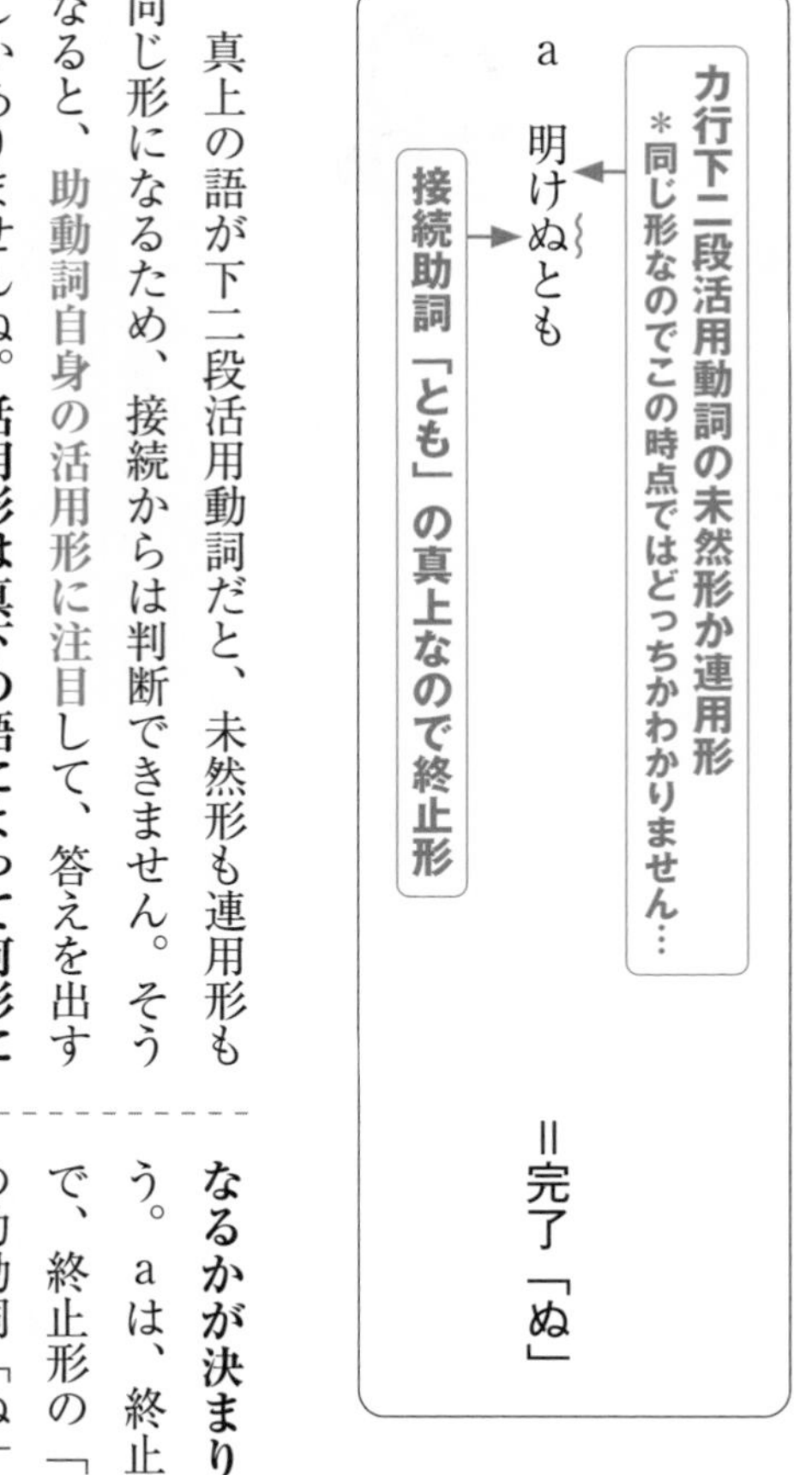

真上の語が下二段活用動詞だと、未然形も連用形も同じ形になるため、接続からは判断できません。そうなると、助動詞自身の活用形に注目して、答えを出すしかありませんね。**活用形は真下の語によって何形になるかが決まります**から、**真下の語**に着眼しましょう。aは、終止形接続の助詞「とも」の真上にあるので、終止形の「ぬ」と判断できますね。つまり、完了の助動詞「ぬ」の終止形です。

受身の助動詞「る」の未然形か連用形
＊同じ形なので、この時点ではどっちかわかりません…

b　知られぬ雪

名詞「雪」の真上なので、連体形

＝打消「ず」

受身の助動詞「る」は、〔れ―れ―る―るる―るれ―れよ〕と活用するので、未然形も連用形も同じ「れ」です。やはり接続からは判断できないので、ここも、**「ぬ」自身の活用形から判断**します。bは、名詞（体言）「雪」の真上にあるので、連体形の「ぬ」と判断できますね。つまり、打消の助動詞「ず」の連体形です。

正解をさがそう

① b・d ……×
② a・b・c・d……×
③ b・c・d ……×
④ a・b ……×
⑤ a・c・d ……a・c・dが完了の「ぬ」で、bが打消「ず」。これが正解！

問4 解釈問題

(ア) 傍線部「証歌こそ一つおぼえ侍れ」を単語に分けると、「**証歌／こそ／一つ／おぼえ／侍れ**」となります。

単語力をつかおう

おぼゆ〔動詞〕
①そう思われる。感じる。
②思い出される。
③似ている。

文法力をつかおう

こそ〔係助詞〕
①〈強意〉※訳出しないでよい。
※〈係り結び〉により文末の語が已然形

になる。

侍り［動詞］
①〈「あり」の丁寧語〉あります。います。
②〈丁寧の補助動詞〉～です。～ます。
③〈「あり」「をり」の謙譲語〉お仕えする。お控えする。

「こそ～侍れ」が〈係り結び〉。「こそ」は強意なので、特別な訳は不要です。動詞「おぼゆ」の下にあるので、**「侍れ」は補助動詞**。「証歌」については、全選択肢「証拠となる歌」となっているので、これは読解上のヒントとして活用しましょう。直訳すると、「証拠となる歌を一つ思い出されます」。歌を数えるのですから「一つ」は「一首」の方がいいですね。

正解をさがそう

① 証拠となる歌が一首 思い出され(○) ます(○)……正解！
② 証拠となる歌を一首考えて くださ(×)い
……「考えてください」は、敬語じゃない言い方にすれば「考えろ」。「侍れ」は命令形ではないので、×。
③ 証拠となる歌について一首 覚えがありません(×) か(×)
……「こそ」は、〈疑問〉ではなく〈強意〉。
④ 証拠となる歌を一首 お思いになった(×) ようです(×)
……「おぼゆ」は敬語ではないので要注意。
⑤ 証拠となる歌は一首も ない(×)のです
……「ない」と否定する意の単語は傍線部中にありませんね。

正解選択肢は、①です。

(イ) 傍線部「よもよき歌にてはあらじ」を単語に分けると、**「よも／よき／歌／に／て／は／あら／じ」**となります。

ここは、**「よも～じ」**でセットです。**「に」は断定の助動詞「なり」の連用形**で、**「に……あら」**で「である」と訳します。

単語力をつかおう

よも〔副詞〕

①「よも～じ」「よも～まじ」のカタチで

まさか～ないだろう。よもや～まい。

正解をさがそう

① ×絶対によい歌 ○である ×はずがない ……「よも～じ」の誤り。

② ×けっしてよい歌 ○ではあるまい ……「よも」の誤り。

③ ×いまさらよい歌は ×でき ○ないだろう……「よも」の誤り。「でき（ない）」も余分。

④ ○まさかよい歌 ○ではないだろう ……正解！

⑤ ×どうせよい歌は ×できまい ……「よも」の誤り。「でき（まい）」も余分。

正解選択肢は、④です。

問5　和歌の説明問題

では、「左」の歌から順番に見ていきましょう。この「左」「右」は、本文中での位置ではなくて、歌合における「**左方（＝左チーム）**」と「**右方（＝右チーム）**」の**こと**ですからね。

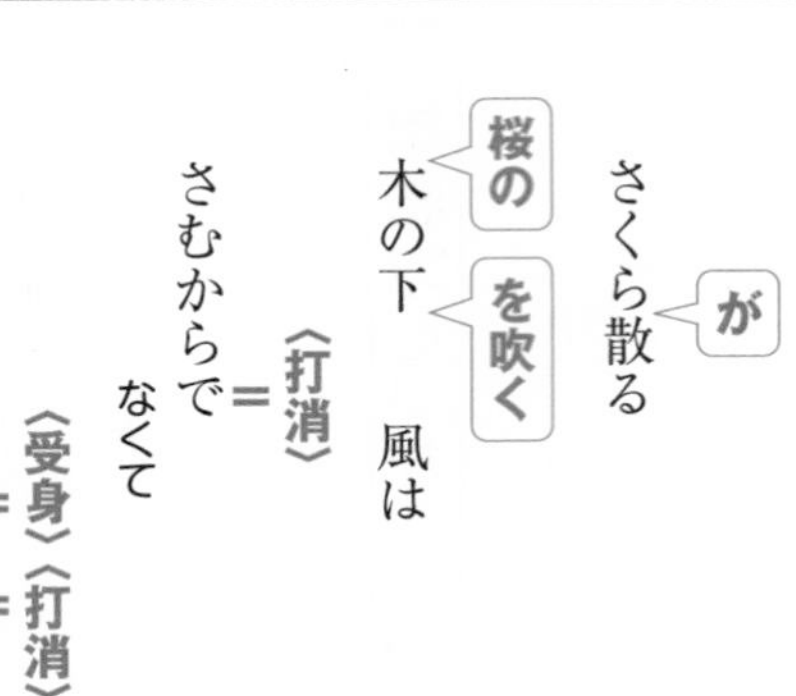

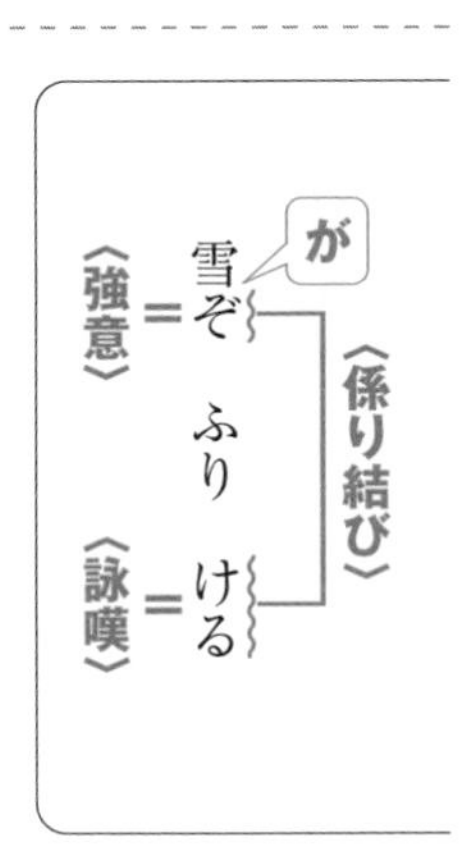

「空に知られ（てい）ない雪」というのがわかりにくいですね。本物の雪なら、空から降るわけですから、空が知らないわけはありません（そもそも、人間ではない「空」が知るとか知らないとかというのがヘンに思えるでしょうけど、それは擬人的な表現ということで、よしとしてくださいね）。

「空」が、降っていることを知らない「雪」って何だろう？と考えたときに、和歌の冒頭に述べられている「さくら散る」状況から、「あ！桜吹雪だ！」と気づけたら、お見事！「桜吹雪」は「吹雪」といっても空から降るわけではありませんから、「空」の関知しないところで降る雪、といえますね。

では次は、「右」の躬恒の歌です。

わが心 (私の)〈は〉
はるの山辺に (春)
あくがれて (さまよい出て)
ながながし日を (長い長い)
今日もくらしつ (過ごし た)〈完了〉

こっちの歌は、それほど難解な表現はありませんでしたね。身体は、仕事とかいろんなことで自由に動けなくても、心は自由に春の山辺をさまよっているという内容ですね。

ところで、今回は、歌合の歌です。和歌は、表面上、自然を詠んだ歌に見せかけて、実は人間の心情を詠んでいるといったような二重構造になっていることが多いんですけど、今回の二つの歌については、与えられた情報からは、**裏に何か別の意味がこめられていると判断できる材料がありません**。

男女が気持ちを打ち明けるシチュエーションでもないし、特別なお題も示されていません。掛詞もありません。「のんきに季節のことを言ってる場合じゃなくて、登場人物の悲しみとか恋心とかを言わなきゃ場面的にヘン！」と前後の文脈からわかったときには、もう一つの人間世界に関する意味があるはずだと考えていくわけですが、今回は、そうではありません。今回の歌もそうやって深読みしちゃった人もいるかもしれませんが、ここは、素直に言葉に即して読解していけば、ＯＫです。

正解をさがそう

① 左の歌は、季節はずれの雪が降るなか、桜が散る様子を詠んでいる。

……雪は降っていないので、×。

② 左の歌は、桜の散る様子に自らの恋がやぶれたことを重ねている。

……「花が散る」＝失恋、はありそうですけど、今回は、そう読む根拠がありません。

③ 左の歌と右の歌は、贈答歌の形式になっている。

……「贈答歌」とは、ＡさんがＢさんに歌をおくり、ＢさんがＡさんに返事の歌をおくる、やりとりの歌のことです。会話のやりとりの代わりに、和歌でやりとりをしているという感じですね。でも今回は、勝負をつける歌合での歌ですから、最初の歌に対して後の歌が返事をしているという体裁にはなっていません。

④ 右の歌は、春爛漫の山で一日を過ごしたときの歌である。

……「あくがれ」は「上の空になる。心がひかれて落ち着かなくなる。魂が体から抜け出る」という意味。自らが春山に行ったのでなく、思っていただけの歌です。

⑤ 右の歌は、第四句めの表現を理由に、負けとなった。

……和歌の後に、「右は『ながながといふ言、にくし…』とて負けになりぬ」とあります。「ながなが」は第四句めにある表現ですから、これが正解！

正解選択肢は、⑤です。

問6　人物の説明問題

傍線部のない問題では、**選択肢の記述の根拠を本文や前書き、（注）などから探し出したうえで、○×判断をします。**漠然とやらないようにね。

では、今回は不適当な選択肢を探しましょう。

正解をさがそう

① 基俊も俊頼も、和歌の達人である。
……基俊については【文章Ⅰ】の最初に「藤原基俊、また和歌をよくして世に名ありける」とあるので○。俊頼についても、【文章Ⅰ】2行目の基俊の発言に「俊頼は……和歌をよくす」とあるので、○。（注）にも『金葉和歌集』の撰者とあります。『金葉和歌集』は5番目の勅撰集です。どの勅撰集でも、「勅撰集の撰者」とあれば、「自他とも認める和歌の達人」と考えてＯＫですよ。

② 基俊は俊頼に対して、強い対抗意識を持っていた。
……【文章Ⅰ】の最初に「藤原基俊……常に俊頼と争ひて」とあるので、○。

③ 基俊は、容赦なく他人の歌を悪く言った。
……【文章Ⅰ】第二段落冒頭に「基俊……他の歌を判ずるにいたりては、口をきはめて詐しそしる」とあるので、○。「そしる」は「悪く言う。非難する」意の重要語。

④ 俊頼は、人に好かれ、名誉も手にした。

……【文章Ⅰ】の最後に「俊頼は……人、これを愛する者多し」「当時のほまれ、ますますこの人に帰したり」とあるので、○。

⑤　琳賢は、基俊と俊頼の争いに辟易(へきえき)していた。

……【文章Ⅱ】で琳賢は、基俊と俊頼の争いに終止符を打つ発言をしていますが、その意図は書いてありません。うんざりしていたのかもしれませんし、俊頼に味方しようと思ったのかもしれません。本文から読み取れないことは「証拠不十分」で、×です。

正解選択肢は、⑤です。

《解答》

問1　④　問2　②　問3　⑤
問4　(ア)　①　(イ)　④
問5　⑤　問6　⑤

訳

【文章Ⅰ】

その頃、藤原基俊は、また和歌を上手に詠んで世間で評判があったが、(基俊は) 常に俊頼と争って、その仲が良くない。基俊が、かつて (ある) 人に言っていたことは、「俊頼は漢文の学才がなくて (それなのに) 和歌を上手に詠む。たとえていえば、馬が上手に道を歩くよう (なもの) だ」と言っていた。俊頼は、これを聞いて言うことは、「菅原文時や大江朝綱のような漢文の学識のひろい者でさえ、まだ (本人が詠んだ) すぐれた和歌があることを聞かない。凡河内躬恒や紀貫之は、漢詩の評判は聞こえないが、和歌を上手に詠むことに害はない。だから、基俊の申すことは、こじつけではないか」とおっしゃった。

基俊は、その学才を自負していて、常にほかの人の和歌を判定する時には、言葉を尽くして非難することをひたすらなさるせいで、時として注意の行き届かない失敗がある。（一方で）俊頼は、性質が温厚であったので、人は、この人（＝俊頼）を愛する者が多い。こうした理由で、当時の名誉は、ますますこの人（＝俊頼）のもとに集まった。

【文章Ⅱ】

雲居寺の聖のもとで、秋の終わりの心を俊頼が詠みなさった歌、

明けぬとも……＝（秋の最後の）夜が明けたとしても、それでもやはり秋風が訪れて、野原のありさまよ、（趣のある秋のまま）様子が変わるな。

この歌を、（詠者である俊頼の）名前を隠して出していたが、基俊は、「俊頼の歌であろう」と思って、非難して言うことには、「どうしても歌については第三句の最後に、「て」の字を置いたものは、（歌の出来として）うまくいくことはない。（スムーズな歌の流れを）妨げてたいそう聞き苦しいものである」と（人々に）口を挟ませないほど非難なさったが、俊頼はあれこれおっしゃらなかったが、その席に伊勢の君と、琳賢が、いらっしゃったのだが、（この二人が）基俊に向かって、「（あなたの言い分とは）異なった様子の証歌が一つ思い出されます」と言い出しなさったところ、基俊が、（その言葉を）聞いて、「さあさあ、（その証歌を）お聞きしよう。まさか秀歌ではないだろう」と言うと、琳賢が、

さくら散る……＝桜が散る木の下を吹く風は寒くなくて

という紀貫之の歌を声に出して読み上げて、しかも「で」の文字を長々とのばして歌いなさったので、基俊は顔の色が真っ青になって、何も言わずにうつむいていた時に、俊頼は、忍び笑いをなさったと言うことだ。

【文章Ⅲ】

左　　　　　　　　　　　　　紀貫之

さくら散る……＝桜が散る木の下を吹く風は寒くなくて、空に知られていない雪（＝桜吹雪）が降ったことよ。

右　　　　　　　　　　　　　凡河内躬恒

わが心……＝私の心は春の山辺にさまよい出て、長い長い日を今日も過ごした。

左方（の歌）が、勝った。右方（の歌）は、「『ながなが』という言葉が、気に入らない。（歌を読みあげる係の人が）口をすぼめて肩に置いたようにつぶやい（て読んでい）た」といって負けになった。

さて、いかがでしたか？　たくさんの問題に挑戦しましたね。よくがんばりました！

なかには、難しく感じるものもあったと思いますが、「いっぺんに攻略しなきゃ！」なんてヘンなプレッシャーを自分にかけなくても大丈夫。さらに単語を覚えたり、文法の見直し、ほかの問題演習なんかもはさみながら、何度も取り組んでみてください。単語や文法の力が安定してきたら、話の筋は取りやすいですし、単語や文法がスッとわかるようになったら、それ以外の着眼箇所にも気づきやすくなりますからね♪

この本で、基本的な解き方や、選択肢のしぼりこみ方をしっかり学んだら、次は「参考書を読んでわかるようになった！」の段階から、「自分でもできるようになった！」の段階まで、問題演習を重ねていきましょう。その先ははもう「ゴール」ですよ！

笑顔でゴールテープをきるみんなの姿、本当に楽しみです♪

心から、応援しています!!

巻末付録

▼問題1　試行調査テスト（2017年実施）――解説・解答
▼問題2　試行調査テスト（2018年実施）――解説・解答
▼用言活用表
▼助動詞一覧表
▼助詞一覧表
▼主な敬語動詞一覧表
▼主な文法識別一覧表
▼主な和歌修辞

問題

『源氏物語』は書き写す人の考え方によって本文に違いが生じ、その結果、本によって表現が異なっている。次の【文章Ⅰ】と【文章Ⅱ】は、ともに『源氏物語』（桐壺の巻）の一節で、最愛の后である桐壺の更衣を失った帝のもとに、更衣の母から故人の形見の品々が届けられた場面である。【文章Ⅰ】は藤原定家が整えた本文に基づき、【文章Ⅱ】は源光行・親行親子が整えた本文に基づいている。また、【文章Ⅲ】は源親行によって書かれた『原中最秘抄』の一節で、【文章Ⅱ】のように本文を整えたときの逸話を記している。【文章Ⅰ】～【文章Ⅲ】を読んで、後の問い（問1～6）に答えよ。

【文章Ⅰ】

かの贈りもの御覧ぜさす。亡き人（注1）の住みか尋ねいでたりけむ、(ア)しるしの釵ならましかば、と思ほすも、いとかひなし。

(イ)尋ねゆく幻もがなつてにても魂のありかをそこと知るべく

(注2)絵に描ける楊貴妃の容貌は、いみじき絵師と言へども、筆限りありければ、いと匂ひ少なし。(注3)太液の芙蓉、未央の柳も、げに通ひたりし容貌を、唐めいたるよそひはうるはしうこそありけめ、なつかしうらうたげなりしを思し出づるに、花鳥の色にも音にも、よそふべきかたぞなき。

【文章Ⅱ】

かの贈りもの御覧ぜさす。亡き人の住みか尋ねいでたりけむ、しるしの釵ならましかば、と思すも、いとかなし。

尋ねゆく幻もがなつてにても魂のありかをそこと知るべく

絵に描ける楊貴妃の容貌は、いみじき絵師と言へども、筆限りありければ、いと匂ひ少なし。太液の芙蓉も、げに通ひたりし容貌・色あひ、唐めいたりけむよそひはうるはしう、けうらにこそはありけめ、なつかしうらうたげなりしありさまは、女郎花(をみなえし)の風になびきたるよりもなよび、撫子(なでしこ)の露に濡(ぬ)れたるよりもらうたく、なつかしかりし容貌・気配を思し出づるに、花鳥の色にも音にも、よそふべきかたぞなき。

（注）1　亡き人の住みか尋ねいでたりけむ、しるしの釵――唐の玄宗皇帝と楊貴妃の愛の悲劇を描いた漢詩「長恨歌」による表現。玄宗皇帝は、最愛の后であった楊貴妃の死後、彼女の魂のありかを求めるように道士（幻術士）に命じ、道士は楊貴妃に会った証拠に金の釵を持ち帰った。
2　絵――更衣の死後、帝が明けても暮れてもみていた「長恨歌」の絵のこと。
3　太液の芙蓉、未央の柳――太液という池に咲いている蓮(はす)の花と、未央という宮殿に植えられている柳のことで、いずれも美人の形容として用いられている（「長恨歌」）。

【文章Ⅲ】

亡父光行、昔、五条三品(注1)にこの物語の不審の条々を尋ね申し侍(はべ)りし中に、当巻に、「絵に描ける楊貴妃の形は、いみじき絵師と言へども、筆限りあれば、匂ひ少なし。太液の芙蓉、未央の柳も」と書きて、「未央の柳」といふ一句を見せ消(け)ち(注2)にせり。これによりて親行を使ひとして、「楊貴妃をば芙蓉と柳とにたとへ、更衣をば女郎花と撫子にたとふ、みな二句づつにてよく聞こえ侍るを、

（注3）御本、未央の柳を消たれたるは、いかなる子細の侍るやらむ」

と申したりしかば、

「我は（ウ）いかでか自由の事をばしるべき。（注4）行成卿（きやう）の自筆の本に、この一句を見せ消ちにし給ひき。紫式部同時の人に侍れば、申し合はする様こそ侍らめ、とてこれも墨を付けては侍れども、いぶかしさにあまたたび見しほどに、（注5）若菜の巻にて心をえて、おもしろくみなし侍るなり」

と申されけるを、親行、このよしを語るに、

「若菜の巻には、いづくに同類侍るとか申されし」

と言ふに、

「それまでは尋ね申さず」

と答へ侍りしを、さまざま恥（は）ぢしめ勘当し侍りしほどに、親行こもり居て、若菜の巻を数遍ひらきみるに、

その意をえたり。六条院(注6)の女試楽、女三の宮、人よりちいさくうつくしげにて、ただ御衣のみある心地す、にほひやかなるかたはをくれて、いとあてやかになまめかしくて、二月の中の十日ばかりの青柳のしだりはじめたらむ心地して、とあり。柳を人の顔にたとへたる事あまたになるによりて、(エ)見せ消ちにせられ侍りしにこそ。三品の和才すぐれたる中にこの物語の奥義をさへきはめられ侍りける、ありがたき事なり。しかあるを、京極中納言入道(注7)の家の本に「未央の柳」と書かれたる事も侍るにや。又俊成卿(注8)の女に尋ね申し侍りしかば、

「この事は伝々の書写のあやまりに書き入るるにや、あまりに対句めかしくにくいけしたる方侍るにや」

と云々。よりて愚本にこれを用いず。

（注）1　五条三品――藤原俊成。平安時代末期の歌人で古典学者。

2　見せ消ち――写本などで文字を訂正する際、もとの文字が読めるように、傍点を付けたり、その字の上に線を引くなどすること。

3　御本――藤原俊成が所持する『源氏物語』の写本。

4　行成卿――藤原行成。平安時代中期の公卿で文人。書道にすぐれ古典の書写をよくした。
5　若菜の巻――『源氏物語』の巻名。
6　六条院の女試楽――光源氏が邸宅六条院で開催した女性たちによる演奏会。
7　京極中納言入道――藤原定家。藤原俊成の息子で歌人・古典学者。
8　俊成卿の女――藤原俊成の養女で歌人。

問1　傍線部(ア)「しるしの釵ならましかば」とあるが、直後に補うことのできる表現として最も適当なものを、次の①～⑤のうちから一つ選べ。

① いかにうれしからまし
② いかにめやすからまし
③ いかにくやしからまし
④ いかにをかしからまし
⑤ いかにあぢきなからまし

問2　傍線部(イ)「尋ねゆく幻もがなつてにても魂のありかをそこと知るべく」の歌の説明として**適当でないもの**を、次の①～⑤のうちから一つ選べ。

① 縁語・掛詞は用いられていない。
② 倒置法が用いられている。
③「もがな」は願望を表している。
④ 幻術士になって更衣に会いに行きたいと詠んだ歌である。
⑤「長恨歌」の玄宗皇帝を想起して詠んだ歌である。

問3 傍線部(ウ)「いかでか自由の事をばしるべき」の解釈として最も適当なものを、次の①〜⑤のうちから一つ選べ。

① 勝手なことなどするわけがない。
② 質問されてもわからない。
③ なんとかして好きなようにしたい。
④ あなたの意見が聞きたい。
⑤ 自分の意見を言うことはできない。

問4 傍線部(エ)「見せ消ちにせられ侍りしにこそ」についての説明として最も適当なものを、次の①〜⑤のうちから一つ選べ。

① 紫式部を主語とする文である。
② 行成への敬意が示されている。
③ 親行の不満が文末の省略にこめられている。
④ 光行を読み手として意識している。
⑤ 俊成に対する敬語が用いられている。

問5 **【文章Ⅱ】**の二重傍線部「唐めいたりけむ〜思し出づるに」では、楊貴妃と更衣のことが**【文章Ⅰ】**よりも詳しく描かれている。この部分の表現とその効果についての説明として、**適当でないもの**を、次の①〜⑤のうちから一つ選べ。

① 「唐めいたりけむ」の「けむ」は、「長恨歌」中の人物であった楊貴妃と、更衣との対比を明確にし

ている。

② 「けうらにこそはありけめ」という表現は、中国的な美人であった楊貴妃のイメージを鮮明にしている。

③ 「女郎花」が風になびいているという表現は、更衣が幸薄く薄命な女性であったことを暗示している。

④ 「撫子」が露に濡れているという表現は、若くして亡くなってしまった更衣の可憐さを引き立てている。

⑤ 「○○よりも△△」という表現の繰り返しは、自然物になぞらえきれない更衣の魅力を強調している。

問6 **【文章Ⅲ】**の内容についての説明として最も適当なものを、次の①～⑤のうちから一つ選べ。

① 親行は、女郎花と撫子が秋の景物であるのに対して、柳は春の景物であり、桐壺の巻の場面である秋の季節に使う表現としてはふさわしくないと判断した。そこで、**【文章Ⅱ】**では「未央の柳」を削除した。

② 俊成の女は、「未央の柳」は紫式部の表現意図を無視した後代の書き込みであると主張した。そして、俊成から譲られた行成自筆本の該当部分を墨で塗りつぶし、それを親行に見せた。

③ 光行は、俊成所持の『源氏物語』では、「未央の柳」が見せ消ちになっていることに不審を抱いて、親行に命じて質問させた。それは、光行は、整った対句になっているほうがよいと考えたからであった。

④ 親行は、「未央の柳」を見せ消ちとした理由を俊成に尋ねたところ、満足な答えが得られず、光行からも若菜の巻を読むように叱られた。そこで、自身で若菜の巻を読み、「未央の柳」を不要だと判断した。

⑤ 俊成は、光行・親行父子に対しては、「未央の柳」は見せ消ちでよいと言っておきながら、息子の

定家には「未央の柳」をはっきり残すように指示していた。それは、奥義を自家の秘伝とするための偽装であった。

【本文図解】解説

では、さっそく一緒に本文を読んでみましょう。【文章Ⅰ】からです。

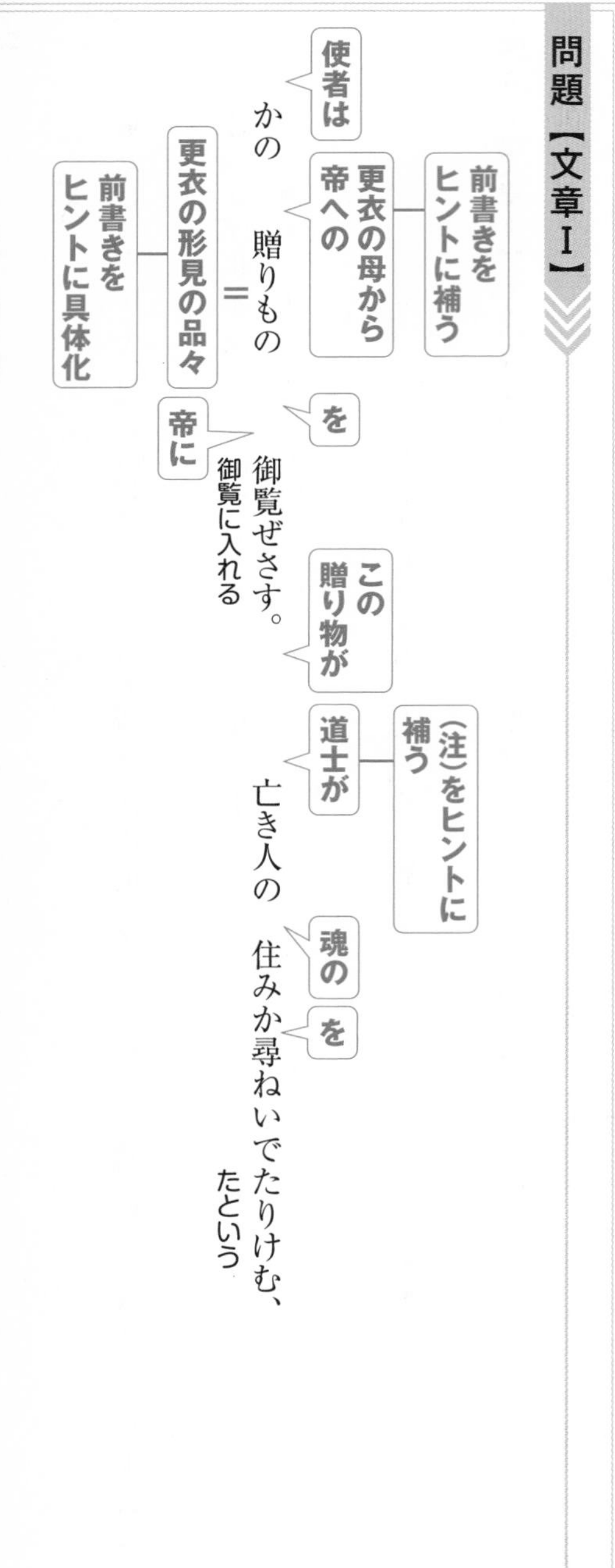

問題【文章Ⅰ】
使者は
かの
前書きをヒントに補う
更衣の母から帝への
贈りもの
=
更衣の形見の品々
前書きをヒントに具体化
を
帝に
御覧ぜさす。
御覧に入れる
この贈り物が
(注)をヒントに補う
道士が
亡き人の
魂の
住みか
を
尋ねいでたりけむ、
たという

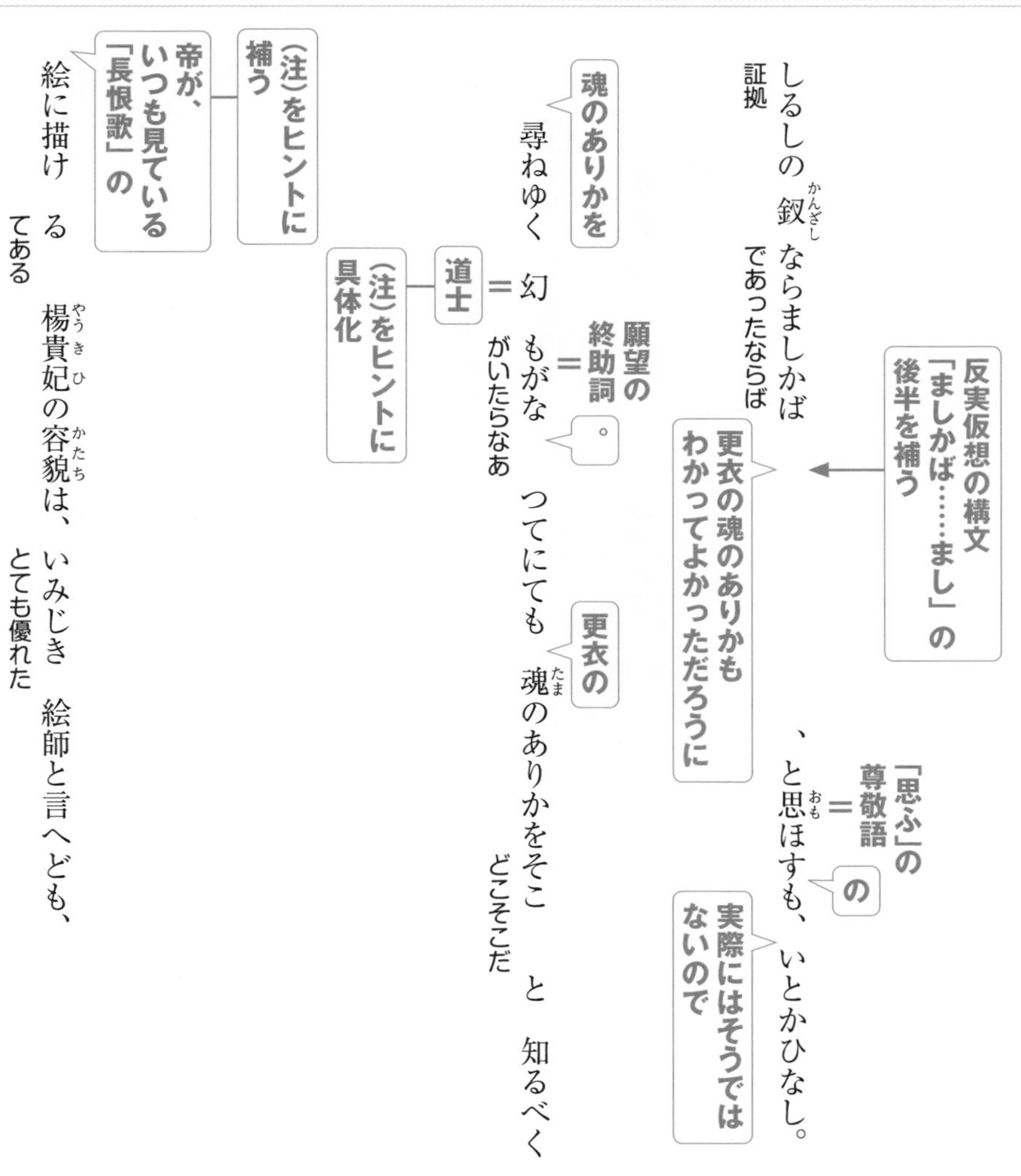
しるしの釵(かんざし)ならましかば
証拠
であったならば
反実仮想の構文「ましかば……まし」の後半を補う
更衣の魂のありかもわかってよかっただろうに
、と思(おも)ほすも、いとかひなし。
「思ふ」の尊敬語＝の
実際にはそうではないので
尋ねゆく幻もがな
魂のありかを
道士＝幻
(注)をヒントに具体化
願望の終助詞＝もがな
。
がいたらなあ
つてにても魂(たま)のありかをそこと知るべく
更衣の
どこそこだ
(注)をヒントに補う
帝が、いつも見ている「長恨歌」の
絵に描ける
てある
楊貴妃(やうきひ)の容貌(かたち)は、いみじき絵師と言へども、
とても優れた

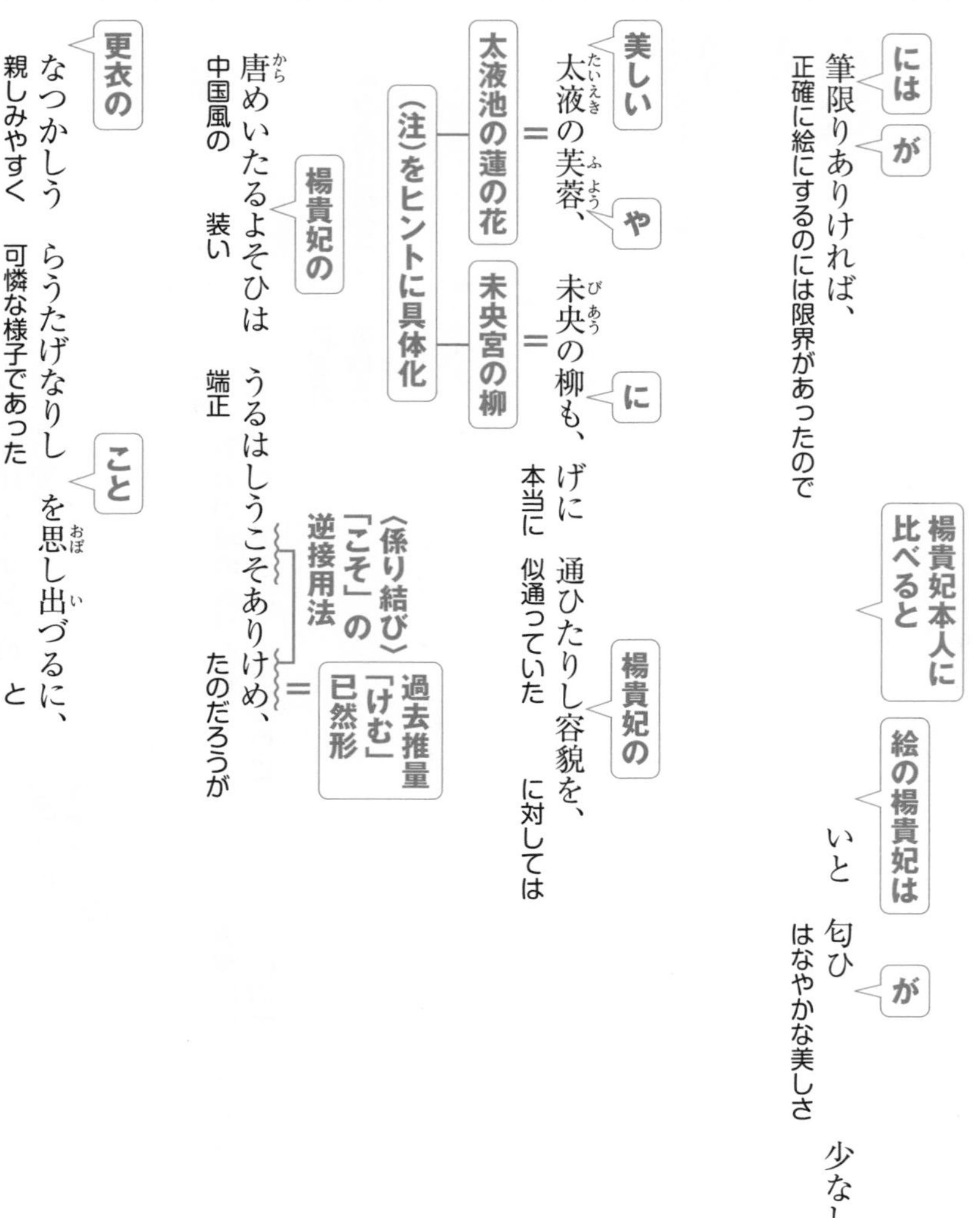

筆限りありければ、
には
が
正確に絵にするのには限界があったので
いと匂ひ少なし。
楊貴妃本人に比べると
絵の楊貴妃は
が
はなやかな美しさ
太液の芙蓉、未央の柳も、げに通ひたりし容貌を、
美しい
や
に
楊貴妃の
太液池の蓮の花
未央宮の柳
（注）をヒントに具体化
本当に　似通っていた　に対しては
唐めいたるよそひはうるはしうこそありけめ、
楊貴妃の
〈係り結び〉「こそ」の逆接用法
過去推量「けむ」已然形
中国風の　装い　端正　たのだろうが
なつかしうらうたげなりしを思し出づるに、
更衣の
こと
親しみやすく　可憐な様子であった　と

更衣の様子は
花鳥（はなとり）の色にも音（ね）にも、よそふべきかたぞなき。
美しい／鳴き声／たとえる／が／〈係り結び〉／形容詞「なし」連体形／ほど魅力的だった

【文章Ⅱ】と【文章Ⅰ】は、4行めまではほとんど同じです。細かい違いが多くなるその後から確認しましょう。

問題【文章Ⅱ】

太液の芙蓉も、げに通ひたりし容貌・色あひ、唐めいたりけむよそひは
美しい／に＝太液池の蓮の花／本当に／似通っていた／楊貴妃の／や／中国風であったという／装い

うるはしう、けうらにこそはありけめ、

端正で　清らか　たのだろうが

〈係り結び〉「こそ」の逆接用法　＝　過去推量「けむ」已然形

なつかしう　らうたげなり　しありさまは、

親しみやすく　可憐な様子　については

女郎花(をみなえし)の風になびきたるよりもなよび、撫子(なでしこ)の露に濡(ぬ)れたるよりもらうたく、

が　様子　柔らかで　が　様子　かわいらしく

なつかしかりし容貌・気配を思し出づるに、花鳥の色にも音　にも、

更衣の　親しみやすかった　と　美しい　鳴き声

よそふべきかたぞ　なき。

たとえ　が　ほど魅力的だった

〈係り結び〉　＝　形容詞「なし」連体形

続いて【文章Ⅲ】です。

問題【文章Ⅲ】

亡父光行、昔、五条三品にこの物語の不審の条々を尋ね申し侍り（はべ）し中に、

（亡父光行 ＝ 私（筆者親行）の が／五条三品 ＝ 藤原俊成／この物語 ＝ 源氏物語／不審 ＝ 点／尋ね申し侍りし ＝ お尋ねしました）

当巻に、「絵に描ける楊貴妃の形は、いみじき絵師と言へども、

（当巻 ＝ 桐壺の巻／描ける ＝ 描いてある／形 ＝ 容貌／いみじき ＝ とても優れた）

筆限りあれば、匂ひ少なし。太液の芙蓉、未央の柳も」と書きて、

（筆 に が 限りあれば ＝ ので／楊貴妃本人に比べると／匂ひ は ＝ 美しさ／本当の楊貴妃は美しい／太液の芙蓉 ＝ 太液池の蓮の花 や／未央の柳 ＝ 未央宮の柳 に 似通っていた）

本文の
「未央の柳」といふ一句を見せ消ちにせり。これによりて親行を使ひとして、
（せり＝してある＝「未央の柳」を見せ消ちにしてあること）（父光行は＝筆者）（使ひ＝使者）

ことは
「楊貴妃をば芙蓉と柳とにたとへ、更衣をば女郎花と撫子にたとふ、
みな二句づつにてよく聞こえ侍るを、御本、未央の柳を消たれたるは、
（御本＝あなた（俊成）のお持ちの源氏物語の）（では）（『』）（の）

いかなる子細の侍るやらむ」
どのような事情があるのでしょうか
（やらむ＝「にやあらむ」）

俊成に
と申したりしかば、
たところ

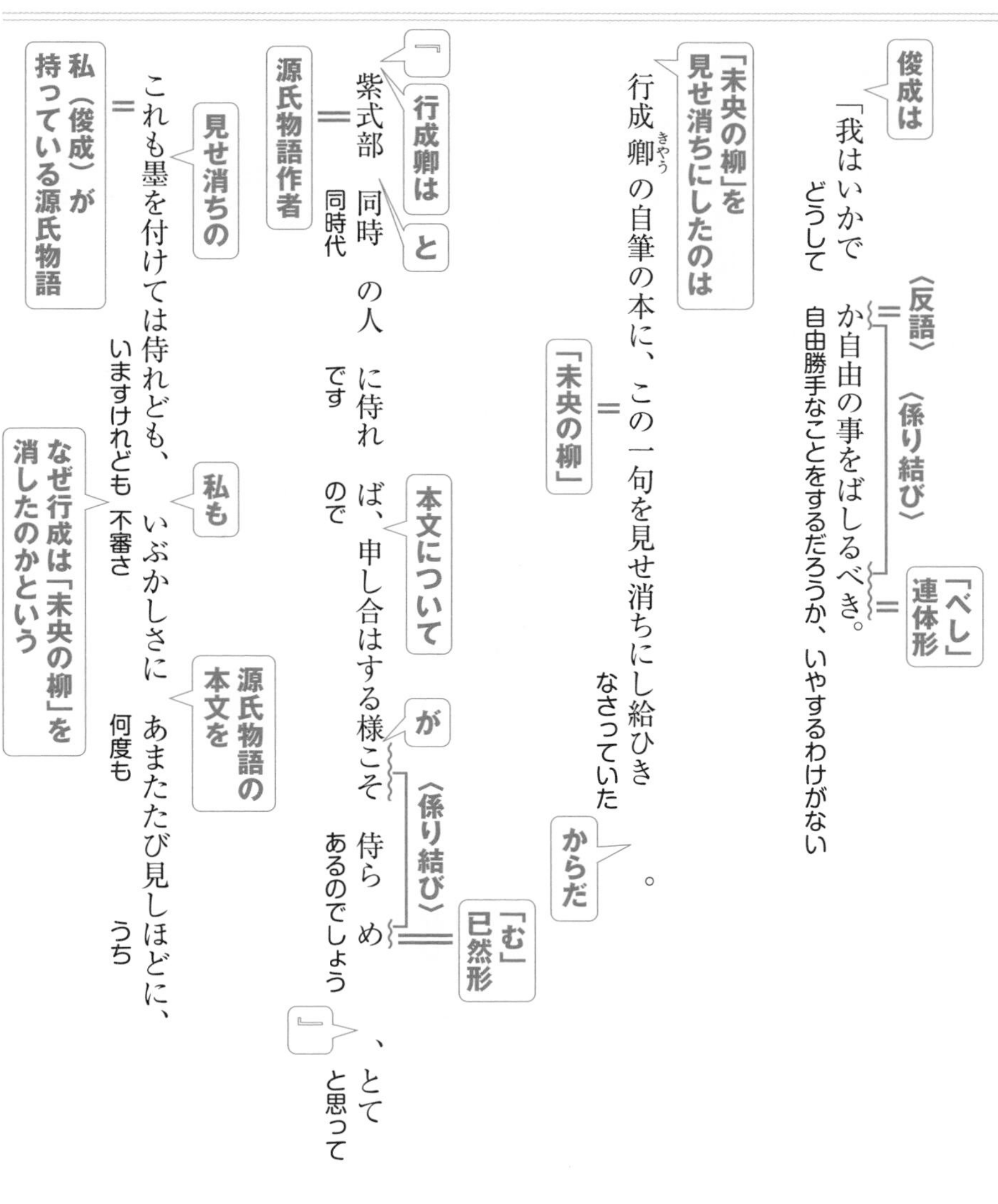
俊成は
「我はいかでか自由の事をばしるべき。
どうして
〈反語〉
〈係り結び〉
「べし」連体形
自由勝手なことをするだろうか、いやするわけがない
「未央の柳」を見せ消ちにしたのは
行成卿（きやう）の自筆の本に、この一句を見せ消ちにし給ひき。
「未央の柳」
なさっていた
からだ
『行成卿は
と
源氏物語作者
紫式部同時の人に侍れば、申し合はする様こそ侍らめ、
同時代
です
ので
本文について
が
〈係り結び〉
「む」已然形
あるのでしょう
』
とて
と思って
私（俊成）が持っている源氏物語
見せ消ちの
これも墨を付けては侍れども、いぶかしさにあまたたび見しほどに、
いますけれども
私も
不審さ
源氏物語の本文を
何度も
うち
なぜ行成は「未央の柳」を消したのかという

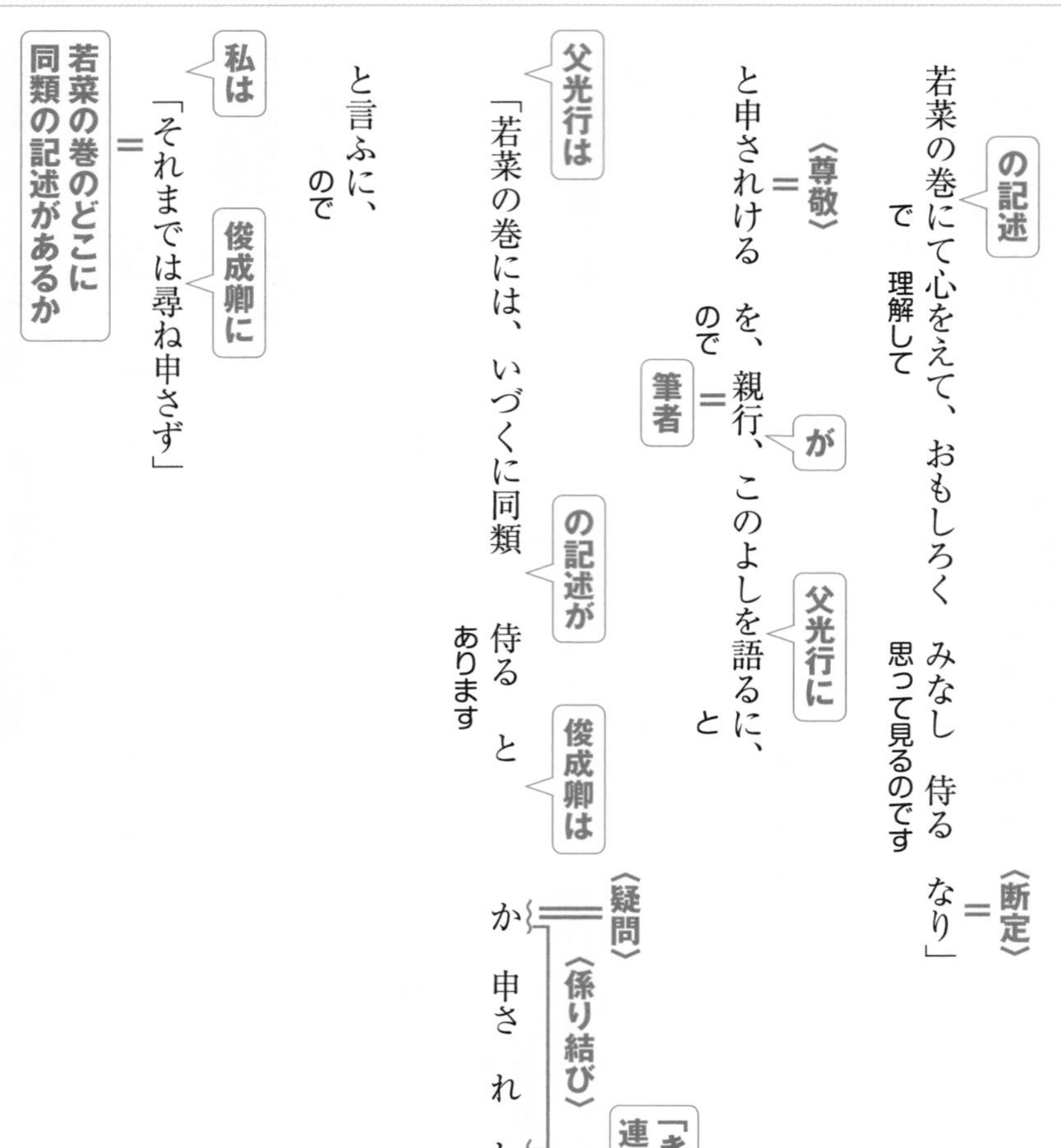

若菜の巻にて心をえて、おもしろく みなし 侍る なり」
の記述
で 理解して 思って見るのです
〈断定〉
と申されける を、親行、このよしを語るに、
〈尊敬〉
ので 筆者 が 父光行に と
「若菜の巻には、いづくに同類 侍る と か 申されし」
父光行は
の記述が
ありますか
俊成卿は
〈疑問〉
〈係り結び〉
「き」連体形
と言ふに、
ので
「それまでは尋ね申さず」
私は
俊成卿に
若菜の巻のどこに同類の記述があるか

父光行に　と答へ侍りし（〈過去〉）を、（ましたところ）父は私を　さまざま恥ぢしめ（〈使役〉）勘当し侍りしほどに、（怒り　ました）

親行は（＝筆者）こもり居て（引きこもって）、若菜の巻を数遍ひらきみるに、俊成が言っていたことの　その意をえたり。（意味がわかった）

若菜の巻の　六条院の女試楽（しがく）の場面で、「女三の宮が、人よりちいさくうつくしげにて（かわいらしい様子で）、

ただ御衣のみある（着物ばかりが目立つ）が　心地すが、にほひやかなる（はなやかな美しさ）かたはをくれて（劣って）、

その一方で　いとあてやか（高貴で）になまめかしくて（若々しくて）、

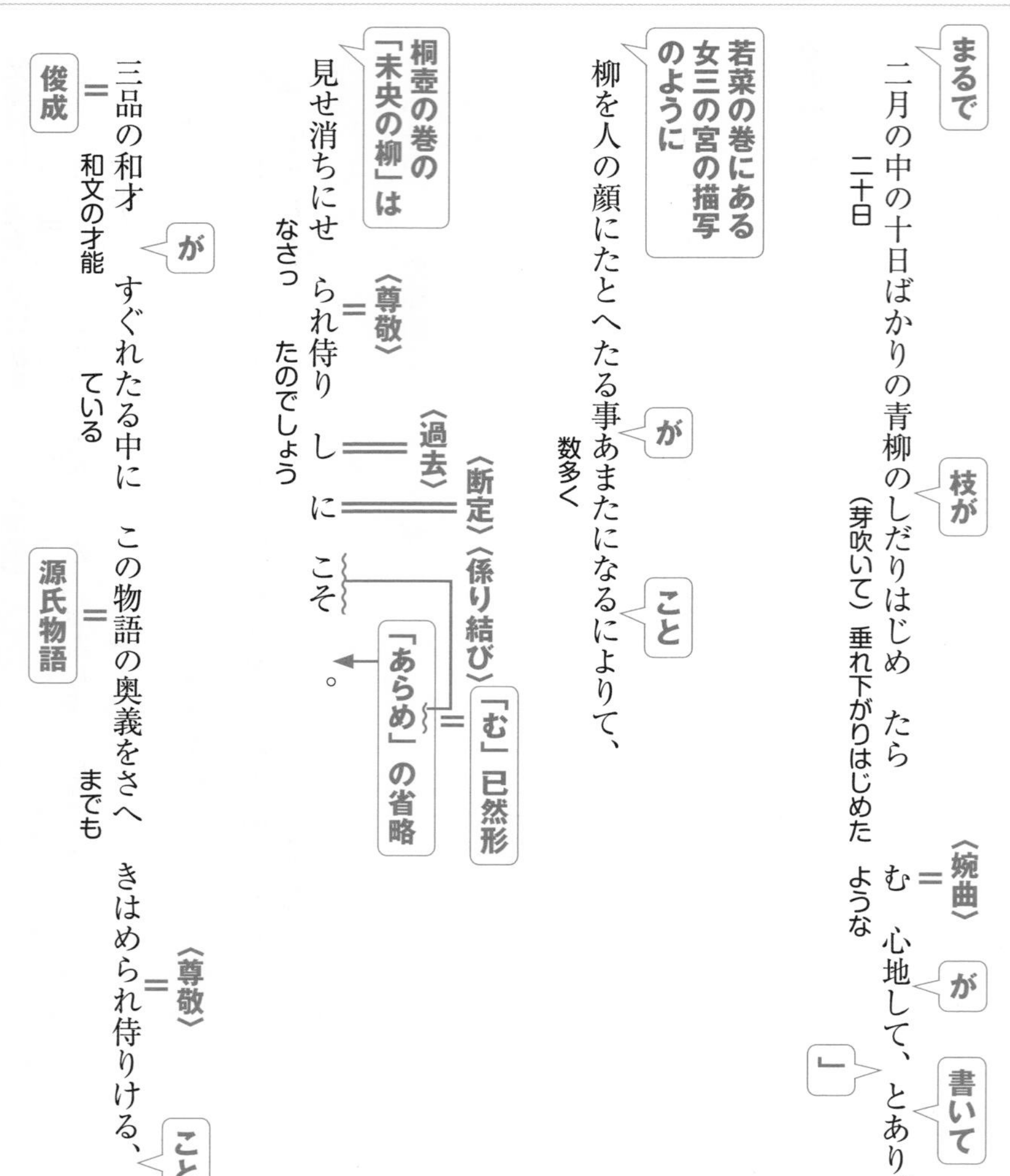

二月の中の十日ばかりの青柳のしだりはじめたらむ心地して、とあり。
まるで
二十日
枝が
（芽吹いて）垂れ下がりはじめた
〈婉曲〉
ような
が
書いて
」
柳を人の顔にたとへたる事あまたになるによりて、
若菜の巻にある女三の宮の描写のように
が
数多く
こと
見せ消ちにせられ侍りしにこそ。
桐壺の巻の「未央の柳」は
なさっ
〈尊敬〉
たのでしょう
〈過去〉
〈断定〉
〈係り結び〉
「む」已然形
「あらめ」の省略
三品の和才すぐれたる中にこの物語の奥義をさへきはめられ侍りける、
俊成
和文の才能
が
ている
源氏物語
までも
〈尊敬〉
ことは

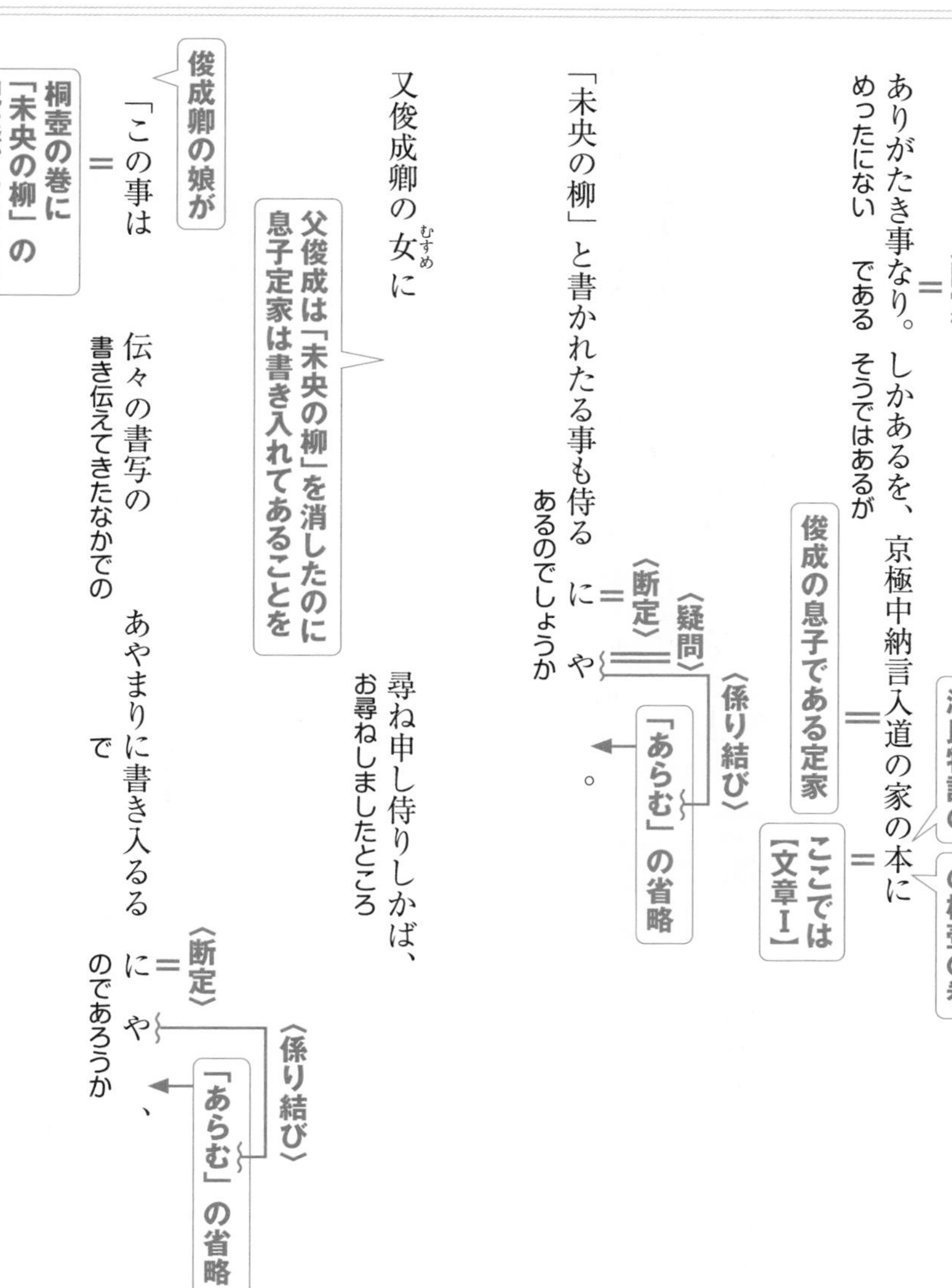
ありがたき事なり。しかあるを、京極中納言入道の家の本に
めったにない　である　そうではあるが
〈断定〉
源氏物語の
の桐壺の巻
俊成の息子である定家
ここでは【文章Ⅰ】
「未央の柳」と書かれたる事も侍るにや。
あるのでしょうか
〈断定〉
〈疑問〉
〈係り結び〉
「あらむ」の省略
又俊成卿の女(むすめ)に尋ね申し侍りしかば、
お尋ねしましたところ
父俊成は「未央の柳」を消したのに息子定家は書き入れてあることを
「この事は伝々の書写のあやまりに書き入るるにや、
書き伝えてきたなかでの　で　のであろうか
俊成卿の娘が
桐壺の巻に「未央の柳」の記述があること
〈断定〉
〈係り結び〉
「あらむ」の省略

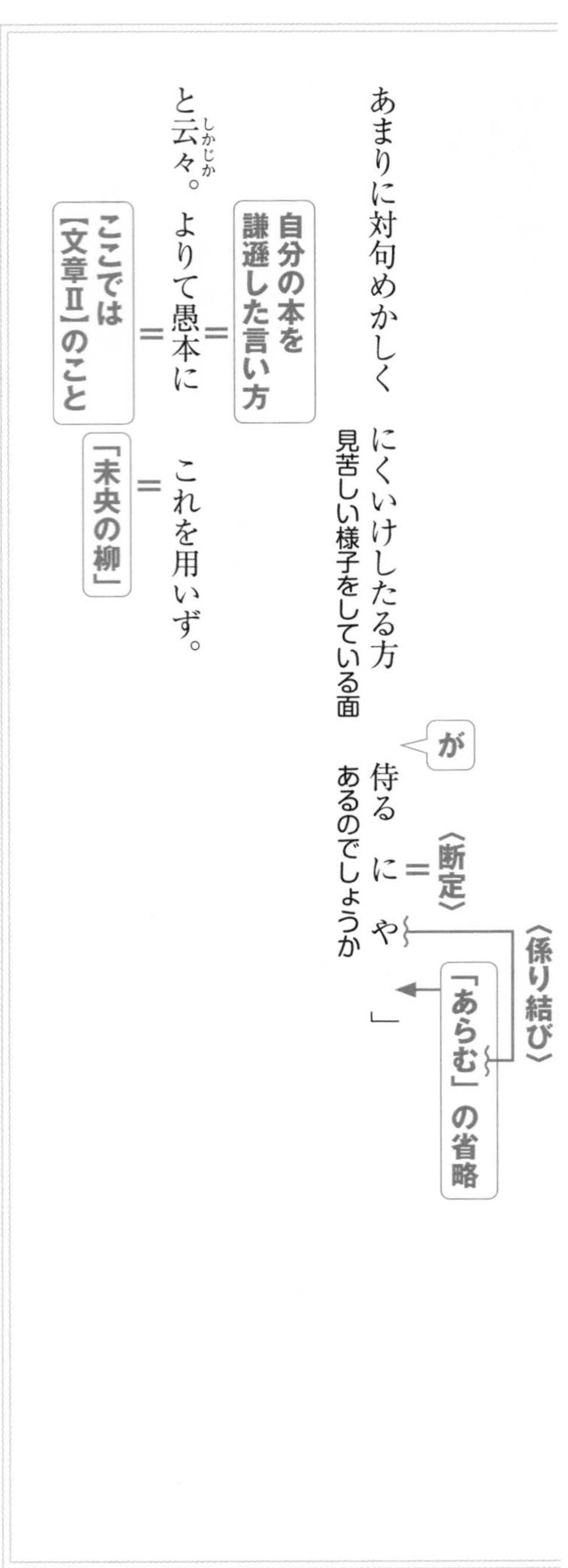

あまりに対句めかしく　にくいけしたる方　が　侍る　にや「　」
見苦しい様子をしている面
あるのでしょうか
〈断定〉
〈係り結び〉
「あらむ」の省略
と云々。よりて愚本に　これを用いず。
しかじか
自分の本を謙遜した言い方
ここでは【文章Ⅱ】のこと
「未央の柳」

【文章Ⅰ】は、藤原定家が整えた『源氏物語』桐壺の巻の一節、【文章Ⅱ】は、【文章Ⅰ】と同箇所の、源光行・親行父子が整えた本文、【文章Ⅲ】は、【文章Ⅰ】【文章Ⅱ】の箇所にある、「未央の柳」という表現を、親行が、自分で整えた本文には書き入れなかったその経緯を述べた文章です。

解き方

問1　省略表現の補足問題

表現の補い問題は、センター試験ではまず見られなかった問題です。

さて、傍線部「しるしの釵ならましかば」の末尾の**「ましかば」**は、「まし」**とセットで用いる反実仮想**

の構文です。

文法力をつかおう

★……
ましかば
ませば
せば
未然形＋ば
} ＋ 〜 まし。

訳 もし……だったならば〜だったろうに。

傍線部末尾に「ましかば」があるのに、セットのもう一方の「まし」がないので、省略されているのは「〜まし」の部分ですね。

ただし、今回の選択肢はいずれも「〜まし」ですので、ここは意味も考える必要があります。つまり、「しるしの釵ならましかば〜まし」＝「もし証拠の釵であったならば、〜だっただろうに」の「〜」を考えるわけです。

ここは、最愛の后である桐壺の更衣を失った帝のもとに、形見の品々が届けられた場面です。その形見の品々を見て、「もしもこれが、道士が亡き人に会った証拠の釵だったならば、〜だっただろうに」と思うわけです。

選択肢はみな「いかに〜まし（＝どんなに〜だったろうに）」となっていて「〜」の箇所の形容詞に違いがあるのみです。では、「〜」の部分を見てみましょう。

単語力をつかおう

うれし〔形容詞〕
①うれしい。喜ばしい。

めやすし〔形容詞〕
①見ていて感じがよい。

くやし〔形容詞〕
①残念だ。

をかし〔形容詞〕
①趣がある。風流だ。
②滑稽だ。

あぢきなし〔形容詞〕
①つまらない。

①「**うれしから**」（「うれし」の未然形）をあてはめてみると、「**どんなに（か）うれしかっただろうに**」という訳になります。直前の部分につなげてみると、「亡き人に会った証拠の釵だったならば、どんなにかうれしかっただろうに」となり、最愛の后を亡くして悲しむ帝の心情にも、ぴったりですね。これが正解です。この世とあの世、遠くはなれてしまっても、直接会うことはできなくても、どこかでつながっていたいと思う帝の心情があらわれている部分です。

正解の「うれし」と同様に、プラス方向の意味を持つ選択肢もありますが、「めやすし」にも「をかし」も、最愛の人の遺品を目にした感情としては、合いません。

正解をさがそう

① いかにうれしからまし　……○
② いかにめやすからまし　……×
③ いかにくやしからまし　……×
④ いかにをかしからまし　……×
⑤ いかにあぢきなからまし　……×

正解選択肢は、①です。

問2 和歌の説明問題

まずは、5/7/5/7/7のリズムで小分けにして、直訳しましょう。

尋ねゆく
探し尋ねて行く

幻もがな　＝願望の終助詞。
があればいいなあ

つてにても
人づてでも

魂のありかを
魂のありかを

そこと知るべく
どこそこだとわかるように

5/7/5/7/7の各句の末尾が文末表現の場合、そこが「句切れ」です。ここは、「**もがな**」が**終助詞**なので、ここで句切れ。二句切れです。

句切れが発生している和歌で、かつ和歌の最後が言い途中で終わっているときは、言い方の順番が逆転している**「倒置法」が用いられている可能性大**です。ここも、「人づてでも魂のありかをどこそこだとわかるように、探し尋ねて行く『幻』があればなあ」と前半と後半を入れ替えると、意味も通りますし、スムーズ。なので、倒置法が用いられています。

さて、この和歌は、前書きにあったように、最愛の后である桐壺の更衣を失った帝のもとに、故人の形見の品々が届けられた場面です。また、ここでは、直前とそこに付された（注）にあるように、「長恨歌」の玄宗皇帝と亡き楊貴妃のエピソードを思い出していることから、さきほどの直訳にその情報を付け足してみましょう。

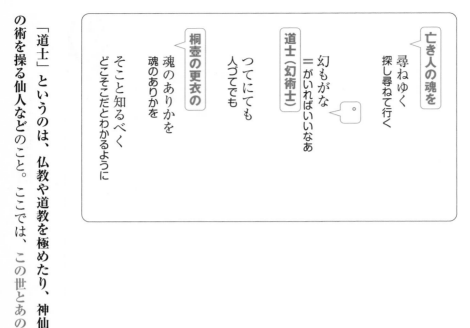

亡き人の魂を

尋ねゆく
探し尋ねて行く

道士（幻術士）

幻もがな
＝がいればいいなあ

つてにても
人づてでも

桐壺の更衣の

魂のありかを
魂のありかを

そこと知るべく
どこそこだとわかるように

「道士」というのは、仏教や道教を極めたり、神仙の術を操る仙人などのこと。ここでは、この世とあの世を行き来できる存在として話題にのぼり、その人がいればいいなあと詠んでいます。玄宗皇帝は、最愛の后である亡き楊貴妃の魂のありかを、道士（幻術士）に探し出してもらった。ボクにもそんな道士がいたら、せめて亡き桐壺の更衣の魂のありかを探し尋ねてもらい、わずかでもつながりを持っていられるのになあという内容のせつない和歌です。

正解をさがそう♪

今回は「適当でないもの」をさがします。

①　縁語・掛詞は用いられていない。……○　関連性の深い語（縁語）もありませんし、二重の意味が考えられる箇所（掛詞）もありませんでした。

②　倒置法が用いられている。……○

③　「もがな」は願望を表している。……○

④　×幻術士になって更衣に×会いに行きたいと詠んだ歌である。……「幻術士になりたい」のではなく「幻術士がいたらいいなあ」でなくては×。

⑤　「長恨歌」の玄宗皇帝を想起して詠んだ歌である。……○　直前と（注）からわかりますね。

正解選択肢は、④です。

問3　解釈問題

傍線部「いかでか自由の事をばしるべき」を一単語ずつに分けると、「**いかで／か／自由／の／事／を／ば／しる／べき**」となります。

単語力をつかおう

いかでか〔連語〕
①〈疑問〉どうして～か。
②〈反語〉どうして～か、いや～ない。
③〈願望〉なんとかして～。どうにかして～。

しる〔動詞〕
「知る」①わかる。知る。②関知する。考えに入れる。③実際にやってみる。
「領る」（土地などを）領有する。

副詞「いかで」**と係助詞**「か」**は、**連語**として一体化して訳します。**特別な訳になるわけではなくて、「いかで」だけのときと同じです。**「をば」**も、〔格助詞「を」＋係助詞「は」の変形した「ば」〕**が一体化**した感じです。「ば」は、強調しているだけなので訳さず、格助詞「を」は、現代語と同じ「○○を」の意味なので、結局「をば」は「を」と訳せばＯＫ。

ここは、「『未央の柳』を見せ消ちにしてあるのは、どんな事情があるのでしょうか？」という問いかけに対する答えの部分です。傍線部直後に「行成卿が見せ消ちになさっていたからだ」とあることから逆算すれば、この傍線部を含む一文は「**私が、自由勝手なことをするはずがない**」「**好き勝手に本文の記述を変えるはずがない**」といった意味だと想像できますよね。「自由」を「自由勝手・好き勝手」の意味で訳し、かつ、「そんなことはしない」の方向で訳している選択肢は①のみ。これが正解です。

ちなみに、当時は印刷技術がまだないため、本は書き写すことで手に入れました。ここは、藤原行成の自筆本を俊成が誰かから借りて、丁寧に書き写したのですね。その行成自筆本が、「太液の芙蓉、未央の柳も、…」などと、「未央の柳」の箇所を見える形で消してあった（＝見せ消ち）から、ボクも忠実にそのとおりに書き写しただけだ、ボクは自分勝手に本文の表現を削ったりしないと、言っているところです。

正解をさがそう

① 勝手なことなどするわけがない。……これが正解！
② 質問されてもわからない。……「自由の事」の意味が反映されていないので、×。
③ なんとかして好きなようにしたい。……次文の内容と合わないので、×。
④ あなたの意見が聞きたい。……「自由の事」の意味が反映されていないので、×。
⑤ 自分の意見を言うことはできない。……「しる」の訳がおかしいので、×。

正解選択肢は、①です。

問4　内容説明問題

傍線部「見せ消ちにせられ侍りしにこそ」を一単語ずつに分けると、「**見せ消ち**／**に**／**せ**／**られ**／**侍り**／**し**／**に**／**こそ**」となります。

文法力をつかおう

に［格助詞］
①に。で。

す［サ行変格活用動詞］

①する。

らる［助動詞］

①〈自発〉（自然と）～られる。

②〈受身〉～られる。

③〈可能〉～できる。

④〈尊敬〉～なさる。

侍り［ラ行変格活用動詞］

①〈「あり」の丁寧語〉あります。

②〈「あり」「をり」の謙譲語〉お控えする。

③〈丁寧の補助動詞〉～です。～ます。

き［助動詞］

①〈過去〉～た。

なり［助動詞］

①〈断定〉～である。

②〈存在〉～にある。

こそ［係助詞］

①〈強意〉※特に訳出しなくてよい。

「見せ消ち」は、**もとの字が読めるように消してあること**。

ここは、「行成が『未央の柳』を見せ消ちにしていたから、自分もそうしたが、『どうして見せ消ちにしたのか？』と疑問に思って、源氏物語を何度も見たら、若菜の巻でわかった」と俊成が言ったのを受けて、親行もまた若菜の巻を何回も見て、結論として「……によりて、見せ消ちにせられ侍りしにこそ」と述べているところです。

行成も俊成も「見せ消ち」にしたので、この傍線部の主語はわかりにくいのですが、次文が俊成について述べたものなので、この**傍線部の主語も俊成だと判断するのが妥当**でしょう。俊成は、「行成が見せ消ちにしていたから、自分も見せ消ちにした」と言いつつ、「見せ消ちの理由を自分なりに調べて、若菜の巻で理解した」とも言っていましたよね。親行は、その俊成のした検証を自分でもしてみて、「若菜の巻で女三の宮を柳にたとえているように、柳を人の顔にたとえる用例が多くなるので、俊成は桐壺の巻の『未央の柳』の表現は本来はなかったはずの不要な表現だと判断して、見せ消ちにしたのだろう」と結論を出したんですね。

主語を俊成、「られ」は〈尊敬〉、**「侍り」は**〈丁寧〉の補助動詞、**「にこそ」は**「にこそあらめ」の省略形、**「に」は**〈断定〉として傍線部を訳すと、**「俊成は、見せ消ちになさったのでしょう」**となります。

正解をさがそう

① 紫式部を主語とする文である。……主語は、俊成なので、×。

② 行成への敬意が示されている。……「られ」は〈尊敬〉の意。尊敬表現は、主語となる人物への敬意なので、ここは、俊成への敬意。×です。

③ 親行の不満が文末の省略にこめられている。……文末に省略はあるが、不満の意がこめられているとは言えないので、×。

④ 光行を読み手として意識している。……父光行との会話が本文中にあるが、読者として意識しているとは言えません。しかも、【文章Ⅲ】1行目にあるとおり、この時点で、光行は故人。×です。

⑤ 俊成に対する敬語が用いられている。……これが正解！ ②に書いたとおり、〈尊敬〉「られ」が俊成に対する敬語。

正解選択肢は、⑤です。

問5　複数の文章を比較する問題

共通テストならではの、目新しい問題です。
比較する箇所は、**【文章Ⅱ】**は設問文に示されていますが、**【文章Ⅰ】**の方は示されてないので、自力で探します。「唐めいた……」「思し出づる」などの言葉で探すといいですね。

比べてみましょう。

【文章Ⅱ】の二重傍線部

楊貴妃
唐めいたりけむよそひは
うるはしう、けうらにこそはありけめ、
更衣
なつかしうらうたげなりしありさまは、
女郎花の風になびきたるよりもなよび、
撫子の露に濡れたるよりもらうたく、

【文章Ⅰ】本文5~6行目

楊貴妃
唐めいたるよそひは
うるはしうこそありけめ、
更衣
なつかしうらうたげなりし

なつかしかりし容貌・気配を**思し出づるに**	**を思し出づるに**

設問文によれば、ここには楊貴妃と更衣のことが描かれているとあるのですが、主語が明記されていないので、どこが楊貴妃のことでどこが更衣のことか、ちょっとわかりにくいですね。

【文章Ⅱ】の「**唐めいたりけむよそひは……なつかしうらうたげなりしありさまは……**」に注目してみてください。実は、係助詞「は」は、「Aは……、Bは……」**と比較の際によく用います**。

そうすると、最初の「唐めいたりけむよそひは……」は、「楊貴妃の容貌」を述べている直前からの続きで、**楊貴妃のこと**だと考えられますね。なら、後の「なつかしうらうたげなりしありさまは……」の方が、**更衣のこと**です。

【文章Ⅰ】と**【文章Ⅱ】**を整理してくらべてみると、たしかに、**【文章Ⅱ】**の方がくわしく描かれていることがわかりますね。

楊貴妃は「唐めいたり（＝中国風）」の姿で、「うるはしう（＝整った美しさの）」女性、更衣は、「らうたく（＝可憐でかわいらしく）」、「なつかしかり（＝親しみやすい）」女性だという点は、**【文章Ⅰ】【文章Ⅱ】ともに**共通しています。それに加えて**【文章Ⅱ】**では、楊貴妃の美しさに対して「**けうらに（＝穢（けが）れのない美しさ）**」、更衣の美しさに対して、**女郎花と撫子の比喩**を加えてくわしく描いているのがわかります。

正解をさがそう

①「唐めいたりけむ」の「けむ」は、「長恨歌」中の人物であった楊貴妃と、更衣との対比を明確にしている。

……ここの**助動詞「けむ」は、**〈過去の伝聞婉曲〉。「**〜たという**」などと訳します。「(楊貴妃の)……けむよそひは」と「(更衣の)〜しありさまは」が対比的表現で、楊貴妃を「**けむ**」、更衣を「**し(=過去の助動詞「き」)**」と助動詞を使い分けている点に注目。「けむ」を用いることによって「**聞いたところによるとそうだった楊貴妃**」、「し」を用いることによって「**実際にそうだった更衣**」といった違いが鮮明になります。「『長恨歌』中でそうだったといわれている楊貴妃」と「実際そうだった更衣」、言葉を足して考えれば、「**けむ」が対比を明確にしている**という説明が、妥当だといえるでしょう。

②「けうらにこそはありけめ」という表現は、中国的な美人であった楊貴妃のイメージを鮮明にしている。

……「**けうらに**」は、形容動詞「けうらなり」の連用形で、「清らなり」が変化した語だといわれています。「清らかで穢れがない美しさ」をあらわす語です。この語に「中国的な美」という要素はありませんが、この語があることで、「**美人であった楊貴妃」を「鮮明にしている**」とはいえるでしょう。

③「女郎花」が風になびいているという表現は、更衣が幸薄く薄命な女性であったことを暗示している。

……【**文章Ⅱ**】をみると、「女郎花の風になびきたるよりもなよび」とあるので、この表現は、更衣の「なよぶ(=やわらかな感じ)」をたとえているとわかります。しかし、「更衣が幸薄く薄命な女性であった」暗示ではないので、この選択肢の説明は誤りです。

④「撫子」が露に濡れているという表現は、若くして亡くなってしまった更衣の可憐さを引き立てている。

……【文章Ⅱ】をみると、「撫子の露に濡れたるよりもらうたく」とあるので、この表現は、**更衣の「らうたし（＝可憐なかわいらしさ）」をたとえている**とわかります。「**可憐さを引き立てている**」という説明は、適当です。

⑤ 「〇〇よりも△△」という表現の繰り返しは、自然物になぞらえきれない更衣の魅力を強調している。

……【文章Ⅱ】をみると、「女郎花の風になびきたる**よりもなよび**」「撫子の露にぬれたる**よりもらうたく**」と、たしかに「**〇〇よりも△△」という表現が繰り返されています**。更衣は、「女郎花」「撫子」という自然物よりも、「なよび」「らうたく」といっているのだから、「**魅力を強調している**」というのは適当です。

今回は、適当でない説明のものを選択する問題なので、正解選択肢は、③です。

問6 内容説明問題

内容合致問題と同じで、傍線部がないので、どの部分の説明なのか、該当箇所をさがして〇×判断をしていきます。

正解をさがそう

① 親行は、女郎花と撫子が秋の景物であるのに対して、柳は春の景物であり、桐壺の巻の場面である秋の季節に使う表現としてはふさわしくないと判断した。そこで、【文章Ⅱ】では「未央の柳」を削除した。

……親行の判断は、【文章Ⅲ】の後半にあります。が、秋の景物だからとか春の景物だからということは、**話題にもなっていません**ので、この説明は×です。

②　俊成の女は、「未央の柳」は紫式部の表現意図を無視した後代の書き込みであると主張した。そして、俊成から譲られた行成自筆本の該当部分を墨で塗りつぶし、それを親行に見せた。

……俊成の女は、【文章Ⅲ】の最後に登場します。「俊成から譲られた……墨で塗りつぶし、それを親行に見せた」という記述はないので、×です。

③　光行は、俊成所持の『源氏物語』では、「未央の柳」が見せ消ちになっていることに不審を抱いて、親行に命じて質問させた。それは、光行は、整った対句になっているほうがよいと考えたからであった。

……【文章Ⅲ】前半に、「亡父光行」が「親行を使ひとして」俊成に質問したことが記されています。また、光行は「みな二句づつにてよく聞こえ侍る」と言っているので、「整った対句になっているほうがよいと考えた」も○。これが正解！

④　親行は、「未央の柳」を見せ消ちとした理由を俊成に尋ねたところ、満足な答えが得られず、光行からも若菜の巻を読むように叱られた。そこで、自身で若菜の巻を読み、「未央の柳」を不要だと判断した。

……「光行からも若菜の巻を読むように叱られた」が×。俊成は、自身が若菜の巻でわかったとは言っているけれど、親行には特に何の指示もしていません。

⑤　俊成は、光行・親行父子に対しては、「未央の柳」は見せ消ちでよいと言っておきながら、息子の定家には「未央の柳」をはっきり残すように指示していた。それは、奥義を自家の秘伝とするための偽装であった。

……「息子の定家には『未央の柳』をはっきり残すように指示していた」が、まったく書いてない内容なので、×。また、「奥義を自家の秘伝とするための偽装」も、×。俊成を「『源氏物語』の奥義をきわめた人」と褒めているだけで、それを秘伝にして……といったことは書かれていません。

正解選択肢は、③です。

解答

問1 ①　問2 ④　問3 ①
問4 ⑤　問5 ③　問6 ③

訳

【文章Ⅰ】

（使者は、）その（桐壺の更衣の母からの）贈り物（＝桐壺の更衣の形見の品々）を（帝に）御覧に入れる。「（この贈り物が）道士が、亡き人の（魂の）ありかを探し出したという、証拠の釵であったならば（桐壺の更衣の魂のありかもわかってよかっただろうに）」、とお思いになるのも、（実際にはそうではないので）まったくかいのないことである。

尋ねゆく……＝（桐壺の更衣の魂を）探し尋ねる道士がいたらいいなあ。人づてであっても（桐壺の更衣の）魂の居場所をどこそこだと知ることができるように。

（帝が、明け暮れ見ている「長恨歌」の）絵に描いてある楊貴妃の容貌は、とても優れた画家といっても、筆には（＝正確に絵にするには）限界があったので、（楊貴妃本人に比べると、絵の楊貴妃は）まったくはなやかな美しさが足りない。（美しい）太液池の蓮の花や、未央宮の柳にも、本当に似通っていた（楊貴妃の）容貌に対しては、中国風の装いは端正ではあったのだろうが、（桐壺の更衣の）親しみやすく可憐な様子であったことを思い出しなさると、（その様子は）花や鳥の（美しい）色にも鳴き声にも、たとえようがない（ほど魅力的だった）。

【文章Ⅱ】

（使者は、）その（桐壺の更衣の母からの）贈り物（＝桐壺の更衣の形見の品々）を（帝に）御覧に入れる。「（この贈り物が）道士が、亡き人の（魂の）ありかを探し出したという、証拠の釵であったならば（桐壺の更衣の魂のありかもわかってよかっただろうに）」、とお思いになるのも、（実際にはそうではないので）とても悲しい。

尋ねゆく……＝（桐壺の更衣の魂を）探し尋ねる道士がいたらいいなあ。人づてであっても（桐壺の更衣の）魂の居場所をどこそこだと知ることができるように。

（帝が、明け暮れ見ている「長恨歌」の）絵に描いてある楊貴妃の容貌は、とても優れた画家といっても、筆には（＝正確に絵にするには）限界があったので、（楊貴妃本人に比べれば）まったくはなやかな美しさが足りない。美しい太液池の蓮の花にも、本当に似通っていた（楊貴妃の）容貌や風情は、中国風であったという装いについては端正で、清らかであったのだろうが、親しみやすく可憐であった様子については、女郎花が風に靡いている様子よりも柔らかで、撫子が露に濡れている様子よりもかわいらしく、親しみやすかった（桐壺の更衣の）容貌・雰囲気を思い出しなさると、（その様子は）花や鳥の（美しい）色にも鳴き声にも、たとえようがない（ほど魅力的だった）。

【文章Ⅲ】

私（筆者）の亡き父光行が、昔、五条三品（＝藤原俊成）にこの『源氏物語』の（なかにある）よくわからない点をいくつかお尋ねしましたなかに、この（桐壺）巻に、「絵に描いてある楊貴妃の容貌は、とても優れた画家といっても、筆には（＝正確に絵にするには）限界があるので、（楊貴妃本人に比べれば）はなやかな美しさが少ない。（本当の楊貴妃は美しい）太液池の蓮の花や、未央の柳にも（似通っていた）」と書いて、「未央の柳」という一句を見せ消ちにしてある（＝もとの字が読めるように消してある）。（父光行は）このことによって（私）親行を使者として、

「楊貴妃を蓮の花と柳とにたとえ、（桐壺の）更衣を女郎花と撫子にたとえるのは、どちらも二句ずつでよい感じに聞こえますが、（あなたがお持ちの『源氏物語』の）御本では、『未央の柳』（の箇所）を消されているのは、どのような事情があるのでしょうか」

と（俊成に）申し上げたところ、

（俊成は）「私が（個人的に）どうして自由勝手なことをするだろうか、いや勝手なことなどするわけがない。（そもそも）行成卿の自筆の本に、この一句（＝「未央の柳」の箇所）を見せ消ちになさっていた（からだ）。『（行成卿は）紫式部と同時代の人ですので、（本文の表現について紫式部と）申し合わせることもあるでしょう』、と思って私が持っている『源氏物語』にも（見せ

消ちの）墨をつけてはいますけれども、（なぜ行成は『未央の柳』を消したのかという）不審な気持ちで（『源氏物語』の本文を）何度も見ていたうちに、若菜の巻（の記述）で理解して、おもしろいと思って見るのです」と申し上げなさったので、（私）親行が、このことを（父に）語ると、

（父が）「若菜の巻には、どこに同類（の記述）がありますと（俊成卿は）申されたか」

と言うので、

（私が）「そこまでは（俊成卿に）お尋ねしていない」と答えましたところ、（父は私を）さまざまに辱め怒りましたので、（私）親行は引きこもって過ごして、若菜の巻を数回開いて見ると、（俊成卿が言っていた）その意味がわかった。（若菜の巻の）六条院での女試楽（＝女性のみの演奏会の予行演習）（の場面）で、「女三の宮が、人より小さくかわいらしい様子で、ただ御着物ばかりが目立つ感じがするし、はなやかな美しさは劣って、（その一方で）とても高貴で若々しくて、（まるで）二月の二十日頃の青柳（の枝が芽吹いて）垂れ下がりはじめたような感じがして」、と（書いて）ある。（このように）柳を人の顔にたとえた事例が数多くなることによって、（桐壺の巻の「未央の柳」は）見せ消ちになさったのでしょう。俊成卿が和文の才能が優れているなかで（さらに）この『源氏物語』の奥義をまでも究めなさいましたことは、めったにない（すばらしい）ことである。そうであるが、（俊成卿の息子である）京極中納言入道（＝藤原定家）の家の（『源氏物語』の）本（の桐壺の巻）に「未央の柳」と書かれていることもあるのでしょうか。同じようにまた俊成卿の娘に（父俊成卿は「未央の柳」を消したのに、息子定家は書き入れてあることを）お尋ねしましたところ、

（俊成卿の娘が）「このこと（＝桐壺の巻に「未央の柳」の記述があること）は次々へと書き伝えられた（なかでの）間違いで書き入れるのであろうか、あまりにも対句という感じで見苦しい様子をしている面があるのでしょうか」

などと言われた。そういうことで私（＝筆者親行）の（書写した『源氏物語』の）本にはこれ（＝「未央の柳」の表現）を用いていない。

問題2　試行調査テスト―解説・解答

2018年実施

問題

次の文章は『源氏物語』「手習」巻の一節である。浮舟という女君は、薫という男君の思い人だったが、匂宮という男君から強引に言い寄られて深い関係になった。浮舟は苦悩の末に入水しようとしたが果たせず、僧侶たちによって助けられ、比叡山のふもとの小野の地で暮らしている。本文は、浮舟が出家を考えつつ、過去を回想している場面から始まる。これを読んで、後の問い（**問1〜5**）に答えよ。

あさましうもてそこなひたる身を思ひもてゆけば、宮を、(注1)すこしもあはれと思ひ聞こえけむ心ぞいとけしからぬ、ただ、この人の御ゆかりにさすらへぬるぞと思へば、小島(注2)の色を例に契り給ひしを、などてをかしと思ひ聞こえけむとこよなく飽きにたる心地す。はじめより、薄き(注3)ながらものどやかにものし給ひし人は、この折かの折など、思ひ出づるぞこよなかりける。かくてこそありけれと聞きつけられ奉らむ恥づかしさは、人よりまさりぬべし。さすがに、この世には、ありし御さまを、よそながらだに、いつかは見むずるとうち思ふ、なほわろの心や、かくだに思はじ、など、A心ひとつをかへさふ。

からうして鶏の鳴くを聞きて、いとうれし。母の御声を聞きたらむは、ましていかならむと思ひ明かして、心地もいとあし。(注4)供にてわたるべき人もとみに来ねば、なほ臥し給へるに、(注5)いびきの人はいととく起きて、粥などむつかしきことどもをもてはやして、「御前に、とく(ア)聞こし召せ」など寄り来て言へど、まかなひもいと心づきなく、うたて見知らぬ心地して、「なやましくなむ」と、ことなしび給ふを、強ひて言ふもいと(イ)こちなし。下衆下衆しき法師ばらなどあまた来て、「(注6)僧都、今日下りさせ給ふべし」、「などにはかには」と問ふなれば、「一品の宮の御物の怪になやませ給ひける、山の座主御修法仕まつらせ給へど、なほ僧都参り給はでは験なしとて、昨日二たびなむ召し侍りし。右大臣殿の四位少将、昨夜夜更けてなむ登りおはしまして、后の宮の御文など侍りければ下りさせ給ふなり」など、いとはなやかに言ひなす。恥づかしうとも、あひて、尼になし給ひてよと言はむ、(ウ)さかしら人すくなくてよき折にこそと思へば、起きて、「心地のいとあしうのみ侍るを、僧都の下りさせ給へらむに、忌(い)むこと受け侍らむとなむ思ひ侍るを、さやうに聞こえ給へ」と語らひ給へば、ほけほけしううなづく。

(注8)例の方におはして、髪は尼君のみ梳(けづ)り給ふを、別人(ことひと)に手触れさせむもうたておぼゆるに、手づから、はた、えせぬことなれば、ただすこしとき下(くだ)して、B親にいま一たびかうながらのさまを見えずなりなむこそ、人やりならずいと悲しけれ。いたうわづらひしけにや、髪もすこし落ち細りにたる心地すれど、何ばかりもおとろへず、いと多くて、(注10)六尺ばかりなる末などぞうつくしかりける。筋なども、いとこまかにうつくしげなり。「かかれとてしも」と独りごちゐ給へり。

(注)
1 宮――匂宮。
2 小島の色を例に契り給ひし――匂宮に連れ出されて宇治川(うじがわ)のほとりの小屋で二人きりで過ごしたこと。
3 薄きながらものどやかにものし給ひし人――薫のこと。
4 供にてわたるべき人――浮舟の世話をしている女童(めのわらわ)。

5　いびきの人──浮舟が身を寄せている小野の庵（いおり）に住む、年老いた尼。いびきがひどい。
6　僧都──浮舟を助けた比叡山の僧侶。「いびきの人」の子。
7　忌むこと受け侍らむ──仏教の戒律を授けてもらいたいということ。
8　例の方──浮舟がふだん過ごしている部屋。
9　尼君──僧都の妹。
10　六尺──約一八〇センチメートル。

問1　傍線部A「心ひとつをかへさふ」とあるが、ここでの浮舟の心情の説明として最も適当なものを、次の①～⑤のうちから一つ選べ。

① 匂宮に対して薄情だった自分を責めるとともに、現在の境遇も匂宮との縁があってこそだと感慨にふけっている。
② 匂宮と二人で過ごしたときのことを回想して、不思議なほどに匂宮への愛情を覚え満ち足りた気分になっている。
③ 薫は普段は淡々とした人柄であるものの、時には匂宮以上に情熱的に愛情を注いでくれたことを忘れかねている。
④ 小野でこのように生活していると薫に知られたときの気持ちは、誰にもまして恥ずかしいだろうと想像している。
⑤ 薫の姿を遠くから見ることすら諦めようとする自分を否定し、薫との再会を期待して気持ちを奮い立たせている。

問2　傍線部(ア)〜(ウ)の解釈として最も適当なものを、次の各群の①〜⑤のうちから、それぞれ一つずつ選べ。

(ア)　聞こし召せ
① お起きなさい
② 着替えなさい
③ お食べなさい
④ 手伝いなさい
⑤ お聞きなさい

(イ)　こちなし
① 気が利かない
② 大げさである
③ 優しくない
④ 気詰まりだ
⑤ つまらない

(ウ)　さかしら人
① 知ったかぶりをする人
② 口出しする人
③ 身分の高い人
④ あつかましい人
⑤ 意地の悪い人

問3 この文章の登場人物についての説明として**適当でないもの**を、次の①～⑤のうちから一つ選べ。

① 浮舟は、朝になっても気分が悪く臥せっており、「いびきの人」たちの給仕で食事をする気にもなれなかった。

② 「下衆下衆しき法師ばら」は、「僧都」が高貴な人々からの信頼が厚い僧侶であることを、誇らしげに言い立てていた。

③ 「僧都」は、「一品の宮」のための祈禱を延暦寺の座主に任せて、浮舟の出家のために急遽下山することになった。

④ 「右大臣殿の四位少将」は、「僧都」を比叡山から呼び戻すために、「后の宮」の手紙を携えて「僧都」のもとを訪れた。

⑤ 「いびきの人」は、浮舟から「僧都」を呼んでほしいと言われても、ぼんやりした顔でただうなずくだけだった。

問4 傍線部B「親にいま一たびかうながらのさまを見えずなりなむこそ、人やりならずいと悲しけれ」の説明として最も適当なものを、次の①～⑤のうちから一つ選べ。

① 「かうながらのさま」とは、すっかり容貌の衰えた今の浮舟の姿のことである。

② 「見えずなりなむ」は、「見られないように姿を隠したい」という意味である。

③ 「こそ」による係り結びは、実の親ではなく、他人である尼君の世話を受けざるを得ない浮舟の苦境を強調している。

④ 「人やりならず」には、他人を責める浮舟の気持ちが込められている。

⑤ 「『……悲しけれ』と思ひ給ふ」ではなく「悲しけれ」と結ぶ表現には、浮舟の心情を読者に強く訴

えかける効果がある。

問5　次に掲げるのは、二重傍線部「かかれとてしも」に関して、生徒と教師が交わした授業中の会話である。会話中にあらわれる遍昭（へんじょう）の和歌や、それを踏まえる二重傍線部「かかれとてしも」の解釈として、会話の後に六人の生徒から出された発言①～⑥のうち、適当なものを二つ選べ。ただし、解答の順序は問わない。

生徒　先生、この「かかれとてしも」という部分なんですけど、現代語に訳しただけでは意味が分からないんです。どう考えたらいいですか。

教師　それは、

　　たらちねはかかれとてしもむばたまの我（わ）が黒髪をなでずやありけむ

という遍昭の歌に基づく表現だから、この歌を知らないと分かりにくかっただろうね。古文には「引き歌」といって、有名な和歌の一部を引用して、人物の心情を豊かに表現する技法があるんだよ。

生徒　そんな技法があるなんて知りませんでした。和歌についての知識が必要なんですね。

教師　遍昭の歌が詠まれた経緯については、『遍昭集』という歌集が詳しいよ。歌の右側には、

なにくれといひありきしほどに、仕（つか）まつりし深草（ふかくさ）の帝（みかど）隠れおはしまして、かはらむ世を見むも、堪（た）へがたくかなし。蔵人の頭の中将などいひて、夜昼馴（な）れ仕まつりて、「名残りなからむ世に交（ま）じらはじ」とて、にはかに、家の人にも知らせで、比叡（ひえ）に上りて、頭（かしら）下ろし侍りて、思ひ侍りしも、さすがに、親などのことは、心にやかかり侍りけむ。

と、歌が詠まれた状況が書かれているよ。

生徒　そこまで分かると、浮舟とのつながりも見えてくる気がします。

教師　それでは、板書しておくから、歌が詠まれた状況も踏まえて、遍昭の和歌と『源氏物語』の浮舟、それぞれについてみんなで意見を出し合ってごらん。

①　生徒A——遍昭は、お仕えしていた帝の死をきっかけに出家したんだね。そのときに「たらちね」、つまりお母さんのことを思って「母はこのように私が出家することを願って私の髪をなでたに違いない」と詠んだんだから、遍昭の親は以前から息子に出家してほしいと思っていたんだね。

②　生徒B——そうかなあ。この和歌は「母は私がこのように出家することを願って私の髪をなでたはずがない」という意味だと思うな。出家をして帝への忠義は果たしたけれど、育ててくれた親に申し訳ないという気持ちもあって、だから『遍昭集』で「さすがに」と言っているんだよ。

③　生徒C——私はAさんの意見がいいと思う。浮舟も出家することで、遍昭と同じくお母さんの意向に沿った生き方をしようとしているんだよ。つまり、今まで親の期待に背いてきた浮舟が、これからの人生をやり直そうとしている決意を、心の中でお母さんに誓っていることになるね。

④　生徒D——私も和歌の解釈はAさんのでいいと思うけど、『源氏物語』に関してはCさんとは意見が違う。薫か匂宮と結ばれて幸せになりたいというのが、浮舟の本心だったはずだよ。自分も遍昭のように晴れ晴れした気分で出家できたらどんなにいいかという望みが、浮舟の独り言から読み取れるよ。

⑤　生徒E——いや、和歌の解釈はBさんのほうが正しいと思うよ。浮舟も元々は気がすすまなかった、親もそれを望んでいない、それでも過去を清算するためには出家以外に道はないとわりきった浮舟の

潔さが、遍昭の歌を口ずさんでいるところに表れているんだよ。

⑥ 生徒F——私もBさんの解釈のほうがいいと思う。でも、遍昭が出家を遂げた後に詠んだ歌を、浮舟は出家の前に思い起こしているという違いは大きいよ。出家に踏み切るだけの心の整理を、浮舟はまだできていないということが、引き歌によって表現されているんだよ。

【本文図解 解説】

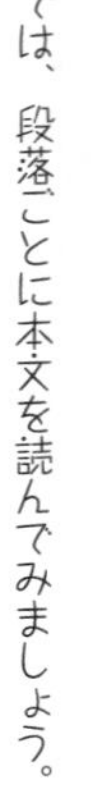
では、段落ごとに本文を読んでみましょう。

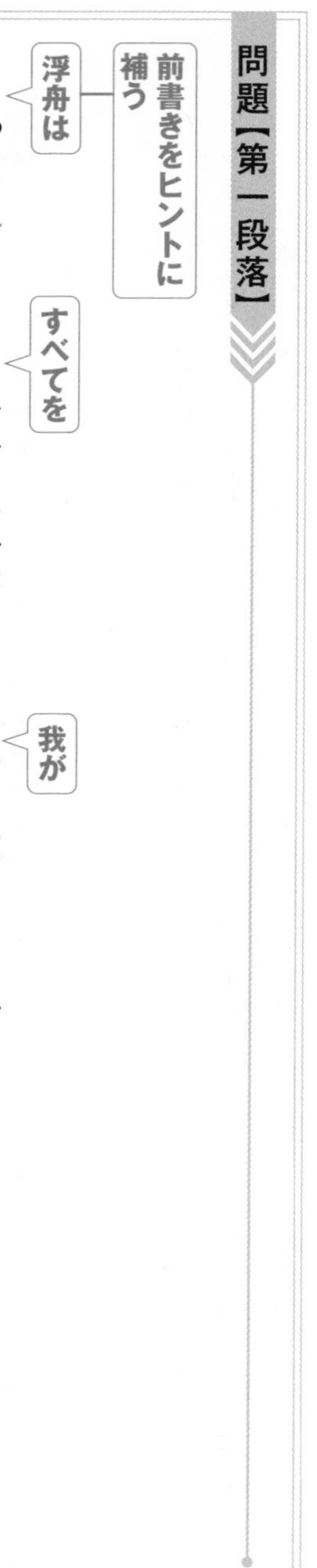
問題【第一段落】
前書きをヒントに補う
浮舟は
あさましう
驚きあきれたことに
すべてを
もてそこなひたる
台無しにしてしまった
我が
身を思ひもてゆけば、
次第に考えて行くと

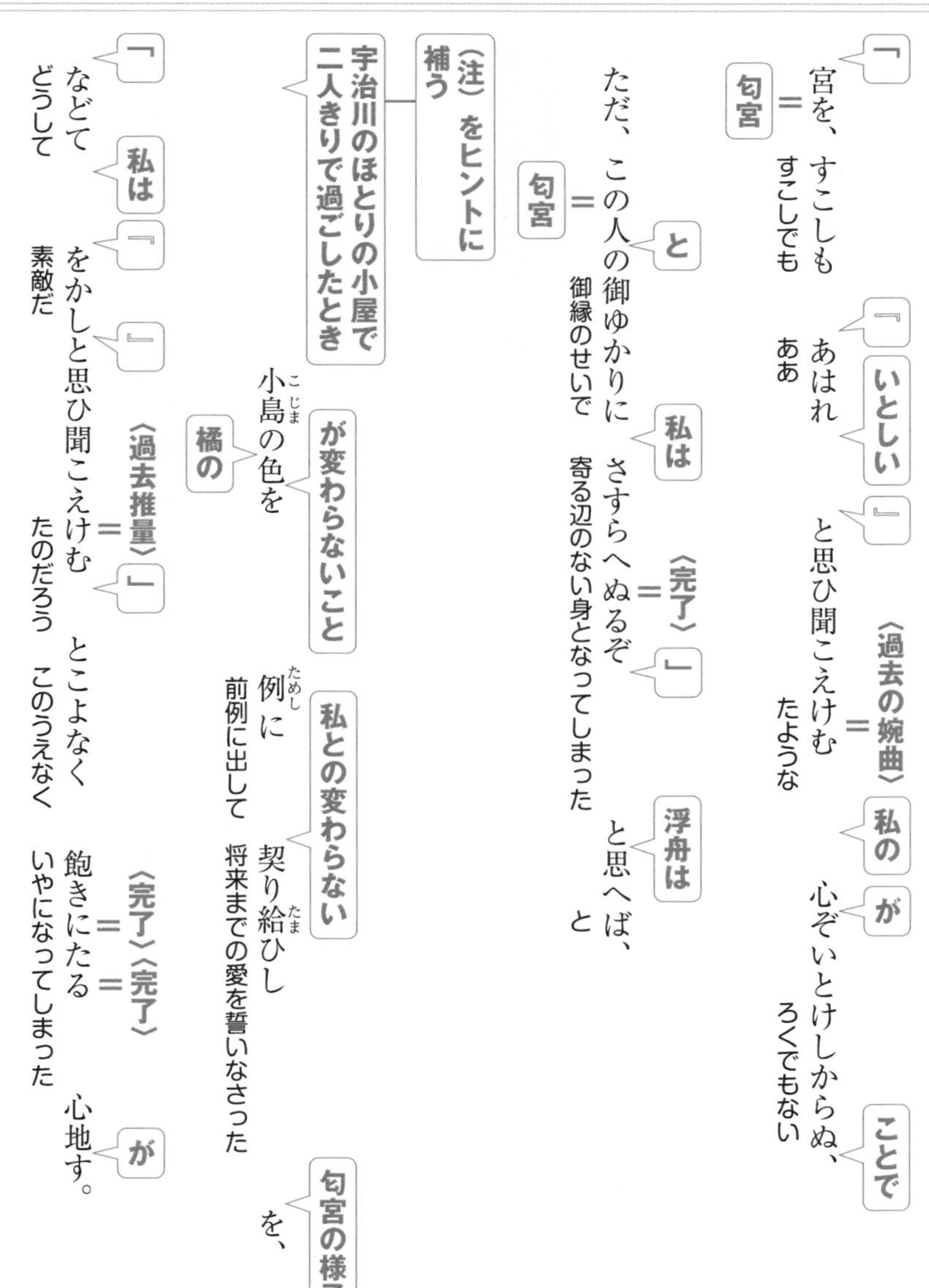
「
宮を、すこしも『あはれ』と思ひ聞こえけむ心ぞいとけしからぬ、
匂宮
すこしでも
ああ
いとしい
〈過去の婉曲〉
たような
私の
が
ろくでもない
ことで
ただ、この人の御ゆかりにさすらへぬるぞ」と思へば、
と
匂宮
御縁のせいで
私は
寄る辺のない身となってしまった
〈完了〉
浮舟は
と
〈注〉をヒントに補う
宇治川のほとりの小屋で二人きりで過ごしたとき
小島の色を例に契り給ひしを、
こじま
ためし
たま
が変わらないこと
橘の
私との変わらない
前例に出して
将来までの愛を誓いなさった
匂宮の様子
「などて『をかしと思ひ聞こえけむ』とこよなく飽きにたる心地す。
私は
どうして
素敵だ
〈過去推量〉
たのだろう
このうえなく
〈完了〉〈完了〉
いやになってしまった
が

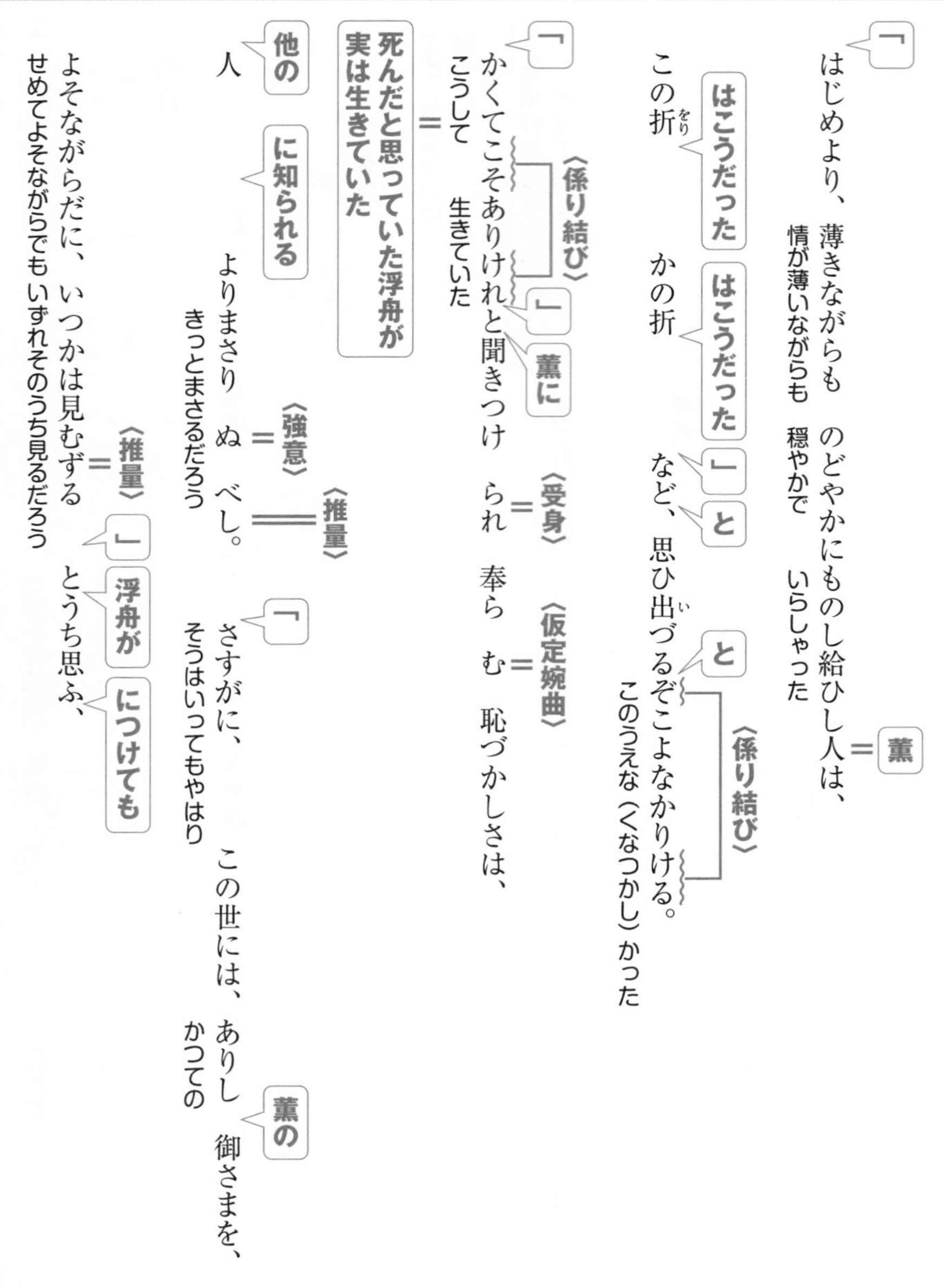

「はじめより、薄きながらも のどやかにものし給ひし人は、（＝薫）
情が薄いながらも 穏やかで いらっしゃった

この折（をり）［はこうだった］かの折［はこうだった］」［と］など、［と］思ひ出（い）づるぞこよなかりける。〈係り結び〉
このうえな（くなつかし）かった

「かくてこそありけれ〈係り結び〉」［薫に］と聞きつけられ〈受身〉奉らむ〈仮定婉曲〉恥づかしさは、
こうして 生きていた
＝死んだと思っていた浮舟が実は生きていた

［他の］人［に知られる］よりまさりぬ〈強意〉べし〈推量〉。
きっとまさるだろう

「さすがに、この世には、ありし［薫の］御さまを、
そうはいってもやはり かつての

よそながらだに、いつかは見むずる〈推量〉」［浮舟が］とうち思ふ、［につけても］
せめてよそながらでもいずれそのうち見るだろう

なほ わろ の心や、 かくだに 思はじ、など、心ひとつをかへさふ。

やはり よくない だなあ せめてこんなふうにだけでも 何度も思い返す

（わろ＝形容詞「わろし」語幹＝「　」／の＝私の／思はじ＝〈打消意志〉＝「　」／など＝と／心ひとつを＝浮舟は）

問題【第二段落】

からうして 鶏（とり）の鳴くを聞きて、 いとうれし。 母の御声を聞きたら む は、

やっとのことで が 聞いたのならそれは

（鶏＝夜明けを告げる／の＝の／いとうれし＝浮舟は／母の＝「　」／む＝〈仮定婉曲〉＝）

ましていかならむ と思ひ 明かして、 心地もいとあし。 供にてわたるべき人も

どんな（にうれしい）だろう 悪い 浮舟の世話をしている女童

（む＝推量「む」＝「　」／明かして＝夜を／供にてわたるべき人＝（注））

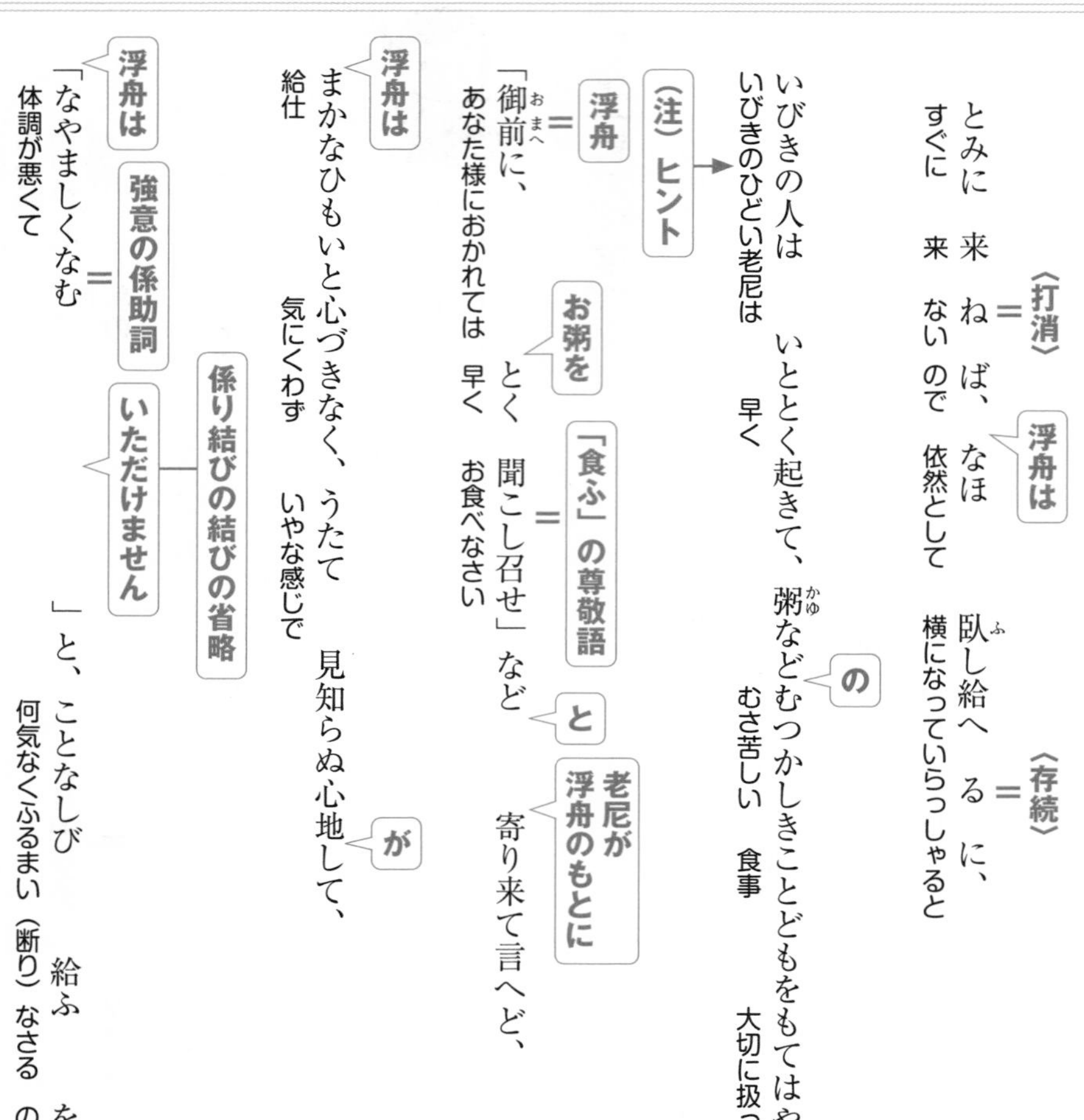

とみに来ねば、なほ臥し給へるに、
〈打消〉
浮舟は
〈存続〉
すぐに来ないので依然として横になっていらっしゃると
いびきの人はいととく起きて、粥などむつかしきことどもをもてはやして、
(注)ヒント
の
いびきのひどい老尼は早くむさ苦しい食事大切に扱って
「御前に、とく聞こし召せ」など寄り来て言へど、
浮舟
お粥を
「食ふ」の尊敬語
と
老尼が浮舟のもとに
あなた様におかれては早くお食べなさい
まかなひもいと心づきなく、うたて見知らぬ心地して、
浮舟は
が
給仕 気にくわず いやな感じで
「なやましくなむ」と、ことなしび給ふを、
浮舟は
強意の係助詞
係り結びの結びの省略
いただけません
体調が悪くて 何気なくふるまい（断り）なさるのに

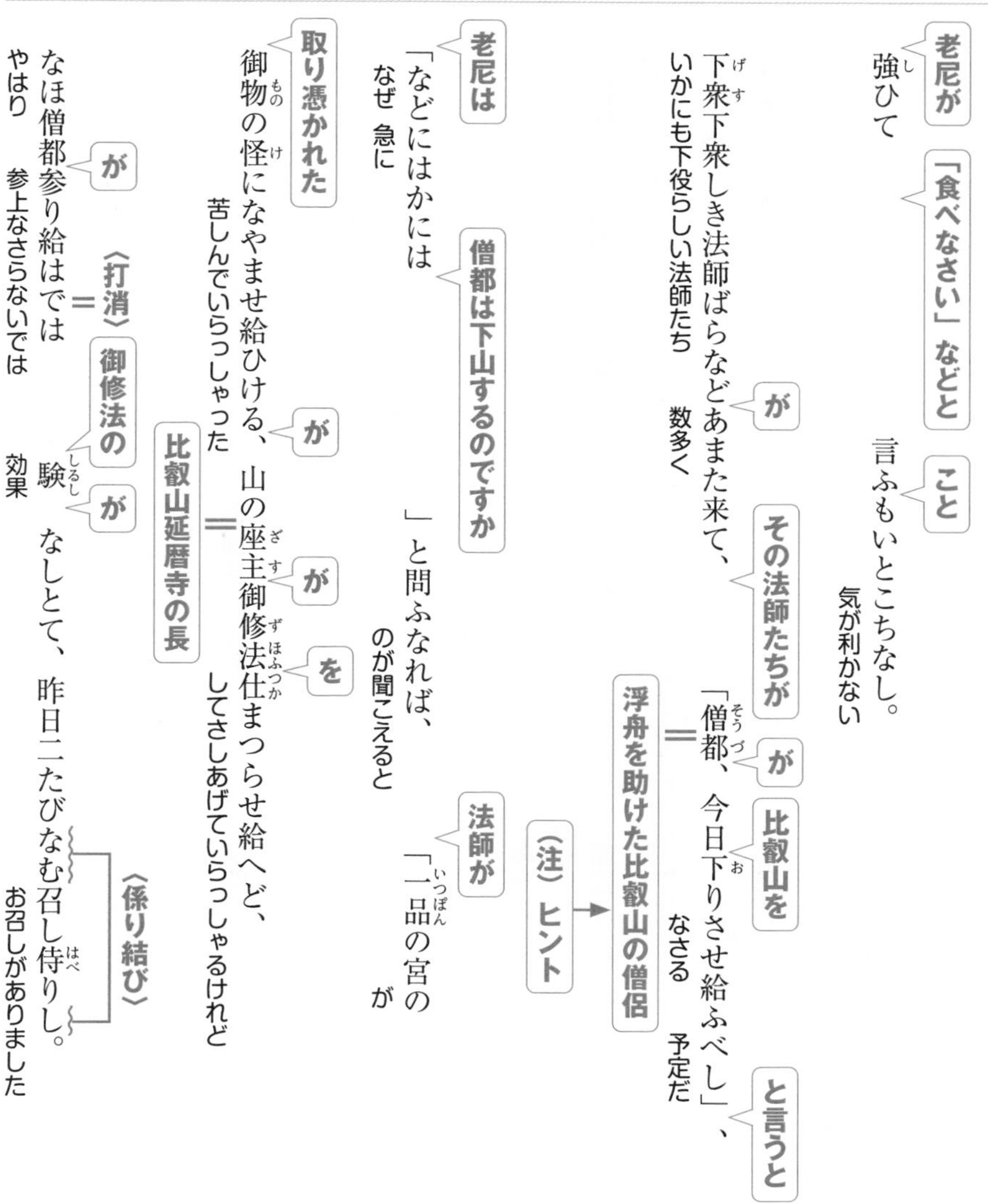
老尼が
「食べなさい」などと
強ひて(し)言ふもいとこちなし。
こと
気が利かない
下衆(げす)下衆しき法師ばらなどあまた来て、「僧都(そうづ)、今日下(お)りさせ給ふべし」、
いかにも下役らしい法師たち
数多く
が
その法師たちが
が
比叡山を
なさる
予定だ
と言うと
浮舟を助けた比叡山の僧侶
(注) ヒント
老尼は
「などにはかには」と問ふなれば、「一品(いっぽん)の宮の
なぜ 急に
僧都は下山するのですか
のが聞こえると
法師が
が
取り憑かれた
御物(もの)の怪(け)になやませ給ひける、山の座主(ざす)御修法(ずほふ)仕まつらせ給へど、
苦しんでいらっしゃった
が
が
を
比叡山延暦寺の長
してさしあげていらっしゃるけれど
なほ僧都参り給はでは験(しるし)なしとて、昨日二たびなむ召し侍(はべ)りし。
やはり
が
参上なさらないでは
〈打消〉
御修法の
が
効果
〈係り結び〉
お召しがありました

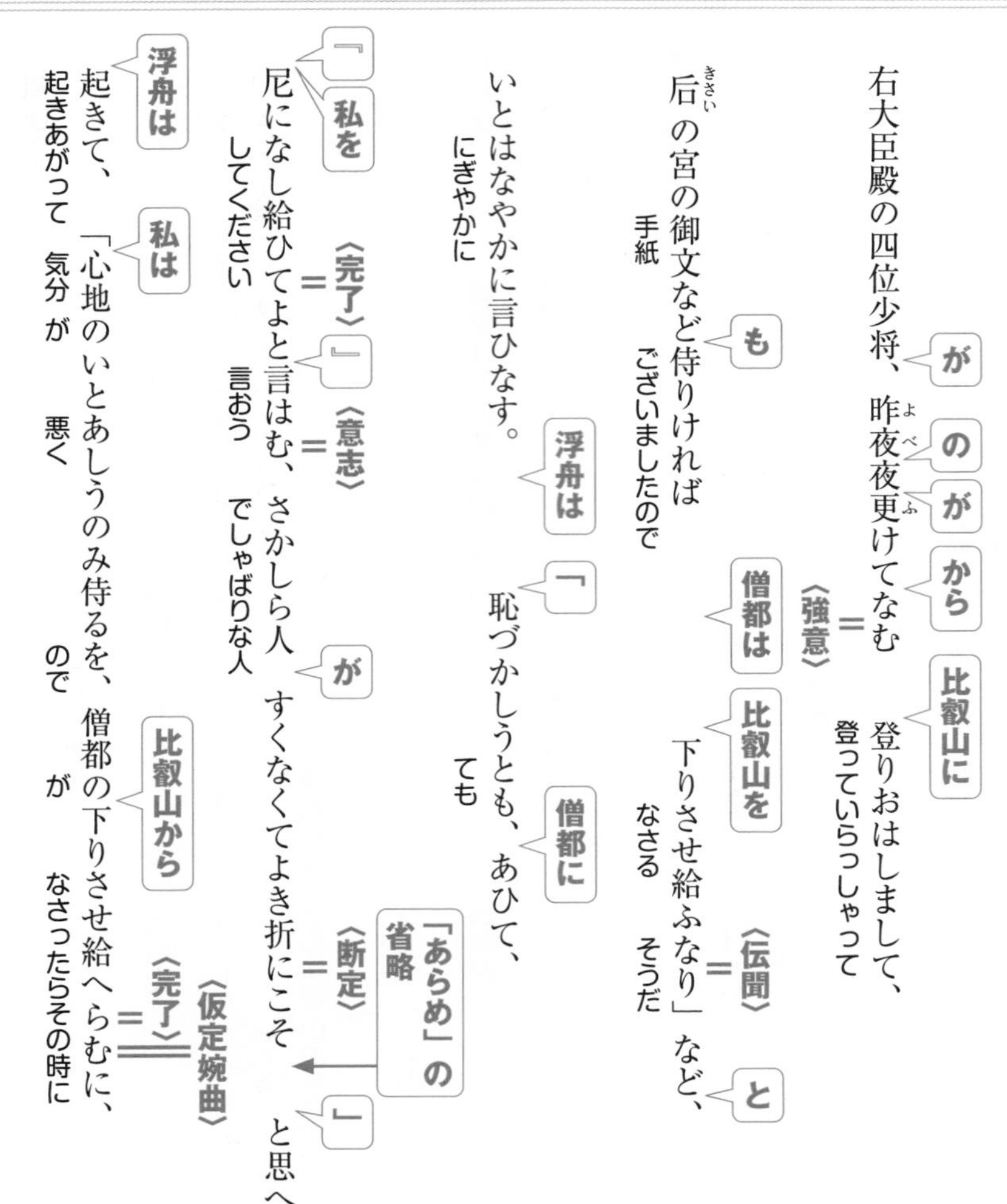
右大臣殿の四位少将、昨夜（よべ）夜更（ふ）けてなむ登りおはしまして、
が
の
が
から
〈強意〉
比叡山に
登っていらっしゃって
后（きさい）の宮の御文など侍りければ下りさせ給ふなり」など、
手紙
も
ございましたので
僧都は
比叡山を
なさる
〈伝聞〉
そうだ
と
いとはなやかに言ひなす。
にぎやかに
浮舟は
「
恥づかしうとも、あひて、
ても
僧都に
「私を
尼になし給ひてよと言はむ、さかしら人すくなくてよき折にこそ
してください
〈完了〉
」
〈意志〉
言おう
でしゃばりな人
が
「あらめ」の省略
〈断定〉
」
と思へば、
浮舟は
起きて、「心地のいとあしうのみ侍るを、僧都の下りさせ給へらむに、
起きあがって
私は
気分が
悪く
ので
比叡山から
が
なさったらその時に
〈完了〉
〈仮定婉曲〉

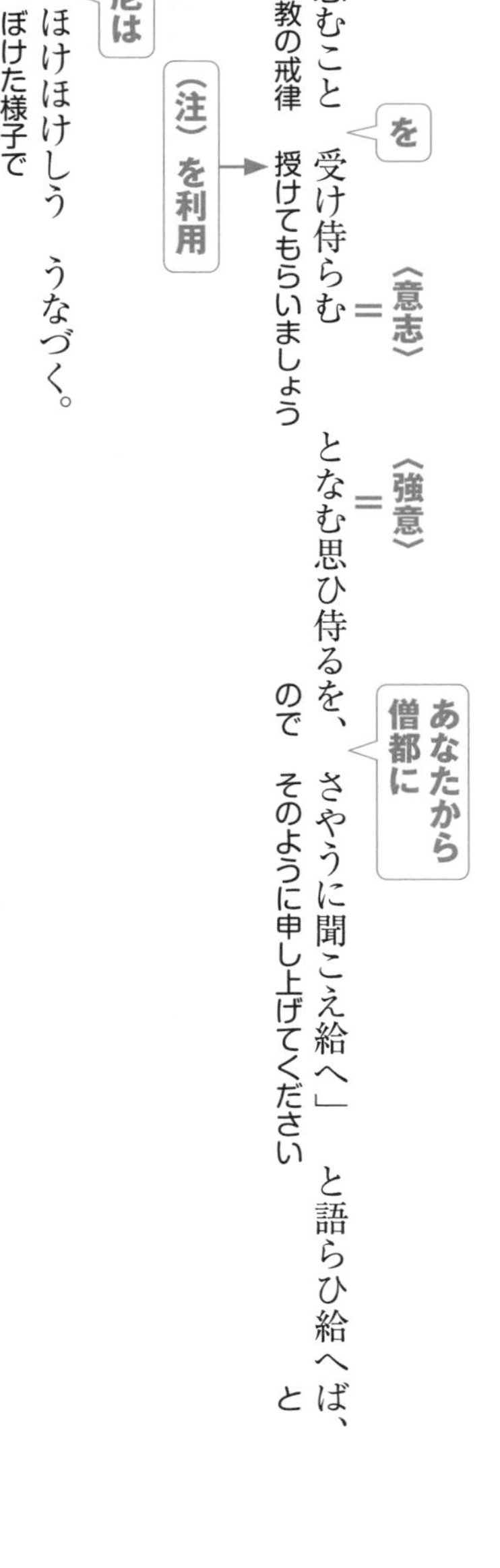
忌むこと受け侍らむ となむ思ひ侍るを、 さやうに聞こえ給へ」 と語らひ給へば、
を
〈意志〉
〈強意〉
あなたから僧都に
仏教の戒律 授けてもらいましょう ので そのように申し上げてください と
（注）を利用
老尼は
ほけほけしう うなづく。
ぼけた様子で

最後、第三段落です。

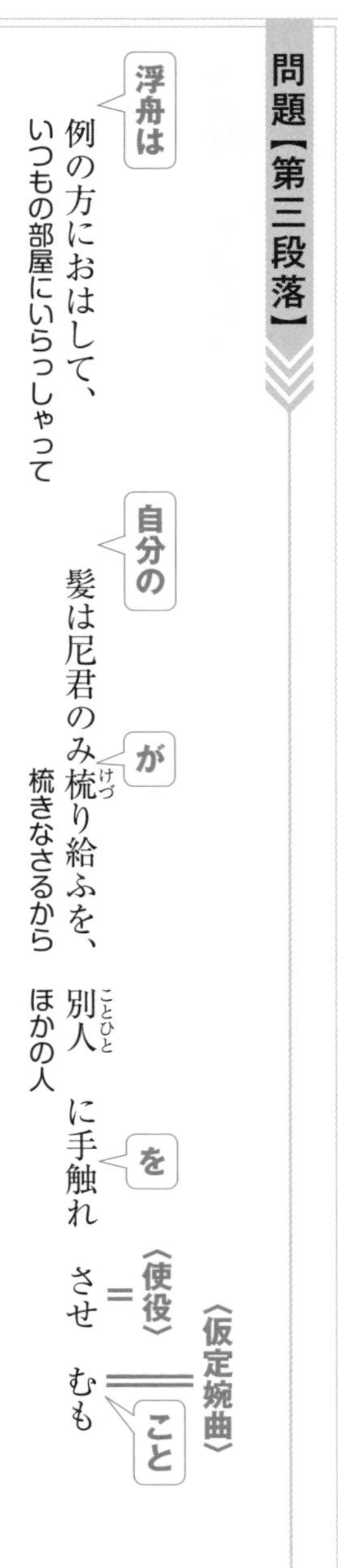
問題【第三段落】
浮舟は
例の方におはして、
いつもの部屋にいらっしゃって
自分の
髪は尼君のみ梳り給ふを、
梳きなさるから
が
別人に手触れさせむも
ほかの人
を
〈使役〉
〈仮定婉曲〉
こと

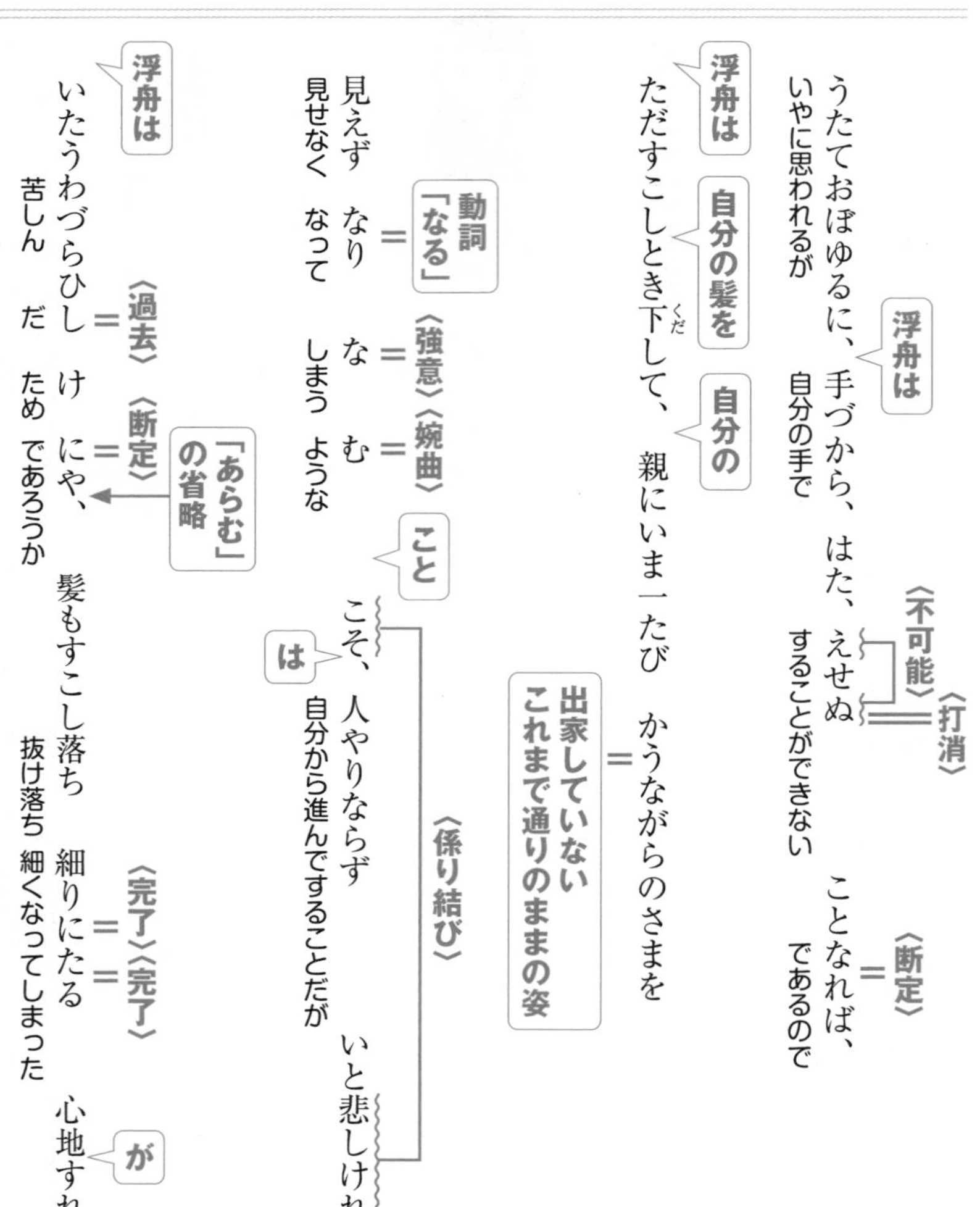

浮舟は
うたておぼゆるに、手づから、はた、えせぬことなれば、
いやに思われるが　自分の手で　することができない　であるので
〈不可能〉〈打消〉
〈断定〉
浮舟は
自分の髪を
自分の
ただすこしとき下（くだ）して、親にいま一たびかうながらのさまを
出家していない
これまで通りのままの姿
動詞「なる」
〈強意〉〈婉曲〉
こと
見えずなりなむこそ、人やりならずいと悲しけれ。
見せなく　なって　しまう　ような
は
自分から進んですることだが
〈係り結び〉
浮舟は
〈過去〉〈断定〉
「あらむ」の省略
いたうわづらひしけにや、髪もすこし落ち細りにたる心地すれど、
苦しんだ　ため　であろうか　抜け落ち　細くなってしまった
〈完了〉〈完了〉
が

でも全体として浮舟の髪は
何ばかりもおとろへず、いと多くて、六尺ばかりなる末などぞうつくしかりける。
どれほども
量が
長さが
〈注〉
約180㎝
〈断定〉
である
髪の
裾
が
〈係り結び〉
髪の
筋なども、いとこまかにうつくしげなり。
きめこまやかで
浮舟は
「かかれとてしも」と独りごちゐ給へり。
古歌の一部を
〈存続〉
独り言を言い座っていらっしゃる
問5ヒント
古歌の一部

解き方

問1　心情説明の問題

傍線部「心ひとつをかへさふ」を単語に分けると、「**心ひとつ／を／かへさふ**」となります。

「**心ひとつ」は慣用表現**で、「たった一つの自分の心」「人知れず、自分の心の中だけ」といった意となる「心」を強調した表現。「**かへさふ**」は、「繰り返す。何度も思い返す。反省する」などと訳す**動詞**。傍線部全体を訳すと「人知れず、自分の心の中だけで何度も思い返す」などとなります。

この問題は、「ここでの浮舟の心情」を求めているのだから、「何度も思い返す」のは浮舟。主語として傍線部の訳に組み入れると「**浮舟は、人知れず、自分の心の中だけで何度も思い返す**」となります。「かへさふ」は頻出語ではないので、訳せない受験生も多いでしょうが、とにかくここは「浮舟の心情」を問われているので、直前の「……など」に記された浮舟の心情を探っていきます。

「など」は、「『…』など思ふ」のように用いて、思った内容の代表的なところを具体的に示します。ただ今回は、前書きにあるとおり「浮舟が…回想している場面」。冒頭からずっとあれこれ考えているので、最初から見ていきましょう。

着眼点1

1行目　あさましうもてそこなひたる身を思ひもてゆけば、

……「そこなふ」は「傷つける。だめにする」といった意味の動詞。以前の浮舟は、薫の思い人でしたが、今は入水したが果たせず、比叡山のふもとで人知れず生活をしている身です。そのことを考えている箇所です。

着眼点2

1〜2行目　宮を、すこしもあはれと……さすらへぬるぞと思へば、

……匂宮とのことを後悔している箇所。ほんのちょっとでも匂宮を愛しいと思ったのがい

けなかった、匂宮のせいでさまよう身となったのだ、と悔やんでいます。

着眼点3

2～3行目　小島の色を……飽きにたる心地す。

……引き続き、匂宮のことを後悔している箇所。デートの時に言った匂宮の言葉を思い出し、どうしてステキだなんて思ったんだろうとうんざりしています。

着眼点4

3～4行目　はじめより……思ひ出づるぞこよなかりける。

……薫のことを思い出している箇所。薫は情が薄いながらも穏やかな人。情熱的な匂宮とは異なり、あっさりした性格だけど感情の起伏の少ない落ち着いた人なんですね。そんな薫との、あんな時とかこんな時とかのことを思い出している場面です。

最後の「こよなかり」は、いい意味でも悪い意味でもつかう「このうえなく～だ」という意味の形容詞。ここは、匂宮とのことを否定的にとらえ、薫のことを「のどやか」だと肯定的にとらえる文脈なので、「こよなかり」も「このうえなく心ひかれる」「これ以上なく懐かしい」など、いい意味で訳します。

着眼点5

4～5行目　かくてこそありけれと……人よりまさりぬべし。

……引き続き、薫を念頭において考えをめぐらしているところ。薫に、今の自分が「かくてこそありけれ（＝こうして生きていた）」という情報を聞かれた場合の「恥づかしさ」は、他の誰に知られるよりもまさるだろう、と思っています。

着眼点6

5～6行目　さすがに、この世には……かくだに思はじ、

……今の自分のことを薫に知られたくないと思う反面、遠くからでも薫を見ることがあるかもと、甘い期待・未練がふと頭によぎっ

ています。でも直後で、そうした考えを悪いものとし、こんなこと思うまいと自ら戒めています。

冒頭から傍線部直前まで、すべてが浮舟の心情表現だったので、大変でしたね。

正解をさがそう

① 匂宮に対して薄情だった自分を責めるとともに、現在の境遇も匂宮との縁があってこそだと感慨にふけっている。

……着眼点4で「薄きながら……ものし給ひし人」といわれていたのは薫です。「薄情」というと冷酷無慈悲なイメージをもつかもしれませんが、熱情型ではなくクールで淡泊な性格もその範疇といっていいでしょう。

② 匂宮と二人で過ごしたときのことを回想して、不思議なほどに匂宮への愛情を覚え満ち足りた気分になっている。

……さきほどの着眼点2・3で確認したとおり、匂宮のことは否定的にとらえています。

③ 薫は普段は淡々とした人柄であるものの、時には匂宮以上に情熱的に愛情を注いでくれたことを忘れかねている。

……着眼点4〜6に薫への言及があるけれど、匂宮以上に情熱的とは書いてありません。

④ 小野でこのように生活していると薫に知られたときの気持ちは、誰にもまして恥ずかしいだろうと想像している。

……着眼点5に書いてあるとおり。これが正解！

⑤ 薫の姿を遠くから見ることすら×諦めようとする自分を否定し、薫との再会を期待して×気持ちを奮い立たせている。

……**着眼点6** にあるように、浮舟はこの世にいれば薫を遠くからでも見ることがあるかもと淡い期待を抱き、直後でそう思うまいと否定しているのです。

正解選択肢は、④です。

問2 解釈問題

(ア) 傍線部「聞こし召せ」は、敬語「聞こし召す」の命令形です。

文法力をつかおう

聞こし召す［動詞］
① 〈「聞く」の尊敬語〉お聞きになる。
② 〈「食ふ」「飲む」の尊敬語〉召し上がる。

選択肢は、すべて「〜なさい」と揃っています。この表現は、「〜なさる」の命令形なので、〈尊敬語〉の要素と〈命令形〉の要素は、すべての選択肢にすでにある、ということ。つまり、**どういう動作をあらわす語か、の一点のみで○×判断**する問題です。③⑤が単語の意味としては正解ですが、⑤はお粥を用意して、近寄ってきて言うセリフとしては合わないので、×。

正解をさがそう

① お×起きなさい
② ×着替えなさい

③ お食べなさい……これが正解！

④ 手伝いなさい

⑤ お聞きなさい……単語の意味は○だけど、文脈に合わないので、×。

正解選択肢は、③です。

(イ) 傍線部「こちなし」をみてみましょう。

単語力をつかおう

こちなし［形容詞］
①無作法である。失礼である。
②無風流である。無骨である。

ここは、お粥を食べたくない浮舟が「体調が悪くて……」とやんわり断ったのに対して、老尼が「強ひて言ふ」のを「いとこちなし」と評しているところ。やっぱり、こういうときは相手の気持ちを思いやって、「無理に食べなくてもいいからね」などと気を利かしてほしいですよね？　それをしないんだから、配慮が足りないといえるでしょう。**「無作法である」が直訳**。この場面においては、**「気が利かない」**とアレンジするのもアリでしょう。

正解をさがそう

① 気が利かない……これが正解！

② 大げさである

③ 優しくない

④ 気詰まりだ

⑤ つまらない

正解選択肢は、①です。

(ウ) 傍線部「さかしら人」の意味を確認しましょう。

単語力をつかおう

さかしら人［名詞］
①でしゃばりな人。利口ぶる人。

「さかし（＝賢い）」「さかしら（＝利口ぶること。でしゃばること）」からの派生語です。

ここは、浮舟が僧都に「尼にしてください」と頼もうと考えている場面。当時は、広く仏教が信仰されていた時代で、出家も「すばらしい行い」と言われます。ただ、出家後は、それまでの俗世とは明確に区別され、交流も途絶えてしまうので、身近な人が出家をしようとすると、周囲の人は引き留めるケースが多いようです。

ここも、「（さかしら）人すくなくてよき折」と言っているので、引き留める人の出現をきらって、「はやまって出家しちゃダメ」などとでしゃばって口出ししてくる人がいなさそうで、いいタイミングだと考えているのです。

正解をさがそう

① 知ったかぶりをする人……単語の意味としては○。でも、この場面に合わないので×。

② ○口出しする人……これが正解！

③ ×身分の高い人

④ あつかましい人……単語の意味としては○。でも、この場面に合わないので×。

⑤ ×意地の悪い人

正解選択肢は、②です。直訳ではなく、場に合うようにアレンジした訳が正解だったので、選びにくかったかもしれませんね。

問3　登場人物の説明問題

傍線部のない問題なので、まずは、着眼箇所を本文中から探す必要があります。選択肢中にある「　」は、本文からの抜き出し部分なので、ここをキーワードに**して探していきましょう。**

正解をさがそう

① 浮舟は、朝になっても気分が悪く臥せっており、「いびきの人」たちの給仕で食事をする気にもなれなかった。

……着眼箇所　第二段落2行目　正しい説明

「いびきの人」は第二段落2行目（注5）がついているところです。この前後に着眼します。浮舟について、「心地もいとあし」「なほ臥し給へる」「まかなひもいと心づきなく」とあるので、正しい説明です。

② 「下衆下衆しき法師ばら」は、「僧都」が高貴な人々からの信頼が厚い僧侶であることを、誇らしげに言い立てていた。

……着眼箇所　第二段落5行目　正しい説明

「下衆下衆しき法師ばら」は、第二段落5行目にあらわれます。「一品の宮」のために下山する、「右大臣殿の四位少将」が夜中に来た、「后の宮」の手紙もあった、と高貴な人々とのかかわりが盛んに述べられています。この内容を「下衆下衆しき法師ばら」は、「いとはなやか」に言ったんですが、**「はなやか」は、「にぎやか」「勢いが盛ん」の意味もあるので、**「誇らしげに言い立てた」も○。正しい説明です。

③「僧都」は、「一品の宮」のための祈禱を延暦寺の座主に任せて、浮舟の出家のために急遽下山することになった。

……**着眼箇所** 第二段落5行目 間違った説明

着眼箇所は②と同じ。一品の宮の祈禱は「山の座主(＝延暦寺の長)」がしていたけれど、「僧都参り給はでは験なし」ということで僧都が呼ばれた、とあります。任せっきりにしていたわけではないし、浮舟が出家しようと考えていることはまだ知らないので、これが誤った説明です。

④「右大臣殿の四位少将」は、「僧都」を比叡山から呼び戻すために、「后の宮」の手紙を携えて「僧都」のもとを訪れた。

……**着眼箇所** **第二段落7行目 正しい説明**

これも②で着眼した中にあらわれていたキーワードです。②で確認したとおり、正しい説明ですね。

⑤「いびきの人」は、浮舟から「僧都」を呼んでほしいと言われても、ぼんやりした顔でただうなずくだけだった。

……**着眼箇所** **第二段落最後 正しい説明**

「いびきの人」という語は、第二段落2行目にありましたが、ここは、浮舟に僧都を呼んでほしいと言われた後の「いびきの人」の反応の場面なので、第二段落の最後が着眼箇所です。「ほけほけしうなづく」の**「ほけほけしう」は、「ぼけた感じ」「ぼんやりした様子」をあらわす形容詞**。「ぼんやりした顔で……うなずく」**は**○。正しい説明です。

今回は、「適当でないもの」を探すので、正解選択肢は、③です。

問4　内容説明問題

傍線部「親にいま一たびかうながらのさまを見えずなりなむこそ、人やりならずいと悲しけれ」を訳してみましょう。重要語は次のとおり。

単語力をつかおう

見ゆ［動詞］
①見える。
②見られる。
③対面する。
④思われる。
⑤見せる。
⑥女性が結婚する。

人やりならず［慣用句］
①他人がそうさせるのではなく、自分から進んで。
誰のせいでもなく、自分のせいで。

「いま一たび」は「もう一度」、**「かうながら」は**「このようなまま」と訳します。**「なりなむ」**は、〈動詞「なる」連用形＋強意の助動詞「ぬ」未然形＋仮定婉曲の助動詞「む」連体形〉で、「（見せ）なくなってしまうような（こと）」とか「きっと（見せ）なくなるような（こと）」などと訳します。「こそ……悲しけれ」は**係り結び**で、強意の構文。傍線部を訳すと「親にもう一度このようなままの姿を見せなくなってしまうようなことは、自分から進んですることだけど、とても悲しい」などとなります。

選択肢は、表面的な訳にとどまらず、さらに**一歩ふみこんだ内容を尋ねています**。指摘されている箇所を考えてみましょう。

正解をさがそう

①「かうながらのさま」とは、すっかり容貌の衰えた今の浮舟の姿のことである。

……「かうながらのさま（＝このようなままの姿）」とはどのような姿か、が問われています。ここは、浮舟が出家を意識して、自ら、髪をすこし梳いている場面です。ここでいう「姿」は、長い黒髪をもった出家していない姿のことなので、説明は誤りです。

②「見えずなりなむ」は、「見られないように姿を隠したい」という意味である。

……「なり」は、ラ行四段活用動詞「なる」の連用形です（「ずなる」の「なる」は、ラ行四段活用動詞）。そして、動詞の連用形に「なむ」が続いている場合、「なむ」は、〈完了・強意の助動詞「ぬ」の未然形＋推量などの助動詞「む」の終止形または連体形〉です。

文法力をつかおう

★動詞の連用形 ＋ な（＝完了・強意の助動詞「ぬ」未然形） む（＝推量・意志などの助動詞「む」終止形・連体形）

訳 きっと……だろう。必ず……しよう。 など

「む」を〈意志〉でとれば、「見られないようになってしまおう」などと訳せないわけではありませんが、ここは、「見えずなりなむ」ことを「いと悲しけれ」と思っているところ。自分の意志を悲しんでいるのではなく、出家前に母に会って出家前最後の姿を見せられないことを悲しんでいると読みとりましょう。

③「こそ」による係り結びは、実の親ではなく、他人である尼君の世話を受けざるを得ない浮舟の苦境を強調している。×

……「こそ…悲しけれ」は、確かに係り結びで、強調構文です。ただし、傍線部前半にあるように、親にもう一度いまの姿を見せられないことを悲しんでいる場面なので、強調のポイントもそこです。

④「人やりならず」には、他人を責める浮舟の気持ちが込められている。×

……**単語力をつかおう♪**で確認したとおり、「人やりならず」は、「**他人がそうさせるのではなく、自分から進んで**」という意味の**慣用句**。重要語句の**誤訳**です。

⑤「『……悲しけれ』と思ひ給ふ」ではなく「悲しけれ」と結ぶ表現には、浮舟の心情を読者に強く訴えかける効果がある。

……傍線部には、浮舟の思いが記されているので、たしかに「『……』と思ひ給ふ」とある方がふつうの言い方ですね。でも、物語には、ときどき、作者がストーリーを客観的な立場で語るのではなく、**登場人物と同化したような言い方をする**ときがあります。「と思ひ給ふ」と浮舟を遠くからながめて客観的に描写するのではなく、浮舟のむき出しの心情のみで文を結んでいるのですから、「心情を読者に強く訴えかける効果がある」と言えなくもないでしょう。ただ、こういう選択肢は、積極的に「間違いない！　正しい！」と言っていいのかどうか判断しづらいですよね。だから、やっぱり、**他の選択肢の中にある致命的な誤りを見つけて、**消去法で解く**のが有効**です。

正解選択肢は、⑤です。

問5 複数の文章を比較する問題

教師と生徒の会話形式の問は、センター試験には見られなかった新傾向です。

今回は「かかれとてしも」の解釈が求められていますが、教師と生徒の会話の最初に、生徒が言うように、

これは直訳しただけでは、まったく意味がわかりません。そこで、まず、教師のセリフの中から、ヒントを探します。ここで示されているのは、**本文の二重傍線部「かかれとてしも」は、遍昭の和歌をベースにした表現**だということです。

> **二重傍線部**「かかれとてしも」
> ＝
> **遍昭の和歌**「たらちねはかかれとてしもむばたまの我(わ)が黒髪をなでずやありけむ」

では、遍昭の和歌を訳してみましょう。

遍昭の和歌

たらちねは
母

かかれ　とて　しも
「かくあれ」の省略形
〈強意〉〈強意〉
このようであれ　と思って

むばたまの
「むばたまの」＝「黒髪」を導く枕詞　※枕詞は訳さなくてよい

我が黒髪を
の

なで　ずやありけむ
撫で　ないでいたのだろうか（いや、このようであれとは思わずに撫でてくれていたのだろう）

「かかれとて（＝このようであれと思って）」の部分が、「どのようであれ」と思っているのかわかりませんね。そこで、教師が示した、この歌が詠まれた状況を読んでみましょう。

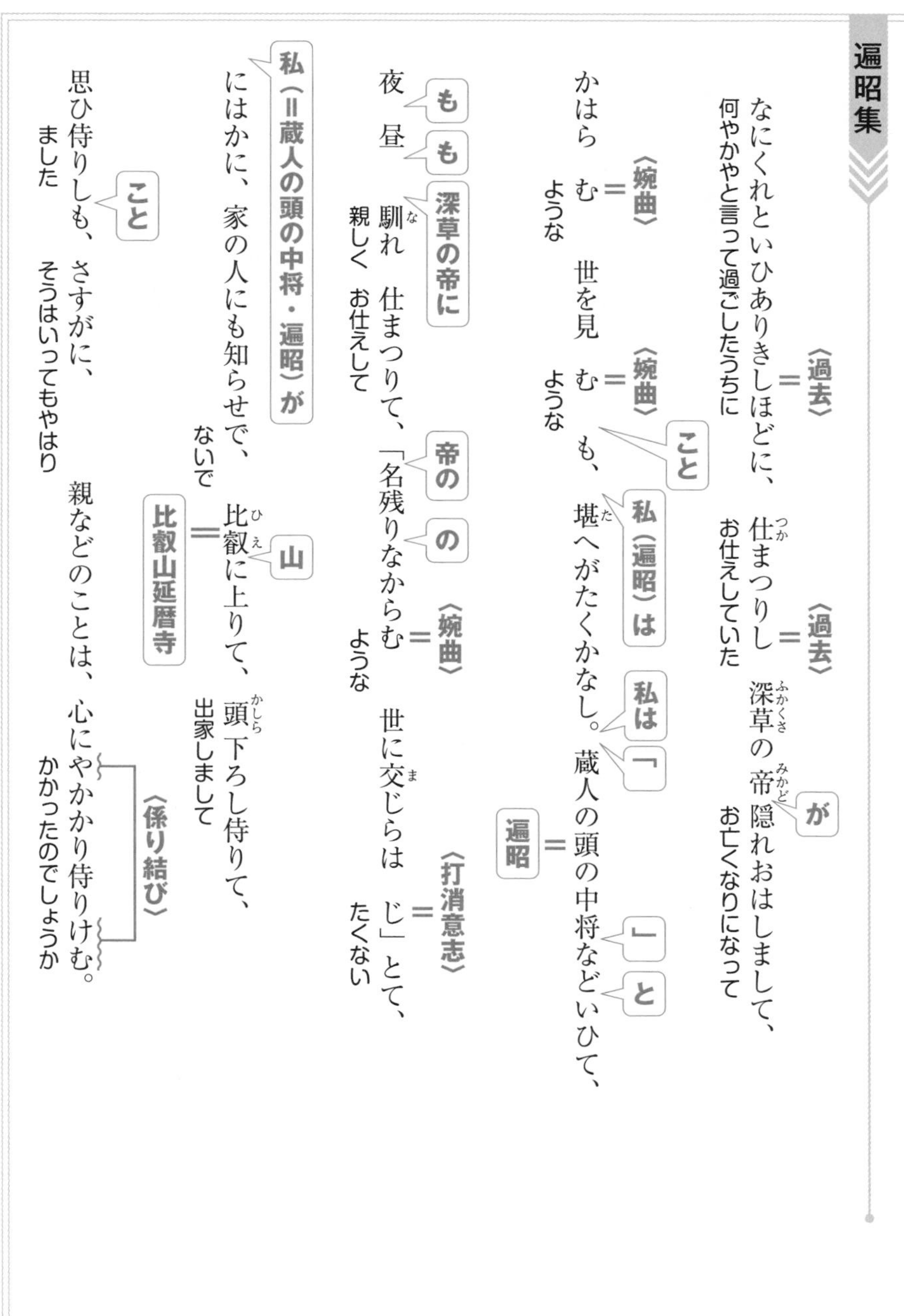

遍昭集

なにくれといひありきしほどに、仕まつりし深草の帝隠れおはしまして、かはらむ世を見むも、堪へがたくかなし。蔵人の頭の中将などいひて、夜昼馴れ仕まつりて、「名残りなからむ世に交じらはじ」とて、にはかに、家の人にも知らせで、比叡に上りて、頭下ろし侍りて、思ひ侍りしも、さすがに、親などのことは、心にやかかり侍りけむ。

これが、和歌を詠んだ状況なのだから、「たらちねは……」の和歌は、**蔵人の頭の中将（＝遍昭）が出家をし、親のことが気にかかって詠んだ歌**ということになります（出家前の役職が「蔵人の頭の中将」で出家後に、名を「遍昭」とあらためたんですね）。となると、「かかれとて（＝このようであれと思って）」は、出家した現状をさして、「**こんなふうに出家しろと思って**」と具体化ができます。出家は、髪を剃ります。だから、和歌は、「**母は、私に将来、髪を剃って出家しろと思って、私の黒髪を撫でていたわけではなかったのだろう**」と解釈できるわけですね。

遍昭は、実際、三十代で出家をしています。出家のタイミングは人それぞれですが、三十代は早い方。「誰しもいつかは出家をするにせよ、ボクはこんなに早くに出家して……、大事に育ててくれたのに、お母ちゃんごめんね」といった思いがこめられた和歌なのです。

『源氏物語』の浮舟は、この和歌の一部を口ずさんだのです。考えてみれば、浮舟も、出家を考えています。し、直前で母のことに思いを馳せています。遍昭の「かかれとてしも」の和歌のように、私の母も出家をしろと思って私の黒髪を撫でていたわけではなかっただろうよと、**浮舟は自身の境遇と思いを重ね、この和歌の一部を口ずさんだのでしょう。**

では、選択肢を見てみましょう。今回は、正解を二つ選びます。

正解をさがそう

① 生徒A――遍昭は、お仕えしていた帝の死をきっかけに出家したんだね。そのときに「たらちね」、つまりお母さんのことを思って×「母はこのように私が出家することを願って私の髪をなでたに違いない」と詠んだんだから、遍昭の親は以前から息子に出家してほしいと思っていたんだね。

……**和歌の読解が間違っています。**古文常識的にも、軍記物語で、敵に殺されるぐらいなら出家してほしいと願うなどの、特殊なケースをのぞけば、息子に早く出家してほしいと望む母親は少数派。ちなみに、「たらちねの」なら、「母」などを導く枕詞ですが、ここは「たらちねは」なので枕詞ではありません。「母」を意味する名詞「たらちね」＋助詞「は」です。

② 生徒B――そうかなあ。この和歌は「母は私がこのように出家することを願って私の髪をなでたはずがない」という意味だと思うな。出家をして帝への忠義は果たしたけれど、育ててくれた親に申し訳ないという気持ちもあって、だから『遍昭集』で「さすがに」と言っているんだよ。

……**正解！**「さすがに」は「そうはいってもやはり」と訳す副詞です。

③ 生徒C――私はAさんの意見がいいと思う。浮舟も出家することで、遍昭と同じくお母さんの意向に沿った生き方をしようとしているんだよ。つまり、今まで親の期待に背いてきた浮舟が、これからの人生をやり直そうとしている決意を、心の中でお母さんに誓っていることになるね。

……**Aさんに同意している時点で×。**「今まで親の期待に背いてきた浮舟」も、本文からは読み取れません。

④ 生徒D――私も和歌の解釈はAさんのでいいと思うけど、『源氏物語』に関してはCさんとは意見が違う。薫か匂宮と結ばれて幸せになりたいというのが、浮舟の本心だったはずだよ。自分も遍昭のように晴れ晴れした気分で出家できたらどんなにいいかという望みが、浮舟の独り言から読み取れるよ。

……これも、**Aさんに同意しているので×。**遍昭が晴れ晴れした気分で出家した、とする読解も誤り。

⑤ 生徒E――いや、和歌の解釈はBさんのほうが正しいと思うよ。浮舟も元々は気がすすまなかった、親もそれを望んでいない、それでも過去を清算するためには出家以外に道はないとわりきった浮舟の潔さが、遍昭の歌を口ずさんでいるところに表れているんだよ。

……浮舟が出家に対して「元々気がすすまなかった」かどうかは、**本文中に記述がないので断定できません**。「わりきった浮舟の潔さ」が迷うところでしょうけど、口ずさんだ和歌のもともとの内容を考えてみてください。浮舟も「お母さんはこんなふうに出家しろというつもりで私を育ててくれたわけじゃないんだよね……」といって自身の髪に触れているわけですから、「わりきった」というよりは**まだ迷いが見えます**よね。

⑥ 生徒F――私もBさんの解釈のほうがいいと思う。でも、遍昭が出家を遂げた後に詠んだ歌を、浮舟は出家の前に思い起こしているという違いは大きいよ。出家に踏み切るだけの心の整理を、浮舟はまだできていないということが、引き歌によって表現されているんだよ。

……浮舟は、老尼に出家の意向をはっきり言っているので、「心の整理」はできている！と考えたかもしれませんね。でも、⑤でも見たように、出家前というタイミングで口ずさんだ和歌の内容を考えれば、ここはまだ浮舟には迷いがあり「**心の整理ができていない**」と考えるのがふさわしいでしょう。これがもう一つの**正解**です。

正解選択肢は、②と⑥です。

解答

問1 ④
問2 (ア) ③ (イ) ① (ウ) ②
問3 ③ 問4 ⑤
問5 ②・⑥（順不同）

訳

（浮舟は）驚きあきれたことに（すべてを）台無しにしてしまった我が身を次第に考えて行くと、「匂宮を、すこしでも『ああいとしい』と思い申し上げたような（私の）心がとてもろくでもないことで、ただただ、この人（＝匂宮）との御縁のせいで（私は）寄る辺のない身となってしまったのだ」と思うと、（宇治川のほとりの小屋で二人きりで過ごしたときに）小島の（橘の）色（が変わらないこと）を前例に出して（私との変わらない）将来までの愛を誓いなさった（匂宮の様子）を、どうして素敵だと思い申し上げたのだろうとこのうえなくいやになってしまった気持ちがする。「はじめから、情が薄いながらも穏やかでいらっしゃった人（＝薫）は、この時（はこうだった）あの時（はこうだった）」などと、思い出すとこのうえな（くなつかし）かった。「こうして（私が）生きていた」と（薫に）聞きつけられ申し上げるような恥ずかしさは、ほかの人（に知られる）よりもきっとまさるだろう。「そうはいってもやはり、この世では、かつての（薫の）ご様子を、せめてよそながらでも、いずれそのうち見るだろう」とふと思うにつけても、「やはり良くない（私の）心だなあ、せめてこんなふうにだけでも思わないでおこう」、などと、（浮舟は）人知れず（自分の）心の中だけで何度も思い返す。

やっとのことで（夜明けを告げる）鶏が鳴くのを聞いて、（浮舟は）とてもうれしい。「母の御声をもし聞いたならそれは、ましてどんな（にうれしい）だろう」と思い（夜を）明かして、気分もとても悪い。浮舟の世話をしている女童もすぐに来ないので、（浮舟は）依然として横になっていらっしゃると、いびきのひどい老尼はとても早くに起きて、粥などのむさ苦しい食事などを（さもご馳走かのように）大切に扱って、「あなた様におかれては、早くお食べなさい」などと近寄って来て言うけれど、（浮舟は）給仕もとても気にくわず、いやな感じで経験したことのない心地がして、「体調が悪くて（いただけません）」と、何気なくふるまい（断りなさるのに、（老尼が）無理に（「食べなさい」などと）言うこともとても気が利かない。いかにも下役らしい法師たちなどが数多く来て、「僧都が、今日（比叡山を）下りなさる予定だ」（と言うと）、（老尼は）「なぜ急に（僧都は下山するのですか）」と尋ねるのが聞こえると、（法師が）「一品の宮が（取り憑かれた）御物の怪に苦しんでいらっしゃったが、山の座主（＝比叡山延暦寺の長）が御修法をしてさしあげていらっしゃるけれど、やはり僧都が参上なさらないでは（御修法の）効果がないということで、昨日ふたたびお召しがありました。右大臣殿の四位少将が、昨夜の夜が更けて（から、比叡山へ）登っていらっしゃって、后の宮のお手紙などもございましたので（僧都は比叡山を）下りなさるそうだ」などと、とてもにぎやかに言う。（浮舟は）「恥ずかしくても、（僧都に）会って、『（私を）尼にしてください』と言おう、でしゃばりな人（＝出家を妨げようとする人）がすくなくてよい機会であろう」と思うので、（浮舟は）起きあがって、「（私は）気分がとてもすぐれないことばかりでございますので、僧都が（比叡山から）下りなさったら、そのときに戒律を授けてもらいましょうと思いますので、そのように申し上げてください」と相談なさると、（老尼は）ぼけた様子でうなずく。

（浮舟は）いつもの部屋にいらっしゃって、（自分の）髪は尼君だけが梳きなさるから、ほかの人に手を触れさせるようなこともいやに思われるが、自分の手では、また一方で、（剃髪などは）できないことであるので、（浮舟は）ただすこし（髪を）梳いて、（自分の）母親にもう一度このままの様子（＝出家前の姿）を見せなくなってしまうようなことは、（出家は）自分から進んですることだがとても悲しい（と思う）。ひどく苦しんだためであろうか、髪もすこし抜け落ちて細くなってしまった気がするけれど、（全体として浮舟の姿は）どれほども衰えることなく、（量が）とても多くて、（長さが）六尺ぐらい（＝約一八〇センチ）である（髪の）裾などが美しかった。髪の筋なども、とてもきめ細かで美しい様子である。（浮舟は）「かかれとてしも」と（古歌の一部を）独り言で言って座っていらっしゃる。

〈引用された和歌〉

母は、このようであれ（＝髪を剃って出家しろ）と願って、私の黒髪を撫でないでいたのだろうか、いや、このようであれとは思わずに撫でてくれていたのだろう。

〈引用された文章〉

何やかやと言って過ごしていたうちに、お仕えしていた深草の帝がお亡くなりになって、変わって行くような世の中を見るようなことも（私は）堪えがたく悲しい。（私は）「蔵人の頭の中将」などといって、夜も昼も深草の帝に親しくお仕えして、「（深草の帝の）名残のないような世の中で宮仕えしたくない」と思って、（私は）急に、家の人にも知らせないで、比叡山に上って、出家しまして、思いましたことも、そうはいってもやはり、親などのことは、気にかかったのでしょうか。

用言活用表

【動詞】

種類	例語	語幹	未然形	連用形	終止形	連体形	已然形	命令形
四段	書く	書	か	き	く	く	け	け
上二段	起く	起	き	き	く	くる	くれ	きよ
下二段	受く	受	け	け	く	くる	くれ	けよ
上一段	見る	(見)	み	み	みる	みる	みれ	みよ
下一段	蹴る	(蹴)	け	け	ける	ける	けれ	けよ
カ変	来	○(来)	こ	き	く	くる	くれ	こ こよ
サ変	す	○(為(す))	せ	し	す	する	すれ	せよ
ナ変	死ぬ	死	な	に	ぬ	ぬる	ぬれ	ね
ラ変	あり	あ	ら	り	り	る	れ	れ

※上一段は「居(ゐ)る」「着る」「似る」「見る」「射(い)る」などごく少数。下一段は「蹴る」のみ。カ変は「来(く)」が基本。サ変は「す」「おはす」が基本。ナ変は「死ぬ」「往(い)ぬ」の二語のみ。ラ変は「あり」「をり」「待り」「いますかり」の四語。数に限りがあるものは覚えておこう。

【形容詞】

種類	例語	語幹	未然形	連用形	終止形	連体形	已然形	命令形
ク活用	よし	よ	（く）	く	し	き	けれ	○
			から	かり	○	かる	○	かれ
シク活用	うつくし	うつく	（しく）	しく	し	しき	しけれ	○
			しから	しかり	○	しかる	○	しかれ

※ク活用・シク活用のそれぞれ左列の活用表は、原則、助動詞が下に続くときに使用。助動詞以外が下に続くときは、それぞれ右列の活用表を使用。右列・左列の使用法の違いに注意！

【形容動詞】

種類	例語	語幹	未然形	連用形	終止形	連体形	已然形	命令形
ナリ活用	静かなり	静か	なら	なり に	なり	なる	なれ	なれ
タリ活用	堂々たり	堂々	たら	たり と	たり	たる	たれ	たれ

※タリ活用は漢文訓読体などにあらわれる程度で、普通の古文にはほとんどあらわれません。連用形のうち、右列は、助動詞が下に続くときに使用。

助動詞一覧表

接続	助動詞	未然形	連用形	終止形	連体形	已然形	命令形	活用の型	意味
未然形	る	れ	れ	る	るる	るれ	れよ	下二段型	①自発(自然と〜れる) ②受身(〜れる。〜られる) ③可能(〜できる) ④尊敬(お〜になる。〜なさる) ※「る」は四段・ナ変・ラ変の未然形に、「らる」はそれ以外の未然形に接続する
	らる	られ	られ	らる	らるる	らるれ	られよ		
	す	せ	せ	す	する	すれ	せよ		①使役(〜させる) ②尊敬(お〜になる。〜なさる) ※「す」は四段・ナ変・ラ変の未然形に、「さす」はそれ以外の未然形に接続する
	さす	させ	させ	さす	さする	さすれ	させよ		
	しむ	しめ	しめ	しむ	しむる	しむれ	しめよ		
	ず	(ず) ざら	ず ざり	ず ○	ぬ ざる	ね ざれ	○ ざれ	特殊型	打消(〜ない)
	じ	○	○	じ	じ	じ	○	無変化型	①打消推量(〜ないだろう) ②打消意志(〜まい。〜ないつもりだ)
	む (ん)	○	○	む (ん)	む (ん)	め	○	四段型	①推量(〜だろう) ②意志(〜よう) ③仮定・婉曲(〜たら、その。〜ような) ④適当・勧誘(〜のがよい。〜ませんか)
	むず (んず)	○	○	むず (んず)	むずる (んずる)	むずれ (んずれ)	○	サ変型	
	まし	ましか (ませ)	○	まし	まし	ましか	○	特殊型	①反実仮想(もし〜たならば、〜ただろうに) ②ためらいの意志(〜ようかしら) ③願望(〜だったならば、よかったのに)
	まほし	(まほしく) まほしから	(まほしく) まほしかり	まほし ○	まほしき まほしかる	まほしけれ ○	○	形容詞型	希望(〜たい)
	き	(せ)	○	き	し	しか	○	特殊型	過去(〜た) ※カ変・サ変には未然形にもつく
	けり	(けら)	○	けり	ける	けれ	○	ラ変型	①過去(〜た) ②詠嘆(〜たなあ)

連用形	つ	て	て	つ	つる	つれ	てよ	下二段型	①完了（～てしまう。～てしまった。～た）②強意（きっと～。必ず～）
	ぬ	な	に	ぬ	ぬる	ぬれ	ね	ナ変型	
	たり	たら	たり	たり	たる	たれ	たれ	ラ変型	①完了（～た）②存続（～ている。～ていた）
	けむ	○	○	けむ（けん）	けむ（けん）	けめ	○	四段型	①過去推量（～ただろう）②過去の原因推量（［どうして］～たのだろう。［～だから］～なのだろう）③過去の伝聞・婉曲（～たという。～たような）
	たし	（たく）たから	たく たかり	たし ○	たき たかる	たけれ ○	○	形容詞型	希望（～たい）
終止形（※ラ変型活用語には、連体形につく）	べし	（べく）べから	べく べかり	べし ○	べき べかる	べけれ ○	○		①当然（～はずだ）②推量（～だろう）③意志（～よう）④可能（～できる）⑤適当（～するのがよい）⑥命令（～せよ）
	らむ	○	○	らむ（らん）	らむ（らん）	らめ	○	四段型	①現在推量（今頃～ているだろう）②現在の原因推量（［どうして］～いるのだろう。［～だから］～なのだろう）③現在の伝聞・婉曲（～いるという。～いるような）
	らし	○	○	らし	らし	らし	○	無変化型	〔根拠のある〕推定（～らしい）
	めり	○	（めり）	めり	める	めれ	○	ラ変型	①推定（～ようだ）②婉曲（～ようだ）
	まじ	（まじく）まじから	まじく まじかり	まじ ○	まじき まじかる	まじけれ ○	○	形容詞型	①打消当然（～はずがない）②打消推量（～ないだろう）③打消意志（～まい）④不可能（～できない）⑤不適当（～しないほうがよい）⑥禁止（～してはならない）
	なり	○	（なり）	なり	なる	なれ	○	ラ変型	①伝聞（～とかいう。～だそうだ）②推定（～ようだ）
非活用語連体形	なり	なら	なり に	なり	なる	なれ	なれ	形容動詞型	①断定（～である）②存在（～にある。～にいる）
体言	たり	たら	たり と	たり	たる	たれ	たれ		断定（～である）
サ変の未然形四段の已然形	り	ら	り	り	る	れ	れ	ラ変型	①完了（～た）②存続（～ている。～ていた）
体言・連体形・「の」「が」	ごとし	（ごとく）	ごとく	ごとし	ごとき	○	○	形容詞型	①比況（～のようだ）②例示（～のような）

※ラ変型活用語とは、ラ変動詞（「あり」「をり」「侍り」「いますかり」）、形容詞（カリ系列）、形容動詞、および上の三つの型の助動詞（「たり」「り」「べし」「まじ」「まほし」「なり」「ず」など）である。

助詞一覧表

格助詞	接続	意味用法
が の	体言か連体形（「に」は連用形、「と」は連用形や言い切りの形にもつく）	主格（が） 連体修飾格（の） 同格（で） 準体格（のもの） 連用修飾格（のように）
を		連用修飾格（を）〈対象・起点・相手・経由〉
に		連用修飾格（に）〈時・場所・帰着点・結果・相手・目的・強意・状態〉 敬主格（におかれては）
へ		連用修飾格（へ）〈目標・方向〉
と		連用修飾格（と）〈引用・共同・結果・比較の基準・並列・強意・比喩（のように）〉
にて して		連用修飾格（で）〈手段・場所・共同の動作者〉

接続	接続助詞	意味用法
已然形	ば	順接確定条件（と・ところ・ので）
未然形		順接仮定条件（もし…ならば）
終止形・形容詞型には連用形	とも	逆接仮定条件（たとえ…ても）
已然形	ど ども	逆接確定条件（のに・けれども）
連体形	が に を	逆接確定条件（のに・けれども） 順接確定条件（と・ところ・ので）
連体形	ものから ものの ものゆゑ ものを	逆接確定条件（のに・けれども）
連用形	て	単純接続（て）
連用形	して	単純接続（て）
未然形	で	打消接続（ないで）
連用形	つつ	反復（…しては…してはして） 継続（ずっと…しつづけて・一面に…で）

接続	終助詞	意味用法
文末・「ぞ」	かし	念をおす強意（よ）
文末	な	禁止（な） 詠嘆（なあ）
連用形・カ変サ変は未然形	そ	禁止（な）
未然形	ばや	希望（たい）
連用形	しが しがな にしが にしがな てしが てしがな	
未然形	なむ 《＝なん》	願望（してほしい）
体言・助詞	がな	願望（であればなあ・があればなあ）
体言・形容詞の連用形など	もがな	
体言か連体形	かな か な は	感動（なあ）
いろいろな語	を や よ	感動（なあ）・整調

接続	助詞	意味用法
	より から	連用修飾格（より・から）〈基準・起点・経由（を通って）・手段方法（で）・即時（やいなや）・原因理由〉 連体修飾格（より・から）

接続	副助詞	意味用法
いろいろな語の下に割りこむが多くは体言か連体形	し	強意
	だに	類推（さえ） 限定（せめて…だけでも）
	すら	類推（さえ）
	さへ	添加（［その上…］までも）
	のみ	限定（だけ） 強意
	ばかり まで	限定（だけ） 程度（ぐらい）
	など《＝なんど》	例示（なんか）

接続	助詞	意味用法
		同時（ながら） 逆接（のに）
連用形・形容詞の語幹・体言	ながら	状態（のままで） 並行（ながら） 逆接（のに）

接続	係助詞	意味用法
いろいろな語の下に割りこむが多くは体言か連体形	は	区別（は） 強意
	も	並列（も） 強意
	ぞ なむ《＝なん》	強意
	や か	疑問（か） 反語（…か、いや…ない） 並列（や）
	こそ	強意

主な敬語動詞一覧表

【敬語…本動詞】

	動詞	もとの動詞	訳
尊敬語	おはす おはします	あり 行く・来(く)	いらっしゃる
	宣(のたま)ふ 宣はす 仰(おほ)す	言ふ	おっしゃる
	給(たま)ふ 給はす たぶ（たうぶ）	与ふ	お与えになる
	思(おぼ)す（思(おも)ほす） 思しめす	思ふ	お思いになる
	御覧(ごらん)ず	見る	御覧になる
	きこしめす	聞く 食ふ・飲む	お聞きになる 召しあがる
	あそばす	す	なさる
	大殿籠(おほとのごも)る	寝(ぬ)	おやすみになる

	動詞	もとの動詞	訳
謙譲語	申す 聞こゆ 聞こえさす	言ふ	申し上げる
	奏(そう)す	言ふ	（天皇に）申し上げる
	啓(けい)す	言ふ	（中宮・東宮に）申し上げる
	奉(たてまつ)る 参(まゐ)る 参(まゐ)らす	与ふ	差し上げる
	賜(たま)はる	受く	いただく
	参(まゐ)る まうづ	行く 来(く)	参上する
	まかる まかづ	行く	退出する
	承(うけたまは)る	聞く 受く	お聞きする お受けする

動詞	もとの動詞	訳
しろしめす	知る	知っていらっしゃる
しろしめす	知る（領る）	お治めになる
召す	呼ぶ	お呼びになる
奉る・召す	着る	お召しになる
奉る・召す	乗る	お乗りになる
奉る・召す	食ふ・飲む	召しあがる
参る	食ふ・飲む	召しあがる

動詞	もとの動詞	訳
侍り・候ふ（さうらふ）	あり	お仕えする
侍り・候ふ（さうらふ）	をり	お控えする
つか（う）まつる	す	し申し上げる

丁寧語		
動詞	もとの動詞	訳
侍り	あり	あります
候ふ（さうらふ）	あり	います

【敬語…補助動詞】

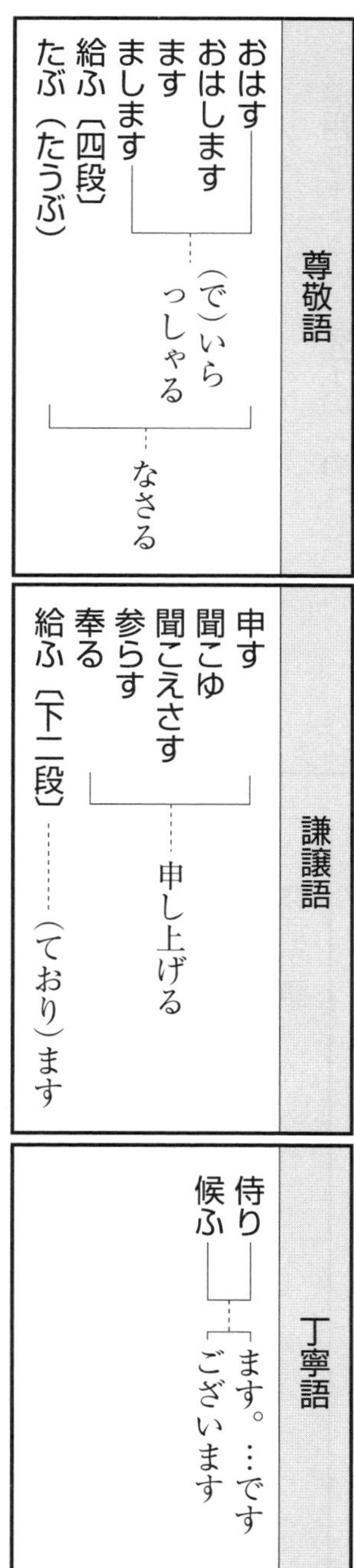

尊敬語

おはす・おはします・ます・まします → （で）いらっしゃる

おはす・おはします・ます・まします・給ふ〔四段〕・たぶ（たうぶ） → なさる

謙譲語

申す・聞こゆ・聞こえさす・参らす・奉る → 申し上げる

給ふ〔下二段〕 → （ており）ます

丁寧語

侍り・候ふ → ます。…です／ございます

主な文法識別一覧表

「ぬ・ね」の識別

① 接続（＝上の単語の活用形）から見分ける方法

未然形＋ぬ／ね	打消の「ず」
連用形＋ぬ／ね	完了の「ぬ」

② 「ぬ・ね」自身の活用形から見分ける方法

ぬ の活用形が → 連体形	→ 打消の「ず」
ぬ の活用形が → 終止形	→ 完了の「ぬ」
ね の活用形が → 已然形	→ 打消の「ず」
ね の活用形が → 命令形	→ 完了の「ぬ」

「なり」の識別

終止形／ラ変型連体形＋なり	伝聞・推定の助動詞
連体形／非活用語＋なり	断定の助動詞

「なむ」の識別

未然形＋なむ	願望の終助詞
連用形＋なむ	完了の助動詞「ぬ」の未然形＋推量の助動詞「む」
連体形／非活用語＋なむ	強意の係助詞

「る・れ」の識別

末尾がアの段の文字＝四段の未然形／ナ変の未然形／ラ変の未然形 ＋ ㋸／㋹（る・れ）	自発・可能・受身・尊敬の助動詞「る」
末尾がエの段の文字＝サ変の未然形／四段の已然形 ＋ る／れ	完了・存続の助動詞「り」

「に」の識別

連用形 ＋ に ＋ き／けり／たり／けむ	→完了の助動詞「ぬ」の連用形
連体形／非活用語 ＋ に（＋助詞）＋あり（「である」と訳せる）	→断定の助動詞「なり」の連用形
名詞／連体形 ＋ に	格助詞
連体形 ＋ に、	接続助詞

主な和歌修辞

枕詞

【枕詞（＝修飾する語）】	【導かれる語（＝修飾される語）】
あかねさす	日
あしひきの	山
あづさゆみ	はる・ひく・いる
あらたまの	年
あをによし	奈良
いそのかみ	ふる
いはばしる	垂水（たるみ）・滝
うつせみの	世・命
からころも	きる・たつ
くさまくら	旅・結ぶ
くれたけの	よ・ふし
しきしまの	大和
しきたへの	枕・衣
しろたへの	衣・袖
たまきはる	命
たまぼこの	道
たらちねの	母
ちはやぶる	神
ぬばたまの	黒・髪・夜・闇
ひさかたの	天・日・光
ももしきの	大宮

掛詞

【掛詞】	【二重に設定される語】
あかし	明かし・明石
あき	秋・飽き
あふ	逢ふ・逢坂（あふさか）・葵（あふひ）
あらし	嵐・あらじ
いる	入る・射る
う	憂し・浮く・宇佐・宇治
うら	浦・裏・心（うら）
おく	置く・起く
かた	潟（かた）・形・難し（かたし）
かり	狩・仮・刈り
かる	枯る・離（か）る
きく	菊・聞く

【掛詞】	【二重に設定される語】
しか	鹿・然（し）か
すみ	澄み・住み・住の江
ながめ	長雨・眺め
なみ	波・無み
はる	春・張る
ひ	日・火・思ひ・恋ひ
ふみ	文・踏み
ふる	降る・経る・古（ふ）る・振る・ふるさと
まつ	松・待つ
もる	漏る・守（も）る
ゆふ	夕・言ふ・結（ゆ）ふ
よ	節（よ）・夜・世

縁語

浦・波・寄る・返る・渚・海人(あま)・海松(みる)
露・置く・結ぶ・消ゆ
弓・春・引く・射る・反(そ)る
糸・縒る・春・乱る・貫く・ほころぶ・細し
竹・節(ふし)・節(よ)・根
葦・節(ふし)・節(よ)・根

山村 由美子
Yumiko YAMAMURA

愛知県名古屋市出身。河合塾古文講師。専門は日本語学(平安文学の語義の研究)。多忙な予備校の仕事と同時に研究も続けている。

河合塾では，現在，医進・早大などのトップクラスから高１クラスまで幅広く担当。「なぜそう読めるのか」「どうしたらその答えになるのか」といった読み方・解き方を明確に示した授業を展開している。

全国模試のプロジェクトメンバーのほか，特定大模試のプロジェクトチーフでもある。受験参考書の著書に，『山村由美子図解古文読解講義の実況中継』『山村由美子図解古文文法講義の実況中継』『GROUP30 で覚える古文単語 600』（語学春秋社），『入試古文単語速習コンパス 400』(桐原書店)『マーク式基礎問題集』(河合出版)〈共に共著〉がある。

CA08CA/B-B/Si

教科書をよむ前によむ！ 3日で読める！

実況中継シリーズがパワーアップ!!

シリーズ売上累計1,000万部を超えるベストセラー参考書『実況中継』が，新しい装丁になって続々登場！ ますますわかりやすくなって，使いやすさも抜群です。

英語

山口俊治
英文法講義の実況中継①／② <増補改訂版>

定価：本体（各）1,200円+税

「英語のしくみ」がとことんわかりやすく，どんな問題も百発百中解ける，伝説の英文法参考書『山口英文法講義の実況中継』をリニューアル！ 入試頻出900題を収めた別冊付き。問題が「解ける喜び」を実感できます。

小森清久
英文法・語法問題講義の実況中継

定価：本体1,300円+税

文法・語法・熟語・イディオム・発音・アクセント・会話表現の入試必出7ジャンル対策を1冊にまとめた決定版。ポイントを押さえた詳しい解説と1050問の最新の頻出問題で，理解力と解答力が同時に身につきます。

登木健司
難関大英語長文講義の実況中継①／②

定価：本体（各）1,500円+税

科学・哲学・思想など難関大入試頻出のテーマを取り上げ，抽象的で難しい英文を読みこなすために必要な「アタマの働かせ方」を徹底講義します。長文読解のスキルをぎゅっと凝縮した，別冊「読解公式のまとめ」付き！

西きょうじ
図解英文読解講義の実況中継

定価：本体1,200円+税

高校1,2年生レベルの文章から始めて，最後には入試レベルの論説文を読み解くところまで読解力を引き上げます。英文を読むための基本事項を1つひとつマスターしながら進むので，無理なく実力がUPします。

大矢復
英作文講義の実況中継

定価：本体1,200円+税

日本語的発想のまま英文を書くと，正しい英文とズレが生じて入試では命取り。その原因一誰もが誤解しがちな“文法”“単語”一を明らかにして，入試英作文を完全攻略します。自由英作文対策も万全。